A BARRACA DO BEIJO

A BARRACA DO BEIJO

BETH REEKLES

TRADUÇÃO
IVAR PANAZZOLO JUNIOR

astral cultural

Título original: The Kissing Booth
Publicado originalmente em Língua Inglesa por Random House Children's Publishers UK, uma divisão da Penguin Random House.

Este livro foi revisado segundo o Novo Acordo Ortográfico da Língua Portuguesa.

Editora responsável Tainã Bispo
Produção editorial Aline Santos, Bárbara Gatti, Fernanda Costa, José Cleto, Luiza Marcondes e Natália Ortega
Preparação de texto Jonathan Busato
Capa Agência MOV
Foto da autora Copyright © Bethan Reeks

Dados Internacionais de Catalogação na Publicação (CIP)
Angélica Ilacqua CRB-8/7057

R255b

Reeks, Beth
A barraca do beijo : ela pode dizer ao seu melhor amigo qualquer coisa... exceto isso / Beth Reeks ; tradução de Ivar Panazzolo Junior. — Bauru, SP : Astral Cultural, 2018..
336 p.

Título original: The kissing booth
ISBN: 978-85-8246-885-2

1. Literatura inglesa 2. Literatura juvenil 3. Adolescentes - Ficção 4. Beijos - Ficção I. Título II. Panazzolo Junior, Ivar

CDD 823

Índice para catálogo sistemático:
1. Literatura inglesa 823

ASTRAL CULTURAL É A DIVISÃO LIVROS DA EDITORA ALTO ASTRAL

BAURU
Rua Gustavo Maciel, 19-26
CEP 17012-110
Telefone: (14) 3235-3878
Fax: (14) 3235-3879

SÃO PAULO
Alameda Vicente Pinzon, 173
4° andar, Vila Olímpia
CEP 04547-130
Telefone: (11) 5694-4545

E-mail: contato@astralcultural.com.br

Em homenagem à minha avó, que provou para mim que, independentemente do que aconteça, você sempre pode seguir em frente, marchando com a cabeça erguida.

NÃO CONSEGUIA ME ACOSTUMAR COM A IDEIA DE QUE O MEU primeiro beijo seria com Noah Flynn. O irmão mais velho do meu melhor amigo. O cara que conseguia fazer com que eu sentisse as coisas mais inexplicáveis e me levar à loucura em cerca de três segundos.

Engoli em seco, e acho que ele deve ter ouvido, porque ergueu a sobrancelha enquanto olhava para mim. Meus olhos baixaram lentamente até apontarem para os lábios dele; pareciam muito macios e receptivos. Minha mente se deixou lentamente tomar pela lembrança de Noah usando sua toalha... no seu uniforme do time de futebol americano...

E eu estava prestes a beijá-lo.

Sabia que não teria que fazer aquilo se não quisesse; ninguém podia me forçar a beijá-lo. E essa era a pior parte: eu tinha a opção de recusar, mas não consegui reunir forças para fazer isso.

Inclinei-me para a frente conforme ele veio na minha direção.

E se eu estivesse com algodão-doce preso entre os dentes? E se o gosto da minha boca fosse nojento?

Cale a boca, cale a boca, cale a boca!

Meu primeiro beijo...

1

— QUER BEBER ALGUMA COISA? — PERGUNTOU LEE, DA COZINHA, enquanto eu fechava a porta da frente.

— Não, obrigada — respondi. — Vou subir para o seu quarto.

— Está bem.

Nunca deixava de admirar o quanto a casa de Lee Flynn era enorme; praticamente uma mansão. Havia uma sala completa no andar de baixo com uma TV de cinquenta polegadas e um sistema de som *surround*. Isso sem falar na mesa de sinuca e na piscina (aquecida) do lado de fora. Embora fosse como uma segunda casa, o único lugar onde me sentia realmente confortável era o quarto de Lee.

Abri a porta e vi a luz do sol passando pelas portas do lado oposto, também abertas, que levavam até a pequena sacada. Havia pôsteres de bandas cobrindo as paredes; sua bateria estava montada no canto do quarto, ao lado de uma guitarra, e o Apple Mac estava exibido orgulhosamente em uma escrivaninha elegante de mogno que combinava com o restante da mobília.

Mas, assim como o quarto de qualquer outro garoto de dezesseis anos, o chão estava cheio de camisetas, cuecas e meias fedidas; a metade que sobrou de um sanduíche começava a embolorar ao lado do Apple Mac, e latas vazias estavam largadas sobre quase todas as superfícies.

Me joguei na cama de Lee, adorando a sensação de como o colchão me fazia subir e descer.

Éramos grandes amigos desde que nascemos. Nossas mães se conheciam desde a época da faculdade, e eu precisava somente fazer uma caminhada de dez minutos para chegar à casa dele. Lee e eu havíamos crescido juntos. Poderíamos até mesmo ser gêmeos; por uma coincidência bizarra do destino, nascemos no mesmo dia. Ele era o meu melhor amigo. Sempre foi e sempre será. Mesmo me irritando demais às vezes.

Ele apareceu bem naquele momento, trazendo duas garrafas abertas de refrigerante de laranja, sabendo que eu beberia a dele em algum momento.

— Precisamos decidir o que vamos fazer no festival — eu disse.

— Eu sei — suspirou ele, desalinhando os cabelos castanhos e retorcendo o rosto sardento. — Será que não podemos fazer somente uma coisa com cocos? Você sabe. As pessoas atiram bolas e tentam derrubar os cocos... que tal?

Balancei a cabeça, espantada. — Era exatamente nisso que eu estava pensando...

— Claro que estava.

Abri um sorrisinho torto.

— Mas não podemos. Já tem outra equipe que vai fazer isso.

— E por que nós precisamos inventar uma atração? Não podemos simplesmente administrar o evento inteiro e fazer com que as outras pessoas tenham as ideias para as barracas?

— Ei, foi você quem disse que fazer parte do grêmio estudantil seria um diferencial no nosso histórico escolar quando fôssemos para a faculdade.

— E foi você quem concordou com isso.

— Porque eu queria estar na comissão de dança — enfatizei. — Não imaginava que a gente teria que organizar o festival, também.

— Isso é uma droga.

— Eu sei. Ah, e se contratássemos um daqueles... você sabe. — Fiz um movimento de balanço com as mãos. — Aquela coisa que tem o martelo.

— Onde eles testam a força das pessoas?

— Sim. Uma coisa dessas.

— Não, outro grupo já teve essa ideia e fechou o contrato.

Suspirei. — Então, não sei. Não resta muita coisa. Já estão usando todas as ideias.

Nós nos entreolhamos e dissemos ao mesmo tempo: — Eu disse que devíamos ter começado a planejar isso antes.

Nós rimos e Lee sentou-se diante do computador, fazendo a cadeira girar lentamente.

— Uma casa mal-assombrada, talvez?

Olhei para ele com uma expressão impassível, na verdade, tentei, pelo menos. Não era fácil atrair a atenção de Lee enquanto ele ficava girando na cadeira daquele jeito.

— Estamos na *primavera*, Lee. Não no Halloween.

— Sim. E daí?

— Não. Nada de casa mal-assombrada.

— Tudo bem — resmungou ele. — O que você sugere, então?

Dei de ombros. A verdade era que eu não fazia a menor ideia. Estávamos bastante encrencados. Se não pensássemos em nada para uma barraca, acabaríamos sendo expulsos do grêmio estudantil, o que significaria que não poderíamos mencionar isso nos nossos históricos escolares antes de nos candidatar para as faculdades no ano que vem.

— Não sei. Não consigo pensar com esse calor.

— Então tire esse moletom e invente alguma coisa.

Revirei os olhos e Lee começou a pesquisar ideias para barracas para o Festival da Primavera no Google. Puxei o blusão por cima da cabeça e senti o sol bater na barriga. Tentei puxar os braços por dentro das mangas para abaixar a blusinha que eu estava vestindo por baixo...

— Lee — eu disse, com a voz abafada. — Que tal uma ajudinha?

Ele deu uma risadinha, e ouvi quando ele se levantou. Naquele momento, a porta do quarto abriu e pensei por um minuto que ele me deixaria ali, naquela situação complicada, mas no instante seguinte ouvi uma voz diferente.

— Ei, vocês podiam pelo menos trancar a porta se forem fazer isso.

Fiquei paralisada, com as bochechas ficando rosadas enquanto Lee puxava a minha blusinha para baixo e arrancava o blusão por cima da minha cabeça, deixando o meu cabelo armado com a estática.

Ergui o rosto para ver o irmão mais velho dele encostado no batente da porta, olhando para mim com um sorriso torto.

— Oi, Shelly — disse ele para me cumprimentar, sabendo que eu detestava quando me chamavam de Shelly. Eu não ligava muito quando Lee fazia isso, mas Noah era um caso completamente diferente: fazia apenas para me irritar. Ninguém mais se atrevia a me chamar de "Shelly"; não depois de eu ter gritado com Cam por fazer isso no quarto ano da escola. Agora todos me chamavam de Elle, que é uma forma mais curta de Rochelle. Assim como ninguém mais se atrevia a chamá-lo de Noah, com exceção de Lee e dos seus pais; todas as outras pessoas o chamavam pelo sobrenome, Flynn.

— Oi, Noah — devolvi, com um sorriso meigo.

Os músculos ao redor do queixo dele se tensionaram e suas sobrancelhas escuras se ergueram um pouco, como se estivesse me desafiando a continuar a chamá-lo daquele jeito. Respondi somente com um sorriso, e aquele sorriso torto e sexy voltou ao seu rosto.

Noah era o cara mais gostoso que já havia agraciado o mundo com sua presença. Acredite em mim, não estou exagerando. Tinha cabelos escuros com uma franja que lhe caía por cima dos olhos azuis faiscantes, era alto e com ombros largos. Seu nariz era um pouco torto por ter sido quebrado em uma briga, e ficou um pouco desalinhado depois que sarou. Ele não fugia de brigas, mas nunca havia sido suspenso. Com exceção de um ou outro "deslize", como Lee e eu costumávamos chamar, ele era um aluno-modelo: suas notas nas provas eram sempre as maiores da sala e era o astro do time de futebol americano, também.

Ele era o meu *crush* quando eu tinha doze ou treze anos. Foi uma fase que passou rápido, pois percebi que ele era areia demais para o meu caminhãozinho, e que isso nunca iria mudar. E, embora ele fosse um cara insanamente atraente, eu agia normalmente quando estava perto dele porque sabia que não havia a menor chance de ele me enxergar como qualquer outra coisa além de a melhor amiga do seu irmão mais novo.

— Sei que pareço causar esse efeito nas mulheres, mas será que você podia tentar não tirar as roupas quando eu estiver por perto?

Soltei uma gargalhada irônica. — Vai sonhando.

— O que é que vocês estão fazendo, por falar nisso?

Cheguei a imaginar por um momento por que ele estaria interessado, mas deixei aquilo de lado. Lee disse: — Precisamos de uma ideia para montar uma barraca idiota no festival.

— Cara... que merda.

— Não diga — eu disse, revirando os olhos. — Todas as melhores ideias para barracas já foram enviadas. Vamos acabar com uma daquelas barracas onde... sei lá, onde você precisa puxar um pato com um gancho.

Os dois olharam para mim como se eu não pudesse ter uma ideia pior, e dei de ombros.

— Dane-se. Bem, de qualquer maneira, Lee... nossos pais vão sair hoje à noite, então a festa começa às oito.

— Legal.

— Ah, Elle? Tente não arrancar a roupa na frente de todo mundo hoje à noite quando eu passar perto.

— Noah, você sabe que eu só tenho olhos para Lee — eu declarei, inocentemente.

Noah deu uma risadinha. Já estava ocupado digitando no celular, provavelmente compartilhando a mensagem sobre a festa, assim como Lee estava fazendo. Saiu do quarto a passos largos, como um gato preguiçoso ou coisa do tipo. Não consegui evitar que meus olhos seguissem aquela bunda empinada...

— Ei, se você puder parar de babar em cima do meu irmão por dois segundos — provocou Lee.

Senti o rosto enrubescer e o empurrei. — Cale a boca.

— Achei que você já tivesse superado aquela fase em que ele foi o seu *crush*.

— Superei, sim. Mas isso não faz com que ele seja menos gostoso.

Lee revirou os olhos. — Tanto faz. Mas isso ainda é meio nojento, você sabe.

Fui sentar diante do computador e Lee se inclinou por cima dos meus ombros, apoiando o queixo no alto da minha cabeça.

Cliquei na página seguinte dos resultados de busca e rolei a tela para baixo, sentindo meus olhos embaçando conforme passavam pela página.

Parei com algo que chamou a minha atenção bem no momento em que Lee começou a dizer: — Espere. Pare aí.

Nós dois olhamos para a tela por alguns segundos. Em seguida, ele se levantou e eu girei a cadeira para ficar de frente para ele, com sorrisos idênticos se abrindo em nossos rostos.

— A barraca do beijo! — nós dissemos ao mesmo tempo, sorrindo. Lee ergueu a mão para que o cumprimentasse com um *high five* e eu bati a mão espalmada na dele.

Isso ia ser *muito* legal.

2

DECIDIMOS QUE IRÍAMOS COBRAR UMA TAXA DE DOIS DÓLARES. Dois dólares por um beijo. Qualquer que fosse o tema da barraca que decidíssemos fazer, a estrutura básica já estava na escola para que a usássemos, mas iríamos precisar de muito vermelho e cor-de-rosa. Achei que devíamos usar preto, mas Lee me repreendeu: — Não estamos no Halloween, Shelly.

— Está bem, está bem. Vamos ficar com o rosa e o vermelho.

— Do que vamos precisar, então? Serpentinas, papel crepom, fitas... esse tipo de coisa, certo?

— Acho que sim. Ei, você acha que dá para fazer um cartaz grande com marcenaria? Eu não queria pegar a aula optativa de marcenaria, mas tive que escolher entre ela e economia doméstica. E, depois daquele desastre com os *cupcakes* no oitavo ano, não quis mais mexer com fornos e nem com comida. Talvez isso acabe ajudando.

— Acho que pode dar certo. O sr. Preston provavelmente não vai achar isso uma má ideia.

Fiz um gesto afirmativo com a cabeça.

— Legal. Provavelmente nós podemos chamar alguns dos jogadores do time de futebol americano e algumas das líderes de torcida, é claro. Precisamos de quatro, e eles podem trabalhar em turnos. Dois por turno.

— Boa ideia. Mas quem podemos chamar?

— Bem... Samantha e Lily, com certeza, toparão — disse, pensando nas possibilidades. — E podem trazer algumas das outras garotas.

— Legal. Eu vou ligar para alguns dos rapazes.

Peguei o meu celular e comecei a rolar a tela da lista de contatos. Lee e eu não fazíamos parte de nenhum grupinho em particular; simplesmente conversávamos com quem queríamos, o que significava que tínhamos os números de praticamente todo mundo. Lee era uma daquelas pessoas carismáticas e agradáveis, e geralmente nós andávamos juntos. Tínhamos alguns amigos mais próximos, é claro — e todos eles eram garotos.

Consegui falar com Samantha, que me disse toda contente que sim, estava super a fim de participar! Lily concordou também, dizendo que estava ansiosa para fazer parte do nosso grupo, e iria ligar para todas as garotas que conhecia.

— Pronto — suspirei, largando o corpo sobre a cama. Senti a cama balançar quando Lee fez o mesmo, e trocamos um sorriso.

— Nossa barraca vai arrebentar.

— Eu sei. Às vezes, somos tão fodas que chega a dar medo.

— Eu sei.

Meu celular apitou e vi a mensagem de Lily, dizendo que Dana e Karen iriam participar da barraca do beijo também. Respondi com um obrigada sucinto.

— Já conseguimos todas as meninas — eu disse.

— Ótimo. Dave escreveu dizendo que vai conseguir os garotos para nós, então está tudo certo.

— E isso quer dizer que... não temos nada para fazer agora — eu disse, animada. — E você pode vir fazer compras comigo.

Lee soltou um gemido. — Por que você precisa fazer compras? Já não tem roupas demais?

— Sim, tenho... mas você vai dar uma festa hoje à noite e eu estou de bom humor, já que *finalmente* conseguimos resolver a questão da barraca. Por isso, vamos sair para comprar alguma coisa para eu vestir hoje à noite.

Lee gemeu outra vez. — Você quer comprar um vestido sexy para impressionar o meu irmão, não é?

— Não. Só quero comprar algo para vestir. Mas se conseguir impressionar o seu irmão... vai ser só um bônus. Ou melhor, vai ser um milagre. Nós dois sabemos que ele não pensa em mim dessa maneira.

Lee suspirou. — Tudo bem, tudo bem, vamos fazer compras. Pare de choramingar.

Abri um sorriso; sabia que podia convencê-lo. Lee percebeu que eu estava só fazendo manha, mas não podia aguentar de qualquer maneira. Peguei o meu moletom e esperei até que Lee pegasse sua carteira e os tênis. Desci as escadas aos saltos enquanto ele me seguia. Entramos no seu carro — um Mustang 1965 que ele conseguiu por uma pechincha em um ferro-velho — e Lee deu a partida.

— Obrigada, Lee.

— As coisas que eu faço por você... — suspirou, mas estava sorrindo.

CHEGAMOS AO SHOPPING DEPOIS DE VINTE MINUTOS. LEE DESLIGOU o motor, minhas orelhas ainda retinindo por causa do hip-hop que tocava no rádio a todo vapor.

— Você sabe que está me devendo uma por me arrastar até aqui.

— Eu te pago um donut.

Lee vacilou um pouco. — E um milk-shake também.

— Fechado.

Ele colocou o braço ao redor dos meus ombros, e rapidamente percebi o motivo — ele me levou diretamente até a praça de alimentação antes que eu pudesse me esquecer convenientemente do suborno que havia proposto. Depois que estava pacificado pelos doces, Lee ficou muito feliz em vir atrás de mim para ver as lojas.

Depois de olhar em algumas, encontrei o traje perfeito. Era um vestido cor de coral; a saia não era muito justa nem muito curta, e o decote tinha a medida certa para valorizar o meu busto sem revelar o que não devia. O material tinha uma leve transparência e fazia volume do lado esquerdo da peça, escondendo o zíper longo.

— Nós vamos ter que comprar sapatos também? — gemeu Lee enquanto eu anunciava que ia experimentar o vestido.

— Não, eu já tenho sapatos, Lee — respondi, revirando os olhos.

— Ah, claro. Bem, você já tem roupas também, mas isso não foi motivo para que desistisse da ideia — murmurou, seguindo-me até o provador. Sem pensar duas vezes, entrou no cubículo comigo e deitou-se na banqueta. Também não pensei duas vezes ao me trocar na frente dele.

— Pode me ajudar com o zíper?

Ele suspirou, exaurido, e ficou em pé para fazer o que eu pedi. Olhei-me no espelho, alisando o vestido. Parecia mais bonito no cabide, pensei, sentindo um pouco de dúvida. Mostrava demais as pernas...

Lee assobiou. — Ficou legal.

— Cale a boca. Você acha que ficou curto demais?

Ele deu de ombros e acertou um tapa na minha bunda. — Quem se importa?

Sem fazer muita força, dei um tapa na parte de trás da cabeça dele. — Estou falando sério, Lee. Você acha que ficou muito curto?

— Bem... um pouco, talvez. Mas ficou bonito.

— Tem certeza?

— Você acha que eu mentiria para você, Shelly? — perguntou ele, fingindo tristeza, exibindo uma expressão de dor no rosto e cambaleando para trás, com as duas mãos sobre o coração.

Eu o encarei pelo espelho com a expressão séria. — Você quer mesmo que eu responda, Lee?

— Não, acho que não — disse ele, rindo. — E então, vai levar?

Fiz que sim com a cabeça. — Sim, acho que sim. Está em promoção pela metade do preço.

— Legal. — Em seguida, ele resmungou. — Você não vai gastar a outra parte em sapatos, não é? Por favor, diga que não vai fazer isso. Se fizer, você vai ficar me devendo uma soda e uma pizza.

— Prometo que não vou comprar sapatos nem qualquer outra coisa, está bem? Podemos ir para casa depois que eu comprar o vestido. — Tirei a peça e voltei a vestir o meu jeans, a blusinha e o moletom; o ar-condicionado do shopping deixava o lugar incrivelmente gelado.

— Ah... — suspirou ele. — Eu queria uma pizza.

Ri, saindo do cubículo com ele a reboque. E acabei trombando com alguma coisa... não, com *alguém*.

— Perdão — eu disse, por reflexo. Em seguida, percebi quem era. — Ah, oi, Jaime.

Ela olhou com uma expressão desconfiada para nós, e um sorriso malandro começou a se formar em seu rosto. Jaime era a maior fofoqueira da escola, e embora tivesse um bom coração, era também uma daquelas pessoas capazes de irritar alguém com bastante facilidade.

— O que vocês dois estão fazendo aqui? Lee, você sabe que esse é o provador feminino.

Ele deu de ombros. — Elle queria uma opinião sincera.

— Certo. — Jaime falou como se estivesse decepcionada e esperasse uma razão mais digna de virar fofoca. — Com certeza. Ei, ouvi dizer que você vai dar uma festa hoje à noite. Seu irmão vai estar lá, não é?

Lee revirou os olhos. — Vai, sim.

Jaime abriu um sorriso reluzente — Que maravilha!

— Você veio comprar um vestido também? — perguntei a ela, apenas para puxar conversa.

— Não, eu precisava de um jeans novo. Meu cachorro decidiu que minha calça antiga era um brinquedo melhor do que a bolinha que apita.

Eu ri. — Que beleza de cachorro.

— Nem me lembre. Você vai usar isso aí na festa de hoje? — Ela indicou o vestido que estava nas minhas mãos.

— Vou.

— Não sei se essa cor cai bem em você... — disse ela, mas percebi o movimento sutil de um músculo em sua bochecha, e havia aprendido a identificar aquela expressão no decorrer dos anos. Inveja. Vi aquilo como um bom sinal.

— Hmmm, talvez... mas está em promoção. Não consigo resistir a uma oferta dessas.

Ela riu, educadamente. — Ah, é claro. Bem, a gente se vê mais tarde, então!

— Tchau, Jaime! — dissemos ao mesmo tempo, e eu ouvi Lee suspirar e balbuciar sobre o quanto ela o irritava.

Paguei pelo vestido e paramos mais uma vez na praça de alimentação para que ele pudesse pegar uma fatia de pizza antes de irmos embora. Peguei somente um milk-shake.

— Não derrube isso no meu bebê — avisou Lee enquanto eu entrava no carro, sugando a bebida pelo canudo.

— É claro que não! — Mas quase derrubei e, percebendo a expressão ameaçadora em seu olhar, não me atrevi a tomar outro gole até pararmos diante de um semáforo vermelho.

Quando Lee estacionou diante da sua casa, olhei o relógio. — Quase seis horas... é melhor eu ir para casa e me arrumar.

— Às vezes você realmente faz coisas de garota, Shelly.

Eu ri. — Você só percebeu isso agora?

Lee riu e entrou em sua casa. — Até mais tarde — disse ele, por cima do ombro.

— Tchau!

Não havia ninguém em casa quando cheguei, mas isso não me surpreendeu. Meu irmão mais novo, Brad, ia participar de um campeonato de futebol, e meu pai provavelmente o tinha levado para comer um hambúrguer ou algo do tipo depois.

Conectei o meu iPod nos alto-falantes e botei Ke$ha para tocar com o volume bem alto, para que eu pudesse ouvi-la no chuveiro com a água rugindo nas orelhas.

De volta ao quarto, enrolada na toalha e examinando o vestido, as dúvidas a respeito da peça começaram a tomar conta da minha mente. Eu havia crescido com Lee e sem a presença da minha mãe, então não era uma menina tão cheia de frescuras como as outras; mas isso não impedia que me vestisse bem para ocasiões como essa. Fiz um gesto negativo com a cabeça e ralhei comigo mesma. O vestido era bem mais longo do que algumas das saias que as meninas usavam para ir à escola, pelo amor de Deus. Não havia problemas.

Assim, sentei na penteadeira com o kit de maquiagem diante de mim e coloquei o modelador de cachos para esquentar. Passei a base na pele e apliquei o delineador com cuidado para ressaltar meus olhos castanhos. Passei um bom tempo cuidando para que os cabelos, sedosos e com aroma de coco depois do banho, cascateassem pelas minhas costas em cachos perfeitos e negros como carvão.

Senti uma certa timidez quando me olhei no espelho — do alto do meu par de sandálias plataforma com salto de cinco centímetros. Sabia que haveria garotas que estariam com uma maquiagem bem mais exagerada, vestidos bem mais curtos e saltos bem mais altos que os meus. Mesmo assim hesitei, perguntando a mim mesma se realmente eu estava bonita. Mas, àquela altura, subitamente já eram oito e treze da noite. O que tinha acontecido com as minhas duas horas?

Arranquei o celular do carregador e vi uma mensagem que Lee havia enviado, perguntando onde eu estava.

Caminhei cuidadosamente até chegar à casa dele. Meus saltos não eram muito altos, mas eu sempre me senti mais confortável usando sapatilhas baixas.

Havia pessoas pelo jardim e a porta da frente estava aberta, deixando que os graves da música passassem; o som fazia a grama tremer. Sorri e fui cumprimentando as pessoas enquanto ia até a cozinha para pegar uma bebida.

Olhei o que havia na geladeira, sem me surpreender por terem tirado toda a comida para abrir espaço para as bebidas que as pessoas haviam trazido. Lee e Noah passaram a fazer isso depois que alguns garotos acharam que seria engraçado usar molho para grudar fatias de presunto e peru nas paredes alguns meses antes.

Peguei uma garrafa de refrigerante de laranja e a abri na quina do balcão da cozinha, um truque que o pai de Lee havia me mostrado.

— Oi, Elle!

Virei-me e vi um grupo de garotas acenando para mim. Sorri para elas.

— Oi, pessoal.

— Olivia disse que você e Lee vão montar uma barraca do beijo no festival — disse Geórgia. — Isso é tão legal!

— Obrigada — sorri.

— Faz anos que ninguém monta uma barraca como essas — disse Faith. — É uma ideia fantástica!

— Bem, somos pessoas *fantásticas*.

Elas riram. — Eu, com certeza, vou passar nessa barraca — disse Candice com um sorriso maroto. — Ouvi dizer que Jon Fletcher vai trabalhar lá.

— E Dave Peterson — emendou Geórgia.

— Jon vai trabalhar na barraca? — perguntei.

— Foi o que Dave me disse — comentou Candice, dando de ombros.

Faith riu. — A barraca é sua, Elle. Você devia saber.

Abri um sorriso tímido. — Bem, eu...

— Ei, sabe quem você deveria chamar para trabalhar na sua barraca? — comentou Olivia. — *Flynn.*

Por um breve momento, fiquei em dúvida sobre quem diabos era esse. E foi então que percebi que ela estava falando de Noah, é claro.

— Acho que ele não toparia.

— Bem, você perguntou?

— Não exatamente...

— Será que ele não faria isso como um favor para o irmão mais novo, pelo menos? — disse Geórgia. — Apele para seu sentimento de culpa. Isso funcionaria.

— Mas acho que já temos os nossos quatro rapazes...

— Mas, se vocês tivessem Flynn, todas as garotas do *estado* viriam para o nosso festival — disse Olívia. Ela, assim como quase todas as garotas, achava que tinha uma chance com Flynn. Bem, até que tinha, sendo a capitã das líderes de torcida, e Noah jogando no time de futebol americano, mas ele nunca olhou duas vezes para ela.

Mesmo assim, ele tinha a reputação de gostar de fazer joguinhos, ainda que ninguém o visse dando muita atenção às garotas. A coisa mais esquisita de todas era o fato de que Flynn parecia quase ter orgulho desse *status.*

— Sabe de uma coisa? Se conseguir convencer Flynn a ficar na barraca do beijo, você se transformaria em uma lenda — disse-me Faith.

— Você tem namorado, Faith — Geórgia lembrou-a com uma risada. — Não pode ir à barraca do beijo.

— E por que não? É por uma boa causa. Qual vai ser a causa desta vez? Salvar os golfinhos?

— Acho que fizemos isso no ano passado — eu disse, rindo. — Não, este ano vamos doar o dinheiro para pesquisas com o câncer.

— Melhor ainda! — exclamou Faith. — Peça a ele.

— Sim, peça mesmo — insistiu Olívia.

— Você só precisa pedir — implorou Candice. — Por favor, Elle.

— Bem... Não sei...

— Ei, ele está chegando — disse Candice, repentinamente, me interrompendo. Ela me deu um empurrão discreto. — Pergunte a ele, só isso. Se disser "não"... pelo menos você tentou.

— Está bem — suspirei, cedendo. Afastei-me um pouco das meninas para interceptar Noah, que estava indo buscar outra cerveja.

Ele me cumprimentou com um aceno de cabeça.

— Você quer trabalhar com a gente na barraca do beijo no festival da primavera? Por favor. Está difícil conseguir o quarto garoto. É para ajudar instituições beneficentes. Lee e eu precisamos de um favor.

Noah se endireitou, abrindo a lata de cerveja. — Barraca do beijo, hein?

— Sim.

— Isso é legal.

— Eu sei. Sou uma pessoa legal.

— Melhor do que aquela ideia do pato.

— Haha. Engraçadinho.

Ele deu uma risada e um meio sorriso que fizeram o meu coração saltitar dentro do peito. — E você quer que eu beije as pessoas? Na sua barraca do beijo?

— Por uma boa causa? — tentei.

— Acho que não vai dar, Shelly.

— Por favor, Noah... — implorei, fazendo uma cara de cachorro sem dono e enfatizando bastante o seu nome.

— Você vai ficar de joelhos e implorar?

— Não — eu disse, devagar. — Mas todas as outras meninas vão. O que você me diz?

Ele riu um pouco. — É por isso que eu vou dizer não. Desculpe.

Suspirei. — Bem, ninguém pode dizer que eu não tentei.

— Espere aí. Você realmente *precisa* que eu faça isso ou elas só querem que eu fique na barraca? — perguntou ele, olhando para o grupo de garotas que estava mais adiante.

— A segunda opção.

Ele fez um gesto afirmativo com a cabeça. — Bem, me desculpe. Acho que não posso arriscar a minha dignidade assim. Além disso, imagine o quanto os outros rapazes iriam me odiar por roubar todos os beijos — disse ele, com um sorriso torto.

— Estava pensando mais no quanto as instituições de caridade iriam odiar você por decepcionar as pessoas que poderiam vir até a barraca do beijo.

Ele continuava com aquele sorriso malandro no rosto. — *Touché*.

— Enfim... — fiz um gesto negativo com a cabeça. — Esqueça.

Voltei para junto das animadoras de torcida, dando de ombros e com um sorriso de desculpas. — Mal, meninas. Ele não topou.

— Você devia ter pressionado mais — disse Olívia. — Observe e aprenda.

Ela entregou sua bebida a Faith e foi na direção de Noah, que estava conversando com dois outros rapazes. Olívia, com seu vestidinho preto extremamente curto, estava apoiada no braço de Noah, quase se jogando em cima dele. E parecia que tinha alguma coisa no olho, pela maneira que piscava e agitava os cílios para ele. Mesmo assim, talvez eu estivesse sendo um pouco crítica demais. Sua técnica pareceu fazer com que pelo menos alguns outros rapazes olhassem para ela.

Seria desnecessário dizer, mas ele obviamente disse não a Olívia também. Ela ficou emburrada e voltou para perto de nós. — Aquele cara é muito irritante.

— E muito gostoso — murmurou Geórgia, tomando sua bebida.

— É verdade — concordou Olívia, rindo. As garotas começaram a rir, olhando em sua direção.

— Você não acha que Flynn é um gostosão, Elle?

Olhei para Faith, piscando os olhos. — Ah... sim. É claro que acho.

— Então, por que você não está falando sobre a bunda dele?

Abri um sorriso seco. — Porque ele está tão longe de querer ter qualquer coisa comigo que nem vale o esforço.

Ela me olhou com uma expressão de simpatia. — Do que você está falando? Você é muito bonita! Olha, eu realmente poderia matar alguém para ter um cabelo como o seu.

Dei de ombros e senti o rosto corar um pouco. — Obrigada... eu acho. Mas não faz diferença. Ele é só o irmão mais velho de Lee para mim, agora.

— Talvez haja alguma coisa além disso. Nunca se sabe.

Eu ri. — Ah, é claro que há. Mas só nos meus sonhos.

Faith deu de ombros e Candice começou a conversar com ela. Pedi licença e fui discretamente até a sala, onde todo mundo estava dançando. Terminei de tomar meu refrigerante com alguns goles e deixei a garrafa antes de entrar na dança. A atmosfera era contagiosa; nem todo mundo estava bebendo álcool, mas isso não impedia as pessoas de balançarem as cabeças e enlouquecerem um pouco.

Eu não tinha a intenção de ficar bêbada. Sabia que podia me divertir sem isso. Mas sempre fui fraca para bebida, e assim, depois de tomar duas latas de cerveja, já estava bem descontrolada. O tempo passou voando enquanto eu dançava de um lado para outro, rindo e conversando com as pessoas.

Parecia que todo mundo já sabia sobre a barraca do beijo.

E quando me perguntavam se Flynn estaria na barraca, dizia que ia perguntar a ele, porque essa parecia ser a opção mais fácil.

Já eram mais ou menos onze da noite. Havia acabado de entrar na sala de jogos com alguns rapazes, em sua maioria do último ano, junto com Lee, Jason e Dixon. Eles estavam tomando doses de bebida, e os copinhos estavam alinhados na mesa de sinuca.

— Posso brincar também? — perguntei, entrando na sala aos saltos e com um sorriso no rosto.

— Ah, você não acha que já bebeu o bastante, Elle? — perguntou Lee, desconfiado.

— Ah, quem se importa? — cantarolei. — Três, dois...

Cada um engoliu sua bebida e bateu o copo na borda da mesa. Dixon serviu vodca mais uma vez, e mais uma. Depois da segunda dose, parei de contar em qual estávamos. Eu nem gostava de vodca — achava horrível. Queimava minha garganta de cima a baixo. Mas nem percebi.

Tudo estava brilhante, fora de foco e barulhento. Eu ria sem conseguir me conter, me curvando para frente com gargalhadas histéricas.

— Elle, você está muito bêbada — riu Chris, vindo até onde eu estava e me endireitando.

Ri outra vez. — Vamos dançar. Quero dançar. Alguém dance comigo. Chris, dança comigo?

— Não tem música aqui.

— Bom, vamos dançar assim mesmo. — Decidi subir na mesa de sinuca para dançar. Ri um pouco quando senti a vibração dos graves que vinham da sala de estar na mesa de sinuca.

Comecei a mexer os quadris de um lado para outro no ritmo da música, com as mãos no ar, os cabelos balançando. Tentei puxar Lee para dançar comigo sobre a mesa também, mas ele não quis.

— Por que não? — perguntei, choramingando.

— Não vou dançar — disse ele. — Pare com isso, Elle. Desça daí.

Mostrei a língua para ele. Lee tentou me agarrar e me puxar para baixo, mas eu me desvencilhei e continuei dançando. Ele era mesmo um estraga-prazeres.

— Eu já volto.

— Aonde você vai? — perguntei. Ele não podia ir embora. A festa ainda não havia acabado!

— Vou pegar algo para beber. Dixon, você quer alguma coisa?

— Tenho tudo que preciso bem aqui, cara — respondeu, piscando para mim com uma risada. Mandei um beijinho para ele.

Estava muito quente na sala de jogos, pensei. Será que alguém havia ligado o sistema de aquecimento? Eu estava realmente começando a suar. Talvez um mergulho na piscina me refrescasse...

E, de repente, encontrei a solução perfeita. — Ei, vamos pular pelados na piscina! — gritei, entusiasticamente, e levei a mão até o meu zíper enquanto me aproximava da beirada da mesa, tentando me equilibrar sobre os sapatos plataforma.

De repente, meus pés saíram do chão e o mundo inteiro ficou de cabeça para baixo. Minhas pernas estavam no ar e a minha cabeça ficou dependurada, enquanto eu olhava para as costas de alguém.

— Ei! — gritei. — Me ponha no chão! Me ponha no chão!

Mas a pessoa que estava me segurando não me colocou no chão. Observei os degraus da escada passando por baixo de mim enquanto me levavam para cima. Minha palma começou a ficar úmida. Não podia ser Lee. Ele não estava vestindo uma camisa verde. Estava? Talvez estivesse... Não, tinha certeza de que não estava. Lee estava de vermelho. Eu não sabia quem estava usando uma camisa verde. Mas, seja lá quem fosse, essa pessoa era muito forte, ainda mais considerando que eu estava me debatendo como se fosse um animal selvagem.

Até que fui largada sobre algo macio. Um colchão! Era isso.

Endireitei o corpo e me sentei, cruzando as pernas sob o corpo da melhor maneira que consegui. — Noah Flynn — reclamei, quando percebi que ele me olhava com cara de poucos amigos. — Você é um estraga-prazeres! Eu estava me divertindo muito!

— Você estava quase arrancando a roupa. Descanse um pouco. Só por uns vinte minutos.

— Não! — gritei, fazendo beicinho. — Não seja chato. Eu quero ir nadar pelada na piscina!

Ele fez que não com a cabeça, com um sorriso malandro no rosto. — Por mais que isso seja tentador, acho que é melhor você ficar aqui um pouco. Pelo menos até ficar mais sóbria.

Suspirei, voltando a afundar nos travesseiros. Em seguida, voltei a me erguer até sentar de novo. — Você vai me deixar aqui sozinha?

— Não. Não confio em você o bastante para achar que vai ficar aqui no quarto.

— Você não confia em mim? Por que não? Eu sou a melhor amiga do Lee. Você me conhece desde *sempre*! Devia confiar mais em mim.

Noah balançava a cabeça negativamente enquanto ia até a porta. Ele a fechou e girou a chave na fechadura.

Ergui uma sobrancelha conforme ele voltava, sentando-se em uma cadeira e ficando de frente para mim.

Mas, mesmo no estado em que me encontrava, sabia que aquela ideia era ridícula.

— Você não está bêbado? — perguntei.

— Nem tanto.

— Ah, por quê? Esta é a sua festa. Você pode fazer qualquer loucura!

— Acho que você já estava fazendo bastante loucura por nós dois.

— Desculpe — disse, um pouco emburrada. — Eu não queria estragar a sua noite.

Noah riu de mim. Arrastei-me até a beirada da cama e balancei as pernas de um lado para o outro, sentando sobre as mãos.

— Noah...

— Sim?

— *Por favor*, você pode trabalhar na barraca do beijo com a gente?

— Não.

— Por favor...? — implorei, pulando naquele colchão esponjoso. Uau. Era praticamente uma cama elástica ou algo do tipo. Assim como a cama de Lee. — Por favor, por favor, por favorzinho?

— Não.

— Por que não? — choraminguei. — Você é um sem graça!

— Porque não quero ficar na barraca do beijo. Simples.

— Mas *por quê?*

— Porque eu não quero.

— Por favor. É... acho que tem alguma coisa a ver com câncer. Ou então é pelos golfinhos. Essa palavra é engraçada, você não acha, golfinhos? Golfinhos... gol... fi... nhos... tipo, rima com goles de vinho.

— Eu não vou trabalhar na barraca do beijo, não importa para quem ou para onde vá o dinheiro.

Eu me levantei e me aproximei, agachando-me bem diante dele. Estávamos tão próximos que nossos narizes quase se tocavam. — Nem mesmo por mim?

Ele acenou negativamente com a cabeça. Em seguida... — Cara, o seu hálito está mal. Quanta vodca você tomou, Elle?

— Não sei. Era Dixon que estava servindo.

Ele suspirou. — Aqueles caras... Juro que...

— O que foi?

— Nada.

— Está bem, não me conte, então. — Levantei-me com um movimento brusco e cambaleei para trás, sentindo o quarto rodar ao meu redor e ficar cinza e embaçado nas beiradas. — Acho que vou vomitar.

Noah já estava me levando para o banheiro e fez com que eu me abaixasse diante da privada, bem a tempo de vomitar tudo que tinha dentro de mim.

Depois que terminei e senti que as ânsias haviam passado, deitei-me nos azulejos frios do chão frio, com a cabeça encostada na beirada da banheira. Senti um copo de água fria encostar nos meus lábios, e ele me fez beber aquilo.

— Desculpe, me desculpe, Noah, de verdade — eu disse, com a voz chorosa. Sentia-me nojenta agora, depois de vomitar. — Me desculpe. Eu não queria estragar a sua festa.

— Você não estragou a minha festa, Elle.

Fiz que sim com a cabeça, vigorosamente, mas parei com aquilo quando comecei a me sentir enjoada de novo. — Estraguei, sim. Por favor, me desculpe!

— Está tudo bem — riu Noah. — Acalme-se.

Fiz uma careta e o soquei no peito. *Uau. Que peito duro. Aposto que ele tem uma barriga de tanquinho também, com seis gomos. Talvez até mesmo oito gomos, pelo que conheço sobre Noah. Ou dez! Será que isso existe? É possível...* Se existisse, com certeza, Noah seria assim.

Interrompendo aquela tagarelice interior, eu disse: — Não ria de mim.

Ele riu mais alto e me puxou para ficar em pé. Eu quase caí, e então ele colocou um braço ao redor da minha cintura para me dar apoio. Depois de me ajudar a voltar para a cama, ele me deixou cair sobre as cobertas.

— Volto daqui a dez minutos para...

Eu já estava dormindo.

3

A LUZ DO SOL TENTAVA ATRAVESSAR AS CORTINAS, MAS AQUELE ainda era o brilho fraco do início da manhã, e a claridade fez com que o quarto ficasse azul-escuro. Fechei os olhos outra vez, tentando aconchegar a cabeça no travesseiro macio e almofadado. Me encolhi ainda mais embaixo do edredom grosso.

Era bem quente e confortável. E tudo cheirava a... alguma coisa que ficava entre o cítrico e o amadeirado. Seja lá o que fosse, era um cheiro delicioso. Tinha certeza de que já havia sentido aquele cheiro antes, em alguém...

Eu me levantei com um movimento súbito, assustada.

Meu quarto não tinha aquele cheiro. Minha cama não era tão confortável. E o meu quarto não tinha cortinas azuis.

Então... onde diabos eu estava?

Olhei ao redor. Havia algo de familiar em tudo... Mas eu definitivamente nunca havia estado ali antes. Levantei as cobertas e vi que estava usando uma camiseta de homem, grande demais para mim, uma camiseta cinza sem nada de especial. Ela tinha o mesmo cheiro dos travesseiros.

Eu ainda estava com todas as minhas roupas íntimas, entretanto. Um bom sinal.

Levantei-me da cama com cuidado. Que diabos havia acontecido na noite passada? Tentei espremer a memória, mas não conseguia lembrar de nada. Lembrava-me vagamente de ter dançado na mesa de sinuca. Será que eu realmente havia bebido tanto assim?

Estava com um gosto na boca tão horrível quanto a dor de cabeça que sentia.

Provavelmente devo ter vomitado. Lembrava de alguém segurando meus cabelos. Deve ter sido Lee; ele certamente cuidaria de mim.

Mas onde eu estava?

Fui na ponta dos pés até a porta do quarto e coloquei a cabeça pelo vão da porta. Praticamente chorei de alívio ao ver que estava na casa de Lee e Noah. Provavelmente havia apagado no quarto de Noah. Mesmo depois de tantos anos, eu nunca havia entrado no quarto dele.

Um momento... *Por que* eu estava no quarto de Noah? Por que não em um dos quartos de hóspedes? Ou no quarto de Lee?

Voltei para a cama, com a cabeça latejando com tanta força que achei que não ia conseguir passar muito tempo em pé, e olhei para o despertador. Eram somente oito e meia da manhã. Esperando poder curar a ressaca com mais algumas horas de sono, voltei para baixo das cobertas, inalando o cheiro de Noah.

Bem quando eu estava prestes a mergulhar na inconsciência outra vez, a porta se abriu lentamente, fazendo as dobradiças rangerem.

Meus olhos se abriram imediatamente, e meu olhar cruzou com o de Noah. Ele estava sob o vão da porta, somente com uma toalha ao redor da cintura, presa sem muita firmeza. Seu peito e o abdômen ainda estavam úmidos com as gotas de água, e seus cabelos pretos pingavam.

Minhas sobrancelhas se ergueram. Seis gomos naquele tanquinho. Quem imaginaria?

Não consegui evitar de enrubescer com o modo pelo qual ele conseguiu fazer o meu coração disparar, simplesmente olhando para mim.

— Desculpe — disse, com a voz baixa. — Não queria acordar você.

— Está tudo bem — eu disse, com a voz um pouco rouca. Limpei a garganta, mas até mesmo aquele barulho fazia a minha cabeça doer. — Acabei de acordar.

— Certo. E essa ressaca, como está?

Respondi com uma careta que fez Noah rir. — Você não faz ideia. Eu não sabia que tinha bebido tanto.

— Você tomou um porre de vodca, disso eu sei — disse ele, sentando-se na beirada da cama. Meu coração se descontrolou. Será que ele não podia ter pegado uma camiseta ou um jeans antes de vir falar comigo?

— Como assim, você *sabe* disso? Quando foi que me viu?

— Quando você estava a ponto de arrancar a roupa na mesa de sinuca diante de alguns dos rapazes para ir nadar pelada — disse ele, casualmente, olhando-me de lado com aqueles olhos azuis brilhantes.

Imaginei se ele era capaz de ouvir meu coração aos pulos. Provavelmente. Esperava não estar mais com o rosto vermelho, pelo menos. Isso seria bem constrangedor.

Meu queixo caiu quando finalmente assimilei as palavras. — Oh, meu Deus. Diga que eu não fiz isso.

— Não, não chegou a fazer. Tive que tirar você de lá.

Fiquei boquiaberta, com as bochechas ardendo, e cobri o rosto com as mãos, olhando para ele por entre os dedos. — Não consigo acreditar que fiz isso.

— Então...

— Obrigada. Por me impedir. Esta manhã seria bem vergonhosa.

— Ah, você acha? — rebateu ele, ironicamente, mas com um sorriso. — Você vomitou, também. Só para lhe informar.

— Como assim? Na frente das pessoas?

Meu Deus, isso está ficando cada vez pior!, pensei, quase em pânico.

— Não — disse ele, balançando a cabeça e respingando água em mim. — No meu banheiro. Eu estava tentando evitar que você fizesse papel de idiota ou que se machucasse.

Gemi, sentindo-me humilhada. — Desculpe por ter dado trabalho. Lamento muito, Noah. Não queria que você perdesse a festa nem nada do tipo...

Ele deu de ombros. — Está tudo bem. Não foi nada.

Bufei. — Claro, mas acho que nós dois sabemos que ter que cuidar de mim não foi a parte mais memorável da sua noite.

— Não foi tão ruim — disse ele, depois de um momento, e sorriu outra vez.

Não era um daqueles sorrisos tortos. Era um sorriso real, genuíno, que mostrava a covinha em sua bochecha esquerda e fazia com que os olhos se enrugassem um pouco nos cantos. Era uma expressão contagiosa; tive que sorrir de volta para ele.

— Bem, obrigada, Noah. — Não consegui evitar uma provocação, enfatizando seu nome.

— Sempre que precisar, Shelly.

Ele estendeu o braço para bagunçar meus cabelos, e quando me movi para empurrá-lo, acabei caindo da cama e puxando-o por cima de mim. Noah era bem pesado. Não tinha um único quilo de gordura sobrando no corpo, mas uma musculatura forte e incrível. Que estava me esmagando.

Mas eu havia sido apanhada por aqueles olhos brilhantes. Ele também não fez menção de se afastar; simplesmente ficou me encarando.

Antes que aquilo se transformasse em uma competição para ver qual dos dois conseguia encarar o outro por mais tempo, encontrei a voz outra vez. — Noah... — sussurrei.

— Sim? — disse ele, com a voz no mesmo tom.

— Você está me esmagando.

Ele piscou os olhos, como se estivesse tentando voltar para a realidade. Em seguida, disse: — Ah, é mesmo. Merda. Desculpe.

Levantou-se outra vez, segurando a toalha ao redor da cintura — não sei o que teria feito se ele deixasse a toalha cair. *Não, Elle! Não se atreva a seguir por esse caminho! Cale a boca! Pare de pensar!*

Ele me ofereceu a mão e eu me levantei também. A camisa que estava vestindo mal passava da minha bunda, e eu me senti extremamente constrangida.

— Ah... quando foi que me troquei? — perguntei, puxando a barra da camiseta para baixo.

— Voltei para ver como você estava e você acordou. Começou a tirar o vestido porque não queria amassá-lo, como disse, e aí peguei uma camiseta para você usar. — Ele deu de ombros e coçou a nuca brevemente.

Pisquei, com meu cérebro processando lentamente a informação. — Então... você me viu... só com a roupa íntima... — *Por favor, diga que não! Por favor, diga que não! Por favor, diga que não...*

Os lábios dele se retorceram; ele estava fazendo força para evitar um sorrisinho. — Bem...

— Oh, meu Deus. — Enterrei o rosto nas mãos.

— Desviei o olhar, juro.

Ri da resposta dele, dizendo: — Ah, não se preocupe com isso... — Mas, por dentro, sentia o sangue correndo e rugindo nas minhas orelhas. O Rei dos Joguinhos desviando o olhar? Muito convincente.

— Lee está lá em baixo preparando o café da manhã, se você quiser comer. — Suas palavras saíram aos tropeços, como se ele estivesse tentando mudar de assunto.

Minha barriga decidiu roncar em resposta, o que causou risos em nós dois. — Maravilha.

Fui para o andar de baixo, fechando a porta do quarto de Noah atrás de mim. Soltei a respiração, mesmo sem perceber que a estava prendendo, e me encostei na porta.

— Oh, meu Deus — respirei, conversando comigo mesma. Achei que havia superado completamente a fase em que me sentia atraída por Noah. Mas depois daqueles cinco minutos — ele só com uma toalha e eu com a sua camiseta, e ele caindo em cima de mim... meu coração simplesmente não se acalmava!

Era ridículo. Eu sabia que Noah nunca me viu como nada além daquela menina irritante que era a melhor amiga do seu irmão. Tinha certeza de que, para ele, eu não era nada mais do que isso.

Mesmo assim...

Caí para trás subitamente quando a porta que estava atrás de mim desapareceu. Estatelada no chão, pisquei os olhos quando vi Noah, que agora usava uma cueca *boxer.*

Comecei a rir. — Você usa a cueca do Superman!

Ele baixou os olhos para olhar para si mesmo, como se precisasse de uma confirmação visual daquele argumento. Vi um tom rosado brotar nas suas bochechas, e a única coisa em que consegui pensar foi: *Fiz Noah Flynn corar!*

Ele estava sorrindo como se não se importasse com aquilo e, em seguida, piscou o olho para mim, dizendo: — Você sabe que acha essa cueca irresistível, Shelly.

Será que é tão óbvio?

Levantei-me até ficar em pé outra vez e puxei a barra da camiseta para baixo, o máximo que consegui. Ainda com um sorriso bobo por saber que eu o havia feito corar, desci as escadas e fui até a cozinha.

— Rochelle, Rochelle, Rochelle — suspirou Lee quando deixei o corpo cair em uma cadeira diante da mesa do bar. — O que é que vou fazer com você, minha amiguinha *stripper* que morre de vontade de nadar pelada?

— Que tal algo para comer no café da manhã? — respondi, cheia de esperança.

Ele riu e voltou a se concentrar no fogão, jogando mais bacon na frigideira. — Cada coisa que faço por você...

4

PASSEI A MAIOR PARTE DO DIA JOGANDO *MARIO KART* COM LEE.

— Estou bastante surpresa por Noah ter cuidado de mim — admiti para Lee.

Ele riu. — Você não é a única. Eu teria cuidado, se estivesse por ali. Mas fui emboscado no caminho...

— Sim, você me falou sobre Verônica. Por acaso você beijou alguma outra menina ou só ela? É melhor você se cuidar ou vai acabar ficando igual ao seu irmão.

Lee revirou os olhos. — Pelo menos eu não arranquei a roupa em cima da mesa de sinuca. Formamos um belo par.

— Eu estava bêbada.

— Eu também. Um pouco.

— Noah não estava, aparentemente.

— Acho que ele estava, se cuidou de você desse jeito. Ele geralmente não é tão... gentil.

Eu ri. — Para dizer isso de uma maneira gentil.

— É verdade. Ei, talvez ele esteja retribuindo aquele *crush* que você tinha por ele.

Olhei para Lee com uma expressão séria.

— Não diga besteiras. Já superei aquela fase faz alguns anos, como você bem sabe.

Lee torceu o nariz. — Seria bem esquisito, na verdade.

— Se você diz. — Eu o empurrei, fazendo com o que o *kart* dele saísse da pista, mandando Yoshi rumo a uma longa queda por cima da cachoeira enquanto assumia a liderança com Luigi.

Voltei para casa por volta das cinco da tarde; tinha algumas lições para terminar. Fiz com que Lee me levasse para casa, porque havia pegado uma calça jeans emprestada com ele e não queria ser vista em público. Corri até a porta, ouvindo meu melhor amigo rir de mim.

— Ei!

— O que foi? — gritei, virando-me para trás.

Ele atirou o meu vestido para mim, e consegui pegá-lo logo antes que caísse no chão. — A gente se vê amanhã de manhã!

— Tchau, Lee!

Fechei a porta da frente e ouvi: — Rochelle, é você?

— Sim! Oi, pai.

— Venha até a cozinha um minuto.

Suspirei, imaginando se iria levar um sermão ou não. Sempre tive pavor de encarar meu pai bravo comigo.

Ele estava digitando em seu *notebook* na mesa da cozinha, e ouvi Brad jogando no Wii na sala de estar.

— Oi — eu disse, ligando a cafeteira.

— Pode fazer uma xícara para mim também, já que está aí.

— Claro.

— A festa foi boa?

Fiz que sim com a cabeça. — Sim, ótima.

— Você não bebeu demais? Nem fez nada estúpido? — Ele me encarou com uma expressão severa por cima do aro dos óculos; estava falando sobre garotos.

Não sei por que ele se incomodava em fazer isso. O fato de eu nunca ter tido um namorado e nunca ter beijado um garoto não era algo realmente confidencial.

— Eu... eu não fiz nada *muito* diferente... só fiquei um pouco bêbada.

Ele suspirou, tirou os óculos e esfregou a bochecha. — Rochelle... você sabe o que eu lhe disse sobre beber.

— Ficou tudo bem, de verdade. Além disso, Lee e Noah cuidaram de mim.

— *Noah* cuidou de você?

Até mesmo o meu pai ficou suficientemente surpreso para se esquecer de falar sobre bebidas por um momento.

— Pois é... também achei estranho.

— Hmmm. Bem, de qualquer maneira, não mude de assunto, mocinha. Você sabe o que eu disse sobre beber.

— Eu sei. Desculpe.

— Hmmm. Da próxima vez que isso acontecer, você vai ficar um mês inteiro de castigo, entendeu? E não pense que não vou descobrir.

— Mensagem recebida. Alto e claro.

Ele não parecia estar totalmente convencido, mas deixou passar. Não era como se eu saísse para beber noite sim e noite não; era uma daquelas coisas que acontecem de vez em quando.

— E então, você e Lee conseguiram pensar em uma boa ideia para a barraca? O festival é daqui a duas semanas.

— Sim. Vamos fazer uma barraca do beijo.

— Isso é... diferente — disse o meu pai, rindo. — Tem certeza de que vão deixar vocês fazerem isso?

Dei de ombros, enchendo duas xícaras com café. — Não vejo motivo para proibirem.

— Bem, é melhor do que ficar jogando bolas em cocos. Ah, tem outra coisa. Preciso que você cuide de Brad amanhã, está bem? Vou trabalhar até tarde.

— Claro. — Depois de acrescentar uma tonelada de leite ao meu café, eu o engoli. — Vou tomar um banho e fazer a minha lição de casa.

— Certo. O jantar é às sete. Temos bolo de carne.

— Legal.

EU ODIAVA SEGUNDAS-FEIRAS. ERAM UM SACO. NÃO HAVIA NADA de positivo nas manhãs de segunda-feira. Sempre programava o despertador para tocar vinte minutos antes do necessário, porque detestava ter que sair da cama.

Finalmente consegui me levantar e tirei a calça preta do guarda-roupa. Nossa escola foi construída por volta de mil novecentos e pouco, e, por algum motivo idiota, ainda mantinha a tradição do uniforme. Não era o pior uniforme do mundo, mas eu gostaria que não fôssemos obrigados a usar isso.

E, como se as segundas-feiras já não fossem suficientemente ruins, a minha estava prestes a ficar bem pior.

Raaaaasg!

Fiquei paralisada, com o pé chegando até a metade da perna da calça. Rapidamente tirei-a e dei uma olhada no estrago. Na semana passada, havia somente um buraquinho na costura da parte interna da perna direita. Agora havia um rasgo imenso.

— Ah, merda — resmunguei, jogando-a no chão. Eu não era muito boa com costura, mesmo que estivesse em um dia bom, e meu pai jamais iria conseguir consertá-la. Teria que comprar uma calça nova pela internet, que deveria chegar lá pela quinta-feira, pelos meus cálculos. Mas, até que isso acontecesse, teria que usar a minha velha saia.

Detestava a saia do uniforme da escola. Era um modelo pregueado, feito com um tecido xadrez azul e preto. Era preciso usar meias com ela. Não podia usar uma *legging*, nem ir com as pernas à mostra. *Meias até a altura do joelho*. A combinação ficava bem em algumas pessoas, e eu havia aceitado aquilo e usado a saia durante algum tempo no ano passado antes de decidir que jamais iria encostar a mão naquela peça de novo.

Mas eu não tinha escolha.

E o pior: agora, aquela saia estava meio curta para mim.

Suspirei outra vez. Não havia outro jeito. Não era como se eu tivesse outra opção. Revirei uma gaveta até conseguir encontrar um par de meias que havia comprado para usar com a saia no ano passado. Encarei meu reflexo no espelho com uma careta antes de descer para tomar o café da manhã.

Brad engasgou com o seu cereal quando entrei na cozinha. Riu com tanta força que cuspiu seus Cheerios por todo lugar. — Mas que diabo é isso?

— Brad, cuidado com essa boca suja — ralhou o meu pai. Em seguida, virou-se para olhar para mim e ergueu as sobrancelhas. — Isso não é meio... inadequado para usar na escola, Elle?

Bufei, fechando a cara. — Minha calça rasgou.

— Como você conseguiu fazer isso?

— Esqueci de consertar o buraco nela e... não sei. Ela simplesmente rasgou.

Meu pai suspirou. — Você vai ter que comprar outra. Não estou com tempo de correr até o shopping para lhe comprar uma calça nova.

— Sim, eu sei.

Eu mal havia terminado de comer meu cereal quando ouvi Lee buzinar impacientemente do lado de fora. Coloquei minha tigela na pia e me despedi da minha família. Corri até o carro, entrando antes que alguém pudesse me ver de saia.

— Você está de saia — comentou Lee.

— Parabéns, Sherlock — murmurei. — Vamos logo.

— O que acabou com o seu humor logo cedo? — provocou ele.

— Minha calça rasgou.

— Achei que você ia consertá-la.

— Esqueci.

— Está ótima, Shelly, não se preocupe. Você realmente devia usar saias mais vezes.

Dei um tapa em seu braço; Lee sorriu e ligou o rádio. Não demorou muito até chegarmos à escola. Disse a mim mesma para engolir o orgulho e, depois de respirar fundo, saí do carro. Chegamos um pouco mais tarde do que o habitual, e a maioria das pessoas já estava por ali.

Bati a porta do carro e fui até o outro lado para sentar sobre o capô com Lee quando um grupo de rapazes veio nos cumprimentar.

— Ei, você está uma gata — disse Dixon com um aceno de cabeça, piscando um olho para mim.

Fechei a cara, cruzando os braços. — Cale a boca.

— O que foi? — ele protestou, fazendo-se de inocente. Eu sabia que ele só estava brincando, mas meu humor não estava bom para aguentar aquilo.

Decidi sair dali e conversar com algumas das garotas, quando vi Lisa e May, com quem faço aula de química, alguns carros mais adiante. Alguém deu um tapa na minha bunda quando passei, e virei para trás, furiosa.

Era um dos jogadores do time de futebol, Thomas, que me encarava com um sorriso torto.

— Por acaso você deu um tapa na minha bunda? — perguntei, apertando os dentes.

— Talvez.

— Ei, perdi a festa do sábado — disse Adam, seu amigo. Eu não o conhecia muito bem, mas, pelo que já havia visto, era um panaca arrogante. E, como se quisesse comprovar que realmente era, ele emendou: — Será que vai ter uma reprise da sua performance?

Alguns dos garotos riram e aplaudiram, e Adam começou a rebolar como uma garota e a tirar a camisa de dentro da barra da calça como se fosse ficar nu. Até que a cena seria engraçada, mas eu estava muito irritada com ele e sua cara de superior.

Apertei os dentes. — Ah, vê se cresce.

Adam segurou no meu pulso e me puxou em sua direção. Provavelmente estava achando tudo aquilo uma brincadeira, mas eu tinha uma ideia bem diferente. Puxei o braço para trás e o encarei com uma expressão irritada.

— Ei, pare com isso — esbravejou Lee, chegando mais perto.

— Me obrigue — rebateu Adam, abrindo os braços para desafiá-lo.

E assim eu o soquei.

Bem, tentei — alguém segurou o meu punho antes que eu o acertasse no queixo.

Puxei a mão para me desvencilhar daquela pegada, mas não antes que um punho diferente acertasse a cara de Adam. Então, ele foi empurrado contra a velha caminhonete que estava ao nosso lado, finalmente me largando.

Olhei ao redor. É claro. *Tinha* que ser Noah. Foi ele que interferiu.

— *Briga! Briga! Briga!*

De repente, havia uma aglomeração enorme no meio do estacionamento, todos gritando *Briga! Briga!*, ou reagindo adequadamente com frases como *Ahhh*, ou *Ai, isso deve ter doído*, conforme apropriado. E eu estava presa bem ali, no olho do furacão, paralisada, incapaz de me mover.

Levou uns dois segundos até que a realidade me fizesse acordar novamente. Avancei correndo, tentando afastar Noah de Adam, que estava com o lábio partido e sangrando. Não poderia estar mais lívido, mesmo se quisesse.

— Noah! — gritei várias vezes, mas ele não me ouvia. Os rapazes estavam todos gritando e batendo boca, agora, para completar, havia também um professor tentando controlar a situação, mas o meu cérebro não percebeu nada daquilo.

— Lee! — tentei pedir, sentindo-me impotente, puxando seu braço. — Faça alguma coisa!

— O que você acha que estou fazendo? — respondeu ele, ríspido. — Ninguém trata a minha melhor amiga assim e sai impune.

— Lee... — suspirei, derrotada, quando ele voltou a gritar e empurrar a massa de rapazes.

— Cara, se você gosta dela, não tem problema — esbravejou Thomas com Noah. — Mas tenho certeza de que sobra para mais gente.

Ele se esquivou de outro soco e encarou Noah, desafiando-o a continuar a briga.

Mas eu fiquei ali, olhando feio para ele. — O que você disse?

— Você me ouviu — disse ele, piscando o olho.

Fiz uma careta.

— Já chega! — rosnou Noah.

— Flynn! — gritou o professor, aproximando-se por entre a multidão que se dispersava rapidamente.

As outras brigas pararam naquele momento, e Noah só parou porque fiquei bem diante dele, com as mãos em seu peito, empurrando-o para trás.

— O que significa isso? — quis saber o professor. Reconheci a voz do vice-diretor Pritchett.

— É só um enorme mal-entendido — disse a ele. — Sério.

— Todos vocês. Uma semana de detenção. Noah Flynn, Rogers, quero vocês dois na minha sala agora. Você também, Rochelle.

Fiquei boquiaberta. — O que foi que eu fiz?

— Nada. Mas eu gostaria de dar uma palavrinha com você.

Suspirei, decepcionada e, de repente, senti um braço ao meu redor.

Era Lee.

— Obrigada — balbuciei. — Mas você não devia ter se envolvido.

— É claro que devia. Ninguém pode tratar você assim, Shelly.

— Você faz isso o tempo todo.

— Mas eu posso. Somos amigos. Esses idiotas... eles não podem falar assim com você e sair impunes.

— Bem, obrigada — disse, dando-lhe um abraço de lado bem desajeitado.

Ele retribuiu o abraço. — Sabe de uma coisa? — murmurou na minha orelha. — Estou começando a pensar que o meu irmão gosta de você, Shelly.

Bufei. — É isso ou então ele estava procurando briga.

— Ah, provavelmente é a segunda opção, então.

— *Definitivamente* — corrigi, fazendo-o rir. O sinal tocou quando chegamos à sala do vice-diretor, e Lee suspirou.

— Tenho que ir para a minha aula.

— Certo. Bem, conversamos mais tarde, então.

— Está bem. Boa sorte — ele acrescentou com uma expressão grave. Ri, acenando quando ele ia embora, e sentei em uma das cadeiras. Alguém sentou na cadeira ao lado da minha — Noah. O vice-diretor e Thomas entraram direto no gabinete. A porta se fechou por trás deles com um estalido sinistro.

Depois de alguns segundos de silêncio, eu disse um "obrigada" discreto.

Pelo canto do olho, vi Noah se endireitar na cadeira. — Ninguém pode tratar uma garota daquele jeito. Especialmente se essa garota é você.

Olhei para ele de lado, sem virar a cabeça. — Bem, obrigada. Mas você não precisava interferir. Podia ter deixado que eu socasse ele.

— Seria um belo soco, tenho que admitir.

— Por que você me impediu? — Não consegui evitar a pergunta.

Ele deu de ombros. — Para falar a verdade... não sei.

— Na verdade, já que estamos falando sobre o que houve, por que você teve que se envolver? Lee, Dixon e Cam ficariam bem.

— Talvez — disse ele.

— Você está se esquivando da pergunta.

Noah sorriu. — Sim, estou. Eu acho... não queria vê-la se envolver em uma briga, e não gostei de ouvir aqueles caras falando com você daquele jeito... — ele deixou as palavras no ar, e passou a mão pelos cabelos, enquanto o meu coração batia cada vez mais rápido.

E foi então que ele disse as palavras que acabaram com o último fragmento da esperança que vinha crescendo dentro de mim. A frase caiu como se rolasse por uma encosta: — Acho que você é como uma irmã mais nova para mim ou algo do tipo.

— Ah, sim — eu disse, concordando com a cabeça. — É claro.

Ele assentiu também, e em seguida balançou a cabeça como se estivesse tentando clarear as ideias.

Tentei manter a expressão neutra. — Você acha que vai ficar muito encrencado? — perguntei, fingindo examinar minhas unhas.

— Não. Nunca fico encrencado. Especialmente quando descobrirem que eu estava defendendo a sua honra — emendou, com um sorriso torto.

— Haha, muito engraçado — devolvi, revirando os olhos. — Eu estava falando sério.

Noah balançou negativamente a cabeça. — Nunca começo brigas, simplesmente as termino. Você sabe. Vou dizer isso para me defender.

— Não vejo motivos para que *eu* esteja aqui.

— Oh, eles vão querer uma testemunha, só para comparar as versões ou coisa do tipo. Adoram fazer isso.

Ri, olhando para Noah e negando com a cabeça.

Ficamos sentados em silêncio por algum tempo, mas um silêncio agradável, confortável, o que realmente me surpreendeu. Percebi que, na realidade, aquele era o período de tempo mais longo que já havia passado a sós com Noah durante os últimos meses — a menos que se considerasse o tempo do qual eu não me lembrava porque estava bêbada.

Quando Thomas saiu e Noah entrou, formei as palavras “boa sorte” com os lábios. Ele simplesmente abriu aquele sorriso torto e bateu continência para mim, antes de fechar a porta da sala do vice-diretor. Fiquei sem nada para fazer além de tentar conseguir sinal de internet para o meu celular, o que não era algo muito fácil de acontecer naquela escola.

Quando saiu, ele sorriu para mim, indicando que tudo estava bem.

O vice-diretor Pritchett chamou. — Rochelle? — E fez um gesto para que eu entrasse.

Suspirei e me levantei, indo até a sala dele. Nunca havia estado ali antes; no máximo tinha passado diante da porta — e não era um lugar muito receptivo. O clima era pesado, remetendo a regras e castigos.

Ele me perguntou qual havia sido o motivo da briga. Então, disse a verdade: alguns idiotas começaram a me provocar por causa de algo imbecil que eu havia feito em uma festa na noite de sábado, e fiquei bastante ofendida. Por isso, os rapazes entraram no meio e a briga começou.

— Entendo. Bem, obrigado, Rochelle.

— Isso que eu disse não vai dar problemas para ninguém, não é? Digo... ninguém se machucou seriamente nem nada... — falei, cautelosamente, enquanto me levantava e colocava a mochila por cima do ombro.

O vice-diretor me deu um bilhete que justificava o meu atraso para que eu o entregasse ao professor. — Não. Você confirmou as histórias, apenas isso. Não se preocupe, está bem? E cuidado para não se envolver com problemas.

Concordei com a cabeça, um pouco indecisa. — Certo...

— Agora, vá para a sua aula.

Aquela era a deixa para eu cair fora dali, e por isso não hesitei nem por mais um segundo.

5

AS BANDEJAS DA CANTINA TILINTAVAM AO MEU REDOR E, QUANDO ergui o rosto, vi um enxame de garotas, tanto do terceiro como do quarto ano, reunidas à minha volta.

— E então — disse Jaime, alegremente, sentando-se bem à minha frente e com um sorriso enorme. — Conte tudo!

— Sobre o quê? — Franzi a testa, confusa, colocando o garfo ao lado do meu prato de salada.

— Sobre Flynn, é claro! — disse Olívia com um gritinho, aproximando-se para ouvir melhor. — Nós queremos saber de tu-do! Vocês dois estão ficando?

Bufei. — Meu Deus, não, nada disso.

— Mas você o chama de *Noah* — disse uma das garotas, e virei o rosto para olhar para Tamara, que havia baixado a voz para sussurrar o nome, talvez com medo de que ele a ouvisse. — Você não o chama de Flynn.

Dei de ombros. — Sempre fiz isso. Ele sempre esteve por perto, desde que eu era criança. E disse até mesmo que sou como uma irmã mais nova hoje de manhã. É só um cara legal.

— Um cara legal que sempre se envolve em brigas? — disse Geórgia, erguendo uma sobrancelha cética. — Ah, faça me o favor. Ele protege você. E faz isso desde sempre.

Apertei os olhos e senti a minha testa franzir outra vez. — O que você quer dizer com isso? Que ele me protege desde sempre?

Todas as garotas se entreolharam. E então, finalmente, Faith disse: — Quer dizer que você não sabe?

— É óbvio que não! — exclamei, ficando mais frustrada a cada segundo. — O que é que eu não sei?

— Flynn sempre mandou que os rapazes ficassem longe de você — confidenciou Olívia. — Disse que, se algum deles fizesse qualquer coisa que pudesse magoá-la, iriam se ver com ele.

Pisquei algumas vezes, olhando diretamente para ela e, em seguida, explodi em uma gargalhada. — Você está brincando, né?

As garotas se entreolharam mais uma vez, e me forcei a voltar para a realidade.

— Ah, parem com isso. Olhem, ele só está agindo com o se fosse um irmão mais velho e protetor, está bem? Só isso.

Elas trocaram olhares de dúvida novamente.

Jaime finalmente disse: — Bem, se você tem certeza absoluta de que é isso...

— Cento e dez por cento de certeza. Perguntem a Lee, se não acreditam em mim.

— Por falar nisso, onde está sua outra metade? — perguntou Tamara.

— Está na aula de marcenaria. Ele queria começar a fazer a nossa placa para a barraca. Eu, por outro lado, queria vir almoçar.

— Certo — disse Candice. — Ei, você conseguiu convencer Flynn a trabalhar na barraca?

— Ele disse que não vai. Tentei. Acredite em mim, eu tentei.

Todas as garotas suspiraram. — Queria que ele fosse. Eu iria gastar uma boa grana nessa barraca — disse Geórgia, fazendo todas rirem.

— Ele disse o motivo pelo qual não quer participar? — perguntou Karen.

Dei de ombros. — Não, não chegou a dizer.

— Ei, talvez Flynn venha até a barraca, mesmo que não trabalhe nela — disse Lily, subitamente, com um brilho nos olhos enquanto olhava de Karen para Dana e Samantha.

Todas imediatamente começaram a soltar vários gritinhos de empolgação.

Não podia culpá-las por isso.

— Oh, meu Deus! Elle, se você não conseguir convencê-lo a trabalhar na barraca, pelo menos faça com que ele passe por lá.

Vacilei um pouco. — Não posso prometer nada...

— Mas vai tentar? — insistiu Dana.

Ouvi o meu celular apitar, e comecei a procurar nos meus bolsos antes de perceber que aquela saia infernal não tinha bolsos. Suspirei antes de pegar minha bolsa e revirá-la atrás do meu celular.

Venha para a oficina de marcenaria, estamos precisando de ajuda! — dizia a mensagem.

Guardei meu celular outra vez e me levantei, pegando a bandeja do almoço. — Tenho que ir dar uma ajuda ao Lee. Acho que ele precisa de um toque feminino.

Elas riram e começaram a se despedir.

— Ah, Elle?

Olhei para trás. — Sim?

— *Pergunte a ele* — mandou Samantha, com um olhar incisivo.

Ri e confirmei com um aceno de cabeça, fazendo todas soltarem gritinhos, e em seguida neguei com a cabeça, pensando comigo mesma.

Certo, na realidade, eu não estava me sentindo muito melhor. Mesmo assim, havia superado aquela fase em que ele era o meu *crush*. Completamente, já que ele havia me dito que eu era apenas uma irmã para ele.

Mas isso não significava que ele fosse menos atraente.

Quando cheguei à oficina de marcenaria, Lee estava batucando um lápis impacientemente contra uma enorme placa de madeira. Depois de apenas dez segundos, aquilo já estava me deixando louca — e eu não culpava o professor, o sr. Preston, por deixar Lee sozinho ali e procurado um pouco de paz em sua sala nos fundos da oficina.

— Oi — falei, mas Lee não me notou até eu estar bem diante dele. Deixei minha mochila cair ruidosamente, despertando-o.

— Ah, não ouvi você entrar.

— Estou vendo, mesmo. Então para que você precisava de mim?

Apontou para a tábua diante dele. — De que tamanho você acha que eu devia desenhar as letras?

Soltei um suspiro e, em seguida, afofei os cabelos antes de puxá-los para trás em um rabo de cavalo. — Certo, garotão. Me dê esse lápis.

Desenhei as letras da BARRACA DO BEIJO na enorme placa de madeira.

— Mas elas não estão uniformes. Aquele "O" está bem mais estreito do que esse outro aqui. E o B está com metade do tamanho daquele A.

— Sei disso. Mas você pode retocar as letras e deixar tudo mais proporcional. Não importa se não ficar perfeito, com o que tenho em mente.

— Estou louco para ouvir.

Mordi o lábio, tentando encontrar as palavras certas para descrever a imagem na minha cabeça. Não era fácil. — Bem, nós conseguimos a placa principal para a barraca, e vamos desenhar essas letras em ângulos diferentes para que elas acabem se sobrepondo e apontem para várias direções, porque isso vai ser bem melhor do que simplesmente escrever "Barraca do Beijo". Faz sentido?

Lee concordou com a cabeça, olhando para a placa. Eu podia praticamente ouvi-lo organizando a ideia em sua mente. — Estou percebendo o que você quer dizer. Vai ficar legal.

— Eu sei que vai.

Ele começou a desenhar as linhas com contornos mais grossos, medindo todas para que ficassem retas e perfeitas. Sentei-me no banco de frente para ele, balançando as pernas.

— Ei, você sabia que o seu irmão manda os outros garotos ficarem longe de mim?

Lee nem fez menção de erguer os olhos para olhar para mim; simplesmente deu de ombros. — Claro. Todo mundo sabe disso.

— Exceto *eu*. Como foi que nunca soube fiquei sabendo? E por que você nunca me contou?

— Não sei. Achei que você iria acabar descobrindo isso conforme os anos passavam. Por que você acha que os rapazes nunca convidaram você para sair?

Parei para refletir sobre aquilo por um momento. Para ser sincera, nunca tinha pensado nisso. Não havia entrado em pânico achando que havia alguma coisa errada comigo simplesmente por eu não ter um namorado. Meio que havia aprendido a conviver com aquilo, pensando que me consideravam "mais um dos rapazes" por passar tanto tempo com Lee; e que, por esse motivo, os garotos não me viam como uma garota que gostariam de chamar para um encontro romântico.

— Você sabe que é o único homem na minha vida, Lee — provoquei. Ele ergueu o rosto e piscou para mim, e mandei um beijinho em resposta. Ambos rimos e ele voltou a se ocupar com o desenho das letras.

— Mas, falando sério. Você só ficou sabendo disso agora?

— Sim. Um grupinho das garotas me contou, porque elas queriam saber todos os detalhes e fofocas do que aconteceu hoje de manhã. Não que *houvesse* alguma coisa que pudesse virar fofoca. Disse a elas que Noah pensa em mim somente como uma irmã mais nova.

— Acho que ele assumiu uma versão extrema do papel do irmão superprotetor — concordou Lee. — Mas provavelmente eu faria o mesmo, se estivesse no lugar dele. Especialmente depois da maneira com a qual aqueles caras agiram com você hoje...

O lápis se quebrou na mão dele.

— Ei, fique calmo — falei, com a voz baixa.

Lee jogou as metades do lápis quebrado para longe e puxou outro de trás da orelha. — Desculpe. Mas eles realmente me deixaram bem puto aquela hora.

— Não me diga.

— Ah, deixe para lá. A questão é que Noah tem toda a razão em mandar os rapazes ficarem longe de você. Você é muito ingênua, e acabaria se magoando bem facilmente.

— O quê? — gritei, indignada. — Como assim sou "muito ingênua"?

Lee deu de ombros outra vez. — Às vezes você é gentil demais, Shelly. Não de uma maneira ruim. Só estou querendo dizer que... bem, você sabe. Você tem uma chance enorme de se apaixonar por algum babaca que vai acabar te magoando.

— Ah. Entendi.

— Estou só tentando cuidar de você. E Noah também.

— Bem, obrigada... eu acho.

— Por nada... eu acho — zombou ele, rindo. Disparei uma borrachinha de escritório da mesa do lado contra seu braço. Ele a desviou com um tapa e continuou trabalhando, enquanto eu o observava e conversava.

Ainda estava me perguntando por que Noah havia chegado ao ponto de avisar os outros garotos para que não se aproximassem de mim. Aquilo era incrivelmente injusto. Eu faria dezessete anos dali a dois meses. Nunca havia sido beijada, nunca tive um namorado, nunca saí para um encontro romântico. Era uma falta de consideração incrível da parte de Noah. Que direito ele tinha de interferir na minha vida desse jeito? Claro, era ótimo saber que ele se importava comigo — mas ele não precisava impedir completamente os outros rapazes de se aproximarem de mim!

Quando perguntei a Lee exatamente o que Noah havia feito para assustar os rapazes quanto a mim, ele disse: — Noah disse que, se alguém fizesse qualquer coisa que pudesse magoar ou machucar você, iriam se ver com ele.

Suspirei comigo mesma. Parecia bem claro que Noah me via somente como uma irmã mais nova vulnerável e ingênua demais, mas não consegui evitar de desejar que ele houvesse feito aquilo por razões diferentes.

6

BRAD NÃO ERA O GAROTO DE DEZ ANOS MAIS DIFÍCIL DE CUIDAR. Geralmente, ele ficava jogando videogames e gritando com a TV. Tudo que tive que fazer foi lhe dar o jantar. Em seguida, às nove e meia, quase precisei arrastá-lo escada acima até que ele gritou: — Está bem, está bem! Vou dormir.

Suspirei, me acomodando ao silêncio quando ele bateu a porta do quarto. Larguei o corpo diante da TV e finalmente soltei o controle remoto quando surgiu um filme sanguinolento com romanos, gladiadores ou coisa do tipo. Quando estava quase dormindo, meu celular tocou. Me levantei com um salto, quase caindo do sofá.

— Alô? — balbuciei para o celular, sem olhar para o identificador de chamadas. Falava como uma louca, mas não estava me importando muito. A pessoa que estava do outro lado, quem quer que fosse, teria que lidar com aquilo.

— Ah... Elle?

— Sim? — esbravejei, irritada.

— Aqui... ah, aqui é o Adam. Escute... não desligue. Só queria pedir desculpas pelo que aconteceu hoje de manhã. Fiz aquilo sem pensar, eu acho... o que eu disse. Por isso... desculpe.

Pisquei os olhos algumas vezes, tentando clarear as ideias. Adam? Ligando para *pedir desculpas*? Eu não conseguia acreditar. Embora talvez isso estivesse acontecendo porque ele parecia estar tentando não rir.

— Ah... Elle? Você ainda está aí?

— E-estou — gaguejei, rapidamente. — Desculpe, estou só... só usando o fogão.

Mas que diabos? Quem é que fica distraída durante uma ligação porque está usando o *fogão*? Às *dez da noite*?

— Você está ligando bem tarde, sabia? — emendei, apressadamente. — Talvez tarde demais para pedir desculpas.

— Eu sei, mas só queria dizer que estou arrependido.

— Bem, obrigada — respondi, seca. — Tenho que ir agora, Adam. Então eu...

— Espere um segundo.

— Não quero ouvir nada do que você tem a dizer, seja o que for.

— Você não quer sair para jantar comigo, então? — Eu estava quase conseguindo imaginar a expressão arrogante no rosto de Adam, a julgar pelo tom atrevido da sua voz. Aquilo me fez ranger os dentes. — Me dar uma chance de realmente poder me desculpar?

— Não. Tchau.

Desliguei e joguei o celular no sofá antes que ele pudesse dizer mais uma sílaba. Que idiota.

E Lee disse que eu era gentil demais... Ha!

Bufei discretamente com aquela ideia, sentindo-me bastante satisfeita por ter sido tão direta com Adam — embora não fosse nisso que eu pensava enquanto subia as escadas.

Havia somente uma coisa em minha cabeça. Bem previsível, diga-se de passagem. Era Noah.

Por algum motivo, a única coisa na qual eu conseguia pensar era a manhã de domingo quando caímos da cama. A expressão em seus olhos — da qual eu me lembrava perfeitamente, mas que não conseguia compreender, com aqueles olhos brilhantes cobertos pelas sombras e fixados nos meus.

Porque ninguém olha assim para alguém que considera como irmã mais nova, não é? É claro que eu estava sendo ridícula; eram somente meus pensamentos sonolentos viajando pela terra dos sonhos. Mas aquilo me fez pensar que talvez houvesse uma razão diferente para ele ter se envolvido naquela briga de manhã.

Ralhei comigo mesma, já sentindo os olhos se fecharem.

— Você é uma idiota, Elle — resmunguei. — Uma bobalhona completa...

A ESCOLA NO DIA SEGUINTE NÃO FOI TÃO RUIM. OUVI UNS DOIS assobios e comentários provocadores mais altos, mas não dei atenção. E só ouvi aquilo quando Noah não estava por perto.

Lee estava resmungando sobre aquilo e eu disse: — Bem, acho que a culpa disso é minha. Afinal, realmente tentei tirar a roupa para ir nadar pelada...

Ele me encarou com uma expressão irritada, e parei de falar. — O que foi que eu disse ontem? *Gentil demais.*

— E o que eu fiz na festa? Foi *gentil demais?* — exigi saber.

— Você não é do tipo que sai por aí se exibindo, não é mesmo? Entende o que é decência. Um deslize com a bebida e aqueles caras começam praticamente a tirar sua roupa com os olhos.

Suspirei. — Pare com isso. Não sou *tão* atraente assim.

— Já se olhou no espelho ultimamente, Senhorita Sutiã Tamanho Trinta e Seis?

— Lee! — gritei, dando-lhe um tapa no braço. Senti minhas bochechas ficando vermelhas. — Não diga isso tão alto!

Ele riu de mim, passando o braço ao redor dos meus ombros. — Não consigo acreditar que esta é a mesma garota que queria nadar pelada e quase arrancou a roupa na frente de um bando de garotos...

— Cale a boca.

— Desculpe.

— Temos uma reunião para falar do festival na hora do almoço — o lembrei quando o sinal tocou. Embora eu fosse uma garota da química, Lee preferia biologia. Era a única matéria que não cursávamos juntos.

— Sim, eu sei.

— Até lá.

— Tchau, Elle.

Fui até a cadeira onde habitualmente me sento no laboratório de química, e foi então que ouvi: — Ei, Elle! Venha sentar comigo.

Olhei por cima do ombro e vi Cody puxando a cadeira ao lado dele.

— Esse aí vai morrer — ouvi Dixon murmurar atrás de mim.

— Sem falar no que Noah vai fazer — concordou Cam, e os dois sorriram para mim antes de se sentar. Encarei os dois com uma expressão confusa, pensando: *Garotos...*

— Ah... Claro, tudo bem — disse a Cody, e fui sentar ao seu lado. Eu não o conhecia muito bem, mas parecia ser um rapaz legal. Tinha o cabelo tingido de preto e um *piercing* na língua, e também era pianista clássico; já o havia visto tocar em um concerto na escola certa vez.

— Fiquei sabendo da briga de ontem — disse ele, casualmente, desenhando linhas serpenteantes no canto do livro de química. — Não consigo acreditar que disseram aquelas coisas para você.

— Oh, bem... ah... — ri, nervosamente, sem saber o que dizer.

Depois de alguns momentos, ele disse: — É verdade que você e Lee vão montar uma barraca do beijo? Para o festival da primavera?

Confirmei com um sorriso, grata pela mudança de assunto. — Sim! Legal, não é?

— Sim. — Ele sorriu de volta. — Você vai trabalhar na barraca, então? — Ele ergueu uma sobrancelha, seus olhos castanho-esverdeados se iluminaram com satisfação, e um sorriso insinuante se formou em seu rosto, embora eu percebesse que ele não estava falando totalmente sério, pelo toque de riso em sua voz.

— Não — eu ri. — Não vou.

— Que pena. Esperava não ter que passar vergonha aqui.

— Oh?

— Você não gostaria de... você sabe... ah... ir... — ele limpou a garganta. — Assistir a um filme ou coisa do tipo... comigo... algum dia?

Senti vontade de rir apenas pelo seu nervosismo.

Mas consegui me conter.

Em vez disso, lhe dei um sorriso maroto e disse: — Você não tem medo de que Noah acabe quebrando o seu braço ou algo parecido?

Ele deu de ombros. — Acho que posso assumir esse risco por uma garota legal como você.

— Bem, falando desse jeito... — falei com um sorriso. — Por que não?

— Sério? De verdade? — Seus olhos brilharam.

— Sério, de verdade.

— Legal. Bom, ligo para você então.

Concordei com a cabeça. E foi então que me dei conta: — Não tenho o seu número.

— Aqui está. — Ele tirou a tampa de uma esferográfica com os dentes e segurou no meu braço, virando-o para o outro lado. E demonstrou todo o seu talento para anotar o número desde o meu cotovelo, escrevendo cada algarismo de cabeça para baixo.

— Você podia simplesmente ter digitado no meu celular.

— Mas então não seria nem um pouco divertido.

Eu ri.

Enquanto isso acontecia, o professor entrou na sala. — Certo, pessoal, fiquem quietos e sentem-se. Temos bastante trabalho hoje. Abram os livros na página cento e trinta e sete. Na aula passada, estudamos a produção do etanol, seus usos comerciais e implicações sociais...

— Isso mesmo — disse um dos garotos, provavelmente Oliver, atraindo a atenção para si. — Como fazer Elle tirar a roupa!

Senti o rosto corar e rebati: — E o que você viu? Você já estava apagado àquela hora, fracote!

— Boa — riu Cody, aprovando minha resposta; os outros começaram a vaiá-lo, mas abri um sorriso.

Lee não se importaria quando eu lhe falasse que teria um encontro com Cody. Ele o conhecia um pouco melhor do que eu, também. Era Noah que me preocupava.

— Ei — disse Cody, quando o sinal tocou e eu estava prestes a sair correndo para a minha reunião sobre o festival.

— Sim?

— Me ligue. — Ele piscou o olho, rindo.

Eu sorri. — Tchau, Cody.

CHEGUEI À REUNIÃO AO MESMO TEMPO QUE LEE. — EI, VOCÊ NUNCA vai adivinhar o que acabou de acontecer na minha aula de química.

— Você foi convidada para sair.

Meu sorriso se transformou em um beicinho. — Como você soube?

— Dixon me mandou uma mensagem. Disse que alguém ali estava disposto a arriscar o pescoço. Cody, não é?

— Isso mesmo — respondi, com um sorriso enorme. — Será que você pode ficar um pouco mais animado por minha causa, Lee? — Eu o cutuquei no braço em tom de brincadeira. — Vou sair para um encontro! Você não está feliz por mim?

Lee riu. — Estou, Shelly! — Ele me deu um abraço, mas talvez só tenha feito isso para me fazer parar de saltitar de um lado para outro pela empolgação. — Cody é um cara legal. Só estou imaginando o que o meu irmão vai dizer quando alguém contar isso a ele.

Eu ri. — Não se preocupe, vai ficar tudo bem.

— Se você diz...

— Então, Lee e Elle — disse Tyrone, o presidente do grêmio estudantil, dando início à reunião com um simples bater das suas palmas enormes. Ele estava sentado na cabeceira da mesa, com Gen ao seu lado, papel e caneta a postos para registrar a minuta. Ela desempenhava sua função de secretária do grêmio estudantil com bastante seriedade. Todos olharam para Tyrone e imediatamente fizeram silêncio. — Soube que vocês finalmente tiveram a ideia para sua barraca.

— Sim — dissemos em uníssono.

— Uma barraca do beijo.

— Aham — concordamos em coro.

Ele nos olhou com uma expressão preocupada. — Vocês não acham que isso é... um pouco arriscado?

— O quê? Como assim, arriscado? É só dizer que, se a pessoa estiver gripada, não pode vir à barraca do beijo. Não vai ser um grande problema, Tyrone.

— Não é isso. A questão é... bem, vocês não acham que isso é uma ideia meio vulgar? Soube que algumas pessoas não estão muito felizes com ela.

— Mas nós já começamos a fazer a placa! — argumentou Lee, levantando a voz. — Já temos as pessoas que vão trabalhar na barraca! Todo mundo adorou a ideia!

— Tyrone, ninguém está pensando desse jeito — argumentei, calmamente, cutucando Lee com o cotovelo. — Além disso, muitos festivais têm uma barraca do beijo. E sempre podemos estabelecer algumas regras. Como aquelas restrições de acordo com a altura das pessoas nas montanhas-russas. Podemos estabelecer um limite de idade, se é isso que o preocupa.

— Há uns dois professores que não estão muito contentes com isso. Pessoalmente acho uma ótima ideia. Só não tenho muita certeza se é o melhor a fazer.

— Vai dar tudo certo — prometi a ele, abrindo um grande sorriso.

— Bem, se vocês já estão com tudo planejado, é melhor começarem a trabalhar na barraca. O festival é no sábado que vem. Tudo tem que estar pronto até sexta.

— Sim, nós sabemos. Vai estar tudo pronto até lá — disse Lee.

— Fantástico. Vamos em frente, então. Kaitlin, você tem o telefone da fábrica de algodão-doce?

— Lembre-me de perguntar ao seu irmão se ele vai passar na nossa barraca —sussurrei para Lee. — As meninas estão falando disso o tempo todo, sem parar.

— Você sabe que ele vai dizer não.

— Sim, mas tenho que perguntar assim mesmo.

— O que foi que eu lhe disse, Shelly? — Lee sorriu, dando um peteleco no meu nariz e fazendo com que eu retorcesse o rosto. — Você é gentil demais.

LEE TEVE QUE CORRER PARA O SUPERMERCADO COMPRAR ALGUMAS coisas para sua mãe. Por isso, ele me deixou diante da sua casa, pois íamos trabalhar na *playlist* das músicas da barraca do beijo. Eu pensei em começar a procurar algumas músicas românticas enquanto ele não chegava, e entrei na casa. A porta já estava destrancada. Vi o carro de Noah, que ele mesmo havia consertado, diante da garagem.

— Nossa mãe disse que você precisa ir comprar mais leite. Estamos sem nada — eu o ouvi dizer.

— Ele já foi — respondi. — Sou eu.

Entrei na cozinha bem quando Noah estava saindo — e ele trombou comigo, derrubando um copo de água que molhou toda a minha blusa. Para piorar as coisas, a água estava gelada e eu gemi, dando um salto enorme para trás.

— Noah! — gritei, puxando a blusa. Ela ficou totalmente colada na minha pele, e o fato de eu estar usando um sutiã cor-de-rosa por baixo, já que todos os meus brancos estavam sendo lavados, não melhorou a situação. Suspirei. *Tinha que ser comigo.*

Encarei Noah com uma expressão irritada. Vi um músculo estremecer no queixo dele, e suas sobrancelhas se juntaram.

— O que foi? O que significa esse olhar? — perguntei, sentindo meu mau humor entrando em ação. Como Noah não disse nada, passei por ele e entrei na cozinha pisando duro para pegar algo para beber.

— Ei, o que é isso no seu braço?

Não respondi.

— É verdade que você vai sair com um cara da escola?

Coloquei o copo vazio sobre o balcão. — Que droga, Noah! Isso tem importância? Já não basta Lee me dizendo que sou gentil demais. Você não precisa ficar me controlando também!

— Você não respondeu à minha pergunta.

— Você também não respondeu à minha.

— Perguntei primeiro, Rochelle.

Ah, diabos. Ele usou o meu nome completo. Oh-oh. Dei meia-volta para ficar de frente para ele. — Sim, vou sair com um cara. Com Cody. Ele é um rapaz legal.

— Um rapaz legal? — Noah fechou a cara. — Elle, você está falando sério? Por acaso você o conhece? Sério, você o conhece *mesmo*?

— Bem... não. Não muito. Mas é por isso que vou me encontrar com ele. *Para conhecê-lo melhor.* É isso que as pessoas costumam fazer, sabia? Ah, mas espere. Não, desculpe, você não saberia nada sobre isso, senhor Rei dos Joguinhos. Você só leva as garotas para a cama e as dispensa na manhã seguinte. Desde que saiba o nome delas, tudo fica bem.

Sim, ele estava me deixando irritada. Geralmente, eu não ousaria dizer esse tipo de coisa, especialmente porque não sabia se era realmente verdade. Mas ele estava definitivamente fazendo o meu sangue ferver. Além do mais, continuava brava com ele por mandar os rapazes ficarem longe de mim desse jeito. Disse a mim mesma que era a raiva que estava fazendo meu coração acelerar tanto.

— Ele só quer levar você para a cama.

— Desde quando? — gritei, jogando as mãos para cima. — E como é que você sabe? Você nem o conhece!

— Cody Kennedy. Pianista clássico. Estuda algumas matérias em nível avançado.

Pisquei. Certo, talvez ele realmente o conhecesse.

— Pois é — disse Noah, com um ar arrogante. — Sei de quem estou falando. E sabe do que mais? Ele só quer levar você para a cama, igual a todos os outros caras.

— Então você está me dizendo que não existe nenhum garoto respeitável na escola, que não queira sair com uma garota somente por causa de sexo? Ou talvez você esteja dizendo que isso é a única coisa para a qual eu sirvo? Eu realmente não tenho personalidade própria, Noah?

— Eu não disse isso. Mas eles são todos iguais.

— E como você sabe? Você é o motivo pelo qual eu nunca consegui sair com ninguém em toda a minha vida! Por que fez uma coisa dessas?

— Você confia demais nas pessoas, sem critério — rebateu ele, me interrompendo. — Basta um cara dizer que te ama, e ele não precisaria esperar muito tempo até você ceder.

Olhei para ele com uma expressão irritada. — Você realmente acha que eu sou tão fácil assim?

Noah me encarou com a mesma expressão irritada antes de socar a porta da cozinha. Ela bateu com um estrondo e se abriu novamente com a força da pancada.

— Porra, será que você pode ouvir o que eu digo uma vez na vida? Estou tentando proteger você!

— Eu não *preciso* que me protejam! — gritei de volta. — Será que você não pode simplesmente ficar fora da minha vida? Acho que sou capaz de cuidar de mim mesma e sair para um encontro, Noah!

— E como você poderia saber disso? Os rapazes estão sempre olhando para o seu corpo e comentando sobre o quanto você é gostosa. Nunca percebeu? Se um idiota achar que pode namorar com você para deixá-la chorando no final, é porque ele pode pensar qualquer outra coisa depois...

A frustração me fez gritar. — Fique fora da minha vida!

— Você vai acabar se magoando.

— Não vou. Caso você não tenha percebido, já sou bem grandinha agora. Sou capaz de tomar conta de mim mesma!

— E foi por essa razão que você quase fez um *striptease* na frente de todo mundo no sábado?

— Eu estava bêbada!

— E quem teve que perder a festa para cuidar de você?

— Não pedi que você fizesse isso! E também não pedi que mandasse os garotos ficarem longe de mim também!

Avancei para passar por ele outra vez, pensando em me trancar no quarto de Lee.

Noah segurou o meu braço, dizendo: — Ei! Nós ainda não terminamos o assunto, Rochelle!

Virei para trás e empurrei o peito dele com toda a força que consegui reunir, mas ele nem se mexeu.

— Uau! — gritou uma voz nova: Lee. Nós olhamos para ele, que estava sob o vão da porta. — Por que estão se matando? O que eu perdi?

Nem Noah nem eu respondemos; ainda estávamos nos encarando, irritados.

— Nada — falei, depois de algum tempo. — Vejo você lá em cima, Lee.

Ouvi os dois conversando em voz baixa na cozinha. Suspirei. Noah era tão... tão irritante! Claro, ele era incrivelmente atraente. Mas por que diabos tinha que interferir? Como ele podia presumir automaticamente que era impossível que um garoto quisesse me chamar para um encontro por que gostava genuinamente de mim?

Joguei-me na cama de Lee e gritei, abafando a boca com o travesseiro, extravasando toda a minha raiva. Quando Lee subiu para trabalhar nas músicas para a barraca, eu já havia me acalmado e estava pesquisando a sua biblioteca do iTunes para ver o que poderia encontrar.

Ele não me fez nenhuma pergunta, exceto: — Encontrou algo legal? Era por isso que eu adorava Lee.

ELE ESPEROU ATÉ ESTARMOS DEVORANDO PACOTES DE COMIDA chinesa na sala de estar para me perguntar.

— E então, o que houve entre você e Noah?

— Gritei com ele por ser tão superprotetor. Ele gritou comigo, tentando dizer que só estava pensando no meu bem. Gritei mais com ele. E você chegou.

— Sabe, ele tem boas razões para agir assim — disse Lee, cuidadosamente, depois de um momento. — Eu tentei lhe dizer...

— Sim, sei que você tentou, Lee. Mas é diferente. Afinal, você é o meu melhor amigo.

Lee abriu um sorriso torto. — Ah... sim. Mas Noah tem razão. Nem todo garoto é um bom garoto.

— Sim, mas... mas não sou idiota a ponto de me deixar enganar dessa forma.

— Estou pensando no seu bem, Shelly. — Ele colocou a mão no meu joelho e eu retribuí com um sorriso. Quando Lee falava assim, era algo agradável. Quando Noah disse a mesma coisa, simplesmente fiquei irritada com ele.

— Sei que você tem a melhor das intenções. Meu problema é com Noah. Ele levou essa ideia ao extremo. Sou capaz de sobreviver a um encontro com Cody. Você conhece Cody. Ele não tentaria fazer uma coisa dessas.

— Sim, eu sei.

— Noah obviamente não sabe.

— Fiquei com medo quando vi vocês dois daquele jeito. É sério.

— Eu sei que é sério. — Tive que me segurar para não rir.

— Olha... Pelo menos tome cuidado, está bem?

— Ah, pelo amor de Deus. Centenas de pessoas saem juntas em encontros, Lee. Você sai para se encontrar com garotas. E não tenta se aproveitar de alguém logo no primeiro encontro.

Lee riu quando falei isso. — No terceiro, talvez.

— E é por isso que Karen não quis ir ao cinema com você.

Ele riu de novo, pois estávamos apenas brincando. Mas quando paramos de rir, ele disse com a voz grave: — Elle, estou falando sério. Nós não queremos que você fique magoada ou que alguém a machuque.

— Eu sei.

— Tenha cuidado, por favor.

— Vou ter. Relaxe.

— Promete?

— Sim. Dê o dedinho aqui — eu disse, enlaçando o meu dedo mindinho no dele e sorrindo. A superproteção de Lee era algo suportável. Até gostava, na verdade. Não me importava de Noah querer agir como um irmão mais velho e me proteger, também; mas o que não gostava era que ele parecia ser contra eu ter qualquer encontro.

Que babaca.

7

O RESTANTE DA SEMANA PASSOU RAPIDAMENTE: FICAMOS OCUPADOS tentando compilar uma *playlist* para a barraca, pintando a placa, reunindo todos os adereços para a decoração e fazendo placas e pôsteres. Para não mencionar as coisas do dia a dia, como a lição de casa.

E eu me esforcei para evitar Noah quando ia à casa de Lee.

Ainda estava irritada com ele, e não queria outra discussão como a que tivemos.

A sexta-feira chegou, e eu passei o dia inteiro sem conseguir ficar parada. Iria assistir a um filme com Cody à noite. Combinei de me encontrar com ele no cinema, às sete. Decidi que tentaria chegar por volta das sete e cinco. Não faz mal deixar um rapaz esperando um pouco, não é?

Voltei para casa e comecei a revirar o armário. Minhas mãos tremiam ligeiramente e minha respiração estava acelerada. Preocupações e dúvidas dominavam a minha mente, mas eu me recusava a lhes dar ouvidos.

Queria usar algo que fosse bonito, mas sem passar a ideia de que estava desesperada. Era somente um filme, então não podia ir elegante demais, também. E, como Cody não era muito mais alto que eu, usar saltos estava fora de cogitação.

Escolhi um jeans cinza. *Certo, esse aqui está bom. Já é um progresso.*

Mas eu ainda só tinha metade do traje.

Não havia pedido conselhos a nenhuma outra garota; sentia vergonha demais em admitir que nunca havia saído para um encontro com um garoto antes e não sabia o que vestir para ir ao cinema. Claro, eu ia ao cinema com garotos o tempo todo, mas sempre como amigos. Essa ocasião era diferente. Os garotos não se importavam com a minha roupa, mas desta vez... bem, Cody iria reparar.

Eu sabia que estava entrando em pânico por nada, mas não conseguia evitar.

Depois de bastante tempo, decidi que usaria um blusão cor-de-rosa claro com as mangas até o cotovelo. Tinha um aplique de renda mais escuro ao redor do decote, e era um pouco melhor do que uma blusa mais simples. Completei o conjunto com um colar prateado e algumas pulseiras e decidi que estava satisfeita.

Mas será que eu não deveria vestir algo que valorizasse mais minha silhueta? Aquele suéter não destacava tanto os meus peitos — e, se você tem, por que não exibi-los, não é mesmo? Ou não?

Olhei para o relógio.

Bosta. Eu já devia ter saído há cinco minutos.

Iria com o blusão mesmo.

— Tchau! — disse enquanto descia as escadas.

— Divirta-se! — respondeu o meu pai. Brad continuou gritando com o seu videogame. Bati a porta e vi que o carro de Lee já estava me esperando diante da casa.

Dei a volta e sentei-me no banco do passageiro.

— Desculpe — falei, um pouco ofegante. — Mas não é ruim fazê-lo esperar um pouco, não é? — Ri, nervosamente, olhando para ele pelo canto do olho. Em seguida, soltei um gemido alto. — Noah! O que você está fazendo aqui?

— Lee tinha que terminar algumas coisas. O que significa que vou ser o seu chofer.

— Se você tivesse me contado, teria chamado um táxi, ou pedido ao meu pai para me levar. Por que Lee não me mandou uma mensagem avisando?

— Imaginei que ele havia feito isso.

— Não.

— Bem, então, não sei. — Noah se virou para me encarar com um olhar crítico.

Eu estava beliscando o meu blusão nervosamente. — Estou bem assim? Não sei se essa peça é casual demais ou coisa do tipo... graças a um certo alguém, nunca fiz isso antes.

Ele sorriu, seco. — Está legal.

— E o meu cabelo?

— Bom? — ele respondeu, sem muita convicção. Noah engatou a marcha do carro e deu de ombros. — Pelo menos você está vestida como uma pessoa normal.

— O que você quer dizer com *como uma pessoa normal*?

— Normal para você. Afinal, você não está exibindo pele demais nem nada do tipo.

— Uau. Acho que isso foi quase um elogio?

— Na verdade, não. Mas, Elle, se esse cara tentar qualquer coisa... estou falando sério. *Qualquer coisa...*

— Noah. Ele é um garoto. Eu sou uma garota. Muitas pessoas se beijam na primeira vez que saem juntas, você sabe. Duvido que ele vá tentar fazer com que eu durma com ele no meio do filme. Não é de *você* que estamos falando.

Noah deu de ombros, com a cara um pouco emburrada. — Eu só estou dizendo...

Ficamos em silêncio por algum tempo.

— Acho que falei mais com você nesta última semana do que durante todo o ano passado — comentei, casualmente.

— Sim. Muito esquisito.

Revirei os olhos. Sim, definitivamente não havia nada entre nós, mesmo que eu *ainda* sentisse aquela atração por ele. Noah era totalmente indiferente em relação a mim, com exceção daquele comportamento superprotetor. Todo o tempo que desperdicei tendo ele como meu *crush*...

Mesmo assim, ele era realmente bonito — especialmente com os cabelos caindo sobre os olhos e a luz do painel do carro encobrindo seu rosto daquele jeito.

Você vai sair com outro garoto! Hello-o! Terra chamando Elle!

Repreendi a mim mesma mentalmente. — Obrigada pela carona. Você pode parar aqui.

— Tudo bem. Você vai precisar de uma carona de volta para casa?

— Cody disse que me levaria. Se isso não acontecer, ligo para o meu pai ou para o Lee.

— Certo.

Revirei os olhos e saí do carro, caminhando até as portas do cinema.

Olhei ao redor. Nada de Cody. Será que ele havia me dado o cano? Dei uma olhada no saguão do cinema, mas também não estava ali... Onde ele estava? Minhas palmas começaram a suar um pouco; meu estômago estava tomado por uma multidão de borboletas.

Depois de uns dois minutos mandei uma mensagem para ele, dizendo *Estou aqui. Você já entrou?*

Pronto. Perfeito. Não parecia ser uma mensagem muito desesperada nem nada do tipo. Mandei e esperei três minutos e meio até a resposta chegar.

Estou quase chegando.

Ah, que maravilha. Agora era eu quem estava esperando. Encostei em um poste na calçada, olhando para o meu celular como se estivesse fazendo alguma coisa. Na verdade, estava somente abrindo e fechando aplicativos aleatórios. Esperava não dar a impressão de que estava tão preocupada e nervosa quanto realmente me sentia.

— Levou um bolo?

Eu quase saltei com o susto, e acertei um tabefe no peito incrivelmente rijo de Noah. — Não me assuste assim! Não, ele está a caminho.

Ele abriu um sorriso irônico. — Achei que você tinha dito que queria deixá-lo esperando.

— Bom, eu...

— Eu lhe disse.

— Noah, vá para casa. Você está me stalkeando?

— Só estou curtindo o show — disse, com o mesmo sorriso irônico. — Parece que esqueceram de você.

— Bem, nem tanto, agora que você está aqui — rebati. — Não pareço mais tão estúpida, não é? Além disso, Cody provavelmente ficou preso no trânsito ou algo do tipo. Não é um problema.

Ele assentiu, sem muita certeza. Ficamos em silêncio por mais um minuto infindável. Eu ficava imaginando se devia começar uma conversa, mas em seguida me lembrava que estava irritada e fechava a boca. Devia estar parecendo um peixe, abrindo e fechando a boca daquele jeito.

O fato de Noah ser incrivelmente atraente não ajudava; ele se apoiou no poste oposto ao meu, observando enquanto eu retorcia nervosamente as mãos.

— Oi!

Eu me virei e sorri, vendo Cody vir em minha direção. — Oi.

Os olhos passaram por mim e viram Noah, que o encarava com a expressão mais gelada que eu já havia visto. Assustadora. Ameaçadora.

Tentei não apertar os dentes. — Já não é hora de você ir embora, Noah?

Ele encarou Cody por um segundo a mais antes de dar de ombros e voltar para o seu carro, indo embora sem dizer mais uma palavra. Um suspiro de alívio escapou pelos meus lábios e relaxei.

— Desculpe, tive que parar para colocar gasolina. As filas estavam horríveis. Desculpe. Vamos entrar — disse Cody, indicando as portas com um movimento de cabeça. Eu sorri e o acompanhei. — Quer pegar algo para comer? Compro os ingressos.

— Claro. Pode ser pipoca salgada?

— Sim, ótimo. — Ele abriu um sorriso, mas, quando me virei para ir até o balcão, imaginei se aquela expressão não tinha sido um pouco forçada. Ah, provavelmente eu só estava imaginando coisas. Enquanto esperava a pipoca, imaginei se devia ter escolhido algo menos... bem, algo que não tivesse a chance de ficar preso entre os dentes. Se acabássemos nos beijando, isso poderia... Suspirei. Eu era incrivelmente inexperiente em relação às dinâmicas da etiqueta dos encontros a dois.

Agradeci ao moço do balcão e voltei até o lugar onde Cody estava esperando, com a cara fechada.

— O que é que Flynn estava fazendo ali? — ele perguntou. Oh, então *essa* era a razão para ele estar com a cara fechada!

— Estava simplesmente... sendo Flynn — murmurei, balançando negativamente a cabeça.

— Eu não sabia que vocês eram tão próximos.

— Não somos. Lee não pôde me dar uma carona, e por isso Noah... por isso Flynn foi me buscar.

— Ah. Certo.

Entramos na sala de cinema e os *trailers* já estavam passando. Deixei Cody ir na frente e escolher os assentos. Ele foi para as poltronas que ficavam mais ao centro. Não no fundo, onde todos os casais iam ficar se beijando. Eu não sabia se aquilo era uma coisa boa ou não.

— Quer sair para comer alguma coisa depois? — sussurrei, reunindo coragem.

— Eu já jantei, desculpe... eu não sabia... mas... digo, se você...

— Ah, não, está tudo bem — eu disse, rapidamente.

— Shhhh! — alguém sibilou por trás de nós.

Revirei os olhos e voltei a me recostar na poltrona. Imaginei se Cody era do tipo cafona e ia usar a "manobra do bocejo", fingindo que ia se espreguiçar e aproveitar para colocar o braço ao meu redor. Ou se iria tomar conta do apoio para o braço para que eu segurasse na sua mão. Ou se iria tentar me beijar.

Até o momento, não sabia se o encontro estava indo bem ou não. Ele havia chegado atrasado, mas tinha sido bastante educado desde que chegou. Cody não havia tentado nada, mas talvez eu estivesse exagerando nas coisas. Será que era somente nos livros e filmes que os rapazes tomavam a iniciativa ou beijavam as garotas logo no primeiro encontro? Talvez ele simplesmente estivesse tão nervoso quanto eu. Provavelmente era isso; ele tinha todo direito de estar nervoso com as ameaças que Flynn fazia a qualquer garoto que olhasse para mim, e especialmente se quisesse algo mais.

Aquilo era ridículo. Às vezes, eu odiava Noah.

O FILME TERMINOU E NÓS SAÍMOS. CODY COMEÇOU A PUXAR ASSUNTO — primeiro sobre aquele filme, em seguida sobre os tipos de filme que eu gostava. Ele gostava de filmes de ficção científica e *thrillers*. Eu preferia filmes de ação ou românticos. Não gostávamos muito dos mesmos tipos de filme.

Não tínhamos gostos muito parecidos na música, também.

Mas ele era legal e uma pessoa fácil de conversar.

Nós simplesmente... não parecíamos ter muita coisa em comum.

Conversamos durante todo o trajeto de volta, e ele parou bem diante da minha calçada. Desafivelei o cinto de segurança, mas não saí do carro. Tentei agir de maneira descontraída, como via nos filmes. (Sempre achei que os filmes eram uma excelente fonte de informação. Foi muita sorte ter assistido *Todas Contra John* no fim de semana.)

— Bem, obrigada, Cody — eu disse, sorrindo. — Me diverti bastante.

— Sim. Devíamos sair mais vezes. Você ainda tem o meu número?

— Bem, eu não o perdi desde o começo da noite. — ri, nervosa, e ele sorriu. Percebi que ele olhava meus lábios e minha pulsação acelerou. Oh, céus. Oh, meu Deus! Ele iria me beijar agora, não é? Oh, meu Deus.

Ele se aproximou. Sim, ele definitivamente ia me beijar.

Meu primeiro beijo. O meu primeiro beijo seria com Cody Kennedy. Ele era legal, fofo e uma pessoa com quem era fácil simpatizar... mas, sinceramente, eu não sentia nada por ele. E se eu acabasse ficando presa no *piercing* que ele tinha na língua, se ele me desse um beijo daqueles? Não estava pronta para isso, de jeito nenhum. Completamente despreparada. Mas estava acontecendo. Ele estava se aproximando cada vez mais... *Meu primeiro beijo!*

Recuei.

Virei o rosto e o beijei na bochecha.

Em seguida, saí do carro, antes que pudesse me sentir constrangida demais pelo que havia feito. Sorri e acenei, depois fui até a porta da frente o mais rápido que pude, enquanto tentava dar a impressão de que estava tudo bem. Entrei em casa, fechei a porta e encostei nela. Soltei um suspiro gigantesco e deslizei até o chão, afundando a cabeça nas mãos.

— Eu sou uma *idiota*.

Cody provavelmente não me chamaria para sair de novo. Não que estivesse completamente convicta de que *eu* iria querer sair de novo, mas não conseguiria dizer "não" se me chamasse. Afinal de contas, um único encontro não era o suficiente para conhecê-lo direito, especialmente devido ao meu nervosismo.

Após algum tempo, consegui me arrastar até a cama, ignorando as ligações de Lee pela primeira vez. Não queria lidar com aquilo agora.

Queria somente ficar brava comigo mesma por algum tempo por causa do fracasso do meu primeiro encontro.

É exatamente por isso que não vou ficar na *barraca do beijo*, pensei, dando um sorriso torto.

8

PASSEI A LEE UM RESUMO DO ENCONTRO COM CODY E, EM RESPOSTA, ele sorriu, demonstrando simpatia.

— Será que você iria querer mesmo um segundo encontro? Parece que não se divertiu tanto...

— Bem, na verdade, não — balbuciei, tentando arrancar alguns fiapos inexistentes no meu jeans. — Mas, não sei. Provavelmente aceitaria se ele me convidasse... Ai! Por que você fez isso? — exclamei, quando Lee deu um tapa forte na minha coxa.

— Gentil demais! — disse, me dando uma bronca. — Você não gostou do cara como algo mais do que um amigo, obviamente. Mas iria iludi-lo apenas para tentar ser gentil.

— Não iria iludi-lo. Somente... dar uma segunda chance. As pessoas não encontram sua alma gêmea no primeiro encontro.

Ele ergueu uma sobrancelha. Prossegui: — Eu não ia iludi-lo!

— Iria. Não intencionalmente. Mas porque estava sendo educada.

Suspirei e deixei o corpo cair para trás, deitando sobre a grama outra vez. — Eu realmente sou tão ruim assim?

— Você não é legal com Noah.

— Sim, mas estamos falando de Noah. Aliás, obrigada... — emendei, ironicamente, — ...por avisar que era ele que ia me dar uma carona até o cinema.

— Ah, é verdade. Foi mal. Mas pelo menos vocês não se mataram.

— Eu estava pronta para fazer isso, pode acreditar. E o jeito que ele olhou para Cody quando o garoto apareceu? Juro por Deus, o seu irmão é o babaca mais irritante que existe em todo planeta!

Lee simplesmente riu de mim. Fiz uma careta e olhei para as nuvens que passavam sobre nós, lã e algodão contra o azul intenso do céu. Senti minha respiração se normalizar; havia algo de tranquilizante em observar as nuvens.

— Desculpe — disse Lee após algum tempo. — Você é engraçada quando está brava.

— Se você diz.

— De qualquer maneira... Cody falou com você desde a noite do encontro?

Eram três horas da tarde do sábado. E... não, Cody não havia me mandado nenhuma mensagem nem ligado, e algo me dizia que ele não havia se divertido tanto também.

— Não — respondi. — Não falou.

Lee deu de ombros. — Ele não está interessado.

— O quê? Como você pode saber? Talvez esteja ocupado. Ou talvez esteja se fazendo de difícil ou coisa assim.

O sorriso de Lee retorceu um dos cantos da sua boca em simpatia. — Desculpe, Elle, mas ele simplesmente não está interessado. Pode confiar em mim. Sou homem. Sei como a população masculina funciona quando o assunto envolve garotas.

— Certo — resmunguei. — Talvez ele não esteja mais interessado. Talvez eu devesse simplesmente ter engolido meu orgulho e o beijado.

— Está vendo? Está agindo daquele jeito de novo — resmungou Lee. — Você não tinha obrigação nenhuma de ficar com Cody. E daí que as coisas não deram certo entre vocês? Nada de mais. Siga em frente.

— Não consigo decidir se esse seu conselho é útil ou não.

— Não sou uma garota. Não vou ficar sentado aqui e dissecar como foi sua noite.

— Você acabou de *me* ouvir fazendo isso — murmurei.

— Exatamente.

Suspirei. — Certo, acho que você tem razão. Mas as coisas vão ficar estranhas na escola, você não acha?

— Só se você agir de um jeito estranho.

— É, acho que sim.

Subitamente sentei sobre o gramado, ficando até um pouco tonta pela rapidez do movimento. — Não conte ao seu irmão sobre o desastre que foi meu encontro com Cody, está bem?

— E por que eu faria isso?

— Só se... caso ele pergunte. Diga que correu tudo bem. Se tiver que dizer alguma coisa, diga que não rolou química entre nós. Mas não diga a ele que foi tão ruim quanto eu lhe contei.

— Certo... — disse ele, desconfiado, sem me questionar.

Eu não queria nem imaginar a expressão arrogante no rosto de Noah se descobrisse o que realmente havia acontecido no meu encontro com Cody. Fossem quais fossem as razões pelas quais ele não queria que eu tivesse um namorado, Noah estava desempenhando de maneira exemplar a função de me manter solteira.

Suspirei baixinho comigo mesma e fechei os olhos, sentindo o sol aquecer minha face. Senti Lee se deitar ao meu lado e ficamos ali, aproveitando o sol, satisfeitos e relaxados demais para dizer alguma coisa.

O FIM DE SEMANA PASSOU DE MANEIRA BEM PREGUIÇOSA. NÃO NOS incomodamos em fazer nada de mais. Assistimos a alguns filmes, ficamos deitados sob o sol, pulamos na piscina de Lee e tentamos fazer um pouco das lições de casa (mas não chegamos a fazer muito progresso). Assim, a segunda-feira veio bem mais rapidamente do que eu gostaria.

Minha primeira aula do dia era química. Com Cody. Que havia passado o fim de semana inteiro sem me ligar nem mandar uma mensagem de texto. Não sabia se, assim como eu, ele simplesmente não queria sair uma segunda vez ou se deveria ficar preocupada com o fato de que ele não gostava de mim.

Algumas pessoas já haviam mandado mensagens ou conversado comigo para saber como tinha sido o encontro. Eu sempre dizia "foi bem". Quando perguntavam se sairia com ele de novo, dizia "não sei". E se havíamos nos beijado, tive que dizer "não".

Mas agora eu tinha que encará-lo. E não sabia como agir.

Sim, Cody era legal e fácil de se conversar. Mas eu não gostava dele daquela maneira. Ele obviamente sentia o mesmo em relação a mim, já que não havia me ligado. Deveria estar aliviada; se o sentimento fosse mútuo, as coisas não poderiam ficar tão constrangedoras entre nós, não é?

— Ah, não! — Desviei o olhar do meu armário e vi que Dixon vinha em minha direção. — Você está usando calças de novo. Estou sentindo falta daquela saia. Você estava uma beleza.

— Muito engraçado.

— Eu não estava fazendo graça — disse ele com uma risada. Revirei os olhos e continuei tentando encontrar minha tarefa da aula de matemática. — Todo mundo está falando sobre o grande evento que foi o seu encontro com Cody...

— Por quê? Não foi tão interessante assim. De verdade.

— Sim, eu sei. Mas ele foi o primeiro que se arriscou a convidá-la para sair.

Dei de ombros, tentando não apertar os dentes quando lembrei o quanto Noah tinha me irritado com toda aquela história de "evitar que eu ficasse magoada".

— Cody contou para todo mundo que você não quis beijá-lo.

— Não é isso... espere. Ele *contou* para todo mundo? Ele realmente disse isso?

— Bom, eu disse isso. Foram uns dois outros garotos que o pressionaram para saber como havia sido a noite e ele abriu o bico bem rápido. Somente porque, sabe... o encontro de vocês foi a maior notícia dos últimos dias. Por isso... todo mundo agora está achando que você não quis beijá-lo.

— É que... eu não sei...

— Ei, você não precisa se justificar — disse Dixon com outro sorriso enorme. — Mas algumas pessoas vão falar a respeito e fazer perguntas. Esteja preparada então.

— Obrigada pelo aviso — resmunguei.

— Por nada.

E ele tinha razão. As pessoas vinham falar comigo, perguntando: — É verdade que você não quis beijar Cody? Por que não?

Na primeira vez, entrei em pânico. Não queria falar o verdadeiro motivo, então simplesmente balbuciei alguma coisa como "eu não estava passando muito bem. Não sabia se era contagioso".

Uau, que mentira. Eu tinha certeza de que todos sabiam, mas, se era realmente o caso, ninguém demonstrou.

Entrei na aula de química e Cody já estava lá. Hesitei por um segundo, imaginando se deveria me sentar ao seu lado ou não.

Mas ele me abriu um sorriso, e eu fui até sua mesa.

— Oi — disse, de maneira bem casual.

— Sabe de uma coisa... se você estava doente na sexta-feira, devia ter dito — comentou.

— Eu sei, mas estava me sentindo bem e não queria cancelar. — Tentei não enrolar muito as palavras. — Desculpe.

— Não tem problema.

— Então... bom... — Limpei a garganta e Cody riu, um pouco nervoso.

— Olhe, não quero parecer um cara insensível nem nada do tipo, mas... estava pensando no nosso encontro e...

— E é melhor sermos somente amigos? — completei e, em seguida, me arrependi quando percebi que talvez não fosse isso que ele ia dizer. Ah, cara, e se eu tivesse acabado de cavar minha própria sepultura?

— Ah, pois é — disse ele, abrindo um sorriso nervoso. — Não quero ofender. Mas parece que simplesmente... sei lá, a gente não clicou.

— Não estou me sentindo ofendida — eu disse, sorrindo. — Foi exatamente o que pensei.

Esperava que o meu alívio não fosse tão evidente. — E então, você fez a lição de casa? Não consegui resolver a questão oito.

E, dessa maneira, minha vida voltou aos trilhos, que (tristemente) passavam longe de qualquer romance.

ESTÁVAMOS TRABALHANDO NA PLACA DA BARRACA DO BEIJO. AS letras já estavam cortadas e Lee havia lixado as arestas; precisávamos somente pintá-las e pregá-las na estrutura da barraca. Tínhamos alguns outros acessórios decorativos na minha casa, e os pôsteres estavam prontos, também. E havia duas tabelas com o preço.

— As pessoas comentaram a semana inteira sobre o que aconteceu com você e Cody — disse Lee. Estávamos conversando depois da aula na tarde de quarta-feira. Precisávamos apressar os preparativos para conseguir terminar de montar a barraca na noite de sexta.

— Você não disse nada que pudesse me incriminar?

— Não disse a verdade a eles nem nada — riu Lee, enfiando o pincel na tinta cor-de-rosa outra vez. — Só não entendo por que você disse que estava doente.

— Era algo fácil de acreditar — me defendi. — Foi a primeira coisa que veio à minha cabeça.

— Certo, entendi. Mas tem muitos garotos achando que foi porque Cody ficou com medo de Noah.

— Ele fez uma cara bem ameaçadora quando eu estava esperando por Cody — admiti, usando um carimbo em forma de beijo nas letras que já estavam secas.

Lee deu de ombros. Levou algum tempo antes que ele quebrasse o silêncio outra vez. — Shelly...

— Sim?

— Ele a assusta? Digo... sei que ele não chega a ser o Incrível Hulk, mas às vezes perde a paciência com muita facilidade.

— Ele é assim mesmo. Cresci com o Noah por perto. Ele não conseguiria me assustar. Mas sei que ele intimida as pessoas...

— Acho que sim — disse Lee, assentindo. De repente, ele deixou o pincel cair na lata, respingando a tinta cor-de-rosa pastel em mim: no meu rosto, na minha blusa, na gravata do meu uniforme, no meu cabelo...

— *Lee!* — gritei.

— Desculpe!

Mergulhei um pincel no pote de tinta preta, já preparada para agitá-lo na direção de Lee. Mas senti uma coisa fria e molhada tocar meu rosto e meu pescoço quando ele me respingou outra vez, fazendo-me pular tão alto que larguei meu pincel, deixando um rastro de tinta na parte da frente do uniforme.

Lee engasgou antes de desabar no chão, gargalhando. Olhei para ele de cara fechada, esperando até que parasse.

— Isso não tem graça, Lee!

— Claro que tem! Você d-devia ter v-visto a sua... cara! — Ele estava com as mãos nas laterais do corpo agora. Olhei para ele com expressão de ódio e peguei minha mochila. — A-aonde você vai?

— Para o vestiário, tentar lavar o rosto e tirar essa porcaria que você me jogou — esbravejei. — E pare de rir!

— Não consigo! — ele arfou, curvando-se para frente. — A sua *cara!*

Saí dali pisando duro, batendo a porta atrás de mim. Lembrava que tinha outra blusa no meu armário. Iríamos sair para comer um hambúrguer mais tarde, e eu não queria andar em público como se fosse um quadro de Picasso.

Sempre achei que os vestiários da escola eram um lugar muito esquisito; um enorme corredor comunal, com avisos e outras coisas penduradas, que levava à "suíte esportiva", com suas esteiras e pesos, e aos campos esportivos do lado de fora. O vestiário das garotas ficava no final do corredor, à esquerda, e o dos garotos no lado oposto, à direita.

Assim que entrei no corredor, o time de futebol americano inteiro passou pelas portas. Eu já havia arrancado a minha gravata e aberto outro botão; não havia me ocorrido que eu talvez não estivesse sozinha por ali.

Todos os garotos começaram a andar mais devagar quando me viram, e fiquei paralisada.

E então as risadas começaram. Aparentemente, todos estavam me achando hilariante.

— O que aconteceu? — perguntou Jason, mordendo o lábio com força para tentar não rir.

— Estávamos pintando a placa da nossa barraca. E Lee estava com um balde de tinta. Preciso dizer mais alguma coisa?

Ele negou com a cabeça. A maioria dos garotos começaram a entrar nos vestiários, ainda rindo e olhando para mim. Peguei uns dois ou três olhando sem qualquer pudor para a minha camisa semidesabotoada, e coloquei um braço diante do peito.

— Ah, parem com isso — falei, girando e abrindo um sorriso enorme. Preferia transformar aquilo em uma piada em vez de ficar constrangida. — Estou tão suja assim?

— Bem, eu pagaria para ver você em uma galeria de arte — disse um dos garotos, rindo. Revirei os olhos e segui pelo corredor até o vestiário das meninas, virando o rosto para me despedir.

Uma mão segurou meu braço, fazendo com que perdesse o equilíbrio, e em seguida me amparou antes que eu caísse.

Virei para ver quem era. E o sorriso no meu rosto se desfez. — Ah.

— O que você está fazendo? — sibilou Noah. — Você não pode andar por aí seminua, Elle.

— Ando por aí do jeito que eu quiser, muito obrigada! — gritei em resposta, puxando o braço para me soltar. — Como se isso fosse um problema. Não é como se eu estivesse pulando de um lado para outro de calcinha, pelo amor de Deus.

— Sim, mas mesmo assim... — Os olhos dele me mediram de cima a baixo. Em seguida, ele me encarou com um olhar severo.

— Me deixe em paz! — exclamei, olhando para ele. — Olhe, sinceramente, já é ruim o bastante você ser assim superprotetor. Mas não precisa ser tão... extremo!

— E então, o que aconteceu entre você e Cody? Sei que toda aquela história de "estar doente" era mentira.

Meu queixo caiu. Será que ele estava me chantageando? — Você não contou a ninguém, não é?

Ele me olhou com um ar de superioridade e abriu um sorriso torto. — Não fico fazendo fofoca. E... não, não contei para eles. Porque imaginei que você tivesse um bom motivo para dizer isso. Então, o que aconteceu?

Dei de ombros. — Nada.

— Alguma coisa aconteceu, com certeza. Eu te conheço bem o bastante para saber quando está mentindo. E então, qual é a verdade?

Mordi a bochecha por dentro da boca, decidindo se devia contar ou simplesmente mandar que ele não metesse o nariz onde não era chamado. Mas pensei que, se não contasse, ele acabaria concluindo que Cody fez algo que não devia.

Enquanto eu debatia a questão comigo mesma, não consegui evitar de notar como Noah ficava gostoso com a roupa do time de futebol americano, aquelas ombreiras enormes e o capacete enfiado debaixo do braço. Seus cabelos estavam um pouco úmidos pelo suor, e ele parecia um... *uau*.

Antes que ele percebesse que eu o estava comendo com os olhos, finalmente respondi. — Ele ia me beijar no fim da noite, mas o beijei no rosto em vez disso. Ele não tentou fazer nada, foi uma situação totalmente normal, e fiz papel de idiota por ter virado o rosto. Nada demais. As coisas tomaram uma proporção exagerada. É meio constrangedor.

Ele observou meu rosto por um momento antes de dizer: — Só isso? Tem certeza?

Tive a sensação de que ele tentava não rir.

Bufei, prestes a bater o pé. — Sim. Certeza absoluta. Por que você é sempre tão dramático? Não é como se qualquer garoto desta escola fosse me obrigar a fazer qualquer coisa que eu não queira.

Ele ergueu uma sobrancelha, como se estivesse dizendo que eu era ingênua demais. Fiz de conta que não percebi.

— Agora, será que posso ir lavar essa porcaria de tinta ou a Inquisição Espanhola tem mais perguntas idiotas?

Ele soltou uma risadinha. — Alguém está de mau humor.

— Eu estou coberta de tinta, e você está me obrigando a responder esse interrogatório a troco de nada! É claro que eu estou de mau humor. — Saí pisando duro e entrei no vestiário.

Mas, quando me vi no espelho... bem, tive que rir. Eu estava um desastre! Tinta respingada por todo o cabelo, manchando meu rosto e escorrendo pelo pescoço, entranhando-se em minha roupa...

Mas não achei tão engraçado quando percebi que aquela tinta não ia sair.

Ou quando percebi que não tinha outra blusa de reserva no armário.

Depois de passar dez minutos esfregando incansavelmente, consegui tirar um pouco da tinta do cabelo e a maior parte que havia manchado meu rosto. A tinta havia escorrido por dentro da blusa, e eu estava assim ali dentro, de calça e sutiã, quando a porta se abriu.

Pensando que fosse Lee, não virei para trás.

— Ei, Elle? Lee disse que vai sair para comer com os rapazes, mas se você quiser uma carona de volta para casa... — Noah deixou a frase morrer no ar quando me viu ali.

Fiquei paralisada, piscando os olhos diante do meu reflexo no espelho. Senti minhas bochechas esquentarem e me virei, esperando não estar com o rosto tão vermelho quanto o meu reflexo.

— O quê? — eu disse, brava.

— Nada.

— Não, perguntei o que você estava dizendo.

— Ah, sim, certo, ah, é mesmo, bem, Lee está saindo para comer com os rapazes, mas disse que, se você quisesse ir direto para casa, então terei que levar você. E, considerando que ainda está parecendo uma obra de Picasso...

Olhei para os respingos de tinta que ainda cobriam minhas clavículas e ri, tentando disfarçar a vergonha por ele estar me vendo de sutiã. Ele havia me visto de biquíni outras vezes, mas aquele situação parecia... diferente, de algum modo. — Sim. Pode falar para Lee ir embora.

— Claro. Quanto tempo ainda vai demorar aí?

Dei de ombros. — Não sei. Já que você vai me levar direto para casa, posso tomar banho por lá. Então...

Vesti a blusa ainda úmida e fechei os botões rapidamente, colocando a bolsa por cima do ombro. — Vamos.

Eu não estava louca para entrar no carro com Noah — esperava até que ele fizesse algum tipo de sermão.

— E como está indo a construção da barraca? — ele perguntou, casualmente, enquanto atravessávamos o estacionamento. Olhei para ele, desconfiada. Ele percebeu e deu de ombros. — O que foi? Não posso nem conversar com você?

Minha única resposta foi erguer as sobrancelhas com ceticismo.

Ele deu de ombros de novo. — Enfim, esqueça. E então, vai me responder ou não?

Suspirei, apertando os olhos por um segundo. Sentia que devia ficar irritada com ele, mas não conseguia encontrar uma razão *legítima* para isso. Acho que Noah simplesmente causava um efeito estranho em mim. Só não tinha descoberto ainda se esse efeito era bom ou ruim.

— Está indo bem. Ainda temos coisas para terminar antes de sexta, mas vamos conseguir. Desde que Lee não comece a passar tinta em mim em vez de nas letras de novo.

— Bem, você até que daria uma bela obra impressionista, preciso admitir.

Parei de andar, fazendo com que Noah também parasse alguns passos mais adiante quando percebeu que eu não estava com ele. Olhei para ele e ergui as sobrancelhas.

— O que foi?

— Acho que isso foi um elogio. Noah Flynn acabou de elogiar alguém. Liguem para os jornais, pessoal!

Ele deu uma risada irônica, mas vi o brilho em seus olhos. Retribuí o sorriso e continuei andando com ele.

— *Você* vem ao festival? — perguntei.

— Sim. Sou meio que obrigado a fazer isso. É uma daquelas coisas que todos os professores "estimulam" os alunos a fazer para demonstrar o "espírito estudantil" e outras merdas.

— Está pensando em dar uma passadinha na barraca do beijo?

Ele ergueu uma sobrancelha enquanto me olhava, com uma expressão irritante no rosto. — O que você está perguntando, Shelly?

— Todas as garotas, especialmente aquelas que vão trabalhar na barraca do beijo, estão me pedindo para convencer você a passar por lá. A oportunidade de beijar Noah Flynn é um atrativo empolgante demais para algumas.

O sorriso dele ficou ainda maior. — Ah. Você não está perguntando por interesse próprio, então?

Nem sonhando.

— Não, definitivamente não.

— Bem, não vou prometer nada. Você pode dizer a elas que *talvez* eu apareça por lá, se perguntarem de novo. E, como elas me conhecem, com certeza, *vão* perguntar de novo.

— Você é tão convencido — murmurei, balançando a cabeça. Parei por um momento, procurando seu carro. Ele estava com o chaveiro nas mãos, mas eu não via o carro em lugar algum.

— Onde está o seu carro? — perguntei, seguindo-o.

— Eu não vim de carro hoje.

— Então... como chegou até aqui?

— Com a minha moto.

Gemi, começando a arrastar os pés, e em seguida parei completamente, percebendo a bela motocicleta preta e vermelha que ele havia criado a partir do pedaço de sucata que estava em sua garagem. Não me entendam mal, ela era linda; mas eu nunca havia subido em uma moto em toda minha vida. Ficava completamente em pânico só de pensar no assunto.

E lá estava eu, sem qualquer opção além de montar em uma máquina de duas rodas que podia me matar. Com Noah, ainda por cima.

— Se eu morrer, a culpa é sua.

— Você não vai morrer, Elle. Aqui, pode ficar com o capacete.

— Você só tem um capacete? Mas e se...?

— Vou ficar bem — ele interrompeu. — Ainda não bati essa belezinha aqui. — Ele bateu com firmeza no guidão, como se quisesse mostrar o quanto a máquina era resistente.

— Mas e se *você* cair? E se *você* bater? Existe uma razão para usar o capacete! Por acaso você tem alguma espécie de instinto suicida? — Minha voz ia ficando cada vez mais histérica com cada sílaba. Eu estava com os olhos pregados na moto o tempo todo, que parecia mais monstruosa e perigosa a cada segundo.

— Está preocupada comigo, Shelly? — provocou.

Apertei os olhos. Ele estava com aquele sorriso torto, os olhos brilhando quando me encarava, jogando o capacete gentilmente de uma mão para outra. Eu o arranquei de suas mãos.

— Você não precisa ter medo da moto — disse ele, acariciando-a como se fosse um cachorro de estimação querido. — Ela não morde.

— Talvez não, mas *você* pode querer morder — murmurei. Mas ele me ouviu e soltou uma risadinha. Noah guardou a mochila no espaço embaixo do assento e colocou a minha por cima.

Enfiei o capacete na cabeça com força, apertando os dentes. Eu realmente não queria fazer isso... mas não tinha escolha. Precisava voltar para minha casa antes de me encontrar com Lee e os rapazes. Embora preferisse ir me encontrar com eles toda suja de tinta a subir naquela moto com Noah.

Tive dificuldade para prender as correias. O capacete era enorme, e eu não conseguia ver o que estava fazendo. Seu um aroma tinha um toque cítrico. Assim como o travesseiro de Noah. Um cheiro bem agradável.

Forcei meus pensamentos a voltarem ao problema atual — prender o capacete na cabeça, para que tivesse uma chance um pouco menor de morrer.

— Deixe comigo... — as mãos de Noah roçaram nas minhas enquanto ele prendia o capacete para mim. As pontas dos dedos fizeram cócegas no meu pescoço, e por algum motivo me senti toda trêmula. Que esquisito... Ignorei aquilo, imaginando que fosse algum efeito de ter que montar naquele treco que ele chamava de veículo.

— Não faça essa cara tão assustada. — Ele sorriu; outro sorriso verdadeiro, genuíno, que mostrava sua covinha no rosto. Aquilo fez meu coração virar cambalhotas. Como adorava ver aquele sorriso.

Ele montou na moto, e eu me sentei atrás dele. *Graças a Deus por eu não estar de saia* foi a única coisa em que consegui pensar.

Noah colocou os braços para trás e suas mãos encontraram as minhas, puxando meus braços ao redor da sua cintura. Eu enrijeci um pouco, e ele me aconselhou: — É só relaxar, Elle.

Com um tranco, o motor rugiu e a moto ganhou vida, rosnando por baixo de mim. Não havíamos avançado nem um centímetro, mas apertei os braços com toda força ao redor da cintura dele, encostando-me o máximo que podia. Meu coração batia acelerado, aterrorizado.

Ouvi sua risada por sobre o sangue que circulava furiosamente pelas minhas orelhas e o rugido ameaçador do motor.

E, em seguida, partimos.

Queria gritar com ele, berrar "Vá mais devagar! Você vai nos matar!".

Mas, quando abria a boca, qualquer som que pudesse expressar era arrancado pelo vento passando por nós. Estávamos disparando pelas ruas, ziguezagueando pelo o trânsito, avançando por entre as fileiras de carros e caminhões.

Meus cabelos estavam embaraçados por baixo do capacete, e minha blusa inflava ao redor do meu corpo. Eu não conseguia ouvir nada além do sangue em minhas orelhas, do rugido da moto e do vento.

Quando Noah deu meia-volta e parou suavemente diante da minha casa, eu não conseguia me mover.

Meus braços ainda estavam apertados com força ao redor daquele abdômen definido. Minhas pernas estavam tão próximas a ele quanto eu conseguia apertá-las.

Lentamente, Noah afastou meus braços, e isso me trouxe de volta à vida. Desci da moto com as minhas pernas tão bambas que fariam qualquer gelatina parecer uma substância sólida. Minhas mãos, trêmulas, se enrolaram nas correias do capacete outra vez.

Noah as abriu para mim com um movimento rápido e o tirou da minha cabeça.

— Seu cabelo ficou em pé com a estática — disse, e estendeu o braço para agitá-lo.

Fiz uma careta, e tentei alisar o cabelo com as minhas mãos — o que foi impossível. Parecia um ninho de pássaro. Iria passar horas escovando para conseguir desembaraçar todos aqueles nós. Os restos de tinta que não havia conseguido tirar não facilitavam a tarefa em nada.

— Ah, pare com isso — disse ele, encostando-se casualmente em sua moto. — Não me diga que não gostou.

— Detestei — respondi, honestamente.

— Não adorou o vento no cabelo, a liberdade ou a velocidade?

Neguei com a cabeça. — Sem chance. Eu *detestei* tudo isso.

— Não gostou nem mesmo de passar um tempo abraçadinha comigo? — perguntou, com um sorriso torto e arrogante. — Não me diga que não gostou disso.

— Noah, essa foi a coisa mais assustadora que eu já fiz em toda a minha vida. Não me importa o quanto você seja gostoso, detestei cada segundo.

— Você me acha gostoso? — Aquele sorriso torto foi ficando ainda maior, e senti minhas bochechas esquentarem.

— Ah, cale a boca. Duvido que você não saiba que é.

— É verdade. Mas é legal ouvi-la admitir isso.

— Você é um cafajeste, sabia? E nunca vou subir nessa moto outra vez na minha vida.

— Mas sou um cafajeste gostoso, certo? — provocou.

Eu faiscava de raiva. — Cale essa boca. Tire logo a minha mochila daí de dentro. Por favor — emendei.

Ele revirou os olhos, mas me entregou a mochila.

— Obrigada — eu disse, ríspida, e marchei rumo à porta de casa.

— Ah, Elle?

— O que foi? — suspirei, virando-me para encará-lo com uma expressão exasperada.

— Você está com um pouco de tinta... bem ali. — Ele passou a mão pelo lado do rosto para demonstrar, com um sorriso imenso na cara. Eu o encarei com raiva e bati a porta da casa após entrar.

— Elle? É você? — chamou meu pai. Ele surgiu na porta da cozinha e me olhou da cabeça aos pés. — O que foi que houve?

— Você não vai nem querer saber.

9

CONSEGUIMOS TERMINAR DE MONTAR A BARRACA BEM A TEMPO. NA sexta-feira, tivemos que trabalhar durante toda a hora do almoço, e ficamos até às seis para montar tudo.

As garotas da escola perguntavam o tempo todo se eu sabia se Noah iria passar pela barraca do beijo. Então, sempre respondia a mesma coisa: "Ele disse que talvez passe, mas eu não me animaria tanto". E, toda vez que dizia isso, podia ver que seus rostos se iluminavam de empolgação.

Eu não via Noah desde que ele me deixou em casa na quarta-feira. Tinha a sensação de que, na próxima vez que o visse, ele viria me provocar por ter deixado escapar que o achava gostoso. Aproveitaria isso ao máximo para me irritar, eu sabia.

Na manhã de sábado, Lee veio me buscar bem cedo, às oito horas da manhã.

— Odeio as manhãs — resmunguei, descendo do carro diante de uma cafeteria da rede Starbucks. Estava desesperada para tomar o meu *latte* com leite semidesnatado e chantilly. Ainda não havia acordado totalmente. Pedi ao barista para colocar uma dose extra de café expresso na bebida, na esperança de conseguir acordar.

— Nem me fale — reclamou Lee, concordando. Nós nos arrastamos até o balcão e ele pediu nossos cafés, entregando o dinheiro ao caixa.

O festival começava às dez, mas precisávamos estar lá às nove da manhã para garantir que tudo estava pronto. Ficamos na cafeteria para tomar nossos cafés e comer *brownies.*

Sim, essa era a primeira coisa que faríamos naquela manhã, mas eu não me importava. Precisava da cafeína, e uma boa dose de açúcar seria muito útil. Lee praticamente devorou dois *brownies* antes mesmo que eu conseguisse terminar o meu. Saímos bem a tempo de chegar à escola antes das nove.

— Acordados e bem dispostos logo cedo, estou percebendo. Como sempre — riu Tyrone, balançando a cabeça quando chegamos, dois minutos antes das nove. — Sua barraca está lá na frente, perto do pessoal que vai vender algodão-doce.

— Maravilha — disse Lee, e fomos para lá.

Colocamos quatro banquetas dentro da barraca e afixamos a decoração de papel crepom. Penduramos também vários pôsteres anunciando a nossa barraca do beijo ao redor do campo.

O evento inteiro tinha uma aparência impressionante. Algumas das atrações e as outras barracas eram incríveis. Havia até mesmo um castelo pula-pula com uma piscina de bolinhas para as crianças. Tudo começava a tomar forma, e preciso dizer que estava superando todas as minhas expectativas. Voltei para a nossa barraca, onde Lee estava flertando com Rachel, uma das garotas da sua turma de biologia. Era uma daquelas garotas meigas e sorridentes o tempo todo, mas não de uma maneira ruim. Eu sabia que Lee gostava dela; nos últimos tempos, ele praticamente não falava de outra pessoa. Nunca havia visto os dois juntos, entretanto; tudo que podia fazer era esperar que ela retribuísse seus sentimentos.

Pelo menos, isso foi tudo que podia fazer até chegar à barraca. Foi então que tive quase certeza de que ela também gostava dele.

— Estou vendo que a barraca do beijo já está a todo vapor — provoquei. Rachel estava enrolando o cabelo com o dedo e se aproximando cada vez mais de Lee.

Ela enrubesceu; ele olhou para mim e revirou os olhos.

— Lee estava só me convidando para assistir a um filme, na verdade — disse Rachel.

— Ah! — eu disse, com um sorriso enorme. — Bem, crianças, divirtam-se. E quando vocês vão?

— Amanhã à noite.

— Fantástico — falei. Ela estava com um sorriso quase cômico no rosto, e tinha também um brilho nos olhos. Olhei rapidamente pra Lee e balancei a cabeça, de forma quase imperceptível. Rachel definitivamente estava a fim dele.

Fazia alguns meses que Lee estava sem namorada. Eu só esperava que, desta vez, sua nova namorada não ficasse irritada pelo fato de nós dois sermos praticamente gêmeos siameses. Essa era a razão de seus namoros terminarem: a namorada ficava farta de ver Lee passar tanto tempo comigo, e Lee ficava farto de ouvi-la reclamar sobre mim, até que — BUM! — namoro terminado.

Assim, deixei Lee conversando com Rachel e fui encontrar as garotas e rapazes que já começavam a chegar, quinze minutos antes do festival abrir as portas ao público.

— Oi! — eu disse, sorrindo para Samantha e Lily. Jason e Dave já estavam esperando, conversando animadamente sobre um jogo do Mets, e Jon chegou em seguida.

— Quem ainda falta chegar? — perguntou Dave, vendo-me ali.

— Karen, Dana e Ash — respondi. — Mas eles logo devem chegar.

— Não é melhor irmos para a barraca? — perguntou Lily.

— Espere uns minutos. Lee e Rachel estão lá, e provavelmente já estão inaugurando a barraca em grande estilo.

Eles riram. Samantha disse: — Eles estão ficando? Finalmente! Já faz semanas que Rachel não para de falar sobre Lee!

— Oh, meu Deus, nem me fale sobre isso — concordou Lily. — Eu estava em uma mesa ao lado dela, há uns dias, e tive vontade de gritar com os dois e mandar que saíssem juntos de uma vez!

— Ah, e por falar nisso, pessoal... Vocês vão fazer turnos de trinta minutos cada, está bem? Assim vão ter tempo de fazer pausas merecidas.

— Certo.

— Claro.

— De acordo.

— Totalmente de acordo.

— Da hora.

Em seguida, ouvi: — Oi! Oi! — Dana e Karen chegaram, correndo e saltitando, até onde estávamos. Elas, assim como as outras garotas, estavam com vestidinhos fofos e esvoaçantes, em tons de vermelho ou rosa. Os rapazes vestiam jeans e uma camisa justa que ajudava a exibir seus músculos de atleta.

Todos estavam bem mais atraentes do que eu, que usava somente uma blusinha preta de alças e um short com a barra desfiada.

— Ah, droga! — exclamou Karen, revirando a bolsa freneticamente. — Esqueci meu batom!

— Eu trouxe o meu, não se preocupe — disse Lily.

Karen soltou um suspiro de alívio.

— Graças a Deus.

— Certo, pessoal. Estou aqui, então chega de pânico — anunciou uma voz. Virei para trás e vi Ash chegando.

— Ah, ótimo — eu disse. — Certo. Bem, Ash e Dave, vocês são os primeiros. Junto com Lily e Karen. Às dez e vinte e cinco, vamos mandar mensagens de texto para o resto do grupo para avisar que é hora de voltar à barraca para a troca de turno.

Todos concordaram com acenos de cabeça.

Nosso grupo de nove pessoas atravessou o campo de futebol americano, observando com interesse todas as várias barracas coloridas do festival.

Rachel já havia desaparecido quando chegamos à nossa barraca, e Lee instalava uma corda para dividir o espaço ao meio — para que as garotas se enfileirassem de um lado e os garotos do outro.

— Tudo pronto? — perguntei quando ouvimos Tyrone anunciar que tínhamos somente mais alguns minutos até que os portões fossem abertos.

— Sim, tudo pronto — responderam todos em coro.

Olhei para Lee e trocamos um sorriso.

As pessoas começaram a entrar aos montes no festival, e em pouco menos de vinte minutos já havia uma fila enorme em nossa barraca do beijo.

Lee e eu tivemos que ficar na entrada da barraca, para receber o dinheiro e para ter certeza de que não nenhum rapaz — ou garota, se fosse o caso — tentaria conseguir mais do que um beijo rápido.

Conseguimos quase duzentos dólares na primeira hora.

— Isso aqui está insano! — exclamei para Lee quando terminamos de contar e fechei o caixa novamente.

— Nem me fale! Vou ganhar a aposta que fiz com Joel.

— Que aposta?

— Apostei trinta dólares que a nossa barraca do beijo ganharia mais dinheiro do que a dele, a dos balões de água.

— Sim, me lembro. — Joel e Francis haviam montado uma barraca onde as pessoas tinham que arremessar dardos para acertar balões cheios de água. Era preciso estourar três deles para ganhar um urso de pelúcia gigante. Dava para ver a barraca do lugar onde estávamos.

— Não sei... a barraca dos balões parece bem movimentada...

— Sim, mas aposto que eles não chegaram aos duzentos dólares — disse ele, presunçosamente, tamborilando os dedos na caixa de metal.

Sorri em resposta. Nossa *playlist* construída cuidadosamente tocava com força pelos alto-falantes, e, olhando em volta, dava para ver que todos estavam se divertindo.

Gritos de alegria e risadas enchiam o ar; o próprio cheiro do açúcar fazia com que as pessoas se sentissem bastante ativas, e o lugar estava cheio de gente.

Lee e eu saímos da barraca por vinte minutos, deixando Tyrone ali para cuidar das coisas; compramos cachorros-quentes, refrigerantes e depois voltamos com algodões-doces enormes nas mãos — cortesia da casa, é claro, pois Rachel estava trabalhando naquela barraca.

Tive que chamar Lee para conversar a sós. — Vocês dois ficam lindos juntos. Aparentemente, já faz algumas semanas que ela gosta de você.

— Sério? — ele sorriu, encarando-me com os olhos arregalados.

— Aham.

— Legal.

— Fiquei feliz por você a ter convidado para sair. Já faz uma eternidade que está solteiro.

— Enjoando da minha companhia? — ele provocou.

— Não — ri. — Estou feliz por você, só isso!

— Sim, eu também. Gosto dela.

— Eu sei. Você já disse isso várias vezes!

Ele riu e passou o braço ao redor dos meus ombros enquanto voltávamos para nossa barraca. — Agora, precisamos somente encontrar um cara que seja corajoso o suficiente para se arriscar a sofrer minha ira e convidá-la para sair. Sem falar que precisa ser bravo o suficiente para enfrentar as ameaças de Noah também.

Soltei uma risada seca. — Isso nunca vai acontecer. Vou morrer solteira se ele não parar com isso.

— Ah, o que é isso? Talvez uma virgem de quarenta anos...

Dei uma cotovelada nele e mordi meu algodão-doce. — Cale a boca — disse, com a boca cheia.

Ele riu. — Estou só brincando, você sabe.

— Sim, eu sei.

Karen, Lily, Dave e Ash haviam voltado para a barraca alguns minutos atrás. Lee e eu fomos até a parte de trás, pegando o dinheiro e guardando-o em segurança na nossa caixa de metal. A fila estava bem grande agora. Garotas empolgadas retocavam o *gloss* nos lábios para beijar os jogadores de futebol americano, e os garotos tentavam decidir qual das garotas iriam beijar, comparando-as.

Lee e eu ficamos esperando em um dos lados, observando enquanto as pessoas passavam.

De repente, Karen saiu correndo do interior da barraca, com uma expressão aterrorizada no rosto.

— O que aconteceu? Você está bem? O que houve? — perguntamos, alarmados. Pensei que talvez algum dos rapazes tivesse tentado fazer alguma coisa de que ela não gostou.

— Não posso — disse ela, histericamente. — Não posso fazer isso! *Ele* está lá!

— Quem?

— O seu ex? — tentou Lee, franzindo a testa.

Ela olhou para mim e para ele, e em seguida assentiu, mordendo o lábio.

— Sim... claro, vamos cuidar disso.

— Mas... mas nós não podemos... não podemos deixar Lily sozinha na barraca até que ele vá embora — gaguejei.

Subitamente senti um empurrão entre as omoplatas. — Entre na barraca! — sibilou Lee para mim. — Pelo menos até que o ex da Karen suma.

— Mas... mas...

Eu não podia trabalhar na barraca do beijo! Nunca havia beijado um rapaz em toda a minha a vida!

— Você precisa ir lá. Não temos escolha! — implorou ele.

Primeiro, monto numa motocicleta em disparada — com Noah, entre todas as pessoas. Agora, estou aqui trabalhando na barraca do beijo. Será que alguém pode me ajudar a lembrar por que achei que isso seria uma boa ideia?

— Vai ser um belo treino! — disse ele, brincando, enquanto eu saía dali, estonteada.

Fui até a banqueta vazia de Karen, ainda tonta, e peguei o batom que estava no balcão, aplicando um pouco.

Tinha uma cor vermelho vivo — não exatamente uma cor que eu usaria. Eu não estava nem mesmo vestida adequadamente para trabalhar na barraca.

Olhei para a fila de rapazes diante de mim. Lily me encarou com um olhar de apoio antes de chamar. — Próximo!

E foi então que eu o vi.

Virei para trás bruscamente para olhar para Karen e Lee, com uma expressão assustada e os olhos arregalados.

Não era o ex de Karen que estava esperando na fila.

— *Flynn?* — eu disse, quase em um sussurro, boquiaberta. Meu coração estava querendo arrebentar as costelas, e meus olhos já estavam esbugalhados.

Eu não conseguia acreditar! Depois de todos pedirem tantas vezes que o convencesse a vir à barraca, ela deu para trás — e Karen dizia que Noah era o seu *crush!* Que palhaçada!

— Desculpe! — disse ela, silenciosamente, formando a palavra com os lábios.

— Próximo? — chamou Lily outra vez.

Bosta. Ele era o próximo.

Engoli em seco. Lily me deu uma olhada como se dissesse para eu dar logo um fim nisso.

Assim, engoli em seco e chamei, com a voz trêmula: — Próximo?

Noah entrou na barraca e sentou-se diante de mim.

— Desde quando você está trabalhando na barraca do beijo? — ele perguntou.

— Desde que você apareceu e Karen resolveu fugir da raia — balbuciei, enquanto ele me olhava de cima a baixo. — O que foi? Eu não estou vestida para isso, está bem?

— Não, você está ótima.

— Ah. — Pisquei os olhos, chocada. Isso era quase como se ele dissesse que sou bonita. — Obrigada... Não achei que você fosse aparecer aqui.

Ele deu de ombros. — Eu não paguei para conversar com você, sabia? — disse ele, colocando os dois dólares no balcão com um movimento firme. — Paguei por um beijo.

Ele está só brincando... não é?

Está só me provocando. Deve ser algum tipo de pegadinha.

Ele ergueu a sobrancelha e olhou para mim, esperando.

Ah, meu Deus. Ele não está brincando. Preciso beijá-lo.

Não conseguia me acostumar com a ideia de que o meu primeiro beijo seria com Noah Flynn. O irmão mais velho do meu melhor amigo. O cara que conseguia fazer com que eu sentisse as coisas mais inexplicáveis e me levar à loucura em cerca de três segundos.

Engoli em seco, e acho que ele deve ter ouvido, porque ergueu a sobrancelha enquanto olhava para mim. Meus olhos baixaram lentamente até apontarem para os lábios dele; pareciam muito macios e receptivos.

Minha mente se deixou lentamente tomar pela lembrança de Noah usando sua toalha... no seu uniforme do time de futebol americano...

E eu estava prestes a beijá-lo.

Sabia que não teria que fazer aquilo se não quisesse; ninguém podia me forçar a beijá-lo. E essa era a pior parte: eu tinha a opção de recusar, mas não consegui reunir forças para fazer isso.

Inclinei-me para frente conforme ele fazia o mesmo.

E se eu estivesse com algodão-doce preso entre os dentes? E se a minha boca estivesse com um gosto nojento?

Cale a boca, cale a boca, cale a boca!

Meu primeiro beijo...

10

QUANDO MEUS LÁBIOS TOCARAM OS DELE, SENTI GOSTO DE HORTELÃ e algodão-doce, que não era algo tão ruim quanto poderia parecer. Retribuí o beijo e me esqueci de tudo por um momento — esqueci que aquele lugar era uma barraca do beijo, esqueci que estávamos em público, esqueci que estava diante de Noah, um cara que eu devia odiar demais por interferir tanto na minha vida. Por um segundo, eu me esqueci até mesmo de que esse era o meu primeiro beijo.

Simplesmente retribuí o beijo, acompanhando o que ele fazia. E, quando senti sua língua tocar a ponta da minha, abri um pouco mais a boca, deixando que ele aprofundasse o beijo. E o beijei com mais força. Não tinha a menor ideia do que estava fazendo; simplesmente imitei o que ele fazia. Nós nos separamos ao mesmo tempo, mas ele ficou ali, com a testa encostada na minha. Estávamos ofegantes.

— Diabos — disse ele; um sorriso torto começava a se formar nos cantos de seus lábios, e seus olhos brilhavam, olhando para mim. Eu não sabia se aquele era um "diabos" bom ou um "diabos, acabei de beijar a melhor amiga do meu irmão".

— Pois é — sussurrei em resposta, fazendo-o rir.

Ouvi algumas pessoas da fila assobiando. Mal os percebi ali.

Alguém tocou o meu ombro, me fazendo pular de susto.

— Ah... estou pronta para voltar para a barraca, se você quiser... — disse Karen, com um sorriso de cumplicidade. Ainda me sentindo meio tonta por causa do beijo, concordei com a cabeça e saí da barraca andando devagar, sentindo-me totalmente surreal. Devia ter sido um sonho. Eu *não havia* acabado de ficar com Noah Flynn! E não na frente de tanta gente! Depois de quase ter tirado a roupa na mesa de sinuca há pouco tempo, provavelmente minha reputação não estava das melhores. Lutei contra o impulso de cobrir o rosto com as mãos.

Senti meus lábios formigarem, mas era uma sensação boa. E esquisita. Ainda conseguia sentir o gosto de hortelã e algodão-doce, e sentir a barba por fazer áspera na minha bochecha.

Aquilo era surreal.

Eu havia dado o meu primeiro beijo. E não tinha sido um beijo qualquer; não somente um selinho nos lábios ou algo assim; foi quase uma ficada completa.

As chances de ter o meu primeiro beijo em uma barraca do beijo com Noah Flynn eram tão pequenas... que eu estava começando a pensar que aquilo nunca havia acontecido.

— Viu? Não foi tão ruim.

A voz de Lee me assustou tanto que pulei.

— O que foi? — perguntou ele, distraído, erguendo os olhos do telefone celular.

— E-eu acho... acho que acabei de ficar com o seu irmão — gaguejei em voz baixa, sem conseguir acreditar.

Ele ergueu as sobrancelhas. — Como foi que perdi isso? Ah, não que eu quisesse ver, na verdade. Você e meu irmão? É esquisito. Simplesmente esquisito. Mas, sério, como foi que não percebi isso acontecer?

— Você está trocando mensagens com Rachel?

— Sim.

— Foi por isso que perdeu.

Ele riu e negou com a cabeça. — Certo, você tem razão. Ei, se importa de eu levar Rachel ao cinema hoje à noite? Depois que o festival acabar.

— Claro. Não tem problema. Acho que consigo carona com outra pessoa.

— Talvez seu pai possa levá-la. Ele trouxe Brad para o festival, não foi?

— Sim. Eles estão por aqui em algum lugar.

De repente, em um piscar de olhos, eu estava cercada. Havia pelo menos uma dúzia de garotas querendo saber se era verdade — eu havia mesmo acabado de ficar com Flynn na barraca do beijo? Tipo, era sério isso?

Elas queriam saber todos os detalhes sórdidos. Com um suspiro, expliquei que Karen havia entrado em pânico... ah, sim, houve língua... o quê? Não, eu não sabia se gostava dele daquele jeito ou não... talvez? Não sei.

E... sim, aquele havia sido o meu primeiro beijo.

Todas elas estava inegavelmente morrendo de inveja, é claro. Mas queriam saber se eu ia namorar com Flynn. Claro, nenhuma queria realmente Flynn comprometido. Queriam um Flynn solteiro com quem pudessem flertar e em quem pudessem babar (provavelmente ao mesmo tempo).

Mas todo mundo queria saber.

A notícia correu rapidamente — mensagens, telefonemas, e como todo mundo estava no festival mesmo... minha popularidade foi às alturas. Fiquei totalmente perdida.

Alguns dos alunos do segundo ano passaram pela barraca e uma garota apontou para mim. — Foi *aquela ali* que ficou com Flynn.

No começo, fiz careta. Mas, pensando bem, há coisas piores pelas quais poderia ficar famosa.

— VOCÊ QUER NAMORAR COM ELE? — PERGUNTOU LEE QUANDO finalmente estávamos sozinhos, depois de o festival terminar. O grêmio estudantil e algumas outras pessoas ainda estavam recolhendo as coisas das barracas e contando o dinheiro. — Pensei que já o havia superado.

— Eu superei, sim. Não sei. Estamos falando de *Noah*. Sabe?

— Não sei ao certo. Primeiro porque ele é meu irmão. Segundo porque sou homem.

— Talvez. Mas você sabe do que estou falando... Meio que odeio o seu irmão, mas meio que gosto dele.

— Bem, se você não tem certeza, então não faça nada. Será que você precisa conversar com ele ou coisa assim?

Ignorei aquela última parte. — Não sei se eu iria querer isso, também. Se acabarmos juntos, o que acho totalmente improvável de qualquer maneira, e as coisas não terminarem bem, acho que isso poderia estragar nossa amizade. E não quero que isso aconteça.

— Que coisa mais brega, Elle.

— Cale a boca.

— Mas eu estava pensando a mesma coisa... quinhentos e cinquenta — murmurou ele, colocando a pilha de dinheiro de lado. — Se vocês *realmente* começassem um relacionamento e depois terminassem de uma maneira complicada, talvez você não quisesse passar muito tempo comigo. E eu sentiria a sua falta.

— Eu também sentiria a sua. Só um pouco.

— Obrigado... — disse ele, ironicamente, e nós dois rimos.

— Vai ser bem esquisito quando eu vir o seu irmão agora.

— Vai mesmo.

— Que reconfortante, Lee — falei, sarcasticamente. Dei um tapa em seu braço. — Será que você não pode me apoiar um pouco?

Ele deu de ombros. — Não acho que você deva namorar meu irmão, de qualquer maneira. É estranho. E meio nojento.

— Para você.

— Exato.

Balancei a cabeça. — Lee, aqui só tem quinhentos e quarenta e nove.

— Ah, droga. — Ele me passou outra nota de um dólar e coloquei-a na pilha. Ainda bem que eu estava conferindo tudo que ele contava.

— Seu pai vai vir te buscar?

Neguei com um aceno de cabeça. — Ele teve que virar motorista de táxi para Brad e seus amigos logo depois que eles saíram, então não vai ser possível. Vou ver se pego uma carona com alguém. Já que você está me *largando* para ficar com a sua nova *namorada*.

— Não estou te largando! Você disse que não havia problema! Perguntei antes!

Eu ri. — Calma, estou só zoando com a sua cara!

Lee revirou os olhos.

No final, contamos seiscentos e quatorze dólares. Nossa barraca teve a maior arrecadação do festival, algo bem impressionante. Talvez tenha sido porque não tivemos que comprar um estoque de ursos de pelúcia gigantes ou salsichas e pães para fazer cachorro-quente. Lee foi embora com Rachel, enquanto fiquei para ajudar a recolher um pouco da sujeira deixada pelos visitantes com Joel, que ainda estava resmungando por ter perdido a aposta com Lee.

— A culpa é sua, na verdade. Sério, *você* é que me deve trinta dólares.

— Por quê?

— Se vocês não tivessem montado uma barraca do beijo, os caras não estariam fazendo fila na esperança de conseguir um beijo de língua rápido — disse ele, com o rosto e o tom de voz inocentes. — Por isso, passe para cá minhas trinta pratas.

Eu ri, esbarrando no seu ombro. — Nada disso. E não foi culpa minha. Ou você, tipo "ah, meu Deus", precisa *muito* saber de cada detalhe do meu primeiro beijo?

Falei aquilo com um tom de voz histericamente animado, e Joel fingiu uma expressão de puro horror. Riu e devolveu o esbarrão com o quadril. — Certo, certo, guarde seu dinheiro! Me poupe disso!

Ouvimos alguém tossir atrás de nós e viramos para ver Noah, que erguia uma sobrancelha para mim; com uma rápida olhada, mandou Joel se afastar. Ele se virou para recolher alguns palitos de algodão-doce e embalagens de cachorro-quente.

Bosta. O que faço agora?

Que diabos *ele* estava fazendo aqui?

Noah moveu a cabeça, e Joel me deu um cutucão sugerindo que o seguisse. Olhei para ele me mostrando indefesa, mas Joel já estava indo conversar com algumas das outras pessoas.

Segui Noah até o estacionamento. Havia embalagens e rótulos jogados por toda parte, junto com pedaços de comida que as gaivotas ainda não haviam comido.

— Lee disse que você estava sem carona para casa e que eu devia vir buscar você.

Por quê? Por que o meu melhor amigo agia desse jeito às vezes? Provavelmente, ele pensava que estava me fazendo alguma espécie de favor. Mas, sério? Ele ignorou o miniataque de pânico que tive algumas horas antes e disse a Noah para me levar para casa?

— Claro. — O que mais deveria dizer? Ele nem tinha mencionado o beijo. Isso era uma coisa boa ou não?

— Espere... você não veio de moto, não é mesmo?

— Não — disse ele, rindo. — Vim com o carro, já que você detestou tanto a moto.

— Graças a Deus — suspirei, e o ouvi rir outra vez. Subitamente, meu coração ficou todo esquisito, saltando de um lado para outro e virando cambalhotas. Provavelmente era apenas nervosismo. *Quase* desejei que ele houvesse trazido sua moto — apenas para que não houvesse a oportunidade de que um silêncio esquisito surgisse entre nós.

Ele me levou até o seu carro, atravessando o estacionamento vazio, e entramos. A tensão era quase insuportável. Não sabia o que dizer ou como agir agora. Eu havia *beijado* Noah. E aquele beijo havia sido bem intenso, aliás. Não tinha sido nem mesmo um resultado da bebida. O que eu devia fazer agora?

— Você se importa se passarmos em minha casa antes? — perguntou ele. — Meu pai comprou um jogo de videogame que achou que Brad iria gostar. Preciso entregá-lo a você.

— Ah, claro — assenti. — Sem problemas.

— Certo.

Depois de mais alguns minutos, ele perguntou: — E então, quanto a barraca de vocês conseguiu faturar?

— Seiscentos e quatorze dólares.

Ele soltou um assobio baixo. — Uau.

— Eu sei. Ganhamos mais do que a barraca de cachorro-quente.

Ele assentiu, e o silêncio voltou. Eu aumentei um pouco o volume do rádio para tentar aliviar a tensão, mas não deu muito certo.

Tudo estava muito estranho. Forçado.

Olhei para Noah pelo canto do olho. Sua cabeça balançava ligeiramente ao ritmo da música, e o sol iluminava o lado esquerdo do seu rosto, jogando sombras sobre o lado mais próximo de mim.

O beijo provavelmente não tinha significado nada para ele, tentei dizer a mim mesma. Noah gostava de joguinhos; o que era um beijo para ele? Somente um beijo. Provavelmente, eu estava imaginando todo aquele embaraço e a tensão no ar, criando uma situação muito maior do que realmente era, porque aquele havia sido o meu primeiro beijo.

Mesmo assim... foi ele que transformou aquilo em um beijo de língua. E depois pareceu tão perdido quanto eu. Mas talvez tenha sido porque eu beijava muito mal, e ele não disse nada para me poupar do constrangimento, quem sabe?

Minha mente estava disparada, rodando a dois quilômetros por segundo. Eu estava confusa, preocupada, queria beijá-lo outra vez e...

Não. Isso não vai acontecer. Você não vai beijar Noah outra vez, Rochelle, porque ele é Noah. *Ele é o irmão mais velho de Lee. Ele é o cafajeste responsável pela inexistência da sua vida amorosa, e que lhe falou que só a vê como uma irmã mais nova. Lembre-se, você devia estar louca da vida por ele ser tão superprotetor, irritante e por interferir na sua vida, não é? Você não devia estar pensando em beijá-lo. Você está brava com ele... não está?*

Aquela linha de pensamento não estava me ajudando.

Eu ainda queria beijá-lo outra vez.

O trajeto se estendeu pelo que pareceu uma eternidade — e ainda não havíamos nem chegado no meio do caminho. Suspirei. Senti que ele me olhava, mas estava ocupada demais com a minha batalha interna para prestar atenção nele.

Queria beijá-lo outra vez — para ter certeza de que não havia fogos de artifício explodindo dentro de mim, justifiquei. Mas eu não devia fazer isso. Aposto que ele ainda pensava em mim como a amiga do seu irmão mais novo, a menininha com quem ele cresceu... Mas o que pensar daquele momento depois da festa na sua casa, quando caímos da cama? Tinha certeza de que senti alguma coisa entre nós. Bem, talvez eu estivesse apenas me iludindo.

E, provavelmente, também estava me iludindo ao pensar que ele estava me olhando com desejo quando entrou no vestiário e me viu somente de sutiã.

Mas talvez houvesse algo mais, que simplesmente não havíamos percebido ainda. Quem sabe mais um beijo para provar que eu estava errada. Ou certa. Será que seria tão ruim assim?

Não. Eu não podia beijá-lo de novo. Não podia...

Ou será que podia?

Suspirei outra vez, conforme o carro subia pela rua onde ele morava. *O que eu ia fazer?*

FINALMENTE ESTACIONAMOS DIANTE DA CASA DELE.

— Vou entrar e pegar o jogo para Brad — anunciei. — E voltar andando para a minha casa daqui.

A verdade era que eu não queria passar mais nem um minuto dentro do carro com ele.

— Claro. Você é quem sabe.

Saímos do carro e o segui até a cozinha, ficando junto à porta enquanto ele procurava por entre uma pilha de papéis no balcão, mordendo o lábio nervosamente.

Ele virou-se com um novo jogo do Mário e me entregou. Não chegava a estar a meio metro de mim. Apenas alguns centímetros de ar nos separavam.

Antes que tivesse consciência do que estava fazendo, fiquei na ponta dos pés e pressionei meus lábios contra os dele.

Imediatamente percebi que estava agindo como idiota e recuei, com as bochechas ardendo e o coração acelerado.

Noah piscou os olhos, aparentemente chocado. Estava me olhando fixamente com uma expressão impossível de identificar.

— Ah, meu Deus — balbuciei, apressadamente, sentindo-me totalmente humilhada. — Desculpe. Eu só... digo... eu só... ai, cara, eu...

Noah deu um passo à frente e calou a minha boca com bastante eficácia, esmagando os lábios contra os meus. Qualquer resistência e tensão desapareceram do meu corpo (devido ao choque ou a alguma outra coisa, não tinha certeza), e meus braços se fecharam ao redor do seu pescoço.

Esqueci-me do papel de idiota que havia acabado de fazer e comecei a retribuir o beijo. Suas mãos estavam nas minhas costas e no meu cabelo, esmagando-me contra ele de tal maneira que parecia que cada pedaço dos nossos corpos estava se tocando. E, só para constar: definitivamente havia fogos de artifício estourando dentro de mim.

Com as mãos nos meus quadris, ele me ergueu até me sentar sobre o balcão da cozinha, com minhas pernas ao redor da sua cintura. Ele veio beijar meu pescoço, e foi então que a minha cabeça começou a se desanuviar um pouco e percebi exatamente o que nós estávamos fazendo ali.

— Noah, nós... nós não podemos fazer isso — disse, ofegante e trêmula.

Ele suspirou, recuando um passo e passando a mão nos cabelos. Eu não fazia ideia do que ele estava pensando; sua expressão era indefinível.

Seu olhar cruzou com o meu outra vez, e tive a sensação de que ele queria uma explicação.

— Eu... eu não vou ser somente outra garota com quem você dorme e depois não telefona na manhã seguinte — falei, empinando o queixo. — Não vou arriscar minha amizade com Lee somente por isso.

Noah me observou por um longo momento. — Você acha que é isso que eu faria? De verdade?

— B-bem... — Deixei a frase morrer no ar. Não era?

Ele se aproximou até haver somente um palmo de distância entre nós. Se eu pudesse recuar, teria feito isso, mas ainda estava sentada no balcão.

— Vamos esclarecer certas coisas — disse ele, com a voz baixa e firme. —Em primeiro lugar: você tem ideia de quantas garotas eu beijo em uma festa que no dia seguinte dizem que dormiram comigo? Depois: apesar do que todas essas garotas acham, elas nunca querem realmente namorar comigo. Dizem que querem, mas pense um pouco. Quem vai querer namorar com alguém que é conhecido por se envolver em brigas ou que gosta somente de relacionamentos casuais?

Observei seu rosto e rapidamente decidi que ele estava falando totalmente sério.

Noah podia ser um cafajeste, com certeza — mas mentir nunca foi o seu forte.

Percebi o que ele queria dizer. Mesmo que as garotas não quisessem nada a longo prazo, elas não se importariam em ter algo mais casual com um cara gostosão com histórico de violência. Sempre achei estranho o número de garotas que diziam ter dormido com ele quando parecia que Noah havia passado a noite sozinho; Lee e eu nunca quisemos fazer muitas perguntas a respeito, de qualquer maneira.

— Você está me entendendo, não é?

Concordei com a cabeça. — Sim. Mas... mas você nunca faria nada com uma garota. Você não é assim.

— Sim, mas isso não parece contar para elas.

— Então... espere um pouco. O que é que você está tentando me dizer? — falei, erguendo as mãos espalmadas e sentindo-me mais do que um pouco confusa. — Que você não tem culpa por gostar de fazer joguinhos? Ou pelo menos por ser essa sua reputação?

— Certo.

— E então...? — Deixei a pergunta no ar.

Ele mordeu o lábio. Será que Noah Flynn realmente parecia estar... *nervoso?* Não, eu com certeza estava imaginando aquilo. A única vez em que já o tinha visto com aquela expressão foi quando o peguei usando a cueca do Superman e o fiz corar.

Ele respondeu, lentamente, olhando para o balcão em vez de me encarar. — Só estou dizendo que não a trataria como lixo, da forma que você parece pensar que eu faria.

— Ainda não entendi o que você está tentando dizer, Noah.

— Eu também não — disse ele, com uma risada súbita, esfregando a mão no rosto. — Mesmo assim...

Ele se aproximou de novo. Agora havia somente uns dois centímetros entre nós, e suas mãos estavam sobre as minhas coxas. Minha respiração começou a acelerar, e meu coração batia com força no peito. — O que eu sei *com certeza* é que quero beijar você de novo.

Uma parte de mim queria dizer não, empurrá-lo firmemente para longe. Eu não estava disposta a arriscar a minha amizade com Lee apenas para continuar beijando Noah. Além disso, não conseguia realmente visualizar nós dois como um casal. Isso para não mencionar que eu não era exatamente o tipo de garota que sai por aí beijando garotos a torto e a direito. Era a romântica inveterada. Ou pensava que era, pelo menos.

Mas, quando Noah baixou a cabeça lentamente na direção da minha, dando-me todo o tempo que precisava para empurrá-lo para longe, não fiz nada. Em vez disso, deixei que ele juntasse os lábios com os meus, e o beijei pela terceira vez naquele dia. Eu estava ficando com Noah Flynn, entre todas as pessoas possíveis. De manhã nunca havia nem chegado a beijar um garoto.

Noah enlaçou minhas pernas ao redor da sua cintura e coloquei os braços ao redor do seu pescoço, brincando com os cabelos em sua nuca. De repente, não conseguia me saciar dele — seu gosto, seu toque. Não conseguia entender por que ele causava esse efeito em mim.

Ele me ergueu do balcão, carregando-me para longe da cozinha. Não tinha certeza se aquilo era uma boa ideia, mas a sensação de ter seus lábios nos meus deixava minha mente nebulosa, e eu não conseguia me concentrar por tempo suficiente para pensar direito. Não foi até cairmos em algo macio e confortável — um colchão — que minha consciência dormente pareceu acordar.

— Noah. — Tentei me afastar. Sabia o que estava para acontecer. — Noah...

— Sim? — ele murmurou, e começou a mordiscar o lóbulo da minha orelha. Aquilo fez com que faíscas corressem por meu corpo, e por um segundo esqueci do que ia dizer.

— Não podemos... eu não sou...

— Hmmm? — ele se afastou apenas o bastante para me olhar nos olhos. Ainda não conseguia me lembrar do que ia dizer. Ele pareceu compreender, entretanto, seus olhos se arregalaram e ele disse: — Ah, não... não foi a minha intenção... você sabe... eu não...

— E-eu não posso fazer isso — gaguejei. Torci o corpo e levantei da cama, indo até a porta do quarto e ajeitando minha blusa. Não conseguia pensar direito quando estava assim, tão perto dele. Tinha que sair dali, tinha que refletir sobre tudo.

Uma mão no meu braço me puxou de volta, e outra passou ao lado da minha cabeça para fechar a porta. Noah estava bem diante de mim. Eu não tinha saída — a porta estava às minhas costas, com a maçaneta pressionando a minha coluna, e Noah bem na minha frente.

— Noah — eu disse com firmeza. — Eu não vou fazer isso. Nada vai acontecer entre nós, porque simplesmente *não combinamos*. Você intimida os garotos para que eles fiquem longe de mim. E eu não sou... não sou nenhum brinquedo que você pode usar quando é conveniente. Entendeu?

Noah suspirou suavemente, e seu hálito tocou o meu rosto. Ainda tinha o cheiro e o sabor de hortelã e algodão-doce.

— Nunca achei que você fosse algo para eu usar quando fosse conveniente — murmurou, olhando em meus olhos.

— Certo. Mas me diga, honestamente. Você namoraria comigo? Você, o Rei dos Joguinhos?

Ele suspirou outra vez, encostando a testa na minha. — Diga você.

Gemi de frustração. — Você não está facilitando as coisas, Noah! Nós discutimos e você age como um cafajeste. Isso sem falar no fato de que você é o irmão mais velho de Lee, mas...

— Mas...?

Por mais humilhante que fosse, resolvi falar sem reservas. — Mas senti alguma coisa quando nos beijamos. Não sei que diabos devo fazer. Não vou ficar com você se for apenas uma coisa casual.

— Você quer saber a verdade, Elle? — Noah parecia estar ficando realmente frustrado agora, e seus olhos estavam na altura dos meus. — Você é a única garota que é ela mesma quando está perto de mim, e gosto disso. Mas o fato de que você não me quer como eu quero você está me deixando *louco*. Você é a única garota que não se jogou aos meus pés. Não tenho nem olhado para nenhuma outra por causa de você. Sabia disso? Você é a única garota em quem consigo pensar.

Uau.

Certo.

Bem, não era como se ele acabasse de confessar que me amava há anos... Mas *nossa!* Quem imaginaria que eu, Rochelle Evans, a garota sem qualquer experiência com rapazes, seria quem levaria Noah Flynn à loucura?

Eu estava atordoada. — E há quanto tempo você está sentindo isso? Só por curiosidade.

Ele deu de ombros. — Uns dois meses.

Concordei com a cabeça, tentando desesperadamente dar a impressão de que estava calma e racional. — Achei que você tinha dito que me via como uma irmã mais nova.

— Isso foi antes de você crescer — disse com simplicidade. Em seguida: —Fiz você ficar vermelha.

Ignorei aquilo. — Se isso é verdade, por que você me disse que eu era como uma irmã para você?

Noah desviou o olhar. — Você não me queria do mesmo jeito que eu queria você. Não sou o tipo de pessoa que conta a outra exatamente o que está sentindo. Você sabe disso. Sabia que toda esta conversa é uma tortura para mim?

Abri um leve sorriso maroto e soltei a bomba: — Eu queria você. Pode acreditar.

A expressão no rosto de Noah foi como se ele houvesse acabado de ganhar um milhão de dólares ou algo assim. Inclinou a cabeça para que seus lábios roçassem nos meus. — Mas... mas eu não... não quero que você pense que estou interessado em uma única coisa aqui, está bem? Não estou. Não. Essa é uma das coisas que eu gosto em você. Você é doce e inocente. Diferente. Você é fofa.

— Você me acha fofa também? — Ergui uma sobrancelha, e ele abriu um sorriso torto contra meus lábios. — E eu que pensava que era somente a melhor amiga irritante do seu irmão mais novo.

— Bom, isso também.

Ri e deslizei o dedo por seu peito.

Em seguida, ele disse de novo: — Não estou interessado em você somente por causa *daquilo*, está bem?

— Se estivesse, iria questionar seu gosto — murmurei, fazendo-o rir. Mas, subitamente, senti um calor por dentro.

Ele colocou o dedo sob o meu queixo, erguendo meu rosto. A expressão em seu rosto, a linha de expressão em sua testa... ele parecia estar mais cauteloso do que outra coisa.

Eu não queria pensar nele como o irmão de Lee ou como o cafajeste que agia de maneira superprotetora em relação a mim. Recusava-me a deixar que todas as repercussões horríveis daquilo entrassem na minha mente — haveria tempo suficiente para isso mais tarde.

Naquele exato momento, ele era apenas Noah. E me aproximei para beijá-lo. E naturalmente, pela minha inexperiência, meus dentes se chocaram com os dele. Nunca achei que isso acontecesse realmente com as pessoas. Achei que conseguiria evitar. — Desculpe — murmurei, mordendo a bochecha.

Seus lábios se retorceram contra os meus. Senti o peito de Noah reverberar com risadas contidas por baixo da minha mão.

— A prática leva à perfeição.

Dessa vez, nossos dentes não se chocaram.

FICAMOS NOS BEIJANDO NA CAMA DELE POR UMA ETERNIDADE. Conversamos um pouco sobre a escola, sobre onde ele gostaria de fazer faculdade (estava pensando em ir a San Diego, porque era a cidade mais próxima) e tivemos uma pequena discussão sobre como All Time Low era muito melhor do que Linkin Park. (Noah era um grande fã das músicas mais novas do Linkin Park, embora eu as odiasse.) Descobri que estava gostando de estar com Noah, mesmo quando não estávamos nos beijando. Realmente gostava da companhia dele — mesmo quando batíamos boca por causa de música.

Mas não conversávamos por mais de alguns minutos de cada vez antes que ele começasse a me beijar de novo. E, quando isso acontecia, me esquecia do que estávamos conversando antes; esquecia que realmente já devia ter ido embora àquela hora. Simplesmente me deixava levar pela maneira como seus beijos enchiam meu estômago de borboletas.

Era somente pelo fato de ele saber beijar tão bem, disse a mim mesma. Não era como se tivéssemos alguma espécie de ligação nem nada. Éramos diferentes demais para que isso acontecesse. Não havia garantias de que ele ainda ia querer estar comigo dali a uma semana, já que nunca havia estado em um relacionamento longo.

— Então, o que é que estamos fazendo aqui, exatamente? — disse ele após algum tempo, jogando os cotovelos atrás da cabeça e me olhando nos olhos.

— Não vou simplesmente passar a noite com você — respondi com firmeza.

— Eu já lhe disse não estou interessado apenas nisso — suspirou, tocando meu joelho.

Eu não devia gostar dele. Não *podia* gostar dele. Éramos diferentes demais; aquilo era errado demais. Sem mencionar o fato de que não conseguiria encarar Lee e dizer a ele que estava com o irmão dele.

Mas... Eu gostava de ficar assim com ele. Gostava da sensação de beijá-lo; de sentir seus braços ao meu redor; o sorriso em seus olhos quando discutíamos por causa do som das bandas. Era *agradável* estar assim com Noah. Como se fosse algo natural.

Mas será que valia a pena magoar Lee por causa daquilo? Não poderia fazer uma coisa dessas com ele, não é mesmo? Ele já havia deixado claro que acharia aquilo esquisito, que tinha o potencial de estragar a nossa amizade. E nada poderia fazer isso valer a pena. Certo?

— Eu... eu não sei — admiti após algum tempo. — Mas é que... nós não deveríamos fazer isso, e... e Lee...

— Entendo. — Noah ficou em silêncio por um momento. Ele desenhou círculos com a ponta do dedo no meu joelho e eu observei o movimento, esperando.

Ele falou de maneira hesitante. — Bem... talvez Lee não precise saber.

Deixei aquela frase pairando no ar por um momento. — Você está dizendo que eu devia mentir para ele?

— Talvez não lhe dizer toda a verdade... — A boca de Noah se retorceu um pouco, como se ele estivesse com dificuldades para enunciar a frase corretamente. — Até decidirmos o que vamos fazer.

Concordei com um aceno de cabeça. Se Lee não soubesse a verdade, ela não poderia atingi-lo. Se as coisas não dessem certo entre nós, então ele não teria que sofrer à toa. E se as coisas *dessem* certo... Então teria de conversar com Lee, quando e se isso acontecesse.

Ouvi Noah suspirar e olhei para cima, encarando o teto. Ele deu um sorriso fraco. — Eu disse que as garotas não querem ficar com um cara que tem um histórico de socar as coisas.

Empurrei levemente seu braço. — Não é isso. E eu sei que você nunca encostaria um dedo em uma garota. Você não é assim.

E, antes que pudesse pensar mais naquilo, disse: — Tudo bem.

— Tudo bem?

— Mas me prometa apenas que você não vai deixar que Lee descubra.

Noah concordou com a cabeça. — É claro que não vou deixar. — Em seguida, ele ergueu o corpo até estar sentado na cama e se inclinou para beijar o meu nariz. Senti seus lábios se curvarem contra os meus, e, quando nos afastamos, vi aquela covinha na bochecha esquerda que só aparecia quando ele sorria.

E foi então que olhei atrás dele e vi o horário, me encarando com os números vermelhos do seu despertador. Soltei um gemido exasperado; tinha que estar em casa para o jantar dali a vinte minutos. O que havia acontecido com a tarde?

— Preciso ir embora — disse, com urgência.

— Ah... — Se eu não o conhecesse tão bem, talvez pensasse que ele estava decepcionado. — Precisa que eu a leve para casa?

Virei-me para encará-lo com as sobrancelhas erguidas. — Posso ir andando. Tenho pernas. Duas, para ser mais exata.

Vi um sorriso torto se formar no seu rosto. — Faça como quiser, então. Estava apenas tentando ser gentil...

— Não se preocupe. Sério. — Queria espairecer um pouco a cabeça, e isso não iria acontecer se Noah estivesse comigo. — Você fica muito fofo desse jeito — disse a ele, indicando a expressão em seu rosto.

Ele fez uma careta. — Não me chame de fofo. Por favor.

— Ah, que fofinho — provoquei, rindo. Empurrei seu ombro em tom de brincadeira, um gesto que ele devolveu revirando os olhos.

Fui pegar meu celular que estava na cômoda ao lado da sua cama e deixei sair a pergunta antes que pudesse me conter.

— Por que você detesta que as pessoas o chamem de Noah?

— Noah não é o nome mais legal que existe. É impossível imaginar um cara correndo aterrorizado ao ouvir o nome Noah. Flynn é...

— Flynn combina com você.

— Exatamente. Então, por que você sempre me chama pelo meu primeiro nome?

— Porque eu cresci com você. Depois, fazia isso só para irritá-lo. Mas até que é sexy.

As palavras saíram antes que eu me desse conta do que estava dizendo. Minha boca se fechou abruptamente e minhas bochechas queimaram enquanto eu a cobria com a mão. Eu não conseguia acreditar que havia acabado de dizer aquilo! Bem, eu *realmente* achava que Noah era um nome sensual — talvez não em todas as pessoas, mas Noah Flynn conseguia fazer com que fosse. Nele, o nome era sexy. Não conseguia acreditar que havia *dito* isso a ele!

Ele abriu aquele sorriso malandro, tirando a minha mão da frente do meu rosto que, sem dúvida, já devia estar da cor de uma beterraba.

— Bem, quando você fala desse jeito, até que não parece tão ruim.

Soltei uma risada envergonhada e ele me deu um rápido selinho nos lábios antes de soltar minha mão.

Precisava mesmo ir. E, se alguém chegasse em casa inesperadamente, provavelmente ia ser mais do que um pouco suspeito o fato de eu estar ali com Noah. Dificilmente acreditariam que estávamos "apenas conversando".

Fui até a cozinha antes de sair para pegar minha bolsa e o jogo de videogame para Brad.

Quando virei para trás e vi Noah encostado no batente da porta aberta, levei um susto. Ele não havia feito um único som; eu não fazia a menor ideia de que ele estava ali.

— Você vai estar livre amanhã? — perguntou.

— Acho que não... tenho uma tonelada de lição de casa para fazer... Foi somente depois de responder que pensei que talvez devesse ter tentado ser mais misteriosa — perguntar o que ele tinha em mente, dizer que eu poderia estar livre ou não. Mas afastei aquela ideia imediatamente. Eu *jamais* conseguiria agir assim.

— Que droga.

Esperei que ele estendesse o comentário, mas Noah ficou em silêncio. Simplesmente me encarou com aquele sorriso torto que era sua marca registrada, e seus olhos brilhantes quase perfuraram os meus. Fiquei imaginando se isso significava que ele queria se encontrar comigo. Mas ele não disse mais nada.

— Ah — eu disse, em voz baixa.

Ele sorriu. — Vou encontrar um lugar escondido para que possamos nos ver, não se preocupe.

Sorri em resposta. Em um único dia, tinha deixado de ser uma pessoa sem vida amorosa para o que só poderia ser chamado de me encontrar às escondidas com o cara mais gostoso de toda a escola, tudo por causa daquela maldita barraca do beijo.

— Tchau — disse em voz baixa, me esfregando discretamente nele enquanto ia para a porta da frente.

— Ei, espere um pouco — disse ele, puxando-me para trás por uma das alças do cinto do meu short. — Eu quero meu beijo de despedida.

— Hmmm, não.

Uau, talvez esse tenha sido o maior flerte que eu já disse durante o dia inteiro. Sou o máximo.

— Não? — Ele ergueu as sobrancelhas escuras em tom de desafio.

Ele se aproximou para me beijar assim mesmo, e eu ia corresponder à carícia — mas ele se afastou depois de simplesmente roçar os lábios nos meus. Encarou-me então com uma expressão inocente, e revirei os olhos.

— Tchau, Shelly — disse ele quando eu já estava de saída, me provocando.

— Tchau, Noah — respondi no mesmo tom, sorrindo para mim mesma.

NÃO PAREI DE SORRIR DURANTE TODO O CAMINHO DE VOLTA PARA casa.

Naquela noite, deitei na cama pensando em tudo que havia acontecido. Não havia maneira de saber quanto tempo iria durar; eu sempre pensei que era o tipo de garota que preferiria estar em relacionamentos longos e envolventes. Pelo que tinha ouvido falar, o relacionamento mais longo de Noah havia durado uma semana, talvez. Mas eu não conseguia evitar. Não queria magoar Lee, mas sentia uma atração por Noah que não era simplesmente física...

Não que eu fosse fazer qualquer coisa tão idiota quanto me apaixonar por ele. De jeito nenhum.

Se havia alguma coisa capaz de prejudicar minha relação com Lee seria isso. Não podia e não iria acontecer. Não permitiria.

Teria que tentar lidar com tudo isso da melhor maneira que pudesse. Se isso significasse esconder que Noah e eu estávamos juntos, então era o que deveria ser feito. Não queria ficar longe dele; a simples lembrança do que aconteceu naquela tarde fazia com que eu sentisse um calor por dentro do corpo.

Estou quase certa de que dormi sorrindo.

11

A MANHÃ DE SEGUNDA-FEIRA CHEGOU RÁPIDO DEMAIS. EU JÁ ESTAVA preparada para contar às garotas sobre o meu beijo e de Noah, pois sabia que elas iriam querer saber de tudo nos mínimos detalhes. Estava pronta para os olhares carregados de inveja que iria receber. E também preparada para refutar qualquer insinuação que elas pudessem fazer sobre Noah e eu começarmos um relacionamento.

Nós dois estivemos ocupados demais com nossos próprios afazeres para nos encontrarmos no dia anterior, mas trocamos mensagens. Ainda me sentia alegre e esfuziante por dentro ao me lembrar da sua última mensagem quando escrevi que ia dormir: *Doces sonhos*.

Aquilo era muito diferente do habitual para Noah, mas, ainda assim, eu gostei.

Um carro parou diante da minha casa, então corri para o andar de baixo e gritei um "tchau" por cima do ombro.

— Oi — disse a Lee, sorrindo ao sentar no banco do passageiro.

— Oi! Por que você está tão feliz? Achei que estaria morrendo de medo do dia de hoje, depois de toda aquela situação na barraca do beijo.

Dei de ombros. — Não sei. Tem algum motivo para que eu não possa estar de bom humor?

— Bem, em primeiro lugar, hoje é segunda-feira. Em segundo, você não costuma ficar tão contente assim de manhã. Pode acreditar no que eu digo, te conheço muito bem.

Dei de ombros de novo. — Não reclame. Estou de bom humor. É só o que importa.

Lee riu. — Tudo bem, então...

Quando chegamos à escola, mal consegui sair do carro antes de ficar cercada por gritinhos e perguntas. Parecia que absolutamente todas as garotas queriam que eu descrevesse o beijo.

— Ei, deem um pouco de espaço para ela respirar, pessoal! — Ouvi Lee rindo.

— Ahhh, você teve muita sorte. Eu queria estar lá. Eu acho que *mataria* alguém para poder beijar Flynn. Não consigo acreditar que você fugiu da raia, Karen.

— Eu não a culpo. Deve ter sido assustador quando percebeu que teria que beijar Flynn.

— Queria que fosse eu.

— Não acredito que você conseguiu beijar Flynn.

— A situação não ficou estranha com Lee?

— Não — bufei. — Claro que não! Lee é o meu melhor amigo.

— Sim, mas você beijou o *irmão* dele. E vou lhe contar, não foi só um beijo rápido — acrescentou Candice, agitando as sobrancelhas de maneira bem sugestiva.

— Sim, mas é *Lee*.

— Já conversou com Flynn desde o festival?

— Você gosta dele, Elle? — Subitamente Faith estava bem diante do meu rosto. — Ele não é o seu *crush*?

— Eu mal consigo formar uma frase inteira quando estou perto dele — riu outra pessoa.

— Você não é a única!

— Elle é a única garota que consegue falar com Flynn.

— Não entendo como você consegue agir de maneira tão normal perto dele — disse Geórgia.

Dei de ombros. — Eu cresci com ele, porque sempre estava com Lee. E não sei, Faith — disse, virando-me de frente para ela. — Ele é apenas Noah.

— *Apenas Noah?* — gritaram todas elas, chocadas. Mordi a bochecha. Eu realmente precisava começar a pensar antes de falar esse tipo de coisa. — É de Flynn que estamos falando! Como você é capaz de dizer uma coisa dessas?

— Olhem, vou falar com alguns dos rapazes. Beijei Noah. Sim, foi ótimo. Mas será que podemos simplesmente deixar a vida seguir em frente? Estou meio enjoada de falar sobre isso.

Senti que estava sendo ríspida, e tentei não atravessar o estacionamento pisando duro demais.

Quando finalmente alcancei Lee e os outros garotos, soltei um enorme suspiro de alívio.

— Aquilo parecia bem divertido — disse Lee, casualmente.

Eu o cutuquei com uma cotovelada nas costelas.

— Ah, meu Deus! Tipo, você *tem* que nos contar *tudinho!* Meu *Deus!* Não acredito que você beijou *Flynn!* Tipo, *ah, meu Deus!* — disse Cam com a voz em falsete. Os garotos começaram a rir, e revirei os olhos.

— Nem comece com isso. Por favor, estou implorando.

— Não se preocupe, nós não vamos perguntar nada — disse Dixon. — Mas falando sério. Vocês não estão namorando?

— Não.

Ele acenou afirmativamente com a cabeça. — Legal.

— Por quê? Está interessado? — Pisquei os olhos, agitando os cílios para fingir um flerte.

— Talvez — disse ele, rindo. Em seguida, acrescentou: — Não, somente... você sabe. Boatos.

— Vou dizer isso a Noah da próxima vez que falar com ele — eu disse, séria, fazendo todos os garotos rirem e darem ligeiros empurrões em Dixon, de um lado para outro. — Deixe uma ambulância a postos.

— *Touché.*

— Ah, tem uma coisa — disse Warren, subitamente. — Eu havia me esquecido. Meus pais vão viajar na próxima sexta-feira, então vocês sabem o que isso significa, não é?

— Festa! — gritou Lee, cumprimentando-o com um *high-five*. — Da hora!

— Mas não espalhe demais a notícia. Não quero que as coisas fiquem loucas demais.

— Claro, sem problemas — concordaram todos.

— Você vem à festa, Elle? — perguntou Warren, já que eu não havia feito nenhum comentário.

— Com certeza. Mas vou ficar só nas bebidas sem álcool desta vez. Não quero me arriscar a sentir vontade de pular pelada na piscina de novo.

— Que droga, Elle. Você acabou de destruir todos os meus sonhos — murmurou Cameron, rindo em seguida.

Lee me olhou com ar de dúvida. — Não se preocupe, Shelly. Vou ficar de olho em você.

— Não vai, não. Vai estar ocupado demais beijando Rachel — disse Oliver, fazendo todos rirem.

O sinal tocou, e entramos no prédio da escola para começar as aulas.

LEE E EU RECEBEMOS MENÇÃO HONROSA DO DIRETOR POR ANGARIAR tanto dinheiro com a nossa barraca. Mas isso não foi a única coisa que recebi.

Houve muitos comentários e assobios dos rapazes que passavam por Flynn e eu.

Aquilo estava realmente começando a me incomodar. Nada tão ofensivo quanto o que foi dito depois da festa de Lee e Noah. Mas, o jeito como eles falavam, estava realmente fazendo meu sangue ferver.

Na quinta-feira, toda aquela empolgação já havia se dissipado. Novos rumores e fofocas surgiram em meio aos alunos, o que serviu para deixar o meu caso de lado. Não poderia estar mais feliz.

Já estava de saco cheio de tanto falar sobre beijar Flynn no festival. Cansada de ouvir as meninas falarem sobre a toda a inveja que sentiam. E exausta dos garotos olhando para mim de um jeito diferente pelos corredores, porque agora eu já não era mais tão inocente.

E então, naquele que acabou sendo o ponto alto da minha semana, fui para a casa de Lee na quinta-feira à tarde, como havíamos combinado, e descobri que ele não estava lá.

— Estou indo ao mercado — disse sua mãe quando cheguei. — Mas, se você quiser ficar por aqui e esperar um pouco, sinta-se à vontade.

— Certo, vou ver o quanto ele vai demorar. Obrigada, June.

— Tchau, Elle! — disse ela, alegremente, antes de sair. Eu suspirei, mandando uma mensagem para Lee para tentar descobrir onde ele estava.

Estou com Rachel. Desculpe! :-(

Não sabia que você ia até minha casa.

Ele claramente se esqueceu de que havíamos combinado de nos encontrar. Não era coisa dele.

Não tem problema. Vou para a minha casa. E acrescentei o emoticon com uma carinha feliz para deixar claro que não estava brava com ele; embora *realmente* estivesse um pouco chateada. Lee nunca me trocou por outras garotas sem pelo menos avisar com antecedência.

Ele deve estar realmente gostando de Rachel, pensei.

Estava indo para a porta quando ouvi alguém no alto da escada e olhei para cima.

— Ah, oi — disse Noah. — Lee não está em casa.

— Sim, sua mãe acabou de me avisar. Ela foi ao supermercado, por falar nisso.

— Ah, certo.

Fiquei balançando sobre os calcanhares enquanto ele descia as escadas me olhando. Não sabia se o melhor seria ir embora ou não... e não queria ir agora que sabia que Noah estava.

Durante toda a semana, sempre que o via nos corredores ou no campo de futebol americano no almoço, lembrava da sensação de seus lábios nos meus, e sentia uma vontade enorme de beijá-lo de novo.

Ele estava usando somente uma calça de moletom puída com manchas velhas de óleo e uma camiseta branca. Nada especial. Como diabos conseguia parecer um modelo de capa de revista então? Noah realmente era demais para mim.

Estava começando a me convencer de que tudo que havia acontecido no fim de semana entre nós era página virada, e de que ele havia se esquecido de tudo. Eu simplesmente tinha que superar aquilo e seguir em frente.

E então ele me beijou. Pega de surpresa ao encontrá-lo ali, deixei que ele me empurrasse dois passos para trás e me prensasse contra a parede e, em seguida, me empenhei totalmente em retribuir o beijo.

Aparentemente, todas as minhas dúvidas e preocupações tinham sido totalmente irracionais. Quando finalmente nos separamos para tomar ar, ainda estávamos tão próximos que, quando um de nós falava, nossos lábios se esfregavam.

Ele disse, em voz baixa: — Passei a semana inteira esperando para fazer isso.

Senti uma onda de empolgação pelo corpo. Tentei forçar minhas bochechas a não corar e manter a calma, para que ele não percebesse o quanto eu estava aliviada e feliz.

Disse a mim mesma que não devia deixar que meus sentimentos nos aproximassem tanto; precisava tomar cuidado.

Por causa de Lee.

Em uma tentativa de ser a garota autoconfiante e charmosa que eu não era, respondi: — Desculpe por fazer você esperar.

Ele deu de ombros. — Valeu a pena.

Bem, *essa* era uma resposta com a qual eu não me importaria em ficar com o rosto corado.

— Quanto tempo você acha que nós temos?

— Hmmm... meia hora, pelo menos — calculei, com um tom de divertimento na voz.

Os olhos azuis de Noah pareciam estar ainda mais claros do que o habitual, se isso era possível. Ele me deu outro beijo rápido e, em seguida, pegou minha mão, levando-me para o andar de cima.

— Você vai à festa de Warren na semana que vem? — ele me perguntou, repentinamente.

— Sim. E você?

Ele acenou com a cabeça. — Mas não use nada que seja muito escandaloso, certo?

— Por que não? — perguntei, curiosamente. Noah nunca havia dito nada sobre aquele assunto nas festas anteriores.

— Você não acreditaria no que os rapazes falaram a semana inteira a seu respeito — disse ele, irritado, com um músculo saltando ao redor do queixo.

— Acho que acreditaria, sim — resmunguei em voz baixa, sem pensar.

— O que foi que você ouviu? — esbravejou ele, ainda mais irritado agora, embora aquela raiva não estivesse direcionada contra mim.

Resistindo ao impulso de revirar os olhos, dei de ombros. Eu realmente, *realmente mesmo,* precisava aprender a ficar de boca fechada. — Só alguns comentários sobre a barraca do beijo.

— Por exemplo...? — pressionou ele. percebi que ele estava começando a ficar enfurecido. Conhecia todos os sinais de alerta depois de tantos anos: o músculo na região do queixo; os nós dos dedos estalando; a linha de expressão na testa, logo acima das sobrancelhas, e as pernas que se colocavam em uma posição típica de quem estava se preparando para brigar.

Seus dedos estavam se flexionando, o músculo em seu queixo latejava...

Ah, e lá estavam as pernas.

— Só estavam dizendo coisas idiotas — suspirei, caindo na cama. Não consegui nem mesmo aproveitar a sensação do colchão de molas, tamanho o nível de tensão da situação. — Comentários sobre eu ter beijado você, perguntando se a taxa de dois dólares ainda estava valendo... Está tudo bem, sério, não aconteceu nada... — garanti, rapidamente.

Noah balançava a cabeça. — Tem certeza de que ninguém tentou nada? Nada mesmo?

Eu suspirei. — Certeza absoluta. Acalme-se de uma vez.

— Estou falando sério, Rochelle — disse ele, franzindo a testa. *Bela maneira de quebrar o clima*, pensei, amargamente. — Se qualquer um daqueles idiotas chegar perto de você, eu vou...

— Já sou uma garota crescida e capaz de cuidar de mim mesma. Você não precisa ser tão... tão... tão controlador o tempo inteiro, caramba! Acalme-se.

— Não estou sendo controlador!

— Está, sim! — gritei em resposta, erguendo o corpo até sentar para encará-lo com um olhar irritado. — Vou vestir o que eu quiser para ir à festa na semana que vem, droga. Não preciso que você me diga com quem devo ficar nem o que devo vestir nem com quem posso conversar!

— Estou tentando impedir que você se machuque! — ele gritou.

— Eu não vou me machucar! Nem todo mundo é um cafajeste como...

— Como eu? — ele terminou a frase para mim.

— Sim! Sim, como você!

Naquele momento eu estava bem diante de Noah, tentando olhá-lo nos olhos. Não era fácil, já que ele era uns dez centímetros mais alto do que eu, mas me esforcei para encará-lo com um olhar irritado.

— Parece que você não entende o quanto aqueles caras são ruins — argumentou ele. — Você age de maneira normal, mas eles acham que você está flertando e entendem do jeito errado. Eles vão acabar tentando fazer alguma coisa, e você pode achar que não os levou a agir assim, mas com certeza levou.

— Eu não estou tentando enganar ninguém! — gritei, enfurecida por aquela acusação.

— É exatamente disso que estou falando! Você não tem a intenção, mas quando age do seu jeito e faz essas brincadeiras, alguns dos garotos entendem do jeito errado. Eles acham que você está flertando. E, se não tomar cuidado, vai acabar se machucando.

— Está bem! Mas não preciso que você planeje cada um dos meus movimentos por mim! — O cutuquei com força no peito, e ele agarrou minha mão antes de trazer os lábios para junto dos meus.

O beijo teve um sabor estranhamente doce, alimentado por uma raiva que se derreteu em paixão. Foi estranho como uma situação se transformou de uma discussão bastante acalorada em uma sessão igualmente intensa de beijos.

As mãos de Noah se enredaram em meus cabelos, mantendo-me o mais perto que conseguia ao mesmo tempo em que me puxava para a cama. Eu não conseguia pensar direito quando ele me beijava. Ele fazia a minha cabeça girar e espantava qualquer pensamento racional.

Nós nos afastamos para respirar um pouco, e percebi seus olhos examinando meu corpo enquanto eu tentava organizar meus pensamentos. Estava totalmente vestida, mas nunca havia me sentido tão incrivelmente encabulada. Noah voltou a me puxar, abraçando-me carinhosamente, e deixou um beijo suave e longo nos meus lábios.

— Você é maravilhosa, Elle. Sabia disso?

Maravilhosa.

Não, gostosa. Não, sexy. *Maravilhosa.*

Uma coisa é ouvir Lee dizer isso quando estou escolhendo minhas roupas e pergunto se estou bonita. Uma coisa foi ouvir meu pai dizer isso quando fui ao Baile de Inverno há alguns meses. Mas outra coisa completamente diferente era ouvir isso da boca de Noah Flynn.

Eu sorri e retribuí o beijo.

— Não queria ser tão controlador — murmurou, sem olhar diretamente em meus olhos. Ele brincava com as pontas do meu cabelo, enrolando-as ao redor dos dedos. — Eu só... é muito irritante ouvir aqueles caras falando essas coisas sobre você. Não quero que se magoe ou se machuque. Eu... gosto demais de você.

Eu tinha certeza de que ele não quis dizer que "gostava demais de mim" de maneira romântica; havíamos crescido juntos, então é claro que ele se importava comigo. Mas ouvir aquilo ainda fez meu coração parar por um momento.

Sorri. — É bom ouvir isso.

— Mesmo que eu seja um cafajeste total?

Comecei a rir. — Mesmo que você seja um cafajeste total.

— Além disso, sou um cafajeste gostosão — disse, sorrindo.

— Ah, isso é discutível.

Ele ergueu uma sobrancelha e subitamente me virou, de modo que fiquei prensada embaixo dele, que prendia meus braços sobre a cabeça.

— Quer tentar dizer isso de novo? — perguntou; sua voz era um rosnado baixo em minha orelha, e a sua pele tocava levemente a parte de baixo do meu queixo. Eu me contorci, porque aquilo fazia cócegas.

— Certo — eu disse, rindo. — Talvez você seja meio gostoso...

— Tente outra vez, Shelly — disse ele com a voz baixa, ameaçadora; mas ouvi o riso que havia em sua voz. Ele começou a beijar meu pescoço, bem no lugar onde mais sentia cócegas, e eu ri, me contorcendo embaixo dele.

— Tudo bem, tudo bem! — admiti, trêmula, entregando o jogo. — Você é muito, muito gostoso mesmo.

— Eu sei. — Ele baixou os lábios para encostarem nos meus e soltou minhas mãos. Meus dedos se enroscaram em seus cabelos escuros.

Ainda estávamos nos beijando, sem nos importar com mais nada, quando ouvimos uma porta de carro bater do lado de fora.

— Droga! — exclamou Noah com a voz baixa, enquanto eu me levantava apressadamente. Ele se levantou com um salto para olhar pela janela.

— Quem é?

— Minha mãe. Ela já voltou do supermercado... — ele deixou a frase morrer no ar, observando o horário em seu relógio. Ela havia passado quase uma hora fora de casa. Por que o tempo sempre parecia voar quando estávamos juntos?

— Vou ajudá-la a trazer as compras para dentro. Você sai de fininho pela porta dos fundos.

Acenei com a cabeça. — Tudo bem.

Ele parou sob o vão da porta, e seus olhos pareceram brilhar. Era como se estivesse se divertindo demais.

— O que foi?

— Até que isso é engraçado, fazer tudo escondido. Você não acha?

— Noah? Estou em casa! — chamou June. — Pode me ajudar a descarregar o carro?

— Claro, mãe, já estou indo — gritou para baixo e, em seguida, sorriu para mim, mostrando aquela covinha. Devolvi o sorriso. — Vamos lá. Aproveite para correr até a porta dos fundos quando ela estiver no carro.

Fui até o alto da escada na ponta dos pés e esperei até que Noah saísse com sua mãe pela porta da frente. Ele fez um sinal urgente com a cabeça e corri para a cozinha para escapar pela porta dos fundos. Esperei até ouvir o farfalhar das sacolas entrando na casa antes de sair correndo pelo portão lateral e chegar até a rua.

Apanhei-me pensando que Noah tinha razão. Até que era bem empolgante fazer tudo às escondidas.

Eu só me perguntava quanto tempo aquilo duraria.

12

AINDA ESTAVA DECIDINDO O QUE VESTIRIA ÀS SETE DA NOITE. LEE chegaria dali a quarenta e cinco minutos. Eu estava me arrumando há duas horas, e já havia trocado de roupa mais ou menos umas cinquenta vezes.

Aquela semana havia passado rápido demais; já era o dia da festa de Warren.

Estava em pé com as mãos nos quadris diante do meu armário, analisando criticamente todas as minhas roupas de novo. — Sabe de uma coisa? — disse a mim mesma. — Desse jeito, vou acabar indo à festa só de sutiã e calcinha.

Não queria usar um vestido ou uma saia para ir à festa — basicamente porque havia esquecido de depilar as pernas —, e isso limitava consideravelmente minhas alternativas no quesito "roupa de festa".

O que eu realmente queria vestir era uma blusinha preta transparente que praticamente não tinha a parte das costas; em seu lugar, havia uma trama de tiras que se entrecruzavam. O decote era reto e ficava na altura da minha clavícula; estava longe de ser longo. Apenas não sabia se aquela peça era adequada para uma festa.

Suspirei, passando a mão na altura da clavícula (não queria estragar a maquiagem). Será que eu realmente me importava com a possibilidade de não estar vestida adequadamente? Eu sabia o *verdadeiro* motivo pelo qual queria estar bem vestida. Queria impressionar Noah.

Mas isso era bobagem. Para o inferno com tudo. Eu iria usar a blusinha preta, e se não combinasse com a festa, que mal haveria?

Peguei meu jeans. O tecido azul-claro artisticamente rasgado nas pernas. Vesti a blusinha também, e sentei-me diante da cômoda para terminar de arrumar os cabelos. Ainda não estava realmente com humor de festa, e o prendi em um rabo de cavalo no alto da cabeça.

Resolvi retocar o rímel. Ainda tinha alguns minutos para queimar antes que Lee chegasse.

Foi então que recebi um telefonema.

— Lee, o que houve? — perguntei imediatamente, pressentindo que havia algo errado. Por que outro motivo ele iria ligar?

— Olhe, eu... bem, me desculpe por pedir isso, mas será que você se importaria se...

— Fale logo de uma vez — ri.

— Bem, Rachel acabou de pedir se eu podia levá-la para a festa. A amiga que havia prometido a ela resolveu não ir, e por isso...

— Você quer saber se pode dar o cano em mim para levar sua namorada, já que é o meu melhor amigo, essa pessoa maravilhosa? — eu disse, secamente, mas estava sorrindo, e ele provavelmente sabia.

— Na verdade, iria somente perguntar se você se importa de irmos juntos buscar Rachel. Eu não deixaria você na mão! Me dê um pouco de crédito.

— Bem, vou pedir ao meu pai para me levar. Assim deixo você e a Rachel em paz.

— Você não precisa fazer isso, Shelly! Não seja boba.

— Não, Lee, está tudo bem. Eu realmente não me importo — disse, honestamente. — Não tem problema.

Em outras ocasiões, os relacionamentos de Lee terminaram porque nós éramos próximos demais, e suas namoradas não gostavam de não ser a mulher número um na vida deles. Eu não queria estragar as coisas entre Lee e Rachel.

Ele pensou por um momento. — Bem, posso pedir a Noah que leve você à festa. Ele ainda não saiu de casa.

Ouvi Lee gritar para o seu irmão enquanto eu dizia: — Não, Lee, não precisa... Está tudo bem, sério... — Terminei a frase com um suspiro.

— Elle? Shelly, você ainda está por aí?

— Hein? — Eu havia me distraído completamente, e mal ouvira Lee falar comigo.

— Noah disse que pode levar você, sem problema. Daqui a uns vinte minutos ele será todo seu.

— M-mas... — protestei em voz baixa, fracamente.

— Obrigado, Elle. Fico te devendo uma. Até mais tarde!

— Tchau...

Suspirei, deixando o celular escorregar para a cama e apoiando o rosto nas mãos. Fiquei em pé e me olhei criticamente no espelho.

Havia deixado a maquiagem bem simples, com exceção do batom vermelho-vinho bem escuro. Os jeans ressaltavam os contornos da minha silhueta; a blusinha enfatizava as minhas curvas e exibia quase toda a extensão das minhas costas. Eu me sentia ótima. Noah provavelmente tentaria encontrar algo inapropriado em meu *look*, entretanto.

Mas não era essa a razão pela qual eu estava preocupada; pensava mais nas fofocas e rumores que começariam a se espalhar quando as pessoas nos vissem chegando juntos. Bem naquele momento, a campainha tocou. Enfiei o celular no bolso de trás da calça e desci as escadas enquanto ouvia meu pai chamar meu nome.

Ele abriu a porta, e vi quando ele examinou por um momento a pessoa que estava ali. — Noah.

— Oi, Elle. Já está pronta? — perguntou, de um jeito surpreendentemente cortês.

— Ah... — Meu pai se virou para trás para me chamar outra vez, e me viu. Pareceu confuso. — Só um segundo, Noah.

Ele me puxou para a cozinha. — O que ele está fazendo por aqui? — perguntou, discretamente.

— Lee foi buscar a namorada e pediu que ele me levasse para a festa.

— Ah, que bom. Por um instante pensei que vocês dois estivessem namorando.

Forcei uma risada. — Ah, claro.

— Mas tome cuidado, entendeu? Ainda não tenho certeza se consigo confiar nesse garoto. Todas aquelas brigas em que ele se mete... e aquela moto...

— Sim, eu sei, pai. Mas Noah é um cara legal. Não se preocupe com isso. — Dei um beijo rápido em sua bochecha. — Tchau!

— Nada de beber! — ele gritou quando eu saía da cozinha.

Voltei para a porta da casa, fechando-a atrás de mim. Sorri de maneira bem casual para Noah. — Pronto para ir?

Ele me olhou de cima a baixo, muito lentamente. Em vez de enrubescer, suspirei por dentro. *E lá vamos nós...* Comecei a imaginar o quanto ele ficaria irritado, embora a expressão em seus olhos fizesse meu coração aceleradar.

— Você realmente não escuta uma palavra do que digo, não é?

— Jamais. — Sorri tranquilamente outra vez e comecei a ir na direção de seu carro.

— Sinceramente, Elle. Você precisa se vestir de um jeito tão... tão...

— Tão *o quê*, Noah? — perguntei, um tanto irritada, mas uma parte de mim estava ansiosa para saber o que ele realmente pensava a meu respeito.

— Bem, dê uma olhada em si mesma! — ele falou, irritado, retesando o queixo. — Será que você não pode vestir algo um pouco menos... sexy?

Não consegui evitar um sorriso. Quem imaginaria que chegaria o dia em que *Flynn* diria que *eu* estava sexy? Sentia-me como se estivesse andando nas nuvens — embora a sensação não fosse tão boa quanto no dia em que ele me disse que eu era maravilhosa.

— Isso não tem graça — disse ele, irritado.

— Ah, acalme-se. Podia ter vestido algo muito mais curto ou decotado. É uma festa! Não vou trocar de roupa, Noah. Não vou! E vou até lá andando se tiver que fazer isso, e não há nada que me faça mudar de ideia. Se quiser que eu troque de roupa, vou voltar para o meu quarto e sair usando a saia mais curta e o top mais justo que encontrar no meu armário.

Ficamos nos encarando por um instante.

Em seguida, com um suspiro, ele entrou no carro e bateu a porta com força.

Fiz o mesmo, cruzando os braços diante do peito. Mas sentia-me um pouco orgulhosa por ter ganhado *aquela* discussão.

Em seguida, ele disse: — Você fica bem atraente quando está brava.

Olhei para ele com a sobrancelha erguida. Será que estava tirando um sarro com a minha cara?

Ele apenas piscou, atraindo a minha atenção.

Sim, agora eu tinha certeza de que ele estava me zoando.

— Ah, deixe disso — disse ele. Colocando a mão na minha coxa, ele se aproximou para sussurrar no meu ouvido. — Você sabe que não pode ficar brava comigo para sempre, Shelly.

— Quer apostar?

Ele riu e se afastou, dando partida no motor e seguindo pela rua rumo à casa de Warren.

— Ainda não entendi por qual motivo você, de repente, começou a achar problemas nas roupas com que vou às festas — concluí. — E todas aquelas outras festas em que fui com roupas muito mais justas ou curtas do que estas?

Ele deu de ombros. — Era diferente. Os outros rapazes não eram tão atrevidos, e não se atreveriam a chegar perto de você. Mas desde que aquele garoto Cody a convidou para sair, todos estão achando que baixei a guarda e que agora vão ter uma chance com você. Além disso, o show que demos no festival não ajudou a melhorar essa impressão.

Mordi a bochecha, sentindo que estava corando. — Como se me importasse.

Ele estendeu a mão para apertar a minha coxa ligeiramente e riu.

ESTACIONAMOS O CARRO NO FINAL DA RUA DE WARREN, VIRANDO a esquina. Ninguém pareceu perceber que havíamos chegado juntos.

Fui imediatamente puxada de lado por algumas das garotas que estavam conversando sobre todo tipo de coisa, o quanto Jon Fletcher era gostoso, o quanto os sapatos de Hannah Davies eram cafonas, e até mesmo o quanto elas *amavam* a música que estava tocando.

Depois de algum tempo, encontrei Lee no quintal, mas ele estava bem ocupado aos beijos com Rachel. Tomei outro gole da minha lata de Coca-Cola, sentindo-me um pouco inebriada simplesmente pela atmosfera da festa, e voltei para o interior da casa.

Vi que estava na sala de estar, de onde toda a mobília havia sido removida para que o lugar pudesse servir como pista de dança. As lâmpadas estavam apagadas, com exceção de algumas luzes verdes e azuis legais que alguém havia montado, que piscavam como se fossem estroboscópicas.

Aquela ideia foi muito legal. As cores faziam com que tudo parecesse estar debaixo d'água. Era muito esquisito. comecei a dançar com as outras pessoas, movendo meus quadris para frente e para trás ao ritmo da batida, jogando as mãos para o alto.

Alguém colocou as mãos na minha cintura para dançar comigo e me virei. Pisquei os olhos algumas vezes e vi que era Patrick, um aluno do último ano que fazia parte do time de futebol da escola.

— Patrick! — cumprimentei ele. — Ainda não tinha visto você por aqui.

Ele riu, cambaleando de lado e sentando-se rapidamente em uma cadeira. — Ooops! Como estão as coisas, Elle?

— Tudo bem...

— Maravilha. Ei, venha comigo — disse ele, pegando na minha mão.

— Aonde vamos?

— Tomar um pouco de ar fresco. Este lugar está abarrotado.

— Tudo bem.

O ar noturno estava frio, comparado ao calor no interior da casa.

— Aqui estamos. — Patrick me abraçou por trás, e o calor do seu corpo fez arrefecer o frio que eu sentia nas costas.

Ri e fiz um gesto negativo com a cabeça para ele. Mas, antes que eu pudesse me afastar e dizer que deixasse de bobagens, senti um beijo no meu ombro. Fiquei parada ali, em choque, por um momento, o meu cérebro demorando para processar o que havia acabado de acontecer. Em seguida, ele beijou o meu pescoço um pouco mais para cima, com as mãos na minha cintura.

Virei para afastá-lo, mas Patrick claramente pensou que eu estava ficando de frente para ele, e suas mãos se apertaram ao redor das minhas costas.

Antes que pudesse tentar me beijar, empurrei seu rosto para o lado com a minha mão e me desvencilhei. Teria sido mais eficaz acertá-lo com uma joelhada na virilha, mas, infelizmente, isso não me ocorreu naquele momento.

Ele tropeçou quando eu o empurrei (Patrick estava bêbado, e não conseguia se equilibrar perfeitamente sobre os pés), mas foi outra pessoa que o deixou estatelado na grama e colocou uma mão firme em meu braço.

— Cara, você sempre estraga a diversão dos outros — disse Patrick com a voz arrastada, levantando-se com dificuldade. — Você é um estraga-prazeres, Flynn. Por que precisa fazer isso o tempo todo?

Ele devia estar bem embriagado, porque estava claramente tentando começar uma briga — e Patrick era um garoto bem esperto. Jamais iria fazer uma coisa dessas se estivesse sóbrio.

Ele foi jogado para trás com um soco na barriga e caiu no chão outra vez, gemendo.

— Mais alguém? — Noah perguntou com a voz alta e clara, olhando calmamente para o grupo de pessoas que eu não havia percebido que havia se aglomerado no jardim. A maioria voltou para dentro da casa rapidamente, especialmente quando perceberam que a briga havia acabado.

— Vamos sair daqui. — Ele me puxou pelo braço, levando-me até a lateral da casa de Warren.

— Ai! Noah! — protestei. Suas pernas eram mais longas que as minhas, e seus passos eram mais rápidos. Eu tropeçava, tentando acompanhá-lo. — Noah! — tentei outra vez. — Você está me machucando!

Isso pareceu atrair sua atenção. Ele afrouxou consideravelmente a pressão da pegada, e segurou na minha mão para me puxar para a rua.

Comecei a ficar irritada. Quem ele pensava que era? Ainda não eram nem dez e meia, e a festa ainda duraria algumas horas antes de terminar. Não queria ir para casa. Antes do probleminha com Patrick, eu estava me divertindo.

Acima de tudo, não queria ter que explicar ao meu pai por qual motivo havia saído da festa tão cedo.

Quando finalmente chegamos ao carro, Noah o destrancou e eu fiquei ao lado da porta do passageiro, com os braços cruzados firmemente diante do peito, olhando-o com cara de poucos amigos.

Noah esfregou as pontas dos dedos sobre os olhos. — Será que você podia, *por favor*, entrar no carro?

— Eu não vou a lugar nenhum com você. Por acaso é viciado em violência? Não vou entrar nesse carro com você ao volante depois de ter bebido. E não me importa a quantidade de álcool que você ache que é capaz de aguentar.

— Eu não bebi *nada*, Rochelle! Você acha que sou idiota? E... o quê? *Viciado em violência?*

Dei de ombros. — Mesmo assim. Não pode me forçar a ir embora. Não sou obrigada a ir a lugar nenhum com você. Vou ficar aqui.

Vi ele apertar os dentes sob a luz fraca. Seu rosto estava encoberto por sombras, o que fazia com que aquela raiva controlada fosse um pouco assustadora. — Você vai embora desta festa antes que algum outro idiota bêbado tente alguma coisa com você. — A voz dele estava entrecortada, tensa.

Continuei encarando Noah. — Eu tinha a situação sob controle. Não estava tão ruim.

Ele soltou algo entre uma bufada e uma risada debochada, o que só serviu para me deixar ainda mais irritada. — *Não estava tão ruim?* — repetiu ele, com a sobrancelha erguida. — Sua...

— Você está exagerando — esbravejei em resposta. — Está sendo um cafajeste controlador e desagradável, como sempre. E se acha que vou a algum lugar com você, então...

— Entre agora nesse carro — ele disse, subitamente, batendo com a palma da mão no teto. O estrondo súbito me fez saltar com o susto. Mas apertei os dentes e continuei onde estava.

— Por favor — ele acrescentou finalmente após algum tempo.

Entrei.

Quando Noah se acomodou no banco do motorista, ele suspirou. — Obrigado.

Fiz que sim com a cabeça. — Você não precisava ter gritado tanto.

Depois de um segundo ele disse: — Eu sei. Desculpe.

Fiquei ali, sentada, mexendo nos fiapos dos rasgos do meu jeans. — Patrick não fez nada, sabia?

— Ele ia fazer.

— Nós saímos só para tomar um pouco de ar. Isso é crime?

— Foi isso que ele disse?

— B-bem, sim... — vacilei.

Noah soltou um longo suspiro, apoiando a cabeça no volante do carro, exasperado, antes de endireitar o corpo e se virar para me olhar nos olhos. Parecia estar muito mais calmo agora, embora um pouco frustrado.

— E você realmente achou que ele quis dizer que vocês dois iam sair para tomar ar fresco?

— No começo, sim.

— Elle, isso é exatamente o que eu venho tentando lhe dizer. Você é ingênua demais em relação aos homens.

— E quem é o culpado por isso? — retruquei, retorcendo-me no meu assento para encará-lo com uma expressão irritada. — Se você não fosse tão superprotetor e deixasse que os garotos me convidassem para sair, eu não seria tão ingênua e inocente, nem tão gentil! Você é o maior hipócrita do mundo, Noah Flynn.

Noah me encarou por um breve instante antes que seus lábios viessem tocar os meus. Foi somente um beijo rápido, e ele foi o primeiro a se afastar.

— Bem, essa é uma maneira de ganhar uma discussão — disse ele com um sorriso torto.

— Não é justo. Você trapaceou. E não ganhou.

— Ah, é mesmo? — Ele olhou os espelhos antes de dar a partida no carro e sair dali. Eu detestava a maneira que Noah dirigia, sempre bem perto do limite de velocidade. Ele não dirigia, simplesmente; forçava o carro até o limite máximo com o qual conseguiria sair impune.

— Sim, é sério. Não foi nada justo.

— Então vá em frente e conclua seu argumento, Elle. Fique à vontade.

Abri a boca, pronta para soltar os cachorros sobre ele outra vez, mas... fiquei em silêncio. O que era mesmo que eu estava dizendo? Seus beijos eram inebriantes demais. Não conseguia recuperar minha linha de raciocínio.

Ele abriu aquele sorriso torto outra vez. — Ganhei.

— Você não perde por esperar, Noah — resmunguei. — Ainda vou descontar essa.

— Estou ansioso por isso. — Percebeu que eu o estava olhando e piscou para mim. Senti a vermelhidão começar a tomar conta das minhas bochechas, e esperei que estivesse escuro demais para ele conseguir notar.

Ficamos rodando por cerca de vinte minutos. Minha janela estava baixada, e eu sentia a brisa fria da noite no meu rosto. Nenhum de nós dizia nada, mas não era um silêncio daqueles que causam uma sensação ruim.

Quando ele finalmente parou o carro, desafivelei o cinto e saí do carro. Tive que olhar duas vezes quando percebi que ele não havia me levado de volta para a minha casa.

— Por que estamos aqui? — perguntei, olhando ao redor, e vi que ele saía do carro também.

Ele deu de ombros. — A festa ainda não acabou, Elle.

A maneira como ele disse aquilo me fez corar outra vez, e tentei agitar a cabeça para espairecer as ideias. — Mas... mas onde estão seus pais?

— Eles têm um seminário em outra cidade amanhã, e resolveram ir esta noite para não correrem o risco de se atrasarem viajando de manhã.

Pensei por um momento que talvez eu devesse simplesmente ir para a minha própria casa, mas o clima estava bem frio. E a noite estava escura. Podia haver todo tipo de gente mal-intencionada pelas rua àquela hora da noite.

Pelo menos foi isso que eu disse a mim mesma enquanto o seguia para dentro.

Mas será mesmo?

Só queria ficar com Noah por mais algum tempo.

Mas, primeiro, fui até a cozinha para beber algo, sentindo-me ressecada por dentro.

— Você está bem? — perguntou ele sob o vão da porta enquanto eu colocava o copo vazio sobre a pia. Concordei com a cabeça, esfregando o rosto. — Não está com vontade de vomitar nem nada do tipo?

— Eu não bebi, se quer saber. Depois da última festa, achei que seria melhor pegar leve por um tempo.

— Ah. — De repente, os braços dele estavam ao meu redor, e ele me beijou no alto da cabeça. — Certo, talvez não seja preciso que eu esteja por perto para tomar conta de você o tempo todo.

Eu ri. — Até que gosto de saber que você ficava tomando conta de mim. O que eu não gosto é quando você age como um idiota por causa disso.

Ele riu discretamente, beijando minha cabeça de novo, seus dedos brincando com o meu rabo de cavalo. — Você quer ir para casa?

Encostei a cabeça no ombro de Noah, e depois olhei em seus olhos. — Prefiro ficar mais algum tempo por aqui.

— Você pode ficar no quarto de hóspedes, se quiser. Se não quiser voltar para casa.

Dei de ombros, sem saber ao certo o que fazer. Dependia do quanto o tempo voava quando eu estava com Noah.

Em seguida, estávamos nos beijando de novo, e subindo as escadas aos tropeções. Depois de um tempo, eu já estava puxando a camisa dele, e antes que pudesse pensar no que estava fazendo, puxando a minha para tirá-la também.

Suas mãos seguraram as minhas, mantendo-me imóvel. Ele interrompeu o beijo mas não se afastou. Sua testa estava encostada na minha, nossos narizes pressionados um contra o outro. Eu podia até mesmo sentir as saliências em seu nariz, nos lugares em que ele havia sido quebrado. Olhei para aqueles olhos de um azul-elétrico, incrivelmente brilhantes em meio à escuridão.

— Rochelle — disse ele, em voz baixa. — Não precisamos fazer isso. Podemos esperar. Eu posso esperar.

Quaisquer dúvidas que eu tivesse a respeito desapareceram completamente quando ele disse aquelas palavras. Não havia planejado que isso acontecesse, especialmente não tão rápido; sempre pensei que só aconteceria quando eu estivesse em um relacionamento estável com um rapaz que amasse.

A sensação era tão boa, tudo parecia tão *perfeito* com Noah, que eu não me importava.

E talvez eu não fosse até o fim se ele não tivesse me dito, com aquela voz suave, que podia esperar. Mas foi o que bastou. Eu sabia que ele se importava.

E então respondi, numa voz tão baixa quanto a dele. — Sei disso. Mas eu quero.

13

QUANDO ACORDEI, O AROMA CÍTRICO QUE ESTAVA FICANDO CADA vez mais familiar provocou minhas narinas, e o som estranhamente relaxante da chuva de primavera tamborilando na janela estava abafado, como se batesse em uma colcha de lã.

A superfície dura e lisa por baixo da minha cabeça estava subindo e descendo lentamente, e os braços que me rodeavam eram carinhosos e acolhedores. Se prestasse bastante atenção, poderia ouvir a batida contínua de um coração sob a minha orelha.

Pisquei os olhos sonolentos algumas vezes para abri-los, sentindo que meu corpo não estava disposto a acordar. Aquele lugar estava tão aconchegante e pacífico...

Quando o quarto bagunçado de Noah surgiu diante dos meus olhos, a luz fraca do dia tentando atravessar as cortinas, acordei na hora.

E foi então que percebi exatamente o que havia feito, e a minha pulsação acelerou de pânico.

Eu havia dormido com o irmão de Lee.

Com Noah.

Estava confusa demais para saber o que realmente sentia a respeito de tudo aquilo.

A única coisa da qual tinha certeza era que, se Lee descobrisse o que havíamos feito, iria morrer por dentro. Eu era uma pessoa horrível, totalmente horrível.

Tentei ficar imóvel o máximo que consegui, para não acordá-lo. Precisava organizar meus pensamentos antes que ele...

Ele se moveu, espreguiçando-se antes de deixar os braços caírem por cima de mim outra vez.

— Bom dia — ele disse, casualmente.

— E-eu... eu realmente preciso ir embora — gaguejei, já afastando seu braço. — Se Lee me vir aqui...

— Acho que ele nem voltou para casa ontem, para falar a verdade — disse Noah, bocejando.

Quis ir até a janela para ver se conseguia avistar seu carro. Se Lee realmente *estivesse* aqui, eu teria que fazer de tudo para evitar que ele não me visse indo embora.

Mas se ele não estivesse...

— É melhor eu ir — disse outra vez, e levantei. Peguei minha roupa íntima e vesti as duas peças rapidamente, muito, muito encabulada.

Cara, o que foi que deu na minha cabeça na noite passada? Esconder alguns beijos do meu melhor amigo não era algo tão importante... mas *isso?* Com certeza ele perceberia que alguma coisa estava diferente. E se ele descobrisse...

Eu não pensei em Lee na noite passada. Devia ter pensado. Mas só estava pensando em Noah. Não passou pela minha cabeça, nem por um minuto, que aquela era uma espécie de traição horrível que eu havia cometido contra o meu melhor amigo.

— Por que toda essa pressa? — perguntou Noah, esticando os braços e as pernas preguiçosamente outra vez.

Baixei os olhos para ele, já vestindo o meu jeans. Quando joguei o cobertor para longe, ele nem se preocupou em se cobrir outra vez. — E-eu só... eu...

Noah franziu a testa, um pouco confuso, e levantou-se para vir para perto de mim, agora que eu havia me sentado na cama para desenroscar o pé da perna da minha calça.

Xinguei-me mentalmente por ter tanta pressa; tudo aquilo só estava me atrasando ainda mais.

— Elle? — Ele afastou os cabelos que me caíam sobre o ombro, mas não olhei para ele. — O que está acontecendo?

— Na-nada! — *Droga, gaguejei. Até que teria sido convincente se não fosse isso.*

Tentei de novo.

— Nada.

— Elle... — Noah tocou o meu ombro, virando-me para que eu pudesse olhar aqueles olhos azuis incríveis, que perfuravam os meus por baixo daqueles cabelos escuros.

— Eu tenho que ir — repeti. Fiz menção de me levantar, mas ele tornou a me puxar para baixo.

— Não até que você me diga qual o problema. Por que eu estou tendo um pressentimento ruim aqui, como se você estivesse... arrependida?

Quase explodi com a verdade, mas consegui me conter. — E-eu... não estou.

— Vamos lá, Shelly. Sei quando você está mentindo para mim... — Noah suspirou. — Devia saber que você agiria assim.

— Hã? Assim como? — questionei, imediatamente ficando na defensiva.

— Assim — disse ele, me apontando como se aquilo explicasse tudo. — Você está agindo de um jeito esquisito comigo agora. Como se estivesse arrependida. Porque você *está* arrependida. Estou vendo no seu rosto. — Ele fechou os olhos por um momento. Parecia quase... irritado.

— Eu não... não é que eu esteja arrependida, exatamente... estou somente com medo. Se Lee descobrir. Ele vai me odiar. Olhe, foi... maravilhoso, mas...

Comecei a chorar e mordi a bochecha enquanto sentia meu rosto ficar vermelho.

— Desculpe.

— O quê? Meu Deus, não. Não se desculpe — disse ele, em voz baixa, passando a mão nos meus cabelos e colocando-os por cima do meu ombro direito. — Estou com a sensação de que sou eu quem devia pedir desculpas. Olhe, eu lhe disse. Não fiz tudo isso pensando apenas em sexo, e continuo não pensando, se você decidir que não quer mais. Entendeu? Só não quero desistir disso. Seja lá o que “isso” signifique. — Ele beijou a minha têmpora. Parecia estar muito... dividido em relação ao que havíamos feito. — Você sabe que eu detesto toda essa carga emocional. Por favor, não me faça passar por essa tortura.

Definitivamente não estava arrependida do que houve na noite passada. E, desde que Lee não soubesse, isso não iria magoá-lo. Assim, eu tinha simplesmente que me certificar de que ele não descobriria.

A coisa mais inteligente a fazer seria acabar com tudo aquilo antes que eu me afundasse demais, a ponto de não conseguir mais sair do atoleiro.

Uma outra coisa inteligente agora seria recuar antes de fazer alguma coisa imbecil — como me apaixonar por ele. Porque eu não estava me apaixonando por ele. É claro que não. De jeito nenhum. E não poderia.

Balancei a cabeça, como se estivesse me certificando do fato.

Eu teria simplesmente que tomar cuidado para não me apaixonar por ele. E, por mais estúpido que fosse, não ia dar um fim naquele relacionamento. Não queria fazer isso.

Em seguida, me aproximei para dar um beijo leve em Noah. No lugar onde sua mão tocou minha nuca, senti a pele formigar.

— Tenho realmente que ir embora — disse a ele. Não tanto porque queria sair dali, mas porque não queria que Lee suspeitasse de nada quando voltasse para casa, e porque meu pai em breve iria começar a se perguntar onde eu estava.

Mas desta vez Noah não discutiu. Ele simplesmente acenou com a cabeça e me beijou de novo. — Tudo bem.

E, dessa vez, realmente fui embora.

DESCOBRI QUE LEE NÃO HAVIA VOLTADO PARA CASA COM RACHEL como eu havia imaginado a princípio; ele simplesmente acabou dormindo no sofá da casa de Warren, porque estava bêbado demais para pegar o carro e ir para a sua casa.

Só conversei com ele pelo telefone, entretanto, com medo que ele percebesse alguma coisa diferente em mim. Eu sabia que não havia nada diferente na minha *aparência* em relação à noite passada, mas estava preocupada com a possibilidade de ele perceber que havia toques de dissimulação no meu comportamento.

— Está tudo bem? — O susto me fez saltar. Estávamos conversando ao telefone, mas eu ainda tentava não parecer abalada demais. — Quero dizer, sei o que houve com Patrick, e que depois Noah arrastou você para fora da festa, mas... tem certeza de que você está bem com tudo o que houve?

— Sim — respondi. Pelo menos essa pergunta eu era capaz de responder honestamente. — Sim, está tudo bem, Lee, sério. Não foi um problema tão grande assim, de verdade.

Eu não estava a fim de encarar a escola, porém. Todas as perguntas que as pessoas iriam me fazer por ter ido embora cedo... Provavelmente achariam que havia alguma coisa Patrick e eu ou entre Noah e eu. Seria fácil inventar alguma resposta inocente, mas detestava ter que ficar mentindo.

Não era por isso que ainda estava acordada e alerta às três da manhã, entretanto, olhando para o teto e rezando para que o sono me encontrasse. Não; eu estava acordada porque não conseguia parar de pensar em Noah.

Queria contar tudo para Lee, mas não podia.

Não somente porque ele me odiaria por ter mentido para ele, mas também porque seria incrivelmente *bizarro* dizer que eu havia dormido com o irmão dele.

Em momentos como aquele, gostaria que a minha mãe ainda estivesse com a gente. Mas desejar não iria trazê-la de volta, então simplesmente virei de lado e fiquei olhando para o nada.

Sentia saudades da minha mãe. Mas ela morreu em um acidente de carro quando eu era bem mais nova, e Brad tinha por volta de três anos. Cresci e passei por todos aqueles estágios importantes — como minha primeira menstruação e comprar meu primeiro sutiã — sem que ela estivesse por perto.

Era em momentos como aquele que... bem, não podia simplesmente contar tudo para o meu pai, não é? E Lee estava completamente fora da equação. Por isso, teria que guardar tudo o que aconteceu para mim e esperar que ninguém descobrisse.

Suspirei e passei as mãos no rosto. Meus olhos estavam pesados, mas eu não conseguia dormir. Minha mente estava agitada demais.

Noah era um bobão. Tudo aquilo aconteceu por culpa dele, pensei comigo mesma. Mas um sorriso sonolento insistia em continuar nos meus lábios.

Tudo.

14

NA SEGUNDA-FEIRA DE MANHÃ, NEM MESMO LEE PERCEBEU QUE HAVIA alguma coisa diferente comigo — graças a Deus. Mas isso provavelmente aconteceu porque ele estava absorto demais no seu mundo apaixonado. Eu não consegueria sentir gratidão maior por ele estar falando sem parar sobre o quanto Rachel era engraçada. E bonita. E meiga. E inteligente. E doce. Até chegarmos à escola, tudo estava indo muito bem, obrigada.

— Por que você foi embora tão cedo da festa de Warren? — foi a primeira coisa que Jaime veio me perguntar.

— Ah, bem...

— Foi por causa de Flynn? Patrick realmente beijou você? Ele disse que não, mas nunca se sabe. Ouvi dizer que Flynn estava muito, muito bravo.

— Ah, sim, ele estava furioso! — Olívia surgiu do nada, ao lado de Jaime. — Eu vi tudo. Ele deu uma surra em Patrick, sem dó.

— Mas ele não me beijou — eu disse. — Patrick, só para esclarecer de quem estamos falando.

— E então, o que foi que Flynn fez?

— Ouvi dizer que ele quebrou uma costela de Patrick. — Candice também surgiu sabe-se lá de onde. Credo, de onde essas garotas estavam vindo?

— O quê?! — exclamei.

— Eu te perguntei: o que foi que Flynn fez? — repetiu Jaime.

Olhei para Candice, boquiaberta. — Está falando sério? Patrick está bem?

— Não sei. Ele disse que achava que estava quebrada, e dois outros garotos disseram que estava, depois que ele foi ao hospital.

— Ah, meu Deus — sussurrei. Ele *não podia* ter quebrado a costela de Patrick. Não só porque Patrick estava bêbado e ia me beijar. De jeito nenhum.

— Ei! Ei... Terra chamando Elle! — Não foi até que Jaime estalou os dedos com força bem diante do meu nariz que percebi que elas ainda estavam falando comigo.

— Hein?

— Flynn levou você de volta para casa? — perguntou Karen. Quando ela havia aparecido? — Eu o vi puxando você para fora da festa.

— Ah, é claro. Sim. Ele me levou para casa, e acho que voltou para a festa depois. Não foi? — Eu esperava que aquilo não soasse tão falso. Não achava que soubesse mentir direito; até toda essa situação com Noah começar, eu nunca havia precisado fazer isso com tanta frequência.

— Não, eu acho que não... — disse Olívia, puxando pela memória. — Tenho certeza de que ele não voltou.

— Que estranho... — Dei de ombros. — Já volto. Preciso descobrir o que houve com Patrick.

Afastei-me dali antes que elas pudessem me puxar para outra conversa.

Segurei no braço de Joel, pois ele foi o primeiro garoto que encontrei.

— Ah, oi — disse ele, sorrindo. — O que aconteceu no sábado? Soube que Flynn tirou você da festa depois do que aconteceu com Patrick...

— Patrick realmente está com a costela quebrada? — exigi saber.

— Ah... alguém me disse que isso pode ter acontecido. Mas ele não está no hospital. Ele vem para a escola.

— Flynn deve ter dado uma porrada e tanto.

— Sorte que não era eu quem estava ali para receber o soco — riu Cam.

— Isso mesmo! — concordou Joel.

— Vocês sabem se ele já chegou? — perguntei.

— Quem, Flynn? Não faço ideia — disse Cam.

— Não, não. *Patrick* — esclareci, embolando as palavras de impaciência.

Ele deu de ombros. — Não o vi.

— Certo, obrigada.

— Espere — chamou Joel. — Aonde você está indo, Elle?

— Encontrar Noah — esbravejei, alto o bastante para que eles me ouvissem.

Fui pisando duro até o lugar onde ele geralmente estacionava o seu carro: o lado mais distante do estacionamento, embaixo da árvore grande. E, com certeza, ali estavam todos os sinais de que ele estava por perto: garotas do primeiro ano se desmanchando em risadinhas e tentando se esconder atrás dos outros carros; outras se espreguiçando em seus carros, tentando atrair a atenção de Flynn; e cheiro de fumaça.

Cheguei pisando duro perto das figuras preguiçosas ao redor da árvore. Havia uma dupla de garotos maconheiros encolhidos embaixo de uma das árvores, e alguns garotos enormes da equipe de luta livre embaixo de outra.

Noah estava com um cigarro enfiado na boca agora, encostado em um sicômoro enorme. Estava mexendo no celular, parecendo ao mesmo tempo ocupado e entediado.

Era sempre difícil ter certeza de quem eram os amigos de Noah. Ele podia estar acompanhado pelos garotos do time de futebol americano ou então com colegas das aulas que fazia. Mas ele era do tipo que vagava, entretanto. Não era um solitário ou um excluído, mas também não tinha um amigo tão próximo como Lee e eu éramos, por exemplo. Provavelmente ele intimidava um pouco demais as pessoas.

— Noah! — gritei, ignorando os olhares espantados; tanto das garotas que observavam Noah às escondidas como da massa de pessoas por perto que se perguntava que diabos eu estava fazendo.

Ele ergueu os olhos e, percebendo o quanto eu estava irritada, afastou-se da árvore.

— Não consigo acreditar no que você fez! — gritei para ele.

Ele veio andando em minha direção, deixando cair o cigarro que estava em sua boca e esmagando-o sob as botas pretas que geralmente usava. Enfiou o celular no bolso de trás da calça.

— O que foi? — disse ele, inocentemente.

Coloquei as mãos em seu peito e comecei a empurrá-lo com toda a força, várias e várias vezes, um empurrão para cada palavra: — Você. Quebrou. As. Costelas. Dele!

— Do que você está falando?

Meus empurrões não tinham qualquer efeito sobre o corpo musculoso de Noah, mas eu percebia que aquilo estava começando a deixá-lo irritado. Como uma mosca zumbindo ao redor da cabeça.

— Patrick! Todo mundo está dizendo que você quebrou a costela dele! Ele teve que ir ao hospital!

Noah sorriu. Não chegou nem a erguer as sobrancelhas ou esboçar qualquer reação de culpa. Simplesmente abriu aquele sorrisinho torto. — Pois é, ouvi algo parecido.

— Ele pode prestar queixa na polícia — sibilei.

— Sim, mas nós dois sabemos que ele não vai fazer isso.

— Ele nem fez *nada*! E você não precisa ficar com essa cara de feliz! — gritei, empurrando-o. — Você quebrou a costela dele. Sem motivo!

— Sem motivo uma ova! — ele gritou de volta. — Aquele cara estava colocando as mãos em você. Qualquer pessoa podia ver que você estava tentando se soltar.

— Ele estava *bêbado!*

— Não me importa se ele estava bêbado, drogado ou se era simplesmente um tarado — disse Noah, chegando bem perto do meu rosto. — Estou fazendo isso porque me preocupo com você, Rochelle, e aquele cara mereceu o que fiz com ele.

— Uma costela quebrada? Ele provavelmente vai passar semanas sem conseguir jogar futebol agora!

— Então não devia ter tentado fazer nada com você — disse Noah, firmemente. — Se ele terminou com a costela quebrada, não é problema meu. Por que você se importa tanto com isso?

— Você o machucou por uma coisa idiota! Seu... seu idiota viciado em violência!

Soquei o peito dele com as duas mãos, e Noah segurou meus pulsos com força. Eu o encarei com um olhar ameaçador e tentei soltar minhas mãos, mas não consegui; sua pegada era forte demais.

Nós havíamos reunido uma plateia enorme ali com toda aquela gritaria.

Alguém puxou gentilmente meu ombro. — Shelly, pare com isso — disse Lee com a voz baixa. — *Vocês dois*, acalmem-se.

Noah olhou para o irmão e revirou os olhos.

— Acalmar?! — exclamei para Lee. — O seu irmão agrediu alguém que cometeu um erro porque estava bêbado, e *quebrou a costela dele!* Como você não consegue enxergar que há algo muito errado com isso?

— Eu não disse que isso está certo — disse ele, tranquilamente. — Mas... acalme-se.

Eu retesei os músculos do queixo antes de perceber que Lee estava certo, como sempre. Puxei as mãos para longe de Noah e, desta vez, ele me soltou. Mas não recuei da nossa disputa para ver quem conseguia olhar para o outro com cara irritada por mais tempo.

— Não acredito que você fez isso — eu disse.

Noah simplesmente deu de ombros.

— Às vezes, eu o odeio. Você sabe disso, não é?

— Sim, sei — disse ele, casualmente, com os olhos brilhando enquanto olhava para mim... com alguma coisa a mais que fazia o meu coração pular dentro do peito.

Não! Não deixe que ele faça isso com você! Continue brava com ele. Você está brava com ele, Rochelle, lembra? Ele agrediu alguém sem ter um bom motivo. Não desista de ficar brava porque ele está olhando para você daquele jeito e você está com vontade de beijá-lo.

Antes que eu cedesse e fizesse alguma coisa idiota, segurei no braço de Lee e me afastei pisando com força. Nem precisei pedir para abrir caminho entre as pessoas. Elas se afastaram para que eu passasse, antes de se juntarem outra vez para começarem a fofocar.

— Achei que você fosse matá-lo — disse Lee, sem conseguir esconder o riso em sua voz.

— Não exatamente — murmurei. — Argh, ele me deixa tão louca às vezes! É sério, não havia necessidade de quebrar a costela de Patrick!

— Olhe, eu sei o que todo mundo está falando, mas você, entre todas as pessoas, deveria saber que há uma possibilidade de que essa história seja exagerada. Talvez nem tenha sido tão ruim. E estamos falando de Noah. Você sabe como ele é. Não entendo por que ficou tão brava.

— Não consigo fazer nada sem que ele fique olhando por cima do meu ombro! E nem comece com aquela história sobre eu ser gentil demais ou qualquer outra porcaria dessas. Estou ficando de saco cheio de tanta gente dizendo que quer me proteger.

Bem, talvez eu realmente houvesse precisado da ajuda de Noah em sua festa há algumas semanas. E sentia-me grata por ele estar por perto para afastar Patrick de mim. Mas o problema foi a maneira que ele agiu, como se fosse natural obedecer o que ele manda.

Lee suspirou ao ver que não conseguiria me convencer, mas sorriu ao erguer as mãos, se rendendo. — Olhe, sei que você está brava com ele, mas não desconte em mim. Entendo o que você está dizendo. Posso tentar conversar com ele, o que acha? Pedir que se afaste um pouco?

Eu não sabia a razão pela qual reagi de maneira tão exagerada ao que Noah havia feito. Imaginei que era porque estava aflita com a possibilidade de que Lee descobrisse o que tínhamos feito depois da festa.

Assim, concluí: — Duvido que isso resolva.

— Sei que não vai.

— Mas obrigada pela oferta.

— Por nada. E então, você fez a lição de casa de inglês ou não? Porque eu não consegui fazer a conclusão e fiquei travado.

Sorri. Lee sempre fazia com que me sentisse melhor. Eu amava o meu melhor amigo, de verdade. E seu otimismo era contagioso demais para que continuasse irritada por muito tempo, seja qual fosse o motivo.

Era exatamente o oposto do irmão dele, é claro. Aquele irmão estúpido e sexy.

PODE ME CHAMAR DE COVARDE, MAS ME ESCONDI NA BIBLIOTECA durante a hora do almoço. Não suportaria mais nenhuma pergunta sobre por que eu havia ficado tão irritada com Flynn, como fui capaz de falar com ele daquele jeito... estava até considerando a hipótese de voltar para casa e matar as aulas do período da tarde. Sentia um asco enorme de toda aquela gente, mas não consegui me forçar a simplesmente ir embora.

Lee foi me fazer companhia, mas, após algum tempo, teve que sair.

Eu estava quase esperando esbarrar com Noah — ou pior, com uma das garotas — no caminho para as minhas aulas. Mas isso não aconteceu. Meu carma deve ter dado um giro súbito de 180 graus desde o início daquela manhã.

Quando o sinal da última aula finalmente tocou, eu já estava observando o ponteiro dos segundos se arrastar como uma lesma enquanto dava a volta no relógio da aula de química, era impossível eu estar mais feliz. Só queria ir embora dali.

Lee ainda tinha que terminar a aula de biologia, e por isso precisei esperar por ele diante da escola, encostada em seu carro.

— Oi, Elle.

Ergui os olhos do meu celular e do jogo de paciência nele. Sorri, mas senti que estava forçando a expressão. — Patrick. Oi. Como... Ah, como está a sua costela?

Ele abriu um meio sorriso. — Bem, não está tão ruim quanto as pessoas andam dizendo. Foi só um hematoma, mas minha mãe me obrigou a ir ao hospital para fazer um exame porque ficou toda paranoica, achando que eu havia quebrado alguma coisa. Só isso. — Ele disse aquilo com bastante tranquilidade, e senti como se um peso fosse retirado de cima do meu coração.

— Ah, isso é ótimo! Digo... não, na verdade, não é. Bem, todo mundo estava dizendo que ela estava quebrada, por isso... olhe, me desculpe, Patrick, de verdade. Tudo isso é culpa minha. Eu não queria que você se machucasse, ou...

— Não, a culpa foi *minha* — disse ele, rapidamente. — Eu vim pedir desculpas. Não consegui encontrar você na hora do almoço.

— Você não precisa se desculpar.

— Preciso sim, e realmente lamento. Eu não devia ter tentado nada daquilo com você, e toda a cerveja que tomei não justifica o que fiz.

— É sério, está tudo bem — eu disse, ferventemente. — Eu não queria que Noah tivesse...

— Bem, não se preocupe. Flynn estava somente sendo Flynn. Você não tem culpa, Elle, então, não se preocupe. — Ele sorriu, e devolvi o sorriso.

Alguém limpou a garganta por perto, e nós dois nos viramos, encontrando Noah com uma expressão irritada no rosto.

Eu o ignorei e voltei a olhar para Patrick, que se esforçava para não dar a impressão de que queria sair correndo para longe. — Bem, espero que você melhore logo.

— Obrigado, Elle. E, falando sério, peço desculpas mesmo.

— Não se preocupe com isso. Até mais.

— Tchau — disse ele, já indo embora.

Encarei Noah com um olhar irritado e voltei a jogar paciência. Senti que ele ainda estava ali, me observando.

— O que ele queria? — perguntou, após algum tempo.

— Pedir desculpas.

— Como assim? Só isso? Apenas pedir desculpas?

Eu saí do jogo e enfiei o celular no bolso, girando sobre os calcanhares para encarar Noah. — Sim, embora fosse você quem deveria se desculpar com ele por machucá-lo! Ele teve que ir ao hospital por sua causa!

Imaginei que conseguiria apelar para seu sentimento de culpa, e não acrescentei a informação de que ele só havia ido ao hospital por causa do pedido paranoico da mãe.

— Não comece com isso de novo... — Noah havia dado um ou dois passos para se aproximar de mim, e agora estava virado em outra direção, mexendo no próprio cabelo.

— Começar com o quê, Noah? — esbravejei.

— Você sabe que fica muito atraente quando está brava comigo — comentou, com a voz rouca.

Minha mente se desligou por um momento e senti a respiração presa na garganta. Por que ele tinha esse efeito sobre mim? — Cale essa *boca*, Noah. Vá embora.

Onde é que Lee estava, hein? Ele não devia demorar *tanto*...

Olhei à minha volta. A maioria dos outros alunos já tinha ido embora, e alguns que ficaram para trás olhavam com curiosidade para o lugar onde Noah e eu estávamos. Finalmente, avistei Lee e Rachel ao lado do carro dela, conversando e com uma aparência toda doce e apaixonada.

Droga. Queria que ele andasse logo.

— Você sabe que sempre pode pegar uma carona para casa comigo — disse Noah, em um tom normal de conversa. Eu me recusei a responder. — Elle?

Após algum tempo, fui obrigada a olhar novamente para ele, e, quando o fiz, ele estava com um sorriso malandro e triunfante no rosto, pensando que havia ganhado a discussão.

— Você quer a carona ou não? Lee ainda vai demorar uma eternidade, nós dois sabemos disso. Minha oferta continua de pé pelos próximos trinta segundos. E o relógio está correndo.

Eu *realmente* só queria voltar para casa. Quando Lee terminasse de conversar com Rachel, provavelmente já teria acabado a bateria do meu celular e estaria morrendo de tédio...

— Tic-tac... — provocou Noah.

— Moto ou carro?

— Moto.

— Não.

Ele riu. — Você sabe que não detestou realmente a minha moto, Shelly. E isso lhe dá uma desculpa para ficar abraçada comigo.

— Hmmm, não.

Ele ficou com uma expressão estranha no rosto, de confusão, como se minha reação o irritasse. Eu realmente havia detestado a minha experiência na moto dele, e não tinha a menor pressa de repeti-la, a menos que fosse absolutamente necessário. Por exemplo, se uma horda de macacos ninjas estivesse me perseguindo e a moto de Noah fosse minha última esperança de conseguir fugir.

Então, ele suspirou e tocou levemente minha bochecha, virando meu rosto para que olhasse para ele. — Vamos lá, Elle. Não fique brava.

Percebi que ele não estava mais falando sobre Patrick.

— Não estou brava com você. Bem... na verdade, estou, pelo fato de você ter socado Patrick. Mas, além disso... Não estou, você sabe, brava por causa de tudo o que aconteceu... naquela noite.

— Ah, deixe disso. Você passou o dia inteiro me evitando, e agora está agindo desse jeito esquisito.

— Não estou agindo de nenhum jeito esquisito.

— Está, sim. Você não está batendo boca comigo como geralmente faria, e não está agindo daquele jeito meigo e alegre também. Está brava.

Eu suspirei. — Não estou brava. É que...

— O quê?

Ah, meu Deus, não diga nada! Invente alguma coisa! Qualquer coisa, menos a verdade!

E, como de costume, a minha boca parecia funcionar bem mais que meu cérebro.

— Estou preocupada por causa de Lee, e... simplesmente não quero que você se esqueça de mim, agora que nós... você sabe. Agora que fizemos aquilo.

Meu Deus, não. Eu disse "fizemos aquilo".

Parabéns, Elle. Você é uma idiota completa.

Noah não pareceu ter percebido nada, entretanto. Ele simplesmente respondeu: — Elle, acho que já me obriguei a passar por essa tortura com você na manhã daquele outro dia. Eu lhe disse que *não estava* atrás de você somente por causa de sexo.

Percebi no rosto de Noah que ele estava sendo totalmente verdadeiro. Seus olhos suplicavam que eu acreditasse e sua expressão era sincera, e não havia nem de longe sugestão daquele sorriso malandro.

Por isso, concordei com a cabeça. — Tudo bem.

Ele soltou um breve suspiro de alívio. — Então... quer a carona? Posso até mesmo te levar direto para a casa, se quiser.

Agora o sorriso malandro havia voltado, porque ele sabia que não conseguiria resistir à oportunidade de ficar com ele outra vez. E eu realmente sentia a tentação... mas foi então que me lembrei que ele havia vindo à escola de moto.

— Noah, nada vai me fazer montar naquela moto.

Ele ergueu as mãos em sinal de rendição. — Tudo bem, tudo bem. O azar é seu...

Em seguida, franzi a testa. — Ainda estou brava com você por quase quebrar a costela de Patrick. Isso é importante, porque você perdeu a cabeça e agiu como um idiota — acrescentei antes que ele pudesse discutir.

Ele suspirou. — Eu sei.

Olhei em seus olhos, e a única resposta que consegui dar foi um aceno positivo com a cabeça. Ele abriu um meio sorriso arrependido que o deixou totalmente adorável; mas mantive a expressão neutra.

— Desculpe-me.

Acenei com a cabeça outra vez. — É melhor você ir embora.

— Hmmm. — Parecia que ele não concordava totalmente comigo.

— Tchau, Noah — me despedi, sem alterar a voz.

Ele ficou ali por mais alguns momentos antes de ir embora, e juro que consegui ouvi-lo rindo escondido.

Bem... podia ter sido pior.

Havia uma voz baixinha no fundo da minha cabeça que dizia que eu não estaria metida em toda essa confusão se não tivéssemos resolvido fazer aquela maldita barraca do beijo, em primeiro lugar.

15

FINALMENTE A SEMANA TINHA TERMINADO NA ESCOLA. EU NÃO VI Noah tantas vezes, exceto nas ocasiões em que passamos um pelo outro na hora do almoço ou nos corredores a caminho das aulas ou quando eu o via enquanto estava com Lee.

Era noite de sexta-feira. O sol começava a se pôr, manchando o céu de cor-de-rosa e vermelho antes de ficar preto como nanquim e estrelado. Estava bastante pitoresco e bonito.

Os garotos estavam pulando na piscina com estardalhaço, desafiando uns aos outros para ver quem conseguia espalhar a maior quantidade de água ou fazer a pirueta mais maluca, e todas as outras coisas idiotas que os homens sempre fazem. Eu estava deitada em uma das espreguiçadeiras com Rachel e Lisa, a namorada de Cam, que fazia uma das aulas comigo.

Elas estavam conversando sobre ir fazer compras, mas eu estava perfeitamente feliz simplesmente por ficar deitada ali e fechar os olhos, estava completamente relaxada, mexendo um dos meus pés no mesmo ritmo da música que tocava nas caixas de som instaladas no deck da piscina.

O tempo ainda estava agradável o suficiente para eu me sentir confortável usando um biquíni. Não era realmente o melhor clima para tomar sol, especialmente nesse horário, mas era agradável poder simplesmente ficar deitada ali.

— Ei, garotas, vocês vão entrar na água? — Abri os olhos, preguiçosamente, quando Oliver chamou, afastando os cabelos molhados da frente dos olhos enquanto se apoiava na beirada da piscina.

— Talvez daqui a pouco — eu disse.

— Hmmm, talvez — disse Lisa. — Não sei...

— Pois é, não estou muito a fim de molhar o cabelo — admitiu Rachel, com um sorriso tímido. Oliver revirou os olhos, mas eu sorri.

— A água não está fria? — perguntou Lisa, em dúvida.

— Venha experimentar — desafiou Warren, surgindo ao lado de Oliver.

— Não, obrigada — riu Rachel. — Estamos bem aqui fora.

Warren olhou para mim, com expectativa. — Você vai cair na água, Elle?

— Talvez... — respondi, preguiçosamente, deixando que meus olhos se fechassem outra vez.

— Elle, o que está rolando entre você e Flynn? Tipo... de verdade? — perguntou Rachel, em voz baixa. Eu ouvi uma cadeira ranger quando Lisa se aproximou de mim também.

Dei de ombros. — Nada.

— Mas você age de um jeito... não sei. É estranho. Você parece ficar muito normal quando está perto dele.

— Sim, mas isso não é nada surpreendente — argumentei. — Cresci junto com Lee, e Noah estava sempre por perto. É por isso que eu não o chamo de Flynn. Mas também porque sei que ele fica irritado quando o chamo de Noah.

Ouvi Lisa rindo discretamente e sorri. Rachel disse: — Ele é tão superprotetor em relação a você que achei que talvez houvesse alguma coisa... você sabe...

Neguei ligeiramente com a cabeça. — Não. Esse é somente o jeito dele. Nada que seja tão importante.

Não era exatamente uma mentira, mas...

— Se você diz — disse Rachel.

— Eu acho que seria muito fofo vocês dois juntos — comentou Lisa. — Vocês são tão diferentes que seria, quem sabe, um par perfeito. Você não acha?

A única coisa que consegui fazer foi bufar de maneira dúbia. — Nós discutimos o tempo todo. Se acabássemos ficando juntos... Não que isso algum dia vá acontecer. Por Deus, não, jamais. Acho que acabaríamos nos matando.

As duas riram e, em seguida, começaram a conversar sobre algum novo filme. Acabei me distraindo, contente e sonolenta demais para deixar que aquilo me distraísse por muito tempo.

Depois de alguns momentos de paz, senti alguma coisa segurar meu tornozelo. Outra coisa segurou na minha outra perna, e meus braços grudaram às laterais do meu corpo. A espreguiçadeira desapareceu debaixo de mim também, tudo no espaço de um segundo.

Meus olhos se abriram rapidamente e vi Lee, Dixon, Warren e Joel, todos rindo da minha expressão horrorizada.

Comecei a me debater enquanto eles me carregavam. — Me soltem! Me ponham no chão!

Eles continuaram a rir. Lee disse: — Não vai dar, Shelly.

— Me ponham no chão! Vocês vão me deixar cair! *Me ponham no chão*!

— Se você realmente quer... — disse Joel, maliciosamente. Os garotos me balançaram para frente e para trás, uma, duas...

Eu gritei, rindo sem conseguir me conter. — Não!

Tarde demais. Eles já haviam me jogado.

Caí bem no meio da piscina, fazendo uma onda enorme e ouvindo todas as pessoas rindo quando atravessei a superfície. E senti, mais do que ouvi, quando os garotos mergulharam logo em seguida.

A água estava congelando! Voltei à tona tentando tomar ar, com os cabelos encharcados grudados no rosto e no pescoço. Meus dentes batiam ligeiramente. — Caras, odeio vocês! — eu gritei, mas estava rindo.

Eles riram, e eu olhei para as outras garotas, que gargalhavam incontrolavelmente.

— Não vai ser tão engraçado quando eles jogarem vocês na piscina daqui a pouco — disse a elas, e as duas riram com ainda mais força.

Comecei a nadar na direção da escada para sair da piscina.

— Não! Você acabou de entrar. Não pode sair tão cedo! — protestou Warren, e mergulhou em minha direção, tentando me puxar para longe da escada. Eu ri e me apressei para tentar sair, mas era como tentar atravessar o melaço; senti Warren me puxar para trás outra vez.

— O que significa toda essa gritaria?

Subi pela escada bem no momento em que Warren tentou me agarrar. A parte de cima do meu biquíni se soltou na mão dele, e todos ficaram em silêncio quando Noah me encarou com um olhar de desaprovação.

Cobri o peito nu com os braços, sentindo as bochechas ardendo.

Oh, meu Deus.

Que humilhante!

Minhas bochechas estavam ardendo, embora o resto do meu corpo tremesse de frio.

Em seguida, ouvi alguém começar a rir. Lee. Eu reconhecia muito bem aquela risada. Quando Lee quebrou aquele silêncio esquisito e constrangedor, todo mundo começou a rir, também.

— Warren, eu oficialmente *odeio* você! — falei, virando-me para olhar para ele quando tive certeza de que estava completamente coberta.

Ele estava com um sorriso malandro no rosto, e em seguida disse:

— Desculpe, eu não queria ter pegado... não tive a intenção de arrancá-lo de você.

— Você é um idiota completo — eu disse, com uma risadinha.

— Você vai querer essa parte de volta ou...? Olhe, não vou reclamar se você não quiser — provocou ele. Dei uma risada sarcástica.

— Minhas mãos não estão exatamente livres para que eu possa ir aí buscar — disse, sem me abalar.

— Ah, é mesmo. — Ele riu outra vez e jogou a parte de cima do biquíni para mim. Com um estalo úmido, ela caiu no chão. Oliver se aproximou nadando dele e empurrou sua cabeça para baixo da água, segurando-o ali por alguns segundos antes de deixar que voltasse à tona para respirar.

Eu ri junto com todos os outros. — Dei o troco nele por você! — disse Oliver, orgulhosamente, fazendo um sinal com o polegar.

— Espere até eu colocar minhas mãos nele. Aí ele vai se arrepender de ter nascido — ameacei, mas ainda estava rindo demais para que alguém me levasse a sério.

— Espere até que Flynn coloque as mãos nele, você quer dizer, né? — ouvi Dixon murmurar, e quando virei para o outro lado, vi Noah olhando para todos com uma expressão séria no rosto.

Suspirei. *Lá vamos nós de novo...*

— Não — sibilei para Noah, severa, passando por ele e entrando na casa. Por sorte, os pais de Lee haviam saído para jantar antes de ele nos convidar para vir até a casa, e ainda não haviam voltado. Se estivessem aqui, seria bastante constrangedor entrar para procurar uma camiseta de Lee com os braços ao redor do corpo cobrindo meu peito nu. Minhas roupas estavam ao redor da piscina, é claro, mas eu não estava com as mãos livres para pegá-las.

Revirei as gavetas de Lee e encontrei uma camiseta de um show que tínhamos ido assistir há uns dois anos, e a puxei desajeitadamente para cobrir meu corpo molhado.

Ouvi alguém pigarreando atrás de mim. O barulho me fez saltar quase até o teto; eu não havia nem mesmo escutado ninguém subir.

Noah estava encostado no batente da porta com os braços cruzados diante do peito, e uma expressão no rosto que deixou as palmas das minhas mãos um pouco úmidas. Sua expressão estava neutra, mas era a sombra em seus olhos brilhantes que aumentou a minha ansiedade.

— O que foi? Por acaso você quase quebrou a costela de Warren, também? — disse, com a voz severa, encobrindo meu nervosismo com o tom irritado.

— Não —respondeu ele, com as sobrancelhas se juntando.

— Ah. O que foi, então? A perna dele? Um braço, talvez?

Ele deu dois passos em minha direção. — Não. Acho que entendeu o recado para se afastar somente com a olhada que dei para ele — disse, com arrogância.

— Mas você... você não chegou a *dizer* nada para Warren, não foi? E também não *fez* nada, não é? Meu Deus, eu devo ter entrado em algum universo paralelo.

Ele riu, ironicamente. — Não precisei fazer nada. Ele já entendeu o recado.

Balancei a cabeça ligeiramente para mim mesma, ainda me recuperando do choque.

— Além disso, até mesmo eu sou capaz de compreender que foi um acidente — completou, relutantemente.

— Ninguém viu nada.

— Exceto eu.

— Bem, sim, mas... digo... você já... Você sabe o que eu estou querendo dizer.

Ele abriu seu sorriso malandro quando percebeu meu rosto vermelho e minha confusão.

— E, de qualquer maneira, é você quem usa a cueca do Superman. — Podia ver o elástico daquela peça aparecendo por cima da cintura do seu jeans. Eu me lembrava de como havia conseguido fazê-lo corar quando o vi usando aquela cueca.

— Não importa — disse ele, colocando um ponto final na conversa, mas sem conseguir me olhar nos olhos. Sorri triunfantemente, sabendo que havia conseguido deixá-lo envergonhado.

Quando saí do quarto de Lee, passando por Noah e deixando meu corpo se esfregar ligeiramente no dele, disse de maneira bem casual: — Imagine o que as pessoas diriam se descobrissem que Flynn, o machão, usa cuecas do Superman...

— Você não faria isso.

Olhei por cima do ombro com um sorriso inocente, mordendo o lábio como se o desafiasse a duvidar de mim.

Quando ele tentou me agarrar, soltei um gritinho e corri para o quarto mais próximo — que, por acaso, era o dele.

Não conseguia decidir se aquilo era um golpe de sorte ou de azar, mas agora eu estava presa no quarto de Noah, e ele fechou a porta atrás de si, sorrindo para mim.

Recuei, mas a cada passo que eu dava ele avançava um, mantendo constante a distância entre nós.

Quando as minhas costas tocaram a parede e não havia lugar nenhum para onde pudesse me virar, Noah aproveitou a oportunidade e subitamente me prensou contra a superfície, com aquele hálito quente fazendo cócegas no meu rosto.

— Às vezes, Elle... — sussurrou, com os lábios roçando bem de leve nos meus — ... você é irresistível demais, e isso não é bom para você.

Senti uma ligeira descarga de emoção correr pelo corpo.

Ele arrastou os lábios pelo meu queixo, fazendo minha pulsação acelerar e minha respiração ficar presa na garganta. Quando não consegui mais aguentar aquela provocação, segurei seu rosto e o beijei. Dessa vez, não bati meus dentes nos dele. Horas e horas de prática transformaram *isso* em algo definitivamente deixado pra trás.

Ele se afastou quando eu estava totalmente sem fôlego, e meus olhos se abriram bem lentamente para fitar os dele. Noah afastou uma mecha de cabelo ainda úmido que estava diante do meu rosto e passou a mão na minha bochecha, carinhosamente.

— Você é mesmo maravilhosa, Elle. Sabia disso? — disse com ternura, deslizando o polegar pela minha bochecha. Vi seu sorriso malandro quando enrubesci. Era tão esquisito... as garotas haviam me dito algumas vezes que eu era bonita, e os rapazes às vezes me provocavam dizendo que eu era gostosa, mas quando Noah disse aquilo, meu coração deu cambalhotas estranhas dentro do peito.

— Adoro fazer você corar. — Eu quase conseguia ouvir o riso em sua voz.

— Cale essa boca — murmurei, colocando as mãos em seu peito e empurrando sem muita força.

— É melhor você voltar — murmurou. — Antes que o pessoal comece a estranhar sua demora.

— Ou antes que Lee pense que estamos nos matando.

Noah riu. — É, acho que isso é mais provável.

Mas ele não recuou. Eu poderia sair dali se realmente quisesse, mas nós dois continuamos exatamente onde estávamos, com o polegar de Noah ainda acariciando minha bochecha. Meus olhos percorreram uma trilha que passava pelos contornos das maçãs de seu rosto, pelo queixo, pelas ondulações irregulares do nariz torto, pelo comprimento dos seus cílios, pelas sardas quase invisíveis que ele tinha no ponto em que o nariz se unia à testa... Todas as pequenas coisas que eu nunca havia realmente percebido antes.

— Noah...

— Sim?

— Eu realmente preciso ir.

Falei aquilo com bastante relutância; minha voz traía os meus verdadeiros sentimentos. Mas ele suspirou e se afastou, baixando a mão. O ar estava tão denso que podia acabar me sufocando. Tudo que eu queria fazer era ficar ali com Noah, mas sabia que não podia. Virei o rosto e desci as escadas.

Minha bochecha formigava no lugar onde ele havia colocado a mão; e ainda conseguia sentir o sabor de seus lábios. Tive que parar por um momento e recompor a minha expressão para que ninguém percebesse que alguma coisa havia acontecido. A parte mais difícil era sufocar meu sorriso.

— Flynn parecia estar com um humor horrível — disse Rachel, em voz baixa, quando voltei para junto dela. — O que foi que ele disse?

— Não o vi — menti. Detestava o quanto era fácil mentir para ela.

— Você devia ter visto a cara de Warren — disse Lisa, entre risos. Ela pegou o celular, tocou em alguns botões e me entregou o aparelho. Uma foto do rosto de Warren encheu a tela: ele estava branco como um fantasma, com os olhos esbugalhados e a boca aberta, aterrorizado.

Eu ri. — Ah, meu Deus, essa foto ficou fantástica! — E ficou nisso.

Suspirei por dentro, sentindo uma onda de alívio. Parecia que ninguém suspeitava que Noah e eu estávamos juntos.

Decidi empurrar todos os pensamentos relacionados a ele para o fundo da minha mente e curtir o resto da noite de sexta-feira com meus amigos.

16

ENTRE AS AULAS E AS LIÇÕES DE CASA QUE OS PROFESSORES DESPEjavam sobre nós, as duas semanas seguintes passaram antes que eu conseguisse piscar os olhos. Se não estivesse com Lee, então estava ficando com Noah, escondida em algum lugar. Fomos ao cinema e houve algumas oportunidades — se o meu pai estivesse fora e Brad não estivesse em casa ou se a casa de Noah estivesse vazia — em que conseguimos nos encontrar.

Acho que nós dois ficamos surpresos quando descobrimos que podíamos sair e conversar, e não somente ficar nos beijando. Depois do filme, ficamos sentados no carro dele por pelo menos meia hora, apenas conversando. Jogávamos videogame ou simplesmente ficávamos sentados e assistíamos à TV, e aquilo era... bem, era ótimo.

Não que tivéssemos parado de discutir e discordar sobre quase tudo, inclusive sobre o que assistir na TV.

Eu ainda não havia superado a emoção que sentia quando fazíamos alguma coisa às escondidas. Mas detestava a culpa que vinha junto com ela, também — mentir para o meu melhor amigo, para o meu pai e para todo mundo...

Em uma noite úmida de domingo, estava sentada em uma bancada de trabalho na garagem, e Noah mexia naquele monstro de duas rodas que ele chama de moto. A porta estava um pouco aberta, mas não de modo que alguém pudesse nos ver.

— Não consigo acreditar que você acha que o segundo filme dos *Transformers* é melhor — eu disse. — Nenhum outro filme consegue ser melhor que o primeiro, juro.

— Ah, deixe disso. E aqueles dois carros gêmeos? Eles eram hilários!

Bufei. — Mas o primeiro foi simplesmente... épico!

— O segundo é melhor, Elle, estou lhe dizendo. Ei, pode me passar aquela chave inglesa?

— Onde ela está? — Me levantei, olhando ao redor. Não sabia falar a língua dos mecânicos, mas pelo menos sabia o que era uma chave inglesa. Podia não ter a menor ideia do que Noah estava fazendo, mas fazê-lo o deixava muito sexy.

— Está na prateleira aí em cima.

Subi no banco onde eu estava sentada, com os dedos segurando a prateleira, procurando pela chave inglesa. Torci o nariz para as teias que vi ali, esperando que não houvesse nenhuma aranha nojenta à espreita perto da minha cabeça.

— Hmmm... — Vi a ferramenta e a peguei. Quando me virei para descer do banco, bati a cabeça na prateleira. — Ai! — gritei automaticamente, largando a chave inglesa para levar as mãos à cabeça. A reação acabou me desequilibrando, e meu pé escorregou do banco.

Com um estrondo e outro grito, me estatelei no chão. Estonteada, pisquei os olhos algumas vezes, tentando afastar os pontos brilhantes do meu campo de visão até conseguir focalizar outra vez. Uma onda de dor me atingiu.

— Ah, merda — ouvi Noah dizer.

— Ai — gemi, com a mão na bochecha. Senti o gosto de sangue; provavelmente havia mordido a língua.

Noah havia largado a chave de fenda e o pano sujo que tinha nas mãos e agora estava agachado ao meu lado, com uma mão nas minhas costas e a outra afastando o cabelo da frente dos meus olhos. — Está tudo bem com você? Elle?

Encostei a ponta de um dedo na bochecha e gemi, porque *cara, como doeu!*

— Está muito feio? — perguntei, falando como criança.

Ele riu, ligeiramente. — Não. É só um arranhão. Mas pode ser que fique roxo... Na verdade, é melhor limparmos isso aí. Conhecendo você como conheço, esse machucado vai infectar. Aí, sim, vai ficar feio.

Eu não ri. Simplesmente olhei para ele, emburrada por ele estar zoando com a minha cara.

Mas ele tinha razão: era melhor limpar a ferida. Havia todo tipo de coisa — sujeira, óleo e teias de aranha — naquela garagem.

Fiquei em pé e senti a mão de Noah nas minhas costas para ajudar a me equilibrar. Eu não tinha problemas em me levantar sozinha, mas não mandei que se afastasse. O braço de Noah ao meu redor causava uma sensação deliciosa, como se aquele fosse o lugar onde eu sempre iria querer estar. *Cara, realmente* preciso *parar de ler todos aqueles livros românticos cafonas!*

Gemi.

— O que foi? O que aconteceu?

— Estou bem — falei, fazendo um gesto para que ele se afastasse. — Sinto como se tivesse quebrado o meu traseiro, mas estou bem. Não foi nada.

Lentamente, me endireitei de novo. Pronto. Tudo estava bem. Noah me encarou por um longo momento e, em seguida, deu de ombros.

Voltamos para dentro da casa pela porta que ligava a sala de jogos e a garagem. Noah olhou para o fim do corredor antes de me puxar para subir as escadas e entrar no seu quarto. Fechou a porta com o pé e eu me sentei na beirada da cama enquanto ele entrava no banheiro.

Me retorci um pouco; minha bunda ainda doía.

— Você é uma desastrada, mesmo — riu Noah, que subitamente apareceu a dois passos de mim.

Revirei os olhos. — Nem sempre.

— É verdade. Só metade do tempo.

Ele se agachou diante de mim. Depois de abrir um sorriso como se pedisse desculpas, segurou o meu queixo entre o indicador e o polegar — ah, de um jeito tão gentil — e girou meu rosto ligeiramente. Fiquei sentada ali, esforçando-me para não gemer enquanto ele limpava a minha bochecha com um pano molhado. Em seguida, aplicou um pouco de creme antisséptico, e aquilo ardeu bastante.

— Desculpe — disse ele quando gemi pela quarta vez.

— Está tudo bem. Não foi culpa sua.

— Eu não devia ter lhe dito para pegar aquela chave inglesa. — Ele parecia estar irritado, mas sabia que a irritação não era por minha causa. — Foi uma estupidez da minha parte.

— Está tudo bem. Sério. Foi um acidente e, de qualquer maneira, a culpa foi minha. Não faz mal.

Noah não disse nada, embora estivesse com a impressão de que ele queria dizer alguma coisa.

— Desde quando você é um médico tão talentoso? — disse para provocá-lo após um momento, tentando distrair a nós dois; eu, da dor latejante no lado esquerdo do rosto, e Noah de qualquer pensamento que estivesse em sua cabeça. Ele não parecia muito feliz.

— Bem, vivo arranjando brigas, né? — O rosto dele estava impassível, e eu não conseguia decifrar sua expressão. — A gente aprende a se cuidar quando isso acontece.

— Ah.

— Vamos, diga logo.

— Dizer o quê?

— Que eu sou um idiota viciado em violência. É o que você sempre diz...

— Mas você realmente é — eu disse, simplesmente. — Afinal, por que você se envolve em tantas brigas? Já vi você brigando, Noah. Não é uma coisa legal, e...

Seu suspiro profundo me interrompeu no meio da frase. E, em seguida, ele disse: — Certo, está bem. Eu sou um imbecil e fico arranjando brigas apenas porque gosto. Você ganhou.

Ele disse tudo aquilo bem rápido. Desde que éramos pequenos, ele detestava admitir que estava errado. Todo mundo sabia daquilo.

Mas agora ele havia acabado de admitir que estava errado — e que eu estava certa. Certo... aquilo não era uma coisa sobre a qual gostaria de ter razão, mas... senti-me até um pouco arrogante. Imaginei se Noah sempre se sentia assim quando ganhava nossas pequenas discussões.

— Você acabou de admitir que eu ganhei... — Não consegui evitar que a minha voz assumisse um tom zombeteiro e cantarolante.

Noah revirou os olhos. — Sim, admiti. Você teve o seu momento de glória.

— Mas eu estava falando sério, Noah. Sobre você... sabe... parecer sentir prazer quando está brigando.

Ele inclinou o corpo para trás, com os olhos ainda na altura dos meus. Não havia nenhum toque das provocações ou de piada no ar agora.

— Eu sei que você estava falando sério. E sei que ajo assim. Não consigo evitar. Lembra-se daquela vez no verão, quando você e Lee foram para aquela colônia de férias do time de futebol? Vocês deviam ter uns treze anos. Você voltou e não parava de falar sobre o quanto havia gostado de *cheesecake*.

— Sim...? — Onde ele queria chegar com aquilo?

E foi então que pensei: *ele se lembra de quando fui para aquela colônia de férias?* Eu mal me lembrava daquilo. Foram somente algumas semanas que agora estavam embaralhadas na minha memória.

— Bem, aquele verão aconteceu logo depois que comecei a brigar na escola e a fazer merda. Meus pais me mandaram para um ou dois psicólogos. Mas a questão é que... — Ele suspirou um pouco. — Eles tentaram, mas foi um fracasso homérico. Eu sou um *bad boy* e sempre vou ser. Acho que é simplesmente desse jeito que meu cérebro funciona.

Ele deu de ombros, como se aquilo não importasse.

Eu gostava muito dessas conversas raras onde via o Noah que havia por trás daquele sorriso torto e sexy; quando ele me deixava ver seu lado vulnerável. Nunca soube que ele havia se consultado com psicólogos; talvez nem mesmo Lee soubesse.

— Você fica muito fofo desse jeito todo envergonhado — provoquei, tentando deixar o ambiente mais leve.

— Em primeiro lugar, não estou envergonhado — disse ele, sabendo que eu estava apenas brincando. — E, em segundo lugar... — Ele bateu o joelho contra o meu. — Não me chame de fofo.

Eu estava rindo agora e ele sorriu para mim, aquele sorriso que fazia surgir a covinha em sua bochecha esquerda. Meu sorriso começou a fazer a bochecha doer e gemi, colocando a mão no rosto.

Puxando minha mão para longe do rosto, Noah se aproximou e deu um beijo ligeiro ali. Senti-me toda aconchegada por dentro; acho que dar um beijinho para sarar a ferida não funciona apenas com crianças de cinco anos.

Mesmo assim, senti um choque. Não devia estar me sentindo tão aconchegada e feliz. Estava sendo cuidadosa e cautelosa com os sentimentos que nutria por Noah.

Provavelmente nós estávamos mais próximos agora que ele havia aberto o seu coração para mim daquela maneira — mas isso era *ruim*. Não devíamos estar nos aproximando. Eu não podia me permitir nutrir sentimentos por Noah; se fizesse isso, quando as coisas ficassem ruins, tudo iria sair do controle. Lee me odiaria, eu não poderia contar com o apoio de Noah e a minha vida se tornaria um desastre.

Mas, olhando nos olhos dele, sufocando uma risadinha enquanto ele beijava carinhosamente minha bochecha dolorida, Noah era a única coisa em que eu conseguia pensar. E no quanto gostava de estar com ele. Na sensação maravilhosa que era ter seu braço me envolvendo. No quanto seus olhos eram azuis e brilhantes...

— Elle... — ele começou a dizer, com uma expressão séria, mas eu já havia começado a falar.

— Acho que machuquei meus lábios também — disse a ele, em voz baixa, apontando para a boca.

Ele riu de maneira quase inaudível, balançando negativamente a cabeça, mas ainda assim se aproximando...

A porta, que não havia sido totalmente fechada, se abriu antes que pudéssemos nos separar.

— O que está acontecendo aqui?

Noah se levantou em uma fração de segundo e virou para trás, e eu permaneci na beirada da cama, entorpecida.

Uma quantidade enorme de xingamentos que eu nunca diria em voz alta correu pela minha cabeça quando vi Lee sob o vão da porta.

— Perguntei o que está acontecendo aqui — repetiu ele, estreitando os olhos, desconfiado, enquanto olhava de mim para Noah. Em seguida, seus olhos voltaram a apontar para mim e seu queixo caiu. — Jesus! Shelly, o que aconteceu com seu rosto?

— Muito obrigada — resmunguei, ironicamente, mas não consegui reunir entusiasmo suficiente para aliviar a tensão do momento.

Lee estava na minha frente depois de um instante, olhando minha bochecha esfolada. Ele girou para trás para encarar o irmão, com uma expressão irritada: — Você fez isso com ela?

— O quê? — perguntou Noah, contrariado. — O que você disse?

— O que foi, por acaso você é surdo? — murmurou Lee. Em seguida, bem mais alto, ele prosseguiu: — Eu disse: foi você que fez isso com ela? Você bateu em Elle?

O queixo de Noah se retesou com tal intensidade que era possível ver todos os músculos na lateral de seu rosto se esticando. — Você realmente acha... que eu bateria em Elle?

— Sim, não duvido que você poderia fazer isso! — esbravejou Lee. — Como foi que isso aconteceu, então? Que merda você estava fazendo?

Lee só falava palavrões quando estava muito, muito irritado. Eu sabia que as coisas estavam ficando ruins, mas me sentia paralisada, entorpecida.

Noah retrucou sem qualquer cerimônia. — Não tenho que dar satisfações a você, irmãozinho.

Os punhos de Lee abriam e se fechavam por causa do tom zombeteiro de Noah. — Então, o que aconteceu com Elle?

— Não foi nada — falei, timidamente, e os dois se viraram para me olhar com expressões irritadas. Baixei a cabeça, o cabelo escondendo meu rosto quando a ergui novamente. — Está tudo bem, eu estou bem...

— Está bem o caralho — murmurou Lee, com a voz tenebrosa. Ele apontou o dedo para mim e quase gritou com Noah: — O que aconteceu?

— Ela veio até a garagem para procurar você e tropeçou. Não aconteceu nada demais. Acalme-se de uma vez. Ela está bem.

Era o tom irreverente do irmão mais velho que estava deixando Lee bastante alterado, e aposto que Noah sabia disso. Aquilo iria me deixar muito brava, também.

— Não foi culpa dele... — tentei. Os dois me ignoraram.

— E você simplesmente a deixou cair ? Aposto que foi aquelas porras que você deixa largadas pelo chão que a fizeram tropeçar.

— Não é como se eu tivesse uma espécie de poder divino para controlar o quanto ela é estabanada.

Que coisa linda, Noah. Muito obrigada.

— Mas a culpa foi *sua*, então? Eu sabia — bufou Lee, com a cabeça balançando de um lado para outro. Ele estava mordendo a bochecha, enfurecido. Eu tinha certeza de que ele sabia que Noah não tinha realmente culpa pelo que aconteceu, mas estava suficientemente irritado para botar a culpa nele assim mesmo.

— Foi um acidente — disse Noah por entre os dentes, com os olhos azuis faiscando de raiva.

Lee simplesmente deu de ombros, deixando Noah ainda mais enfurecido. — Eu não duvido que você realmente poderia ter *feito* isso com ela.

— Agora chega — rosnou Noah, partindo para cima de Lee, que já havia desferido um golpe.

Saltei da cama, colocando-me entre os dois antes que acabassem se matando. Empurrei o peito de Noah com o máximo de força que consegui reunir, sem que isso tivesse qualquer efeito. Mas, pelo menos, agora que estava no meio dos dois, eles pararam de tentar se acertar.

— Noah — chamei, com a voz baixa. — Noah, olhe para mim. Noah.

Ele parou de encarar Lee com aquela expressão mortífera e se virou, com a expressão um pouco menos agressiva. — Você sabe que jamais bateria em você, Elle. Se pudesse, teria impedido você de cair. Eu não faria isso com você. Sabe disso, não é?

Fiz que sim com a cabeça, pacientemente. — Sim, eu sei. Mas você não precisa começar a brigar com Lee, está bem? Ele só está preocupado comigo.

— *Eu não bateria em você* — disse Noah com ferocidade, o queixo tensionado outra vez.

— Eu sei — repeti, fazendo com que a minha voz ficasse o mais tranquila possível. Coloquei a mão no peito dele, que arfava rapidamente com a respiração acelerada. — Sei disso, está bem? Olhe, acalme-se de uma vez. Por favor. Sei que você não faria isso. Calma, por favor.

Ele manteve o olhar fixo nos meus olhos por mais alguns segundos antes de recuar, passando a mão pelos cabelos. Virei para o outro lado e peguei na mão de Lee, puxando-o para fora dali e indo até o quarto dele.

Quando fechou a porta por trás de nós, ele disse: — Uau. Nunca vi ninguém acalmar Noah desse jeito antes. Foi... bizarro. Vocês geralmente vivem gritando um com o outro.

— Olhe, deixe isso para lá. Pelo menos vocês não estão mais tentando se atacar. — Suspirei e me joguei em seu colchão de molas. Lee largou o corpo ao meu lado e, em seguida, estendeu a mão para tocar minha bochecha. Inspirei com força, esquivando-me rápido.

— Desculpe — disse ele, instantaneamente. — Então me conte o que aconteceu.

Qual foi mesmo a história que Noah contou? Eu havia ido procurar por Lee...

Balbuciei alguma coisa sobre vir até ali e ouvir alguém na garagem, mas era Noah. Depois eu iria até a sala de jogos à procura de Lee, mas tropecei e caí de cara no chão.

Meu estômago estava se retorcendo, e eu sentia que estava prestes a vomitar. Provavelmente devido à culpa, decidi. Detestava ter que mentir para Lee. Mas não tinha a menor condição de lhe contar a verdade — especialmente agora que ele estava irritado com Noah, mesmo que estivesse começando a se acalmar.

Bem, eu estava ali na sua garagem dando uns amassos em Noah, beijando-o um pouco antes que ele voltasse a mexer na sua moto e caí de cara no chão. Ah, a propósito, estamos nos beijando escondidos há algumas semanas, então isso nem tem muita importância. Fazemos esse tipo de coisa quase o tempo todo — mas, geralmente, eu não caio de cara no chão. Sim, isso iria causar um efeito ótimo.

Disse a mim mesma que aquele não era o momento certo. Eu não podia contar a ele.

Não que houvesse alguma coisa a contar. Não é como se eu tivesse algum tipo de sentimento por Noah — e mesmo se tivesse, não era o momento certo.

— Certo, então não foi culpa dele — resmungou Lee. — Mas ele...

Não o deixei terminar a frase. Havia uma coisa que eu estava desesperada para perguntar. Mas a verdade era que tinha medo da resposta.

Coloquei para fora de uma vez. — Você *realmente* achou que ele seria capaz de bater em mim?

Lee me olhou por um longo momento, e em seguida baixou os olhos.

— Eu sei, eu sei. Ele é meu irmão. Mas, por um segundo, achei que ele havia seriamente perdido a cabeça e você estava no lugar errado e na hora errada ou que vocês estivessem discutindo de novo... Detesto pensar que ele faria uma coisa dessas, mas...

— Ele não me bateria — concluí, em voz baixa, mexendo na barra da minha camiseta. Havia um rasgo no tecido; devia ter acontecido quando caí do banco. — Até mesmo Noah sabe onde estão os limites.

— Espero que sim — murmurou Lee.

— Eu *sei* que sim.

— Em um minuto, vocês estão se pegando pelo pescoço. No minuto seguinte você o defende? — Aquilo não era uma acusação, apenas uma constatação.

— Você perdeu a cabeça bem rápido também, não se esqueça — fiz questão de lembrar. — O que houve?

Ele suspirou, desgrenhando os cabelos. — Estou uma pilha de nervos. Tirei nota baixa na prova de História, lembra? Meus pais disseram que talvez eu esteja passando tempo demais com Rachel. Estou só estressado.

Busquei a mão dele, fazendo com que nossos dedos se entrelaçassem. Ele segurou com força na minha mão e respirou fundo.

— De qualquer maneira, senhorita, não venha mudar de assunto. Desde quando vocês dois viraram amiguinhos? Você e Noah pareciam estar bem íntimos quando cheguei.

Meu coração começou a acelerar. Eu não achava que ele havia visto alguma coisa. Lee não era o tipo de pessoa que fazia rodeios. Ele já teria perguntado diretamente se suspeitasse que havia alguma coisa acontecendo.

Agora não é o momento certo. Agora, não. Você pode contar a ele alguma outra hora, mas não agora...

Meu estômago estava se contorcendo. Eu devia contar a ele de uma vez. Afinal... ele iria descobrir em algum momento, então por que simplesmente não contar a ele agora, antes que ele descobrisse por meio de outra pessoa? Eu devia simplesmente *contar a ele.*

Eu não queria fazer aquilo. Ele ia me odiar.

Mas ele me odiaria menos agora do que se descobrisse mais tarde.

— Lee, por favor não me odeie, mas...

— Elle? — disse uma voz que vinha da porta.

Parei de falar com um suspiro, voltando a largar o corpo sobre a cama de Lee. Noah era o cara mais talentoso do mundo no quesito "interromper uma conversa no pior momento". Logo agora, quando eu ia contar tudo para Lee. Não acreditei.

— O que você quer, porra? — esbravejou Lee com ele, quando eu não disse nada.

Noah o encarou com a expressão fechada, mas disse: — Elle, posso falar com você por um minuto?

— Claro. — Apertei a mão de Lee mais uma vez antes de soltá-la e me levantar da cama. Olhei-o com uma expressão que esperava que ele interpretasse como um sorriso reconfortante, e fechei a porta do quarto quando saí.

Noah estava coçando a parte de trás do pescoço, com o queixo tensionado. Levei algum tempo para decifrar aquela expressão: ele estava pensando bastante em alguma coisa. Abriu a boca, fechou-a em seguida, e me puxou para o seu quarto outra vez. Dessa vez, tomou o cuidado de fechar a porta adequadamente.

— Eu vou entender se... você sabe... quiser parar... se quiser dar um fim nisso que está acontecendo entre nós. Se não quiser mais ficar comigo.

Franzi um pouco a testa. De onde ele havia tirado aquela ideia, tão de repente? — E por que eu iria querer fazer isso?

Ele deu de ombros. — Vou entender se você quiser isso. Agora há pouco, você estava falando sobre eu ser um cara violento, e depois vieram aquelas coisas que Lee falou... sobre bater em você. Eu simplesmente... entendo.

Continuei com a mesma cara fechada.

— *Viciado em violência* não é algo que está na lista das principais qualidades que alguém valoriza em um cara, certo? — Ele me deu um sorriso amargo. — Mesmo assim, nunca faria algo como o que Lee disse. Você sabe disso, não é? Estou falando sério. Nunca machucaria você, Elle. Eu juro.

Concordei com a cabeça. — Eu sei, você está me entendendo? *Eu sei.*

— Mas ainda assim vou entender se você não quiser... continuar com isso. Seja lá o que estivermos fazendo. Se você quiser parar...

— Não. Digo... — comecei a falar rapidamente quando vi a expressão de frustração em seu rosto. — Não quero parar.

Ele sorriu e soltou uma risada sufocada, puxando-me para junto dele e encostando a testa na minha. — Sou uma má influência para você. Deixando-a tomar decisões idiotas como essa.

— Essa qual?

— Ficar comigo. — Ele me deu um rápido beijo nos lábios, afastando-se em seguida para dizer: — Volte para lá, antes que ele pense que você me empurrou pela janela ou algo assim.

Ri e balancei a cabeça enquanto ia embora, olhando para ele. Lee estava esperando do lado de fora do quarto de Noah — mas não tentava escutar o que conversávamos. Estava somente esperando.

— O que ele queria?

Mencionei algo sobre Noah haver me dito que nunca me bateria, fazendo um gesto que indicava que aquilo não tinha importância. Mas meu coração martelava dentro do peito, esperando que Lee assentisse e aceitasse a minha mentira.

— Esta é a parte em que você me conta que a minha melhor amiga e o meu irmão mais velho estão loucamente apaixonados?

Bufei e explodi em uma gargalhada. — Lee, às vezes você pensa em cada porcaria...

Apaixonada? Eu, apaixonada por Noah Flynn?

Nunca.

Meu pai simplesmente suspirou e me disse para tomar mais cuidado quando contei que havia levado um tombo na garagem da casa de Lee.

— Francamente. Você é pior do que a sua mãe. Lembra-se daquela vez em que ela tropeçou na escada rolante do shopping? Quase precisou levar pontos no pé. — Balançou a cabeça, sorrindo nostalgicamente com aquela lembrança.

Ninguém na escola duvidou da minha história quando contei que havia caído na garagem de Lee. E por que duvidariam? Não estava mentindo; pelo menos não dessa vez. Minhas mentiras pareciam andar de mãos dadas com meu relacionamento com Noah, e eu detestava isso.

Mas eu parecia estar ficando cada vez melhor nelas, conforme os dias passavam. Mesmo assim, não era uma coisa para me orgulhar. Na hora do almoço, estava esperando até que Lee e os rapazes terminassem de encher seus pratos quando a mesa inteira repentinamente foi tomada por um bando de garotas.

— Bem, andei pensando — anunciou Jaime, olhando diretamente para mim. — Sobre Flynn.

— Ahhh, conte tudo! — disse Tamara, ansiosamente.

— Ele está namorando com alguém? — perguntou ela, ávida.

Todo mundo sabia que Flynn era solteiro, e que nunca teve uma namorada, somente rolos e ficantes. Assim, por que motivo ela subitamente começou a pensar que ele estava "namorando"? Será que havíamos cometido algum deslize? Será que ela havia nos visto? Seria essa a razão pela qual ela tinha me feito aquela pergunta diretamente?

Engoli em seco, fechando os dedos e sentindo as palmas das mãos ficarem úmidas. Tentei uma resposta fácil. — Não sou tão informada sobre o que Noah fica fazendo o tempo todo.

— Você é mais informada do que qualquer uma de nós — murmurou Olívia. — Você é uma sortuda, sua vaca. — Mas ela piscou o olho para mim com um sorriso enorme e eu ri, sentindo-me mais aliviada.

— Por que você quer saber? — eu disse a Jaime.

Ela deu de ombros. — Temos uma teoria.

— Teoria? — repeti. Jaime assentiu e Candice se aproximou, baixando a voz até um sussurro. Casualmente, como se minha pulsação já não estivesse acelerada, peguei uma garfada da minha salada de macarrão.

— Achamos que Flynn tem uma namorada secreta.

Quase larguei o garfo. E por pouco meu queixo não caiu, também.

Samantha bufou. — Duvido. Estamos falando de Flynn aqui. Ele é O Rei dos Joguinhos. Não consigo imaginá-lo tendo um relacionamento firme com alguém...

— Bem, talvez, se ele se envolvesse com a garota certa — riu Karen, apontando para si mesma.

— Mas... pense um pouco — continuou Candice. — Eu não o vejo com ninguém, e estou falando sério quando digo *ninguém*, há semanas. Geralmente nós o vemos beijando alguma garota sortuda nas festas, mas...

— Ah, meu Deus! — interveio Tamara, com um gritinho. — Você tem razão! Nenhuma garota fica com ele há semanas. Mas vocês viram a marca daquele chupão no pescoço dele há uns dias, não foi?

— Quem iria deixar de perceber aquilo? — riu Olívia.

Eu estava fazendo o impossível para não enrubescer nem demonstrar culpa ou preocupação. As garotas tinham uma percepção melhor do que imaginei.

— Você o viu com alguém, Elle? Você sabe, quando está na casa dele, conversando com Lee?

Fiz que não com a cabeça. — Não, não o vi com ninguém.

— Fico imaginando quem será...

— *Se* houver alguém — emendou Faith.

Em seguida, falei, de maneira muito, muito casual:

— Talvez ele seja gay.

Um silêncio se formou ao meu redor e durou algum tempo, e continuei comendo calmamente a minha salada de macarrão. Todas estavam me olhando, chocadas.

— De jeito nenhum.

— Ele não pode ser gay.

— Você não acha que ele *realmente* seja, não é?

— Não, é impossível!

Não consegui mais me conter e explodi em uma gargalhada. — Estou brincando! Vocês deviam ter visto suas próprias caras. Queria ter uma câmera...

Candice deu um tabefe no meu braço, com uma expressão enraivecida. — Isso não foi nada legal, Elle.

— Desculpe — ri. — Não consegui resistir.

Ao menos consegui distraí-las do assunto da suposta namorada misteriosa de Noah Flynn, e *eu* estava completamente acima de qualquer suspeita. Soltei um suspiro inaudível de alívio, escutando enquanto elas discutiam a respeito de garotos. Ouvia fofocas suficientes a respeito de

Flynn sem estar envolvida no assunto; não sabia como iria sobreviver se elas descobrissem que a pequena e inocente Rochelle estava saindo escondida com o *bad boy* Flynn.

Diabos, isso seria algo tão fácil de acreditar quanto dizer a elas que havia saído para comprar minha própria moto.

17

E, RÁPIDO DEMAIS, JÁ ESTÁVAMOS NA METADE DO MÊS DE MAIO.

Como se eu já não estivesse preocupada o suficiente com tudo que estava acontecendo na minha vida — isso sem mencionar as provas finais que estavam chegando —, tinha que lidar com as obrigações do grêmio estudantil, também.

— Bem, o Baile de Verão vai ser no começo de junho — anunciou Tyrone.

— O quê? Mas isso nem vai nos dar tempo o suficiente de organizar tudo! — protestou alguém ruidosamente.

Tyrone ergueu as mãos em sinal de rendição, e todas as pessoas se calaram. — Não sou eu quem escolhe as datas, desculpem. Essa é a única época em que vamos conseguir usar o salão de Baile do Royale.

— Você conseguiu uma data no Royale?! — exclamou Kaitlin, dando voz ao que a maioria das garotas estavam pensando. O Royale era um hotel incrivelmente extravagante, com branco, dourado e mármore por toda parte.

Tyrone assentiu. — Sim. O nosso orçamento deu conta de garantir a data, mas vamos ter que segurar as pontas com a decoração e a banda, a menos que aumentemos o preço dos ingressos.

— Bem, podemos fazer isso — sugeri. — Afinal, é o Royale. Acho que ninguém vai se importar se tiver que pagar um pouco mais para entrar lá.

— É verdade — disse ele, e todos assentiram para mostrar que concordavam comigo. — Bem, de qualquer maneira, precisamos definir coisas como a comida, encontrar uma banda, os ingressos e...

— Precisamos de um tema — uma das garotas se pronunciou, plantando as mãos sobre a mesa.

Faith começou a pular animadamente em sua cadeira. — Com certeza! Devíamos fazer algo, tipo... medieval! Vi um programa onde fizeram um baile com tema medieval e foi um arraso!

— Não — disseram todos os rapazes, quase simultaneamente. Ri quando vi a expressão horrorizada no rosto de Lee.

— Que tal preto e branco?

— Isso não tem nada a ver com o verão.

— Retrô? Por exemplo, anos sessenta ou algo assim? Ou... não, devíamos fazer algo como a década de vinte! Os garotos iriam ao baile vestidos como gângsteres com ternos extravagantes, e as meninas poderiam ir com aqueles... como é mesmo o nome? Os vestidinhos de melindrosas! Seria muito da hora! — sugeriu Bridget, bastante empolgada.

— Hmmm... não — disse alguém, laconicamente.

— Posso levar uma metralhadora se eu for fantasiado de Al Capone? — brincou Tony.

— Ah, isso iria funcionar perfeitamente — disse um dos garotos, sarcasticamente. Era Max, que assistia às aulas de inglês comigo. — A época da Lei Seca? No baile da escola? Porque ninguém vai tentar entrar com álcool escondido e fazer com que a escola proíba os bailes para sempre.

— Bem, podíamos fazer um Baile de Máscaras...

— Nossa! Sim! Isso seria ótimo!

Soltei um gemido frustrado e batia cabeça no tampo da mesa antes de voltar a me endireitar na cadeira. — Ah, pare com isso. Vocês não acham que essa ideia já está velha? *Todo mundo* faz Baile de Máscaras hoje em dia. Aparece em todos os programas de TV, também. Tem que haver alguma outra coisa...

— Nós já fizemos aquele tema de Hollywood, ou seja lá como você queira chamá-lo, no Baile de Inverno — resmungou Eric. — Pelo menos a ideia do Baile de Máscaras é legal.

— Mas isso já foi feito tantas vezes!

— Concordo — disse Lee.

— É claro que você ia concordar — ouvi Tyrone resmungar, enquanto balançava a cabeça negativamente para nós.

— Ei, podíamos fazer uma versão menor do festival da primavera — disse Lily, com os olhos brilhando. — Vocês sabem, com uma cartomante, algodão-doce... outra barraca do beijo.

— Desde que Elle esteja no comando da barraca, sou a favor — riu Tony, um dos alunos do quarto ano, piscando o olho para mim. Apenas revirei os olhos, e esperava não estar ficando vermelha. Depois de todo esse tempo, as pessoas ainda estavam comentando como eu havia ficado com Flynn na barraca do beijo.

— Não, não vamos fazer isso — disse Lee, falando de um jeito tão parecido com o irmão que precisei olhar duas vezes para ter certeza.

— Bem, de qualquer forma... — disse Tyrone, começando a ficar impaciente. — Todos são a favor de um Baile de Máscaras?

Todos os presentes, exceto Lee e eu, levantaram as mãos.

— Então está resolvido. Lee, Elle, posso contar com vocês para cuidarem dos cartazes de divulgação e dos ingressos?

— Claro — nós dois suspiramos ao mesmo tempo. Enquanto Tyrone basicamente ditava o que iríamos fazer, sem nos dar um projeto definido, todas as outras pessoas dividiram o restante das tarefas entre si.

Não me entenda errado. Eu estava realmente ansiosa pelo Baile de Verão. Seria maravilhoso, especialmente porque havíamos conseguido o Royale. Mas detestava a ideia de ter que encontrar alguém para me acompanhar.

Os bailes na nossa escola eram para os alunos do terceiro e do quarto anos. Os Bailes de Inverno e de Verão eram eventos enormes. No Baile de Inverno, Lee e eu fomos juntos, já que ele não tinha namorada na época.

Mas agora ele iria com Rachel.

E isso significava que ele não iria comigo; e, assim, eu precisava encontrar um parceiro. Jamais iria aparecer no baile sozinha.

Portanto...

Com quem poderia ir?

Claro que já sabia com quem *queria* ir ao baile, mas em seguida pensei em todos os rumores e fofocas que iriam se espalhar como um vírus se Noah Flynn e eu aparecessemos juntos. Só de pensar naquilo já comecei a sentir náuseas.

Também não poderia ir ao baile sem explicar tudo para Lee antes; ele iria me odiar se fosse com Noah, sem mais, nem menos. Mas quando eu teria uma oportunidade de contar a ele e de reunir a coragem para isso?

Eu não conseguia exatamente visualizar uma situação na qual os garotos iriam se enfileirar para me convidar para o baile, graças a Noah.

Mas, analisando a situação pelo lado positivo... se terminasse sozinha e fosse um Baile de Máscaras, talvez ninguém soubesse que era eu, não é mesmo?

Comecei a alimentar uma esperança maluca de que Noah fosse me convidar, entretanto. Talvez eu devesse fazer algumas insinuações, e a oportunidade acabaria surgindo alguns dias depois.

Estávamos trabalhando em alguns modelos de pôsteres e ingressos no computador de Lee quando o celular dele tocou.

— Oi, Dixon... o quê? Está falando sério? Cara... estou indo para aí agora!

— O que houve?

— Ele está na praça de alimentação do shopping com alguns dos rapazes, e adivinhe quem está lá? Comprando *donuts*?

— Ah...

— Matt Cain. Do San Francisco Giants. Você sabe... o jogador de beisebol? Ele é o arremessador.

— Ah, claro, que legal. Então, você vai até lá?

— Com certeza! — riu ele. — Ei, você sabe onde está o meu boné de beisebol?

— No armário — apontei. Revirei aquela escrivaninha bagunçada até achar uma caneta de ponta porosa, que entreguei a ele por cima do ombro enquanto ele corria para fora do quarto.

— Até mais! — gritou ele, batendo a porta da casa com força ao sair.

Ri. Havia ouvido falar de Matt Cain, mas não era tão ligada em beisebol. Claro, era ótimo de jogar e divertido de assistir. Eu havia ido ao estádio assistir a alguns jogos com o meu pai e Brad, e também com Lee. Pessoalmente, preferia assistir futebol americano.

Especialmente se Noah estiver jogando...

Lembrei que o time da escola tinha outro jogo na sexta-feira. Eram, acho, as quartas-de-final ou as semifinais. Eu provavelmente acabaria indo até o campo com alguns dos rapazes.

Salvei o que havíamos feito no computador até então e me levantei para ir embora. Lee iria demorar uma eternidade para voltar, e eu não queria realmente ficar por ali sozinha.

Saí da casa e ouvi um barulho vindo da garagem. Aproximei-me, fechando a porta da casa ao sair, e vi a porta da garagem entreaberta. Ouvi o barulho de metal batendo contra metal e a estática de um rádio que interferia com a música que estava tocando.

Agachei-me para passar por baixo da porta. — Noah? — chamei, olhando ao redor da garagem vazia, embora soubesse que ele estava ali.

Ouvi um ruído de algo que deslizava, e subitamente ele apareceu, saindo de baixo do carro, deitado sobre um skate, com manchas de óleo no rosto, nos braços e na camisa, e uma ferramenta que eu não conhecia na mão.

— Ah, oi — disse ele. — Acho que ouvi Lee saindo.

— Sim, parece que algum jogador de beisebol está no shopping, e por isso ele correu para lá. Estávamos trabalhando nos pôsteres do baile.

Noah bufou. — Odeio esses eventos idiotas para promover o espírito estudantil.

— São opcionais, você sabe.

— Sim, mas nem tanto para o time de futebol americano — murmurou. — Foi o que aconteceu com o festival da primavera. Dizem que somos "encorajados fortemente" a participar, mas todos sabemos que nosso destino é o banco de reservas por um jogo se não aparecermos.

— Não acredito que eles realmente fazem isso! – eu ri.

— Essa escola maldita só se importa com imagem.

— Não seria essa a razão pela qual você continua estudando lá?

Ele abriu seu sorriso torto. — *Hello*, você sabe quem eu sou? Notas altas, um ótimo jogador de futebol... eles fecham os olhos para algumas brigas por causa disso. Especialmente porque nunca sou eu que *começo* as brigas.

Simplesmente revirei os olhos para ele.

— E então, você e Lee vão ao baile juntos de novo? — perguntou Noah, enquanto deslizava de novo para baixo do carro. Nem me incomodei em perguntar o que ele estava fazendo; eu certamente não iria entender.

— Não. Ele vai com Rachel.

Noah voltou deslizando para longe do carro outra vez para me olhar com uma expressão preocupada. — Com quem você vai, então?

— Não sei — admiti.

A expressão em seu rosto me dizia que ele provavelmente iria ameaçar bater no primeiro garoto que me convidasse, mas fingi que não havia percebido.

— Já que tocamos no assunto, vai ser um Baile de Máscaras — eu disse.

— É mesmo?

— Sim.

Ele acenou com a cabeça e voltou para baixo do carro. Essa era uma coisa que me irritava muito em Noah; na maior parte do tempo, não conseguia fazer a menor ideia das coisas sobre as quais ele estava pensando. Por outro lado, quando estava com Lee, eu era capaz de terminar as frases dele e saber exatamente o que ele estava sentindo, e vice-versa; bem, com exceção de toda essa situação envolvendo Noah. Era somente um golpe de sorte... ou então Lee havia decidido ignorar quaisquer sinais do que estava acontecendo.

Mas Noah... Noah era como um daqueles cubo mágicos de brinquedo. Um enigma impossível, mas que eu não queria desistir de tentar decifrar ainda. Era atraente e sedutor demais.

— Bem, se alguém convidar você, diga que não aceita.

— O que você disse?

— Não quero que você vá ao baile com um idiota qualquer que pode tentar fazer alguma coisa, entendeu? — A voz dele estava um pouco abafada pela música e o barulho da ferramenta batendo no metal, mas consegui ouvir o tom de ordem. — Se alguém como aquele Dixon a convidar para ir ao baile, *como amigo*, então tudo bem, pode aceitar se quiser, mas...

— Você não tem o direito de me dizer com quem posso ou não posso ir ao baile — protestei. Eu sabia que ele faria isso, mas o que realmente me deixou louca foi a maneira pela qual ele simplesmente esperava que eu aceitasse aquilo de bom grado.

— Elle...

— Vou ao baile com quem eu quiser, *entendeu?* E isso não depende de alguém me convidar como amigo ou não.

Noah saiu de baixo do carro outra vez, soltando sua chave de rosca.

— Escute aqui, Elle. Estou tentando protegê-la, e você não está facilitando as coisas. É um baile; os caras com certeza vão tentar fazer alguma coisa. Lembre-se do que aconteceu naquela festa. E, se for um Baile de Máscaras e houver uma chance de que não sejam apanhados se roubarem um beijo, certamente eles tentarão fazer isso.

Certo, talvez ele tivesse razão sobre a questão do Baile de Máscaras. Mas e daí?

— Nem todo mundo é cafajeste desse jeito, Noah.

— Conheço um monte de caras que são.

— Talvez eu não me importe com isso — cortei. Claro que me importava, mas não concordaria com Noah sem oferecer resistência. Mesmo se ele tivesse razão. — Talvez eu queira que algum garoto me beije durante a dança com música lenta.

— *Eu*, com certeza, me importo — disse ele, firme, mas sem chegar a gritar. Levantou-se diante de mim, imponente. Odiava ser tão menor do que ele quando estava tentando forçá-lo a recuar só com o olhar.

— Por quê? Por que você se importa? — questionei, levantando a voz e estreitando os olhos. Tinha a sensação de que sabia a resposta, mas não me importava. Estava brava com ele.

— Porque eu quero aquela dança com música lenta com você toda para mim.

Noah provavelmente pensou que aquela frase cafona iria abrandar minha raiva, já que no fundo eu era uma garota bastante romântica. E até que abrandou. Porque quando ele me beijou, retribuí o beijo, sentindo o coração acelerar e faíscas dançarem dentro de mim.

— Odeio você — balbuciei contra os lábios dele, sorrindo.

— Eu sei — disse ele, e senti que também estava sorrindo.

Os beijos e amassos às escondidas com Noah, e a emoção gerada pela possibilidade de sermos apanhados juntos, deixavam tudo muito mais emocionante. Sabia que não conseguiríamos levar aquilo para sempre, mas com certeza eu iria curtir muito enquanto durasse.

— Você estava falando sério? — perguntei, ligeiramente ofegante, depois de alguns minutos. — Sobre dançar com a música lenta?

Ele concordou com a cabeça. — Falei, sim. Na verdade, quero a noite inteira.

— Ah, então agora você quer?

— Quero. — Ele beijou os meus lábios outra vez, rapidamente.

— Você está me convidando para ir ao baile com você?

— Bom... Não exatamente — disse ele, rindo e me beijando outra vez. — Mas quase.

— Vou me contentar com isso, então.

Ele me deu outro beijo antes de se afastar para continuar consertando seu carro. No capô brilhante, vi que agora havia manchas de óleo no meu rosto e no pescoço. Teria que tentar limpar essas manchas antes de voltar para casa.

— É ESTE — FALEI, COM UM SORRISO SE FORMANDO NO ROSTO. — ESTE é perfeito.

— Você disse o mesmo sobre os últimos cinco vestidos — reclamou Lee. Ele falava de um jeito muito parecido com Brad quando lhe davam legumes no jantar.

— Sim, mas tenho certeza de que este aqui é o melhor.

— Tem mesmo? Você também tinha certeza sobre os últimos. Gostei daquele cor-de-rosa.

— Só porque os meus peitos estavam praticamente saltando para fora. — Revirei os olhos diante do espelho e Lee caiu na risada. — Consegue imaginar o que o seu irmão diria se me visse usando aquilo?

— Ele não ia conseguir tirar as mãos de cima de você. — Por um segundo, achei que ele estivesse falando sério; meu estômago afundou dentro da barriga e meus olhos se esbugalharam em pânico. Mas, em seguida, ele riu. — Ou então... você sabe, iria ficar ali espantando os caras que tentassem chegar perto de você com uma varinha. Tem certeza de que é este, então?

Fiz que sim com a cabeça, sorrindo. — Absoluta.

— Quanto ele custa?

— Está em promoção. Sessenta dólares.

Lee acenou com cabeça. — Legal.

Alisei a saia outra vez, admirando-me no espelho. O vestido tinha um tom escuro de maçã verde e chegava até a altura do joelho. A saia se abria e balançava quando eu andava, e o vestido deixava minhas costas inteiramente à mostra, até os quadris. Tinha alças que se juntavam atrás do meu pescoço e um decote em V que não era muito grande. Miçangas prateadas minúsculas adornavam o contorno do decote, reluzindo quando a luz batia nelas. Adorei aquela peça.

— Tem certeza de que quer levar esse? — Lee se certificou outra vez.

— Sim. Ficou bom, não foi? Antes de eu pagar?

— Sim, Shelly, você está linda.

— Você disse a mesma coisa sobre o azul. E sobre o preto.

— Bem, você ficou muito bem em todos eles — disse Lee, com tanta honestidade que tive que rir. Ele era ótimo para ocasiões como esta, pois sempre me daria uma opinião honesta, em vez de simplesmente dizer "ficou bem em você", e "não, essa roupa não a faz parecer gorda". Ele diria sem qualquer reserva se minha bunda parecesse grande demais, ou se minhas pernas parecessem curtas.

Voltei ao meu pequeno cubículo para vestir o meu short e a minha camiseta.

Eu realmente havia amado aquele vestido. Lee já tinha um *smoking*, o mesmo que havia comprado para o Baile de Inverno. Garotos tinham muita sorte; eu não poderia usar o vestido azul de mangas longas que comprei para o Baile de Inverno sem que ele fosse reconhecido. Além disso, aquele vestido era quente demais. A vida é muito mais difícil para as garotas!

Eu ainda compraria sapatos enquanto estávamos no shopping, mas isso seria fácil, pensei, enquanto saíamos da loja. Já estava de olho em um modelo prateado com saltos que havia visto por perto. Precisávamos somente encontrar algumas máscaras e...

Oh, não.

— O que foi? — perguntou Lee, quando soltei um gemido queixoso diante da loja de vestidos. — Qual é o problema agora?

— Vamos precisar de máscaras.

— Não diga, Sherlock! — exclamou ele, dramaticamente.

Eu lhe dei um tapa com a mão que ainda estava livre. — Obrigada, Capitão Sarcasmo. Mas precisamos de máscaras que *combinem com as nossas roupas*. E isso significa que você precisa de uma máscara roxa para combinar com a sua gravata, e eu preciso encontrar uma que tenha cor de *maçã verde* para combinar com o meu vestido... ou talvez eu possa encontrar uma que seja prateada...

— Você devia ter escolhido o vestido cor-de-rosa — cantarolou Lee.

— Ah, cale a boca.

Conseguimos encontrar uma loja chique de vestidos com uma pequena seção de máscaras ao fundo. Lee pegou instantaneamente uma máscara enorme de pássaro com bico gigante e penas verdes e colocou-a no meu rosto.

— O que acha?

— Ah, por que você não cresce? — Mas eu estava rindo, também. Havia um espelho bem na minha frente, e a máscara era hilária.

Não estávamos levando aquilo muito a sério. Lee queria comprar uma máscara roxa de terror, algo que fosse parecido com um zumbi. Encontrei uma máscara prateada e um pouco detonada que me fazia parecer uma mulher-ciborgue, e ela até que combinava com o meu vestido.

Após algum tempo, e depois de alguns avisos mais incisivos do gerente da loja, decidimos quais máscaras levar.

Lee encontrou uma máscara roxa que só cobria seus olhos, com um corte ao estilo dos super-heróis. Era até bem legal. A minha era um pouco mais elaborada, cobrindo meu rosto até um pouco abaixo do nariz. Era quase do mesmo tom do meu vestido, mas ligeiramente mais escura, e tinha miçangas e lantejoulas prateadas nos contornos. Era perfeita, embora fosse um pouco cara. Mas acabei racionalizando a situação, pois, como o vestido estava em promoção, eu poderia pagar um pouco mais caro pela máscara.

— Agora você só precisa de alguém para levá-la ao baile e tudo vai se resolver — disse Lee.

Fiquei imóvel com outro gemido de frustração. — Droga.

Como ia explicar para ele quando aparecesse com o irmão? Alguém definitivamente iria me reconhecer, ou a Noah, com certeza... especialmente Lee. *Definitivamente* Lee.

Eu estava ferrada. Teria que inventar uma desculpa excelente.

Ou você podia, sabe como é... contar a verdade a ele.

Suspirei e fiz um sinal negativo com a cabeça. — Deixe para lá.

— Você ainda tem uma semana — disse ele, sorridente. — É tempo suficiente para que qualquer cara lhe faça um convite.

— Já recebi convites. Três, para ser sincera. Eu contei. E você também. Mas Noah disse não antes que eu tivesse qualquer chance de responder. Ele simplesmente está lá, atrás do meu ombro, nos momentos mais inadequados, eu juro.

Lee riu. E em seguida falou: — Ei! Talvez você possa ir com Noah!

Olhei para ele, esperando que não houvesse percebido minha pulsação acelerada. Mas havia tanta inocência naquele rosto franco e sorridente que eu soube instantaneamente que ele não suspeitava de nada. — Por quê?

— Porque ele não vai convidar ninguém, e não vai deixar ninguém convidar você. Aproveite a situação, já que vocês dois estão sozinhos.

Revirei os olhos. Mas, na verdade... talvez eu pudesse aproveitar aquela ideia. Se Lee pensasse que esse era o motivo pelo qual iríamos aparecer juntos... então por que não?

Ou você pode contar a verdade a ele.

Se Lee dissesse às pessoas que era isso que íamos fazer, acreditariam nele.

Ou você poderia SIMPLESMENTE CONTAR A VERDADE A LEE!

Eu ia pensar naquilo. Parecia uma ótima ideia.

Lee veio atrás de mim enquanto eu comprava alguns sapatos, e em seguida fomos para a praça de alimentação pegar *sundaes* gigantes e refrigerantes.

— Não consigo acreditar que falta só uma semana para o baile.

— Ei, e também só duas semanas e alguns dias para o nosso aniversário! — exclamei.

— Eu sei! — disse ele, sorrindo. — Você sabe o que vai ganhar?

— Acho que um carro, mas não tenho certeza. Meu pai não quer me contar.

— Então é uma surpresa, mas não muito?

— Mais ou menos isso — eu ri. — Vi todos os panfletos com anúncios de carros que ele não conseguiu esconder. E você?

— Nada de especial — disse ele, com a boca cheia de sorvete, dando de ombros. — Acho que vou ganhar um computador novo, se juntar um pouco das minhas economias. O que eu tenho agora já está meio ultrapassado. Além disso, ele está lento. Mais lento do que os computadores da biblioteca da escola.

— Eu sei. Você já reclamou bastante dele. Ainda acho que você pegou algum vírus por causa daqueles jogos de corrida que você disputa contra os holandeses.

— Ei, aquele jogo é ótimo.

— Você nem entende o que está acontecendo. A coisa está em *holandês*.

— E daí?

Eu ri, mas a risada soou forçada. — Certo, certo.

— Tudo bem, Shelly — disse ele, colocando a colher na mesa. Todo mundo sabia que, se Lee parava de comer, era um sinal de que as coisas estavam ficando sérias. Assim, ele atraiu imediatamente a minha atenção. — O que está acontecendo?

— Hein?

— Não me venha com "hein". Há alguma coisa na sua cabeça. Você vai me contar o que é?

— Olhe, honestamente, não se preocupe... não é nada.

— É Noah, não é?

Olhei para ele, calmamente, de cima a baixo. Duas vezes. Preocupada com a possibilidade de que ele finalmente houvesse me apanhado. Já fazia quase dois meses; eu estava começando a duvidar da nossa sorte com toda aquela pegação às escondidas.

Mas ele não havia dado nenhum indício de que estava desconfiado. Portanto... do que ele podia estar falando?

A única coisa em que consegui pensar foi, *hein?*

— Eu sabia.

— Lee... olhe... não fique... — gaguejei, quase paralisada, sentindo-me em pânico. Minhas palmas ficaram úmidas e meu estômago afundou dentro da barriga. De repente, meu sorvete de *toffee* com morangos não parecia tão apetitoso.

— Não se abale por causa dele, Elle — disse Lee, gentilmente, colocando a mão sobre a minha e sorrindo carinhosamente, tentando me reconfortar. — Ele se preocupa com você e está tentando protegê-la. Sei que às vezes as coisas ficam meio extremas, mas... olhe, tente simplesmente aguentar mais um pouco, está bem? Só mais algumas semanas, e ele vai terminar os estudos e sair da escola. As coisas não vão ser tão ruins no ano que vem. Ele só está tentando impedir que você se machuque ou fique magoada.

Eu estava sem palavras.

Ele não sabia que eu estava ficando com Noah às escondidas. Não sabia que havia algo acontecendo entre o irmão e eu. Pensava que minha preocupação era por causa daquele comportamento superprotetor de Noah, e o fato de que ele não deixava ninguém me convidar para o Baile de Verão.

Eu não sabia se devia sentir gratidão e alívio ou enjoo e culpa. Era uma mistura estranha de ambos.

Olhei para Lee e forcei um sorriso. Às vezes ele era tão doce...

— Obrigada — balbuciei. — Sim, você tem razão. Eu me esqueci que Noah ia sair da cidade para ir à faculdade em setembro. Você já sabe para onde ele vai?

Lee negou com a cabeça. — Sei que ele queria ir para San Diego, mas acho que ainda não decidiu. Ele está tentando entrar em duas faculdades da Ivy League também.

— Sério? — perguntei, e Lee assentiu, enfiando mais sorvete na boca. — Ah, é claro. Vai ser estranho se ele não ficar por lá o tempo todo.

— Sei o que você quer dizer. Pelo menos as coisas vão ficar mais tranquilas. E quando isso acontecer, *eu* vou ser oficialmente o cara mais gostoso da escola — emendou Lee, com um sorriso arrogante estranhamente similar ao do irmão. A semelhança com Noah era marcante: os dois tinham cabelos escuros, olhos azuis brilhantes e queixos fortes. Seus narizes eram iguais até Noah quebrar o seu. Mas ele era um pouco mais alto, e bem mais musculoso. Não que Lee fosse ruim — alguns verões passados na academia e toda a natação que ele praticava cuidaram disso.

Eu ri. — Vá sonhando, Lee.

— Só porque o meu irmão é seu *crush*... — provocou ele.

— Cale a boca! Ele não é meu *crush*!

Ele riu outra vez, enfiando mais uma quantidade enorme de sorvete na boca. Revirei os olhos antes de voltar ao meu.

Mas uma parte de mim ainda estava pensando no fato de que Noah iria se mudar para ir à faculdade.

Eu meio que queria que ele não se mudasse para um lugar muito distante, para que ainda pudesse estar por perto. Não queria pensar nele indo embora. Seria muito esquisito. E, definitivamente, iria sentir saudades daqueles beijos...

E percebi de repente que iria sentir saudades dos momentos que simplesmente passamos juntos.

Mas havia outra voz que dizia que seria ótimo se ele fosse para uma faculdade mais distante. Assim, eu poderia recomeçar a minha vida na escola sem que ele ameaçasse qualquer rapaz que quisesse me convidar para sair. Eu ainda não havia tido nenhum outro encontro romântico desde o desastre do passeio com Cody, a menos que considerasse os encontros secretos com Noah.

Suspirei. Minha vida estava virando uma bagunça.

18

— BEM... ENTÃO... — WARREN ESTAVA ENCOSTADO NO ARMÁRIO AO lado do meu.

— Sim? — perguntei, quando ele deixou a frase no ar.

— Você já tem par para ir ao baile?

Neguei com a cabeça. — Não. Noah já espantou todos que me convidaram.

Ele riu, nervosamente.

— Ah, sim... bem, eu estava pensando... será que você gostaria de ir comigo?

— Como amigos, ou...?

— Eu estava pensando em irmos como algo mais do que simplesmente amigos — admitiu ele, sem conseguir me olhar nos olhos.

Sorri para Warren, notando o quanto ele parecia estar nervoso. Normalmente era um rapaz cheio de autoconfiança.

— Não sei, Warren...

— Bem, e se fôssemos somente como amigos, então?

— Que tal... se você não conseguir encontrar alguém que não tenha um par para ir ao baile, eu aceitar então? Mas tenho certeza de que há muitas garotas que gostariam de ir com você. — Sorri outra vez.

Ele pareceu um pouco decepcionado, mas retribuiu o sorriso. — Vou lembrar dessa promessa.

— Certo! — eu ri. — Boa sorte.

— Vou precisar. Todos correram para conseguir seus pares assim que os panfletos começaram a circular. Não falta nem uma semana para o baile.

— Eu sei. É ridículo. Só consegui comprar meu vestido no sábado.

— Sério?

Confirmei com a cabeça.

— Bem, vou ver se consigo encontrar uma garota para levar ao baile. Até mais tarde, Elle.

Fechei meu armário e virei para trás. Levei um susto ao encontrar Thomas subitamente ali. Ele estava sorrindo para mim... bem, na verdade, estava me encarando com um sorriso torto. — Oi, Elle.

— Ah... oi. — Eu queria sair dali, ou dizer aonde ele devia ir. Mas não consegui reunir coragem para fazer isso. Foi então que lembrei do que Noah havia me dito sobre ser gentil demais. Acho que essa era uma dessas vezes.

— E então, por que você recusou o convite dele? — perguntou, indicando Warren com um movimento de cabeça.

— Não é da sua conta — esbravejei. — Agora, se me dá licença... — Tentei passar por ele, mas Thomas bloqueou a minha passagem. Tentei passar pelo outro lado, mas ele se moveu para me bloquear de novo. Bem quando estava prestes a erguer os olhos e encará-lo com uma expressão de raiva, ele deu um passo à frente, forçando-me a recuar até encostar nos armários.

— Então, o que me diz de ir ao baile comigo?

— Não, obrigada.

— Ah, pare com isso, Elle. Por que não? — perguntou ele, ainda cheio de arrogância e autoconfiança. — Você não tem par, eu também não. Por que não?

— Eu *não quero* ir com você. Entendeu?

Ele estava prestes a continuar a discutir quando alguém o empurrou e o fez bater no armário, fazendo com que eu saltasse violentamente pelo susto, com o coração quase parando.

— Saia daqui — disse Noah, ameaçadoramente.

Thomas fechou a cara, empurrando Noah para que ele saísse da frente. Em seguida, encarou-o com um olhar enfurecido e foi embora.

Antes que eu pudesse responder, Noah agarrou minha mão e começou a me levar para longe dali.

Ele me arrastou até uma das pequenas salas de estudo, com seus computadores, estantes de livros, sofás e uma máquina de café quebrada. Fechou a porta atrás de nós, e por sorte (ou talvez azar) a sala estava vazia. O sinal tocou naquele momento, indicando que devíamos voltar para a sala de aula. Eu tinha uma aula vaga naquele período, mas isso era irrelevante. Nenhum de nós se mexeu.

— Quantos caras já vieram com essa conversa para cima de você hoje? Quatro? Cinco?

Eu estava fumegando. — Dois, na verdade. E Warren não conta. Então, só um.

— Mas você entendeu o que eu venho lhe dizendo?

Revirei os olhos.

— Você disse que havia comprado um vestido. Como ele é?

— É curto, com um decote enorme e bem justo — falei, ironicamente. Ele ergueu uma sobrancelha e revirei os olhos, suspirando. — Vai até a altura do joelho, é verde e a saia é bem folgada. É bem bonito, na verdade.

Ele concordou com a cabeça. — Parece ser, mesmo. Tenho certeza de que você vai ficar muito bem. — Em seguida, baixou a voz. — E... bem, como já estamos atrasados...

Ele deu dois passos para se aproximar e sorri, ficando na ponta dos pés para beijá-lo. Eu sabia que devia ter inventado alguma desculpa para sair dali... mas não queria realmente fazer isso. Seus braços envolveram minha cintura, receptivos e seguros, e sorri quando meus lábios tocaram os dele.

— Ei, Elle? Noah? Vocês vão... — a voz de Lee morreu no ar.

Eu me afastei de Noah com um salto, tropeçando nos próprios pés e cambaleando para recuperar o equilíbrio. Meu corpo inteiro havia se transformado em gelatina e, de repente, estava sentindo dificuldade para respirar. Olhei para Noah, que estava paralisado, com os olhos fixos no irmão e uma expressão indefinível.

O burburinho dos atrasados a caminho das aulas arrefeceu do lado de fora, até que nós três ficamos cercados pelo silêncio.

Lee fechou a boca, que ficara aberta durante todo aquele tempo, e puxou o ar como se estivesse prestes a dizer alguma coisa. Exceto pelo fato de que nenhuma palavra saiu.

Eu estava emudecida também. Ele *tinha* que entender; não poderia perdê-lo. Ele nunca deveria ter descoberto as coisas dessa maneira. E agora iria me odiar para sempre. Eu tinha que dizer alguma coisa.

Mas não sabia o quê. E qualquer coisa que dissesse deixaria a situação ainda pior do que já estava. Olhei para Noah, que deu de ombros de uma maneira quase imperceptível; assim como eu, ele não fazia a menor ideia de como dar um jeito naquela situação.

— Noah? — conseguiu balbuciar Lee, após algum tempo, com os olhos fixados em mim. Seus olhos não estavam simplesmente tristes ou irritados; estavam profundamente transtornados. — Noah? Por favor, Shelly... me diga que isso não é o que parece. Me diga que há uma explicação razoável para isso. Agora.

— Eu... Lee, eu... você tem que acreditar em mim, eu não... nós...

— Rochelle... — disse Lee, com a voz embargada. — Me diga que isso não é o que parece. — O olhar dele perfurava o meu, esperançoso. Mas eu sabia que ele não acreditava, nem por um segundo, naquele fragmento de esperança. Veio em minha direção, com passos pesados e lentos, mas parou a pouco mais de um metro de distância. As próximas palavras que saíram da sua boca foram um pedido desesperado, que despedaçou o meu coração.

— Por favor.

— Desculpe, Lee... Por favor, me desculpe. — Tentei pegar na mão dele, dizer com os olhos que eu nunca quis que aquilo acontecesse. Mas ele recuou, afastando-se de mim como se eu fosse uma coisa repugnante. Senti as lágrimas encherem os olhos e um nó se formando na minha garganta. Não iria me permitir chorar; Lee poderia simplesmente acabar pensando que eu era patética.

— Por favor, Lee, não é como se eu... como se eu...

— Como se você o quê? — esbravejou ele. Mas, independentemente do quanto ele quisesse dar a impressão de estar irritado, ouvi a dor da traição por baixo de tudo aquilo. — Como se você estivesse mentindo para mim só para poder foder com o meu irmão?

— Lee!

— Quando é que você estava planejando me contar isso, exatamente? Ou pensou que podia me esconder isso para sempre? Você acha que não percebi as *queimaduras do modelador de cachos...* — falou em tom irônico — ... e o quanto você ficava agitada quando recebia uma mensagem de texto? Você acha que eu não havia percebido que alguma coisa estava acontecendo?

— Eu não... eu... — respirei fundo, tentando organizar os pensamentos. — Se você sabia, por que não disse nada?

— Estava esperando você me contar, Elle! — gritou Lee. — Passamos a vida inteira sendo amigos, e de repente você começa a esconder um segredo! Nós sempre contamos tudo um para o outro. Imaginei que, qualquer que fosse o segredo, você devia ter uma boa razão para não me contar, mas acabaria contando em algum momento.

Antes que eu conseguisse encontrar uma resposta, qualquer que fosse, Lee soltou uma risada amarga. — E isso era o que você estava escondendo de mim. Este foi o motivo pelo qual você mentiu para mim todo esse tempo. E você deixou que eu descobrisse deste jeito.

— Você nunca deveria ter descoberto assim! — explodi, desesperada. Ele tinha que me escutar e entender... tinha que me perdoar.

— Então você devia ter me contado logo quando começou! — gritou ele em resposta.

Eu não conseguia me lembrar da última vez em que eu e Lee havíamos brigado de verdade. Tínhamos algumas desavenças vez ou outra; isso não era estranho em nenhum tipo de relacionamento. Mas nunca foi assim. Nunca havíamos gritado um com o outro.

— Ah, pare com isso, Lee. Não é como se Elle fosse a única culpada — interveio Noah, com a voz calma e irreverente, quando Lee e eu ficamos sem dizer nada por alguns segundos. — Pare de acusá-la desse jeito. Você...

— E você — disse Lee, tão furioso que sua voz parecia mais um rosnado. — Nem comece. Será que sua hipocrisia tem limites? Dizendo aos outros caras para ficarem longe de Elle, para não magoá-la... e aí está você, tratando-a como alguma garota qualquer que pegou em uma festa!

Aquele músculo no queixo de Noah começou a latejar, e eu o vi flexionar os dedos para fechar os punhos. — Você não faz ideia do que está dizendo.

— Você está tentando me dizer que vocês dois não dormiram juntos? — As sobrancelhas de Lee se levantaram e ele nos olhou com um olhar acusador. Nosso silêncio foi suficiente. Ele bufou e puxou o próprio cabelo. — Eu sabia. Então você estava simplesmente dando para o meu irmão. Mentindo para mim. Preferindo ficar com ele, um cara qualquer, do que comigo, seu melhor amigo. Se você estivesse tentando me dizer o quanto vocês dois estão loucamente apaixonados, eu podia pensar de um jeito diferente, mas...

— Não, Lee, não foi desse jeito, eu juro. Foi somente uma vez.

Ele ficou em silêncio por um segundo antes de perguntar.— Quando? — Disse aquilo com a voz tão baixa que, por um momento, pensei que havia ouvido errado. Com certeza, o dia em que aquilo ocorreu não era a questão mais importante a discutir. Ou era?

— Como é?

— Quando foi que isso aconteceu? — repetiu ele, olhando bem nos meus olhos... mas eu não consegui encará-lo. Estava envergonhada demais. — Rochelle?

— Faz uns dois meses... — balbuciei, ainda olhando para o chão. — Depois da festa de Warren.

— Como assim? Depois... depois de vocês dois terem saído cedo da festa?

Concordei com a cabeça.

— Quando ela estava bêbada? — gritou Lee, virando-se de frente para o irmão. — Você dormiu com Elle quando ela estava bêbada? Depois de toda aquela merda que você vomitou sobre...

— Eu não estava bêbada — eu disse, interrompendo-o. — Não sou tão idiota assim.

— Ah, é mesmo? — retrucou Lee. — Neste exato momento, duvido muito disso.

Àquela altura, o que quer que estava contendo Noah finalmente cedeu e ele avançou, segurando a gola da camisa polo de Lee com os punhos fechados e jogando-o contra a parede. — Você realmente acha que eu iria tratá-la desse jeito? Você acha que não tenho nenhum respeito por ela?

— Vocês estão mentindo para mim há *meses*.

— Isso aconteceu por escolha *dela* — cuspiu Noah, empurrando o irmão contra a parede outra vez. Vi os olhos de Lee passarem de Noah para mim, e tudo que consegui fazer foi olhar de volta com uma expressão triste no rosto. Sim, aquilo havia sido uma escolha minha.

Mordi o lábio por um momento, observando atentamente o rosto do meu melhor amigo. Pela primeira vez na vida, eu não fazia ideia do que estava se passando em sua mente. Seus olhos estavam encobertos por uma sombra, sua expressão estava neutra e sua postura permanecia calma. De uma maneira bem assustadora, ele ficou exatamente igual ao irmão naquele momento.

Mas, em vez de reagir contra mim, Lee levantou o punho e acertou Noah bem no queixo, com força suficiente para fazer o irmão afrouxar a pegada. Em seguida, empurrou-o para longe. Olhou para mim uma última vez, com uma expressão incrivelmente decepcionada no rosto, e então estava fora da sala, indo embora pelo corredor.

Noah esfregou o queixo. — Até que foi uma bela porrada.

Olhei para ele boquiaberta antes de recobrar os sentidos. Agora não era hora de discutir com Noah. Naquele exato momento, a coisa mais importante era ter certeza de que eu não havia perdido Lee.

E, em uma fração de segundo, eu estava correndo atrás dele, disparando pelo corredor e gritando seu nome, tentando alcançá-lo conforme ele escapava pela escadaria e saía do prédio da escola rumo ao estacionamento. Ouvi Noah vindo atrás de mim, mas não prestei atenção nele. Lee era o único que importava.

— Lee, será que você pode parar por um segundo? — gritei, segurando o ponto dolorido em meu baço. Estava totalmente sem fôlego.

Lee era simplesmente a pessoa mais importante na minha vida. Com exceção do que havia acontecido com Noah, ele sabia absolutamente tudo a meu respeito.

Ele sabia qual era o tamanho do meu sutiã. Sabia que eu detestava o cheiro de jojoba no xampu que ele usava. Sabia até mesmo que eu tinha uma marca de nascença em forma de morango no traseiro. Ele era a minha outra metade. Eu não podia perdê-lo. Devíamos continuar sendo amigos até o dia em que morrêssemos — e provavelmente faríamos até mesmo isso juntos. Havíamos nascido com poucos minutos de diferença.

Algumas pessoas dizem que você se apaixona, e que essa será a pessoa com quem você irá passar o resto dos seus dias; a pessoa que vai saber seus segredos mais profundos e sombrios e continuar a amar você assim mesmo, a pessoa que sabe dizer exatamente a coisa certa para fazer com que você gargalhe, sorria ou se sinta melhor. Essa é a pessoa, não importa o que aconteça, sem a qual você não consegue viver.

Eu não dava a menor importância à pessoa por quem me apaixonasse, para ser sincera. Só me importava com a possibilidade de perder Lee, meu melhor amigo.

Ele parou de andar. Estava de costas para mim. Eu podia ver a tensão acumulada nos músculos das suas costas, e ele estava ofegante. No que pareceu levar uma eternidade, ele se virou para trás para me olhar, bem no momento em que Noah se aproximou correndo e parou logo atrás de mim.

Os punhos de Lee estavam fechados com força, mas ainda tremiam. Seu queixo também estava trêmulo; ele estava fazendo força para não chorar.

— Por favor... — eu disse, em voz baixa. — Não é como você está pensando.

— Então, o que diabos é tudo isso? — ele retrucou. — Não consigo acreditar no que você fez, Elle. Você passou meses mentindo para mim, saindo escondida com o meu irmão, entre todas as pessoas. Você sabe o que eu estou sentindo, sabendo que a minha melhor amiga escolheu o meu irmão em vez de mim, somente por causa de sexo?

— Eu não estava... digo... eu não escolhi. Não, espere.... digo... não foi somente por causa de... — balancei a cabeça, tentando encontrar palavras que fizessem sentido. — Eu não sabia o que fazer! Sabia que você reagiria assim se eu lhe contasse, mas... eu não consegui... achei que estava fazendo o que era melhor para você...

— Sabe de uma coisa, Rochelle? Guarde isso para alguém que se importa.

Ele entrou no carro, deu a partida no motor, engatou a marcha, saiu da sua vaga e foi embora.

Eu não sabia se ele iria voltar.

19

FIQUEI ALI, OLHANDO PARA O ESPAÇO VAZIO QUE O CARRO DE LEE havia acabado de deixar. O ronco do motor e o guincho dos pneus no asfalto ainda retiniam nos meus ouvidos.

Senti as pernas fraquejarem e caí no chão, com a diferença de que agora não havia ninguém para me amparar.

Noah se aproximou cautelosamente por trás de mim. Ouvi o som de seus passos e sua sombra me cobriu, mas não olhei para ele. Não suportaria.

Ele parou logo atrás de mim. Com os braços e pernas enrijecidos e relutantes, eu me levantei com dificuldade e bati a poeira nas roupas.

Lee havia me deixado. Ele era o meu melhor amigo, meu gêmeo, minha outra metade. E havia me deixado.

Ele me odiava. Eu havia arruinado tudo.

Se ao menos tivesse contado a ele antes; se ao menos nós não houvéssemos sido tão idiotas para nos beijar em plena escola, ou se...

Ou se pelo menos eu nunca tivesse ficado com Noah, desde o início.

Suspirei e passei os dedos pelos cabelos. E se Lee nunca mais quisesse conversar comigo outra vez? E se eu o houvesse perdido, não somente por algum tempo até que ele conseguisse digerir aquilo, mas para sempre?

Noah, então, colocou suavemente a mão no meu ombro. — Elle... — começou ele, com a voz baixa, mas afastei a sua mão e virei de costas.

Se não fosse por Noah e por aquela barraca do beijo estúpida, nada disso jamais teria acontecido.

— Elle... — disse ele outra vez, quando eu comecei a me afastar.

— Me deixe em paz. — Minha voz soava derrotada, mas isso não é o suficiente nem para começar a descrever o quanto eu me sentia mal por dentro. Noah não tentou me seguir. Voltei para o interior da escola.

NÃO CONSEGUI ME CONCENTRAR EM NENHUMA DAS MINHAS OUTRAS aulas pelo resto do dia. Lee não voltou; quando as pessoas me perguntavam, dizia que ele havia voltado para casa porque estava se sentindo mal. Evitei Noah e tentei agir como se nada houvesse acontecido.

Pedi a Dixon que me desse uma carona para casa, depois de ignorar as mensagens de texto e áudio de Noah.

— Você tem certeza de que está tudo bem, Elle? Você está com cara de quem vai vomitar — disse Cam.

Dixon pisou no freio com força. — Se você for gorfar, por favor, faça isso fora do carro.

Neguei com a cabeça, tentando fazer graça com aquilo. — Não vou vomitar, não se preocupe. Eu só... acho que acabei pegando a mesma coisa que Lee pegou.

— Que surpresa, não? — riu Cam. — Vocês dois até ficam doentes juntos, hein?

— Acho que sim — murmurei.

Quando cheguei em casa, o carro do meu pai já estava diante da garagem. Havia esquecido de que o treino de futebol de Brad havia sido cancelado hoje — logo quando eu mais precisava ficar em casa sozinha, pensei com um suspiro quando abri a porta da frente.

— Elle? É você? — chamou o meu pai, da cozinha.

— Sim. Oi. — Fui até lá para vê-lo e sorri. — Está ocupado?

Ele assentiu. — A minha equipe inteira está tentando fechar uma negociação até quarta-feira, então as coisas estão bem estressantes. Tenho que participar de uma videoconferência em grupo mais tarde, às cinco e meia. Provavelmente vai levar uma hora, mais ou menos. Você pode preparar o jantar para Brad? Temos uma lasanha no *freezer*.

— Claro. Sem problemas.

Preparei café para nós dois e levei o meu para a sala de estar, deixando meu pai a sós com seu trabalho. Brad estava deitado no chão, cercado por papeis e seu livro de matemática. Mesmo assim, ouvi o som baixo, mas inconfundível, do tema do Super Mario Bros., e ele levou um susto quando entrei na sala.

— Passe isso para cá — instruí.

— Passar o quê? A minha lição de matemática? Ei, pode ficar com ela. Estamos trabalhando com ângulos.

Eu ri, sarcasticamente. — Muito engraçado. Passe para cá o seu portátil.

Meu irmão me encarou com uma expressão teimosa e irritada no olhar. Conseguia ver o plástico vermelho do seu Nintendo DS escondido debaixo do braço.

— Bem... — eu disse, despreocupada. — Acho que vou ter que colocar uma dose extra de legumes no seu jantar. Estou achando que vai ser brócolis.

Ele apertou os olhos. — Você não faria isso.

— Quer apostar?

— Argh, está bem! Meu Deus, Elle, você é tão irritante! — ele empurrou o console do DS pelo piso até onde eu estava, voltando a se concentrar na tarefa de matemática; eu havia percebido que ele nem sequer havia começado a resolver os exercícios. Sentei-me no sofá com o livro de poesia que estávamos estudando na aula de literatura inglesa, bebendo meu café e me esforçando ao máximo para não pensar em Lee e Noah.

Tentar analisar a obra de Philip Larkin não ajudou a ancorar meus pensamentos, porém.

O que iria acontecer quando Noah voltasse para casa? Será que ele e Lee iriam brigar?

Não queria conversar com Noah. A única pessoa de quem precisava era Lee, e ele não iria atender o telefone se eu ligasse. Assim, não tinha como saber o que estava acontecendo com os irmãos Flynn. Queria muito ir até a casa deles, mas a chuva que caía lá fora era torrencial; não havia como convencer o meu pai a deixar que eu fosse andando até lá naquele tempo, e se Lee não quisesse falar comigo, teria que contar tudo a ele.

Não era pelo fato de que meu pai não iria entender, exatamente... e sim porque nem sabia direito por onde começar. Não era como se eu pudesse simplesmente chegar bailando na cozinha e anunciar: "Ei, sabia que eu estava saindo às escondidas com Noah Flynn, e agora que Lee descobriu ele me odeia? Ah, e você quer que lhe faça outro café, já que estou aqui?"

Claro.

Isso iria descer muito bem.

Foi somente depois das oito horas daquela noite, quando o telefone tocou, que consegui alguma informação.

— Alô? — meu pai atendeu. — Ah, oi, June. Como você está?

Eu percebi que ela estava quase histérica, mas não consegui entender direito o que ela estava dizendo. Meu pai olhou para Brad e para mim antes de levar a conversa até o corredor, onde não podíamos ouvir.

— O que está acontecendo? — perguntou Brad.

— Como vou saber? — retruquei.

— *Como eu vou saber?* — disse ele, me imitando em tom zombeteiro, e joguei uma almofada em sua cabeça em resposta, tentando escutar o que meu pai estava dizendo. Sentia meu estômago embrulhado. O que estava havendo?

Meu pai finalmente voltou para a sala, olhando fixamente para o telefone em sua mão.

— Noah sumiu.

Meu coração parou por um instante. — Como assim? O que você quer dizer com "Noah sumiu"? Para onde ele foi?

— Ele e Lee tiveram uma discussão feia, e June disse que ele guardou roupas em uma bolsa e foi embora. Não disse para onde estava indo nem quanto tempo ficaria fora. Não está atendendo o celular, então Matthew saiu para tentar encontrá-lo. — Meu pai negou com a cabeça, sem saber o que dizer.

— Bem... digo... ele não poderia ter ido muito longe, não é? — gaguejei.

— Não sei. Ele saiu há uns vinte minutos.

Meu estômago afundou dentro da barriga, como acontece quando estamos em uma montanha-russa. Engoli em seco. — June... June falou sobre... sobre o que eles estavam discutindo?

Meu pai olhou nos meus olhos antes de dizer: — Brad, por que você não vai tomar banho e se preparar para ir dormir?

— O quê? Como assim? Ainda não são nem nove da noite!

— Brad...

— Está bem... — meu irmão resmungou e subiu para o quarto, pisando duro. Bateu a porta do quarto quando entrou. Meu pai suspirou antes de se sentar na poltrona, e percebi que aquilo significava que eu devia me sentar, também.

— Aparentemente, eles brigaram por sua causa, Elle — disse ele, unindo as mãos e entrelaçando os dedos. — Tem alguma coisa que você gostaria de me contar?

Engoli em seco, sentindo que estava ficando enjoada de novo. — O que foi que June disse?

— Não se esquive da pergunta, mocinha.

Olhei para os meus joelhos. — Eu... eu meio que... estava ficando com Noah...

— O que exatamente significa "meio que estava ficando" com ele?

— Bem, nós... na barraca do beijo no festival da primavera, ele me beijou, e depois... bem... nós começamos a... acho que dá para chamar de namorar escondido.

— Você está namorando com ele.

— Não exatamente... não é bem isso. É uma situação complicada.

— É melhor você começar a explicar, então.

Será que havia alguma maneira de falar sobre aquilo sem decepcionar meu pai?

Eu sabia que ele não gostava muito de Noah. O fato de sempre se meter em brigas, pilotar uma moto... tudo aquilo nunca havia sido um problema, até agora. Agora seria impossível ele ficar feliz sabendo que eu estava namorando com Noah.

— Estávamos saindo às escondidas porque eu não queria que Lee descobrisse. Noah e eu discutimos o tempo todo, e não achei que as coisas iriam dar certo entre nós, mas queria que dessem... e é por isso que continuamos saindo, e agora Lee descobriu, tudo está arruinado e a minha vida acabou. — Respirei fundo quando terminei de falar.

Meu pai parecia estar... bem, acho que "chocado" seria a única expressão capaz de descrever a expressão em seu rosto. Como se não conseguisse acreditar nas palavras que haviam acabado de sair da minha boca. Como se não quisesse acreditar. Baixei os olhos e fiquei encarando o chão novamente.

— Há quanto tempo isso vem acontecendo, Rochelle?

— Há uns dois meses. Desde o festival da primavera.

Meu pai tirou os óculos, colocando-os no alto da cabeça e esfregando os olhos como fazia quando estava realmente estressado. — E durante todo esse tempo você não contou a Lee?

— Achei que poderia protegê-lo se não contasse — expliquei.

Meu pai balançou a cabeça negativamente. — É uma maneira engraçada de fazer as coisas. Mas... logo com Noah? Entre todos os garotos que há por aí? Ele não é exatamente a pessoa mais... estável, quando o assunto envolve relacionamentos.

— Eu sei, eu sei. Não é como se o nosso destino estivesse escrito nas estrelas nem nada assim, mas...

— Você está apaixonada por ele?

— O quê? N-não! — exclamei. — Não, é claro que não.

Tudo que meu pai fez foi suspirar outra vez. Voltei a falar, tentando pelo menos reparar um pouco do estrago. — Ele me faz feliz, pai.

Ele olhou para mim outra vez, com a testa franzida. — Tem certeza disso, Elle?

Confirmei com a cabeça.

— Sim. — Minha voz estava um pouco sussurrada, e por algum motivo tive dificuldade em conter um sorriso. Balançando a cabeça para tentar apagá-lo, eu me levantei. — E então, o que aconteceu com Lee e Noah? O que foi que June disse?

— Eles estavam jantando, e, de repente, Lee surtou. Começou a gritar com Noah. Em seguida, os dois começaram a brigar, e Noah subiu para o quarto, enfiou roupas em uma bolsa de viagem e saiu batendo a porta.

O telefone tocou outra vez. Nós dois olhamos para ele, iluminado, na mesa de centro. Meu pai atendeu e fiquei sentada, aflita, escutando seu lado da conversa.

— Oi. Aham. Sim, acabei de falar com ela sobre isso. O quê? Não, não, eu não fazia ideia... — ele suspirou novamente, e ficou escutando por algum tempo.

Em seguida, ele me entregou o telefone. — Ela quer falar com você.

Minha mão tremia quando peguei o telefone. — Alô?

— Ah, Elle... oi. Olhe, você tem alguma ideia sobre o lugar para onde Noah pode ter ido? Ele não está atendendo o celular e Matthew não consegue encontra-lo, e... nós não sabemos mais onde procurá-lo.

— E-eu lamento... realmente não faço ideia. — Ela começou a suspirar, e então acrescentei: — Ele é impulsivo, você sabe disso. Provavelmente saiu para dirigir e espairecer um pouco a cabeça. Vai voltar para casa, não se preocupe.

— Bem... — respondeu ela, com a voz ligeiramente amarga. — Acho que você o conhece melhor do que qualquer um de nós, não é mesmo, Elle?

— E-eu não quis dizer... — mas eu não consegui formular uma resposta adequada. Estava totalmente sem palavras.

— Está tudo bem. Eu já suspeitava que talvez houvesse uma garota na vida dele, ultimamente. Ele vinha agindo de um jeito diferente. Só não esperava que fosse você.

Novamente, eu não consegui formular nenhuma resposta além de: — Hmmm...

— Escute... se você tiver notícias dele, será que poderia, *por favor*, me dizer se ele está bem?

— É claro. — E então, antes que ela pudesse dizer obrigada e boa noite, falei o mais rápido que pude. — Lee está aí? Posso falar com ele?

— Eu... — Ela se deteve. — Acho que essa não é uma boa ideia neste momento, Elle. Desculpe.

— Ele não quer falar comigo. É isso?

— Sim — disse ela, com a voz um pouco relutante. — Será que você pode devolver o telefone a seu pai, por favor?

— Claro. Tchau.

— Tchau, Elle.

Entreguei o telefone de volta. A conversa não durou muito mais. Tudo que ouvi meu pai dizer foi “Aham, eu sei... sim... não, entendo... claro, é claro”.

Não conversamos muito mais pelo restante da noite. Achei que talvez devesse simplesmente ligar para Noah, caso ele decidisse atender, apenas para tranquilizar sua mãe. Mas não consegui nem pegar o celular para fazer isso.

Eu sabia que meu pai estava decepcionado comigo. Seria melhor se ele tivesse gritado, demonstrado irritação ou feito alguma coisa — *qualquer coisa* — além do desconforto quase palpável que permeava o ar à nossa volta.

Já eram nove e vinte e três quando decidi que não aguentava mais aquilo. — Vou dormir — anunciei, levantando-me.

Meu pai só respondeu quando eu havia quase saído da sala de estar. — Olha... até entendo a razão de você não ter me contado... mas Lee? Elle, você tem que conversar com ele. Ele vai se acalmar. Vocês são amigos há tempo demais para deixar que isso acabe com sua amizade.

Tudo que eu consegui fazer foi assentir. — Espero que você esteja certo, pai. Realmente, espero que você esteja certo.

20

EU NÃO CONSEGUI DORMIR, NÃO IMPORTA O QUANTO TENTASSE; era impossível relaxar quando estava tão preocupada. Com Noah, é claro, mas, acima de tudo estava preocupada com Lee. Noah sabia cuidar de si mesmo; ele ficaria bem. Mas... Lee? Ele não podia simplesmente cobrir a ferida com um *band-aid* e ficar bem.

Minha força de vontade se esgotou à meia-noite, e não consegui mais suportar aquela situação. Peguei meu celular e liguei para o segundo número que estava armazenado nas opções de ligação instantânea.

O telefone tocou. Tocou, tocou, tocou. E, quando estava prestes a ir para o correio de voz, ele atendeu.

— Shelly?

Bufei longamente. Não havia percebido que estava prendendo a respiração. — Lee.

Segundos de silêncio se passaram entre nós, e o som das nossas respirações era o único indício de que ainda estávamos na mesma ligação. Fui a primeira a ceder.

— Como você está?

— Sinceramente? Não sei.

Concordei com a cabeça, embora ele não pudesse ver. — Lamento muito, Lee. Eu nunca quis que isso acontecesse. Não desse jeito.

Ele suspirou. — Sim, mas ainda assim você deixou acontecer.

— Eu sei, eu sei. Pisei na bola.

— Esse é o eufemismo do século — bufou ele, mas ouvi a risada em sua voz, que ele tentou disfarçar como se fosse uma tossida. Deixei escapar uma risada fraca.

— Sei disso... me desculpe. Tive a impressão de que não contar a você seria a melhor opção. Sabia que você iria querer morrer se pensasse que eu estava me escondendo para ficar com o seu irmão... foi uma estupidez enorme da minha parte. Toda hora sentia vontade de acabar com isso, e detestava estar mentindo para você, mas não conseguia, e deixei a coisa continuar, e... — A minha frase acabou morrendo no ar, impotente. — Achei que não contar a você era a coisa certa a fazer; não queria que acabasse se envolvendo com nada disso. Eu achei que estivesse... protegendo-o.

Ele passou um tempo enorme sem dizer nada. Sabia que ele ainda estava ali; ouvia sua respiração pelo telefone.

— Desculpe, Lee. Eu realmente lamento muito.

Não me surpreendi ao perceber que meus olhos estavam quase transbordando com as lágrimas. Respirei fundo, tentando não chorar. Lee saberia se eu chorasse, mesmo sem conseguir me ver.

— Você me odeia? — Eu tinha que perguntar isso a ele. Não iria suportar ficar sem saber, especialmente com seu silêncio. — Lee?

— Não... não odeio você — respondeu ele, hesitantemente. — Mas, com certeza, não estou gostando muito de você neste momento. Não consigo acreditar que escondeu isso de mim durante todo esse tempo! E Noah também, quando eu achava que vocês não eram capazes de ficar cinco segundos na mesma sala sem bater boca.

Agora era eu quem estava em silêncio e com medo de deixar as coisas ainda piores.

Sufoquei um bocejo.

— Vá dormir, Elle — suspirou Lee, com a voz gentil e carinhosa. — Conversamos amanhã cedo.

— Quer dizer que você ainda vai me levar para a escola?

— É claro que sim. Quando foi que deixei de fazer isso?

Foi então que comecei a chorar — mas eram lágrimas de alívio. Esfreguei o dorso da mão nas bochechas.

Não queria que Lee ouvisse e me achasse patética.

— Conversamos amanhã cedo — repetiu ele. — Boa noite, Elle.

— Boa noite — respondi. Mas, antes que ele pudesse desligar, eu o chamei outra vez. — Lee?

— Sim?

— Você sabe que eu amo você, não é?

Ouvi o sorriso em sua voz quando ele disse: — Sim, eu sei. Também amo você. Embora isso não signifique que tenha que gostar de você o tempo todo.

Eu estava sorrindo, agora. — Eu sei.

Dizem que, se você ama alguém, então deve libertar essa pessoa. Bem, não havia a menor possibilidade de eu libertar o meu melhor amigo sem resistir.

E então nós desligamos. Em segundos, eu estava dormindo.

NA MANHÃ SEGUINTE, EU ESTAVA DIANTE DO ESPELHO, APLICANDO várias camadas de corretivo sobre as olheiras inchadas. Não queria que ninguém suspeitasse que havia alguma coisa errada; não podia deixar que o meu caso com Noah se espalhasse — e isso não iria ajudar a fazer com que Lee se sentisse melhor.

O barulho característico de duas buzinadas diante de casa fez com que eu me afastasse do espelho com um salto. Meu sorriso foi de uma orelha à outra. Peguei minha mochila e desci correndo as escadas.

— Até mais tarde! — falei.

— Lee está aí fora? — perguntou meu pai.

— Está, sim. Tchau!

Entrei pela porta do lado do passageiro do Mustang e joguei os braços ao redor de Lee. O freio de mão cutucou minha barriga e bati o cotovelo no volante, mas nada daquilo importava. Eu ainda tinha Lee. Era isso que contava.

Ele riu, retribuindo o abraço com força. — É ótimo ver você, também.

— Farei qualquer coisa para reparar o que fiz com você, juro. De verdade, realmente estou muito arrependida.

— Eu sei que está — disse ele. — E vou cobrar.

— Qualquer coisa razoável — acrescentei à condição. — Por isso, nada de pedir que lhe pague milk-shakes pelo resto da vida. Tenho que economizar para a faculdade, você sabe.

Ele ficou em silêncio, com a mão sobre a alavanca do câmbio, e olhou nos meus olhos. — Certo, estou de acordo. Então, que tal um beijo?

Eu pisquei os olhos. — Como é?

— Você ouviu o que eu disse. — Vi um brilho em seus olhos, mas ainda não tinha certeza se ele estava brincando ou não.

— Essa é a parte em que o meu melhor amigo me diz que está loucamente apaixonado por mim? — Tentei transformar aquilo numa piada, rindo nervosamente.

Lee desviou o olhar de um jeito maroto, pigarreando e engatando a marcha do carro. Acho que senti meu coração parar de bater.

— Bem... — ele pigarreou outra vez e ajeitou o corpo no banco do carro, puxando o cinto de segurança.

Fiquei boquiaberta por uma fração de segundo antes que ele começasse a rir. Abri um sorriso fraco, rindo também agora. Dei um tapa em seu braço com o dorso da mão e ele me empurrou para o outro lado.

— Estou brincando — disse ele, rindo. — Não, jamais. Eu não consegui resistir. Você pensou mesmo que eu estava falando sério? Nem pensar, Shelly. Seria esquisito demais.

Eu sorri. — É, você tem razão.

Ele deu a partida do carro e ficamos sentados em silêncio por alguns segundos antes que eu perguntasse, com bastante cautela. — Você... você chegou a conversar com o seu irmão desde ontem à noite?

As mãos de Lee seguraram no volante com mais força; as articulações entre seus dedos ficaram brancas. — Não — disse ele, por entre os dentes. — E sabe o que eu acho? Ele que vá para o inferno. Se não consegue lidar com a merda que fez, então não passa de um covarde, mesmo. Eu sei que você não é inocente nessa situação toda, mas ele não devia ter tratado você daquele jeito. Você merece coisa melhor.

Balancei a cabeça para dizer que não. Eu não conseguia concordar.

— Ele nunca vai mudar, Elle. Sempre vai ser um cara egoísta. O Rei dos Joguinhos.

— Você não pode acreditar nisso de verdade. — Nenhum de nós jamais acreditou que a história do "Rei dos Joguinhos" era cem por cento verdadeira, mas agora Lee a engolia por inteiro.

Lee deu de ombros. — Estamos falando de Noah, não é mesmo?

Como se aquela resposta sempre fosse suficiente.

Uma pena que não parecia ser a resposta certa; a resposta que eu queria para resolver tudo.

Eu havia acordado cedo demais naquela manhã e não consegui voltar a dormir.

Estava muito preocupada, pensando em Noah e no nosso relacionamento — qualquer que fosse o tipo de relacionamento que tínhamos. Eu estava feliz com Noah, com certeza; mas Lee ainda era a pessoa mais importante na minha vida, e eu não podia me arriscar a perdê-lo outra vez. Se isso significasse que era preciso sacrificar o que eu tinha com Noah, faria isso sem pensar duas vezes.

Mas eu não sabia o que Noah iria pensar disso tudo. Ele ainda iria querer sair comigo? Talvez fosse apenas uma coisa de curto prazo para ele, até que saísse da cidade para ir à faculdade no outono. Alguma coisa que havia causado problemas grandes demais.

— O que foi? — perguntou Lee.

— Nada. Deixa pra lá.

Pelo menos uma vez, ele não me pressionou para saber o que era.

NA ESCOLA, NINGUÉM PARECIA ACHAR QUE ALGUMA COISA HAVIA acontecido; não havia nem mesmo rumores circulando. Tudo estava total e completamente normal. Como deveria ser.

Dei uma olhada rápida para Lee enquanto conversávamos com os rapazes. Ele percebeu minha olhada e abriu um sorriso sem muito ânimo, dando de ombros discretamente. O desconforto que ele sentia, fingindo que tudo estava bem, era tão grande quanto o meu.

As coisas não estavam tão ruins até estarmos a caminho da primeira aula, quando ouvi meu nome chamado por cima do ruído dos alunos que andavam pela escola.

— Elle! Espere um segundo! Elle!

Minha cabeça se ergueu num instante. Era a voz de Noah. Segurei com força o braço de Lee, encarando-o com um olhar desesperado. O que eu devia fazer agora?

— Elle!

Ele estava chegando mais perto. Eu não queria ter que lidar com aquilo agora.

Puxei o braço de Lee e o arrastei junto comigo enquanto entrava pelo corredor mais próximo. Paramos logo em frente à sala de aula.

— Não tenho condições de lidar com isso agora — expliquei a Lee com a voz baixa, finalmente soltando seu braço.

— É, eu não a culpo. — Ele sorriu para mim. — Esqueça Noah.

— Você fala como se fosse fácil. Não posso evitá-lo pelo resto da minha vida. Por Deus, ele é seu irmão.

— Obrigado por me lembrar disso — murmurou ele, irritado. Em seguida, suspirou, passando a mão no cabelo para frente e para trás, deixando-o ainda mais arrepiado. — Deixa pra lá. Acho que você tem razão, aliás. As coisas vão ficar bem estranhas entre vocês dois, agora.

— Obrigada pelo apoio — balbuciei, com ironia.

— Vamos lá. — Ele me levou para dentro da sala, e aquele foi o fim da conversa.

Consegui evitar Noah até a hora do almoço.

Sentei-me ao lado de Rachel e Lee, que conversavam embaixo de algumas árvores perto do campo de futebol americano.

— Muito saudável — comentou Rachel, indicando minha lata de refrigerante de laranja e barra de chocolate com a cabeça.

— Pois é. Você me conhece. A obcecada por saúde.

— Bem, fiquei sabendo de tudo que aconteceu com Flynn... digo, Noah — disse ela, discretamente, abrindo um sorriso fraterno.

Imediatamente Lee ficou em pé, abaixando-se então para dar um beijo rápido em Rachel. — Vou jogar futebol americano com os rapazes. Até daqui a pouco.

— O assunto ainda é um pouco complicado — balbuciei. — Especialmente para Lee.

— Sim... mas achei que talvez você precisasse de uma conversa feminina.

— Você tem toda razão.

— Bem... — Ela se contorceu até quase se deitar no chão, apoiada sobre os cotovelos, e fui me sentar ao lado dela, ficando na mesma posição. — Você realmente gostava dele? Ou fez tudo somente por sexo?

Senti meu rosto enrubescer. — Aquela foi a única vez. Sempre tive medo demais de ser apanhada depois daquilo. — Expirei, tentando procurar as palavras certas. — Ele não tem exatamente muitas qualidades que podem ser positivas. Ele é superprotetor, gosta de arranjar brigas, é impulsivo...

— Além de ser incrivelmente gostoso — argumentou ela. — Não venha me dizer que isso não é uma qualidade positiva.

Eu ri. — Tome cuidado. É praticamente do seu cunhado que estamos falando aqui.

Ela deu de ombros, e nós duas rimos. Eu queria mudar de assunto, mas não consegui pensar em nenhuma maneira sutil de fazer isso.

Foi Rachel que continuou falando. — Lee vai ficar muito magoado se você voltar a ficar com o irmão dele. Entendo o quanto isso é estranho para ele; e, se você se machucar, talvez não veja nem converse mais com Lee. Ele iria sentir saudades de você, e sei que detestaria perder o irmão também, e... — Rachel mordeu o lábio, deixando a frase no ar.

— Lee disse tudo isso para você?

Ela sorriu, sentindo-se culpada. — Sabe, ele parecia estar prestes a chorar quando me ligou ontem. Não quer perdê-la. Vocês são praticamente irmãos gêmeos.

Tirei uma folha de grama e a enrolei no dedo. — A maioria das ex-namoradas de Lee se sentia ameaçada pela minha proximidade com ele. Sempre disseram que desconfiavam disso, sabe como é? De que ele iria se apaixonar pela melhor amiga. O que é simplesmente ridículo e totalmente esquisito, sabe? Bem, de qualquer maneira... o que eu estou querendo dizer é que fico feliz por você não ser assim. — Dei uma risada seca. — Acho até que você é a primeira namorada dele que não me odeia.

— Vocês dois são muito iguais. Eu não consigo imaginá-los em um relacionamento desse tipo.

— Finalmente! — exclamei. — Alguém mais percebe isso além de Cam e Dixon.

— Mesmo assim... pelo jeito como você está falando, é meio preocupante o número de namoradas que ele já teve.

— Nem tantas assim, na verdade. Mas vou lhe contar um segredo.

— Ahhh, sou toda ouvidos — disse ela, fazendo com que nós duas começássemos a rir.

— Você é a primeira garota que o fez dispensar a minha companhia. Então, acho que a coisa deve estar bem séria entre vocês.

— Espero que sim — disse ela. — Gosto muito, muito mesmo dele.

— Acho bom! Já viu o jeito que ele olha para você?

O rosto dela pareceu se iluminar. — Quer dizer que não é só minha imaginação?

Neguei com a cabeça. — Vocês dois são muito fofos juntos.

— Obrigada.

Ficamos sentadas em silêncio por algum tempo, observando os garotos jogando a bola de um lado para outro diante de nós.

— Então, o que você acha que vai fazer a respeito de Flynn? Digo, Noah. Meu Deus. Lee vive me falando para chamá-lo somente de Noah, mas é tão estranho, sabe?

Suspirei. Achei que havia conseguido levar a conversa para longe daquele assunto. — Não sei. Eu não devia fazer nada, mas queria... e estou *confusa*. E Lee... — suspirei outra vez. — Não sei.

— Bem, é melhor você descobrir bem rápido.

— Por quê?

— Ele está vindo para cá.

Endireitei-me de uma vez, derramando meu refrigerante na grama. — Ah, merda — resmunguei, ficando em pé antes que ele caísse nas minhas calças também. Bati a poeira da roupa e ergui o rosto para ver Noah atravessando o campo de futebol americano, vindo diretamente em minha direção com uma expressão determinada. Todos os olhos estavam nele — ou em mim, no caso de algumas garotas extremamente invejosas.

— Elle! Aonde você está indo? — gritou Rachel atrás de mim.

Corri para o banheiro das garotas como se estivesse fugindo de um incêndio. Tranquei-me em um dos cubículos e, apesar de várias garotas — Rachel, Lisa, Olívia, Jaime, Karen — tentarem me fazer sair, recusei.

Não saí até que alguém começasse a socar a porta, e ouvi Lee gritar:

— Shelly, saia daí de dentro agora.

Abri a porta com um movimento brusco. — Você não pode entrar aqui! Este é o banheiro das meninas!

— Ah, estou cagando para isso. Agora, saia daí. E deixe de besteiras.

— Lee Flynn! Que diabos você pensa que está fazendo aqui dentro? — gritou uma professora que apareceu do nada. Era a sra. Harris, uma das professoras de matemática.

— Ah... problemas femininos? Estou com uma cólica horrível, a senhora sabe.

— Saia daqui agora, mocinho, antes que eu lhe dê duas semanas de detenção!

Ele revirou os olhos e agarrou meu pulso antes que eu pudesse fazer ou dizer qualquer coisa. Eu não queria que ele se metesse em problemas, então deixei que me tirasse de lá. A sorte ficou ao meu lado por um momento, entretanto: o sinal tocou e tivemos que entrar na aula. Quanto me sentei na cadeira da aula de inglês, dei uma olhada no meu celular. Outra mensagem de Noah.

Eu a apaguei antes mesmo de lê-la.

21

NOAH NEM CHEGOU A APARECER EM SUA CASA NA TERÇA-FEIRA, E O mesmo aconteceu na quarta. Seus pais ainda não haviam recebido notícias dele, mas estavam satisfeitos porque Lee o tinha visto na escola e ele estava vivo e com saúde. Continuei ignorando suas mensagens de voz e de texto e o evitava na escola. Ele ligou para o telefone de casa na quarta-feira à noite e meu pai atendeu. E desligou na cara de Noah quase imediatamente.

Na quinta-feira de manhã, a minha sorte acabou.

Fui ao banheiro antes da primeira aula e, quando saí, trombei com alguma coisa... não, espere. Com *alguém*.

— Ai... ah, desculpe — eu disse, automaticamente. Estava tão desorientada que não ficaria surpresa se houvesse acabado de pedir desculpas a uma parede de tijolos. Com certeza a sensação foi de...

Ah. Quase isso.

— Ah. — Tentei passar ao lado dele, mas uma mão no meu braço me impediu.

Noah parecia estar... bem, para ser sincera, estava em uma condição lastimável.

Estava com olheiras enormes pelo que imaginei serem várias noites sem dormir, e cheirava levemente a fumaça.

Ei, afinal de contas, aquele era Flynn; eu não devia estar tão surpresa. Quem iria se espantar se ele estivesse bêbado, também?

— Temos que conversar — disse ele, com a voz um pouco rouca. Sem esperar que eu respondesse, ele me puxou para a sala de aula vazia mais próxima, fechando a porta atrás de mim.

Sentei-me na beirada da carteira da primeira fila enquanto ele ficou em pé ao lado da porta.

— Como você está? — perguntou ele, abruptamente, olhando diretamente em meus olhos.

Franzi a testa. Estava confusa, sentindo-me um pouco desnorteada.

— Muito melhor agora que Lee me perdoou, se é isso que está perguntando.

— Um de nós está se sentindo bem, então — murmurou ele, passando as mãos pelo rosto. — Mas é tarde demais para voltar atrás agora. O monstro saiu da jaula.

Senti como se ele estivesse me acusando, e aquilo me irritou. — Ei, escute aqui. Eu não queria contar a ele daquele jeito...

— Eu não estava culpando você, Elle — disse Noah, rapidamente. — Eu... olhe, preciso conversar com você, e...

— Então converse — falei, minha voz soando bem mais calma e autoconfiante do que realmente estava me sentindo. Não que eu estivesse reclamando. Na verdade, estava até mesmo feliz por ele (eu esperava) não conseguir saber como a ansiedade fazia minha pulsação acelerar, o quanto as minhas palmas já estavam úmidas ou o quanto o meu estômago estava se retorcendo.

— Eu... — ele engoliu em seco, e o seu pomo-de-adão começou a subir e descer. — Me desculpe. Eu me aproveitei de você, e detestei ver como ficou magoada quando Lee descobriu. Devíamos simplesmente ter contado tudo a ele desde o começo. Não devia ter deixado você mentir para ele daquele jeito. A culpa foi minha, também. Pisei na bola. E realmente lamento.

Ele disse tudo aquilo tão rápido, como se estivesse tentando colocar as palavras para fora antes de voltar atrás, que achei que havia ouvido errado. E parecia estar sendo sincero em relação a todas elas. Como se realmente estivesse bastante transtornado em relação a tudo.

— Eu sei que você provavelmente não quer ver minha cara de novo, e até entendo, mas... — disse ele, lentamente.

— Posso perguntar uma coisa?

— Ah... é claro...

— Por onde você andou nesses últimos dias?

Ele abriu um sorriso amargurado, e ergueu os olhos das botas que usava para olhar meu rosto outra vez. — Eu estava em um hotel de beira de estrada. Não queria deixar as coisas ainda piores entre você e Lee. Estou tentando esquecê-la. Não consigo dormir, então fiquei dirigindo por aí... não consigo parar de pensar em você.

Essa não era bem a resposta que eu esperava.

Mas eu conhecia Noah. Ele não era de mentir.

Ele se aproximou de mim; chegou tão perto que desci da carteira para evitar ficar prensada enquanto ele se erguia diante de mim, com o corpo tocando ligeiramente o meu.

— Eu não sei que diabos há em você, Elle, mas não consigo... eu não...

— O quê?

— Você me deixa louco. — Foi tudo o que ele disse naquele momento, com a voz baixa e suave. Íntima. — Absolutamente insano. Preciso que você volte para mim.

Meu coração, que batia acelerado, parou e, em seguida, recomeçou a bater, descontroladamente. O que ele estava dizendo? Não era nenhuma outra coisa. Não era como se ele estivesse apaix...

Lee havia acabado de me perdoar. Talvez não houvesse superado o que aconteceu, mas definitivamente havia me perdoado, pelo menos.

E agora Noah queria... continuar do ponto onde havíamos parado? Será que ele estava louco, pensando que eu podia simplesmente fazer isso sem mais nem menos?

Depois de chegar tão perto de perder o meu melhor amigo, eu queria terminar o ano em paz. Será que era pedir muito? Além disso, Noah logo iria se mudar para outra cidade para cursar a faculdade.

Eu não podia voltar com ele. *Não podia*. Não seria certo.

Então... por que era tão difícil me convencer de que aquilo era errado?

— Elle — disse ele, afastando os cabelos que estavam no rosto. — Shelly...

Neguei com a cabeça, firmando os pés no chão. — Não. Isso não vai acontecer. Eu não posso...

— Elle — disse ele, com aqueles olhos azuis elétricos ficando ainda mais escuros conforme ele se aproximava de mim, fazendo com que eu recuasse um passo. — Você está me matando.

— Você bebeu?

— Não. Estou completamente sóbrio, e tudo o que eu disse é verdade. *Preciso* ter você comigo.

Neguei com a cabeça outra vez, recuando até sentir a parede nas minhas costas. Noah se aproximou, com as mãos nos dois lados da minha cabeça, usando o corpo para me prensar. Seu hálito fazia cócegas em meu rosto.

— Elle — disse Noah outra vez. Olhei em seus olhos. Sabia que ele estava dizendo a verdade, mas não queria acreditar. Queria poder resistir, fechar a porta, trancar isso tudo e deixar em um lugar bem distante. Não queria voltar a ter a sensação de fogos de artifício quando sentia o toque e os beijos de Noah, porque sabia que nunca mais iria querer me afastar. E se eu não fizesse isso agora, não faria nunca mais; pelo menos não até que fosse tarde demais.

Consegui dizer uma palavra:

— Não.

A palma dele bateu com força no quadro de avisos atrás de mim, fazendo a parede tremer e um cartaz menos preso cair no chão. Balancei a cabeça, fechando os olhos — como se não olhar para ele pudesse ajudar a me firmar.

Não ajudou.

— Não.

As mãos dele caíram sobre os meus ombros, e, quando abri os olhos, seu rosto estava implorando.

— Saia de perto de mim — eu disse, tentando afastá-lo.

Por dentro, desejava com todas as forças que ele não tentasse me beijar agora. Porque eu sabia que iria acabar retribuindo.

— Eu posso fazer as coisas do jeito certo desta vez. Nada de ficarmos nos escondendo.

— Não vou namorar com você — eu disse, com a voz fraca.

Ele suspirou, inclinando a cabeça para frente até tocar na minha. Eu me enrijeci. Mas não porque estava com medo dele. Estava com medo de mim mesma.

Ele quase estava com os braços ao redor do meu corpo. A única coisa que eu queria fazer agora era deixar que ele me abraçasse, me beijasse.

Eu não podia.

Não podia voltar atrás. Eu nunca mais iria conseguir me afastar. E não podia fazer isso com Lee.

— Noah, por favor... não...

— Não consigo evitar — disse ele, sussurrando, com o músculo em seu queixo latejando quando se afastou para olhar para mim. — Eu tentei, acredite. Não entendo esse poder que você tem. Está me deixando louco... está me matando. Eu preciso que você volte para mim.

— Eu disse *não.*

Eu o afastei com um empurrão forte no peito, e passei por baixo de seu braço para ir até o outro lado da sala de aula. — Noah, eu não posso fazer isso. Desculpe, mas não dá.

— Por quê?

— E-eu... eu simplesmente não posso...

Fui salva pelo sinal da aula: os corredores se encheram de alunos rumo às aulas do primeiro período. Noah não fez menção de sair, e percebi que também não conseguia me mover.

— Eu... eu tenho que ir — consegui dizer, e fugi, abrindo caminho por entre as pessoas, sem me importar quando pisei no pé de alguém. Simplesmente tinha que ir embora.

Não porque estava com medo de Noah.

Eu estava com medo do que sentia por ele.

— VOCÊ ESTÁ ME DIZENDO QUE, PARA O SEU ANIVERSÁRIO DE DEZESSETE ANOS... OH, ESPERE. PARA O NOSSO ANIVERSÁRIO DE DEZESSETE anos, você não faz ideia do tipo de festa que vai querer?

Eu ri. — Não pensei muito a respeito ultimamente. Mas precisamos decidir isso logo. Temos uma semana, mais ou menos.

Lee soltou um suspiro bem melodramático.

— E você diz que *eu* é quem fica procrastinando! E então, o que vamos fazer? Uma reunião íntima com alguns amigos mais próximos e a família?

— Amigos mais próximos? Você só pode estar brincando. Isso é metade das pessoas do nosso ano na escola, sem contar a turma do último ano.

— É verdade. Então que tal uma *grande* reunião de amigos e familiares? Hein? Certo? Vamos? Meus pais disseram que podemos alugar uma boate para comemorar...

— Isso seria legal... mas também supercaro...

— Tudo bem. Que tal uma festa na minha casa, então?

— Acho que sim. Não há muito mais que a gente possa fazer, não é? — eu disse.

Lee e eu havíamos decidido há alguns meses que queríamos fazer algo que fosse tão legal, tão épico que ninguém seria capaz de superar. E como o aniversário aconteceria logo depois do último dia de aulas, nossa festa havia se tornado a principal celebração do início das férias. Como todos os alunos do último ano com os quais tínhamos amizade iriam seguir seus próprios caminhos, queríamos fazer algo ainda maior e melhor do que as festinhas de sempre.

Sabia que Lee queria uma festa grande, e devia isso a ele. Eu havia sido bastante egoísta com toda aquela situação com Noah — não contei nada a ele, fiz coisas escondida. Eu lhe devia isso. Tinha que pensar em algo que fosse maravilhoso para Lee.

E foi então que a ideia surgiu.

— Lembra-se de quando estávamos na sexta série? Fizemos uma festa à fantasia naquele *buffet* infantil que acabou fechando depois de algum tempo. O lugar tinha até mesmo uma piscina de bolinhas e tudo mais.

— Sim. Eu estava fantasiado de O Gato do Chapéu. E você usou a fantasia de uma daquelas princesas da Disney.

— Isso mesmo.

— O que você tem em mente...? Oh, meu Deus, não. De jeito nenhum. De jeito nenhum!

— Sim, vamos fazer isso.

— Não.

— Por que não? Seria superdivertido!

— Shelly, você tem noção do quanto isso é infantil? — ele riu para mim, com a boca tão aberta que os cantos dos olhos chegaram a se enrugar.

— Eu sei, e é por isso que vai ser muito legal! Nós somos... sei lá, as únicas pessoas que podem fazer uma festa dessas ser um sucesso épico. Confie em mim.

— Tem certeza de que isso vai dar certo?

— Aham.

— Vamos decidir a questão antes que você mude de ideia.

Acenei com a cabeça, abrindo um sorriso fácil e estendendo o punho fechado para ele.

Lee sorriu, rindo, e bateu o punho fechado contra o meu. Nós dois fizemos barulhos idênticos de explosão.

— Não fazíamos isso desde a sexta série.

— Pareceu apropriado, já que decidimos o tema da festa.

— Nós realmente vamos fazer uma festa à fantasia?

— Vamos, sim. E fantasiados de gêmeas Olsen.

Ele me deu um tapa na cabeça, rindo. Eu me esquivei e rolei para longe, indo parar na grama. Me endireitei e sentei, cruzando as pernas sob o corpo e sorrindo para ele.

— Bananas de Pijamas — ele me disse.

— Não vou pintar a cara de amarelo — protestei. E, em seguida, sorri. — Mas tenho certeza de que Rachel adoraria ver você com um pijama listrado...

— Acho que mudei de ideia! — exclamou Lee, balançando a cabeça com força e agitando os braços. Eu ri com mais força ainda. E então, ele disse: — Vamos fazer a festa na próxima sexta-feira? Depois da cerimônia da formatura?

— Acho uma boa ideia. Afinal, nosso aniversário vai cair no domingo, então... e se eu ficar bêbada...

— ...não vou querer ficar de ressaca no meu aniversário — disse ele, terminando a minha frase.

— Eu também não.

— É claro. E então, vamos começar a enviar as novidades agora?

— Bem, eu estava pensando...

— Cuidado! Não vá se machucar.

Eu ri, mas ainda consegui encará-lo com uma expressão séria e dizer um "ha-ha" sarcástico. — Eu ia dizer que estava pensando a mesma coisa antes de você me interromper desse jeito grosseiro que...

O celular de Lee começou a tocar e ele ergueu um dedo. — Segure a ideia — disse ele, deliberadamente me interrompendo outra vez. Fiquei rindo enquanto ele tirava o iPhone do bolso e começou a digitar, mandando a mensagem para cerca de cinquenta dos nossos amigos. Imaginamos que sempre poderíamos convidar mais pessoas se quiséssemos, mas seria mais difícil desconvidá-las.

Meu celular tocou dentro do meu bolso e o peguei.

— Quem é? — perguntou Lee.

— Noah.

Ele tirou os olhos do celular com um movimento brusco. — Mas que diabo ele quer agora? Será que já não a assediou o bastante hoje cedo?

Apertei o botão de "ocupado", ignorando a ligação de Noah. — Ele não estava me assediando, Lee...

— Hmmm. Talvez. Eu só não acho que ele seja uma pessoa boa para você, Elle. Só isso. Estou tentando protegê-la. Conheço meu irmão.

— Você acha que eu não o conheço, Lee? Ele nunca me tratou mal.

— Mas ele nunca a tratoucomo você merece, também — argumentou ele. Em seguida, com um suspiro, disse: — Deixe isso para lá. Não quero mais brigar por causa disso. Voltando ao assunto... a fantasia para a nossa festa.

— Ah, não se preocupe com isso — eu disse, com um sorriso malandro no rosto. — Tenho a solução perfeita.

22

NA SEXTA-FEIRA, QUANDO NÃO ESTAVA EM AULA, EU CORRIA DE UM lado para outro ligando para as pessoas para garantir que todos os toques finais estavam acertados para o Baile de Verão no dia seguinte. Era mais do que suficiente para manter minha mente longe de quaisquer pensamentos relacionados a Noah.

Rachel, May, Lisa e eu estávamos planejando ir a um pequeno salão de beleza no sábado para fazer as unhas e o cabelo; a mãe de Lisa trabalhava lá, e conseguiu um belo desconto para nós.

Mesmo assim, eu me sentia bastante deslocada — todas as garotas estavam falando constantemente sobre os garotos que iam acompanhá-las no baile. Como a gravata dele combinava perfeitamente com o vestido dela, como o *crush* de uma havia lhe pedido para que ela o esperasse em uma das danças, como ele ficava atraente naquele *smoking*...

E ali estava eu, sem par. Iria aparecer na festa sozinha. Não podia pedir a nenhum dos garotos que viesse comigo, porque todos já tinham uma garota. Eu devia ser a única pessoa da escola que não tinha alguém para acompanhá-la.

— Mas podemos ir todos como amigos, não é? — disse Lisa durante o almoço na sexta-feira, quando tive uma brecha de doze minutos para ir procurar algo para comer. Ela iria com Cam. Dixon e May iriam juntos. Warren iria levar uma garota da sua turma de história que eu não conhecia muito bem.

— Claro — concordou Lee. — Assim você não vai precisar aparecer sozinha.

— Vai dar tudo certo, Elle, você vai ver — Dixon tentava me convencer.

— Bem... você recusou vários convites — disse Cam, ponderando a questão.

— Não fui eu que recusei. Foi *ele* quem recusou esses convites por mim quase todas as vezes. — Eu não precisava esclarecer *quem* era a pessoa à qual eu me referia.

— Ei, por falar nisso... seu irmão vai ao baile, Lee? — perguntou Rachel.

— Não sei. E não dou a menor importância.

Rachel e eu nos entreolhamos; nós duas sabíamos que Lee se importava, sim. Mas não dissemos nada.

Embora todos nós tivéssemos resolvido alugar uma limusine juntos e ir à festa como grupo, eu ainda estaria sozinha.

Comecei a massagear minha testa.

Eu podia tentar culpar Noah, podia tentar ficar irritada comigo mesma por deixar que ele dissesse a todo mundo que me convidava que eu não iria à festa com eles.

Mas eu sabia por que não havia tentado resistir. Sabia perfeitamente, porque havia presumido que estaria com ele, já que era um Baile de Máscaras. Esperava que ele pudesse ser o meu par. Ele havia até mesmo me convidado, naquela tarde na garagem — não com essas palavras, mas à sua própria maneira.

Mas não, no fim, isso não iria acontecer, de jeito nenhum. E qual seria a probabilidade de que alguém quisesse me convidar agora, na véspera do baile?

Zero.

MEU CABELO FOI SECADO E ALISADO À PERFEIÇÃO – ESTAVA MACIO, brilhante e sedoso. Minhas unhas estavam feitas com acabamento à francesinha impecável. Havia passado a última meia hora cuidando da maquiagem, seguindo a "orientação profissional" que encontrei na internet.

Não que houvesse muita coisa para fazer; minha máscara cobria metade do rosto. Foi somente por isso, realmente.

Meu vestido estava maravilhoso, agora que eu estava trajada adequadamente. O tom escuro do verde-maçã parecia fazer minha pele brilhar, e meus olhos castanhos cintilarem por baixo da máscara. O material se movia gentilmente quando eu andava, flutuando ao redor das minhas coxas. Meus sapatos de salto prateados combinavam perfeitamente com os apliques e as miçangas no vestido e na máscara.

Eu estava linda. Diabos, eu me *sentia* linda!

Fazia décadas que não me sentia tão normal. Era quase como se toda aquela situação com Noah nunca houvesse acontecido.

Bem, se eu tiver que aparecer sozinha, vou chegar arrasando, pelo menos, pensei com firmeza. E, em seguida, lembrei-me do que geralmente acontecia no Baile de Verão: sim, eu iria chegar na mesma limusine que os outros, mas não iria ser fotografada no salão de baile com o meu par, meu pai não iria tirar fotos constrangedoras de nós dois...

Eu podia estar vestida de acordo para a ocasião, mas, de repente, não me sentia mais tão preparada.

Suspirei e a campainha de casa tocou. Peguei minha bolsinha prateada e dei uma última olhada no espelho. Eles haviam chegado cedo, mas pelo menos eu já estava pronta.

— Elle, eles chegaram — meu pai chamou quando foi abrir a porta.

— Já estou indo.

Desci as escadas para me encontrar com os meus amigos e entrar na limusine. Antes de descer a escada, enfiei a cabeça pela porta do quarto de Brad: — Até mais tarde, então.

Ele pausou seu jogo para olhar para mim. — Uau. Até que demorou bastante, hein?

— Demorei bastante para quê?

— Para deixar de ter aquela cara de ogra e ficar mais ou menos bonita. — Mas ele sorriu, com aquela doce expressão de uma criança de dez anos com um dente faltando, e tive que sorrir também, passando a mão em seus cabelos para embaraçá-los.

— Ah, pare com isso! Meu Deus, como você é irritante.

Ri outra vez e me despedi.

Mas fiquei imóvel quando estava no alto da escada.

— ... quero falar com ela.

— Ela não quer falar com você. Acho que é melhor você ir embora, agora.

— Não antes de falar com ela.

— Não. Agora saia da minha varanda antes que eu decida chamar a polícia.

Noah tentou forçar a passagem para entrar na minha casa, e quando meu pai começou a empurrá-lo de volta para fora, soltei um ruído estranho. Não foi nem mesmo uma palavra, somente um gemido esquisito que fez com que os dois parassem, atraindo a atenção para mim.

— O que você está fazendo aqui? — falei, descendo rapidamente as escadas enquanto segurava no corrimão para não tropeçar nos meus sapatos minúsculos de salto. — Noah, que diabos você está fazendo aqui?

— Ele já está de saída — a frase foi dita com todo o potencial ameaçador de um pai irritado. Aquilo chegou até mesmo a fazer com que Noah vacilasse; ele havia sido intimidado ou, no mínimo, estava se sentindo desconfortável.

Olhei para Noah, esperando que ele respondesse. Então, eu *realmente* dei uma boa olhada nele.

Ele estava com uma camisa social branca e uma gravata verde e estreita, colocada de maneira meio atrapalhada ao redor do pescoço. Estava com um *smoking* preto, mas havia combinado a roupa com as botas pretas que eram sua marca registrada, o que, de algum modo, lhe deu um ar sexy. Seus cabelos escuros quase lhe caíam sobre os olhos, e pareciam estar um pouco desgrenhados e embaraçados pelo vento.

Ele coçou nervosamente a nuca.

— Vim para conversar com você.

Suspirei e olhei para o meu pai.

— Pode nos dar um minuto, por favor?

— Tudo bem — disse ele, após uma longa pausa. E apontou um dedo ameaçador para Noah. — Mas se você encostar num fio de cabelo dela, juro que...

— Pai! — disse novamente, indicando a cozinha com um movimento rápido de cabeça. Ele encarou Noah com a cara fechada outra vez e saiu da sala. Eu conseguia ouvir a música no quarto de Brad; ele não fazia a menor ideia do que estava acontecendo ali embaixo.

Olhei para Noah, que estava saindo pela porta. — O que você está fazendo? Achei que quisesse conversar.

— Eu lhe disse, Elle. Vou fazer as coisas do jeito certo.

E, com isso, ele fechou a porta da minha casa atrás de si. Fiquei olhando para ela, confusa, por quase um minuto inteiro, sentindo-me totalmente perdida. E então a campainha tocou.

Ainda embasbacada, eu a abri.

E ali estava Noah, é claro. Com uma pulseira decorada com lírios de calla brancos. Apoiado em um dos joelhos.

— O que você está fazendo? — eu disse, rindo nervosamente.

— Elle Evans, aceita vir ao Baile de Verão comigo?

Não consegui evitar. Sinceramente, não consegui. Comecei a gargalhar violentamente. Eu o vi me encarando com uma expressão dura, e assim me contive, mordendo lábio com força.

Aquilo era sério? Quem poderia imaginar Noah Flynn, entre todas as pessoas, o (suposto) Rei dos Joguinhos, o *bad boy*, o viciado em violência, ajoelhado na varanda da casa de uma garota para convidá-la para ir ao baile? Era tão surreal que chegava a ser hilário.

— Está falando sério?

— Estou. E então, você vai ser o meu par?

Vacilei.

Queria dizer sim; aquele era um gesto muito doce. Mas sabia que não devia. Dizer sim acabaria sendo uma decisão terrível. Eu iria me odiar se aceitasse. E também se recusasse...

Ele se levantou e olhou para mim com um pequeno sorriso, um daqueles sorrisos maravilhosamente raros e contagiosos que mostrava a covinha que ele tinha na bochecha esquerda.

— Vamos lá, Shelly, me dê um pouco de crédito. Eu estou tentando, não é mesmo? Sei que fui um idiota completo e magoei você, que fiz e disse um monte de coisas das quais me arrependo, e... estou tentando consertar as coisas. Por favor, venha comigo ao baile.

Ele estendeu a pulseira para mim, e eu olhei para aquela flor linda e cheirosa, voltando a olhá-lo logo depois. Ele ainda estava com aquele sorriso e uma fagulha cheia de esperança nos olhos. Como eu poderia dizer não para um rosto daqueles?

— Eu... não sei... — Minha resposta saiu como um sussurro. — Acho que não é uma boa ideia.

— Esqueça o que todo mundo pensa, e o que as pessoas vão dizer. O que é que *você* quer?

— Eu não devia... digo... nós não *podemos*...

— Foda-se o que deveria ser a coisa certa a fazer. O que é que você *quer*?

Olhei para ele. Ah, que inferno; sabia exatamente o que queria fazer. Minha cabeça estava lutando contra aquilo. Eu sabia o que devia fazer, qual era a coisa certa a fazer e o que todo mundo queria que eu fizesse.

— Shelly? — ele perguntou outra vez, estendendo a pulseira.

Respirei fundo, fechando os olhos por um momento. A hora da verdade havia chegado. Era bater ou correr. Agora ou nunca.

Seria fazer tudo contra o que os meus instintos e cada fragmento de sensatez estavam gritando dentro da minha cabeça...

Eu estendi o pulso. — Sim, Noah. Aceito ir ao baile com você.

Ele soltou a respiração e riu. — É sério?

Concordei com a cabeça, olhando em seus olhos. O sorriso que ele abriu foi maior do que qualquer outro que eu já havia visto, e ele prendeu o adereço ao redor do meu pulso.

Recusando-me a dar ouvidos a todos aqueles pensamentos insistentemente sensatos, eu disse, apressadamente: — Você tem uma máscara? O baile é de máscaras.

— Tenho. — Ele revirou os olhos com um ligeiro sorriso malandro, como se quisesse dizer *dããã*.

— Ah, tudo bem.

Ele sorriu para mim outra vez, e a única coisa que consegui foi retribuir o sorriso. — Eu devo ser uma idiota completa por aceitar ir ao baile com você.

Ele concordou com um aceno de cabeça.

— Pois é. Está pronta?

— Ah... só um segundo — eu disse, e fui até a cozinha, deixando Noah diante da porta. Entrei discretamente; meu pai havia claramente acabado de correr de volta para a sua cadeira e pegado a revista da TV para dar a impressão de que não estava escutando nossa conversa atrás da porta.

— Não fique bravo — eu disse, com a voz baixa, esperando que ele não estivesse se sentindo decepcionado demais comigo.

— Não estou exatamente bravo... simplesmente não acho que seja uma boa ideia — disse ele, balançando a cabeça. — Depois de tudo que você passou com Lee...

— Eu sei — falei, pacientemente. — Mas...

Meu pai soltou um suspiro forte, tirando os óculos e pressionando os dedos sobre os olhos fechados. — Ah, existe um "mas". Que ótimo. Logo quando eu pensava que...

— Ele ficou de joelhos quando me convidou. Acho que está realmente arrependido.

— Hmmm. — Meu pai claramente tinha a opinião oposta. — É isso, ou então ele só está interessado em uma coisa.

— Pai. Pare com isso. Não é tão importante. É só um baile — eu disse, discretamente. — Isso não quer dizer que eu estou... não sei. Que estou namorando com ele nem nada.

— O fato de você ter aceitado o convite fala por si, Elle. Olhe, faça o que você achar que é certo, mas tenha cuidado. Eu não quero que você se machuque, nem que fique magoada. Nem grávida, já que tocamos no assunto — acrescentou ele, com uma expressão severa.

— Sim, pai — respondi, a própria filha adolescente e impaciente.

— Estou falando sério, querida. Faça o que você quiser; faça o que achar que é certo. Não posso impedi-la. Mas eu realmente não acho que isso seja a coisa certa para você.

— Não sei o que fazer — suspirei e senti que tinha sete anos outra vez, e não quase dezessete. Assim, fiz o que qualquer outra garotinha vulnerável faria: abracei meu pai. — Eu não sei o que fazer.

Ele retribuiu o abraço.

— Você vai descobrir.

— Espero que sim, de verdade.

Ele riu e me puxou até eu ficar em pé.

— Olhe só para você, Elle. Minha garotinha cresceu.

Eu abri um sorriso para ele.

— Você está linda. E vai descobrir o que fazer. Sei que vai.

— Noah realmente faz com que eu me sinta feliz, pai.

Meu pai abriu um sorriso cansado, uma expressão que subitamente o fez parecer bem mais velho.

Retribuí com outro meio sorriso e voltei ao corredor de entrada, onde Noah estava à minha espera, parecendo até mesmo um pouco nervoso.

Eu nem havia percebido que o meu pai havia me seguido quando saí da cozinha até ele falar.

— Certo. Bem, imagino que, se você vai levar minha garotinha para esse baile, eu precise tirar algumas fotos. — Ele pegou a câmera outra vez e fez um sinal para que eu ficasse ao lado de Noah.

Sentindo-me bem pouco à vontade, fui até onde ele estava. Noah me puxou para perto de si, colocando os braços ao redor do meu corpo. Senti-me imediatamente mais relaxada. Era uma sensação familiar. Agradável.

Meu pai tirou algumas fotos e disse: — Agora, escutem aqui. Não estou nem um pouco feliz com isso, mas se é o que Elle deseja, então vou tolerar... *por enquanto*. Mas se você fizer qualquer coisa, *qualquer coisa* para machucá-la... garoto, você vai se arrepender de ter colocado os pés aqui esta noite. Entendeu bem?

— Sim, senhor — respondeu Noah, falando de maneira surpreendentemente sincera e educada.

— Certo. Divirtam-se, então, crianças.

— Tchau, pai — eu disse. Abri um sorriso encorajador, e ele retribuiu com um dar de ombros duvidoso. Fechei a porta e Noah, ainda com o braço ao redor da minha cintura desde que tiramos as fotos, me levou até o carro.

— Espere — eu disse, parando. — Lee está sabendo disso? Você contou a ele?

— Não. Por quê? Isso importa tanto assim? Conte a ele mais tarde. — Mas ele olhou para o chão quando disse essa última parte.

— Bem, eles combinaram de passar aqui mais ou menos *agora*, com a limusine...

— Escreva dizendo que você já saiu. Ou que teve algum problema e vai se encontrar com eles mais tarde. Não sei. Diga que está comigo, se quiser.

— Vou dizer que tive um problema com a maquiagem — eu já havia decidido, e mandei a mensagem para Lee.

A limusine acabou de passar na casa de Dixon. Obrigado pelo aviso. Nos vemos no baile.

Essa era uma das coisas mais maravilhosas no fato de o meu melhor amigo ser um garoto: nada de condolências, nem de mensagens preocupadas perguntando se eu precisava de ajuda ou sobre o que havia dado errado.

Ele simplesmente aceitou tudo, sem questionar.

Eu me sentia horrível por mentir para ele, mesmo que somente em uma mensagem de texto. Tive uma sensação ruim, um pressentimento horrível dentro do peito de que tudo estava começando de novo — as mentiras, as coisas feitas longe dos olhos das pessoas, as traições da confiança que ele tinha em mim... e a pior parte era que eu estava fazendo tudo aquilo totalmente por vontade própria, sem pensar duas vezes.

Mas eu não podia escrever para ele dizendo: *Não se preocupe em vir me pegar, eu decidi ir ao baile com Noah agora*. Com certeza, não.

Tinha que contar aquilo a Lee olhando em seus olhos. Fazer com que ele entendesse. Explicar tudo. Era a única maneira.

Chega de mentiras.

Era o mínimo que eu podia fazer. Ele merecia mais do que uma simples mensagem de texto ou ligação.

Imaginei por um momento o que Noah iria fazer quando ele foi até a porta do lado do passageiro. Ele não podia estar pensando em me deixar dirigir, não é? Ele mal deixava que as pessoas encostassem no seu carro sem permissão. Lee era quase tão ruim quanto o irmão; ele nunca me deixava dirigir seu carro, também. (É sério: bastou eu encostar na caixa de correio com o carro do meu pai e fazer um arranhão minúsculo na lataria para que ele declarasse que eu seria eternamente uma barbeira ao volante.)

Mas, em vez disso, ele abriu a porta para mim. Foi um gesto tão cavalheiresco que eu comecei a imaginar se meus olhos estavam funcionando direito.

— Obrigada... — eu disse, incerta, entrando no carro. Ele fechou minha porta antes de entrar, e depois partiu comigo rumo ao Royale. Era um percurso de vinte minutos, e eu não fazia a menor ideia de como iria preencher aquele tempo sem que as coisas ficassem esquisitas entre nós.

Mas havia uma pergunta que definitivamente precisava ser feita.

— O que vamos fazer, então? Simplesmente aparecer juntos no baile e mostrar a todos que nós estamos... que estamos... fazendo seja lá o que for? — Eu não quis dizer "namorando", caso ele não achasse que estivéssemos.

Noah suspirou. — Olhe, vou simplesmente abrir o jogo com você, Elle. Papo reto. Gosto de estar com você. Eu me importo muito com você, mais do que provavelmente deveria. Por isso... não quero perdê-la outra vez. Estou tentando consertar as coisas, mas vou entender se você quiser que isso continue sendo... você sabe. Casual, ou qualquer outro nome.

— Então...?

— Então, o que estou tentando dizer é o seguinte... eu acho que depende de você.

Meu coração estava batendo com tanta força que mal consegui ouvir o que ele ainda tinha a dizer.

— Você sabe... se você... quiser namorar... se quiser que sejamos um casal...

Olhei fixamente para ele. Indo dos olhos, que estavam focados na placa de "Pare" logo à frente, para os seus dedos, flexionados ao redor do volante. Ele parecia... bem, não há outra palavra capaz de descrever aquilo: vulnerável.

Ele havia me contado o motivo pelo qual nunca havia tido uma namorada, apenas rolos e relacionamentos casuais: porque elas não queriam namorar um cara que vivia arranjando brigas. E eu não culpava nenhuma daquelas garotas. Mas... não havia como negar: Noah tinha um lado muito, muito doce e gentil. Como aparecer na porta da minha casa esta noite, e abrir a porta do carro para mim.

Lee vai me odiar por isso...

Mas o que eu disse foi: — Vou ter que conversar com Lee antes. Não posso simplesmente jogar isso em cima dele.

Eu não disse nada com todas essas palavras, mas mesmo assim os olhos de Noah se iluminaram quando ele olhou para mim. Um sorriso — não um sorriso torto e malandro, mas um sorriso genuíno — puxava os cantos dos seus lábios para cima. — Sério?

Eu ri.

— Sério, sério.

Nós dois sabíamos qual era minha resposta. Mas eu precisava ter certeza de que não ia perder o meu melhor amigo por causa disso. Nenhum garoto, nem mesmo Noah, justificaria aquilo. E ele entendeu o motivo pelo qual eu tinha que contar a Lee antes.

Não tive chance de dizer mais nada, porque ele se aproximou rapidamente para me dar um rápido beijo nos lábios antes que o semáforo abrisse. Rápido demais para o meu gosto, mas mesmo assim conseguiu fazer meu coração se descontrolar.

Ele estendeu a mão para segurar a minha e nossos dedos se entrelaçaram. A sensação era tranquila e natural, como se nos encaixássemos perfeitamente, mesmo com todas as características das nossas personalidades e hábitos sugerindo o contrário.

O resto do trajeto aconteceu predominantemente em silêncio. Exceto pelo fato de que não era um silêncio desconfortável, onde eu ficava me perguntando se deveria tentar puxar assunto.

Era aquele tipo agradável de silêncio. O tipo onde você simplesmente curte a companhia.

Não estávamos tão longe do Royale agora. Havia um pouco de congestionamento, graças ao caminhão de bombeiros, duas viaturas da polícia, várias limusines, os carros antigos e o Rolls-Royce, e as duas ou três carruagens puxadas a cavalo; isso para não mencionar as pessoas que apareceram com seus carros de sempre.

— Limusines eu até entendo — disse Noah. — Mas... carruagens? Isso é uma loucura. Não é como se a MTV fosse aparecer aqui. Que baita desperdício de dinheiro.

Eu ri daquilo, pois havia pensado exatamente a mesma coisa.

Alisei o vestido e tirei um estojo de pó compacto para retocar o meu batom. Sentindo seus olhos em mim, olhei para Noah. — O que foi?

— Nada.

— Não, é sério. O que foi? — insisti, olhando-me naquele espelho pequeno demais, imaginando se eu estava com os dentes manchados de batom agora.

— Nada. Você está linda.

— Ah. Obrigada. Ei, é estranho como sua gravata combina com o meu vestido.

Ele olhou para a gravata que estava usando, como se precisasse de uma confirmação visual. — É verdade. Eu lembrava que você havia dito que seu vestido era verde, e esta foi a única gravata verde que consegui encontrar no shopping que não estava coberta por palmeiras.

Meu reflexo sorriu para mim enquanto eu continuava a retocar a maquiagem.

— Francamente, Elle. Guarde esse negócio... Você não precisa de mais nada, já está maravilhosa.

Maravilhosa... Eu não conseguia parar de sorrir. — É sério?

— Sério, sério — disse ele, rindo. O trânsito começou a fluir outra vez, agora que as limusines haviam começado a se dispersar, e avançamos mais alguns metros. — Ah, dê uma olhada ali. Lá está a sua limusine.

Estiquei o pescoço, olhando o lugar para onde ele estava apontando. Um SUV convertido em limusine, com o corpo alongado, estava estacionado diante das portas do Royale, e reconheci Lee imediatamente, de braços dados com Rachel, e os outros que desembarcavam com eles.

Como todos usavam máscaras, era bem difícil saber quem era quem, e muito fácil confundir uma pessoa com outra. Além disso, vários dos rapazes usavam máscaras simples e sem adornos, muito parecidas entre si.

Talvez ninguém (com exceção de Lee, é claro) fosse reconhecer Noah e eu juntos. Talvez eu não fosse cercada por hordas de garotas querendo saber por que tinha chegado ao baile com Noah Flynn.

Eu tinha a esperança de que ele pudesse participar do baile sem que o reconhecessem. A noite iria ser muito mais fácil assim.

Chegamos diante do hotel, onde um manobrista estava esperando para levar o carro. Eu saí, mas não antes que Noah desse a volta para abrir a porta para mim. Eu não havia nem mesmo percebido que ele havia colocado a máscara; era uma máscara preta com rebites de metal na borda superior, e cobria pelo menos metade do seu rosto.

O manobrista pegou as chaves enquanto Noah colocava o braço ao redor da minha cintura e me guiava até as portas. Podia sentir que as pessoas já estavam olhando para nós, tentando descobrir quem éramos. E nem havíamos entrado no salão de baile.

Senti um nó se formando no meu estômago, e pude até mesmo ouvir a minha respiração ficar mais acelerada.

— Acalme-se — sussurrou Noah na minha orelha, e seu hálito fez cócegas no meu rosto. — Vai ficar tudo bem, garanto.

— Ah, eu realmente espero que você tenha razão...

UMA PEQUENA FILA DE PESSOAS ESTAVA ALINHADA COM SEUS PARES, esperando para ser fotografada sob o magnífico arco florido montado diante da parede do salão de baile. Noah me levou até a fila, e sorri para ele. Parecia que teria a chance de ser fotografada com o meu par, afinal de contas.

Os candelabros delicados de cristal davam um brilho bastante receptivo ao salão, fazendo cintilar o dourado que cobria as paredes, os pilares e o teto. O piso de mármore estava coberto com as sombras das pessoas que dançavam. O teto se erguia até formar uma cúpula no alto, e havia um bar diante de uma das paredes. Pequenas mesas redondas com toalhas brancas e arranjos de flores haviam sido dispostas ao redor da pista de dança, e a banda estava tocando em uma plataforma não muito alta do lado oposto.

Em resumo, tudo estava perfeito. Incrivelmente, impecavelmente perfeito. Eu estava orgulhosa de mim mesma por ter sugerido o arco florido para as fotos, pois dava um ar bastante romântico ao lugar.

— Ficou maravilhoso, não acha? — disse a Noah, sorrindo.

— Sim — concordou ele, olhando ao redor como eu.

— Próximos? — disse o fotógrafo, e nos posicionamos diante dos seus refletores. Eu me sentia um pouco desajeitada, percebendo os olhares das pessoas que nos fitavam. É claro, isso só acontecia porque estávamos sendo fotografados. Dali a trinta segundos o foco estaria no próximo casal. Mas, naquele momento, estava somente esperando até que alguém gritasse: "Ah, meu Deus! Elle e Flynn?".

— Ei, relaxe — sussurrou ele em meu ouvido, me sobressaltando um pouco.

— Desculpe, estou um pouco... agitada.

Ele abriu aquele sorriso malandro e sexy, que conseguiu me fazer relaxar um pouco. Virei de frente para o fotógrafo e Noah ficou atrás de mim, com os dois braços ao redor da minha cintura e meus braços sobre o dele. Sorri para a lente, o *flash* me cegou por um momento, e então...

— Próximos?

Havíamos deixado de ser o centro das atenções do baile. Simples assim.

— Está com sede?

— Ah... s-sim.

— Vou pegar bebidas.

— Certo.

Ele mal chegou a se afastar por quatro segundos quando o outro irmão Flynn estava bem diante de mim.

Merda. Será que ele havia me visto com Noah? Será que alguém nos viu entrando juntos? Ele não parecia estar irritado, mas...

Lee levantou a máscara do meu rosto. — Shelly, você está aqui.

Sorri. — Oi, Lee.

— Resolveu o problema com a maquiagem?

Dei um suspiro de alívio por dentro. Ele não havia percebido. — Sim. Está tudo bem agora.

— Beleza. Bem... você vai vir para a nossa mesa ou vai ficar aqui sozinha?

Hesitei. — Lee, preciso te contar...

— Ei, essa aí é a Elle? — Alguém virou o meu ombro para o outro lado e uma garota loira e mascarada sorriu para mim. — Achei que fosse você! Ah, adorei seu vestido. Oi, Lee. Escute, Elle, houve um problema com a comida e Tyrone mandou que eu viesse procurá-la. Alguma coisa a ver com a opção vegetariana e um bolo de legumes com nozes?

— Não, não, dissemos que não era para servirem bolo de legumes com nozes, porque Jon Fletcher é alérgico a nozes.

— Sim, eu sei. Mas Tyrone mandou que eu viesse procurar você.

— Mas não fui eu quem ficou encarregada da comida. — E não fui mesmo; só ajudei um pouco.

— Eu sei — disse ela. Eu tinha quase certeza de que estava falando com Kaitlin, já que a voz era meio anasalada, som que só se acentuou mais agora que ela estava irritada. Sim, definitivamente, não era você, era Kaitlin. — Mas Tyrone mandou que eu viesse procurar você, porque Gen está entrando em pânico.

Suspirei. — Claro. Está bem.

— Ótimo! Bem, passe por aquela porta lateral ao lado de onde a banda está tocando, e vai ver uma porta para a cozinha mais ou menos na metade do corredor.

— Lee, volto em um segundo. Não desapareça, preciso te contar uma coisa — eu disse.

— Claro, pode deixar. — E desapareceu no meio da multidão.

Segui as instruções de Kaitlin e, depois de entrar em duas portas erradas, encontrei a cozinha, onde Tyrone e Gen estavam envolvidos em uma discussão com o cozinheiro — na realidade, os dois é que discutiam entre si.

— Vocês deviam ter especificado que havia pessoas com alergia a nozes... — o homem estava dizendo, irritado.

— Nós avisamos! — Gen praticamente gritou.

— Você tem certeza absoluta, Gen? — A máscara de Tyrone estava apoiada no alto da sua cabeça, e suas narinas estavam dilatadas.

— É claro que tenho certeza! Eu não ia me esquecer de dizer a eles, Ty! — Ela se virou para ficar de frente para mim, com os olhos esbugalhados e desesperados. — Elle, diga a eles!

Suspirei e olhei para o chefe da cozinha. — Será que vocês não podem simplesmente fazer um prato vegetariano que não seja um bolo de legumes com nozes? Somente um?

Ele não ficou muito impressionado com a sugestão, mas acabamos conseguindo convencê-lo — e sem que fosse cobrada uma taxa extra pela refeição de Jon.

Quando consegui sair da cozinha, não fazia a menor ideia de onde os meus amigos estavam. E não sabia onde estava o meu par, também.

Todas as pessoas estavam dançando ou amontoadas ao redor da mesa principal.

Com os rapazes vestindo *smokings* e máscaras escondendo seus rostos, era quase impossível distingui-los. Passei cinco minutos inteiros procurando por Lee antes de desistir. Eu sabia que Rachel estava com um vestido longo lilás com um laço em tom de violeta para arrematar, mas não consegui encontrá-la.

Fui até uma parede onde poderia me encostar, um local menos movimentado onde não havia tanta gente, e suspirei. O jantar seria servido dali a quarenta minutos, e eu não tinha a menor intenção de ficar sozinha durante todo aquele tempo. Por que é que fomos fazer um Baile de Máscaras? Dane-se o fato de que aquilo era legal, chique e divertido. Na verdade, era *irritante*.

Alguém chegou ao meu lado. — Ei, acho que você deve estar a fim disso. — Seja quem fosse aquela pessoa, estendeu uma taça de ponche de frutas para mim.

— Obrigada... — franzi a testa, tentando descobrir quem era. A música estava suficientemente alta para que eu não conseguisse distinguir completamente sua voz.

Meu salvador tirou a máscara do rosto apenas o bastante para que eu pudesse dizer: — Cam! — antes de recolocá-la no lugar.

— Quem você pensou que fosse? — riu ele.

— Peter Parker. Pelo menos era quem eu esperava.

— Maguire ou Garfield?

— Garfield.

— Ah, desculpe-me por desapontá-la. Só percebi você porque a vi conversando com Lee agora há pouco. Você está muito bonita.

— Ah, obrigada — sorri. — Você também está ótimo. Como vai?

— Bem. Por falar nisso, será que vi você chegar acompanhada?

— Não... acho que não...

Odeio mentir.

— Ah. Deve ter sido outra pessoa, então. Bem, de qualquer maneira, é melhor irmos encontrar os outros. Só vim pegar uma bebida, mas você parecia bastante sozinha aqui. Além disso, não consegui identificar ninguém com essas máscaras idiotas.

— Eu disse que era uma ideia idiota.

— O que você está fazendo aqui sozinha, a propósito?

— Não consegui encontrar ninguém — eu ri, defendendo-me.

— Desculpas, só desculpas... venha comigo. Eu *acho* que eles ainda estão daquele lado.

Segui Cam por entre a multidão de adolescentes mascarados que dançavam, segurando em seu braço para não perdê-lo de vista. Durante o tempo todo fiquei atenta, mas não fazia a menor ideia do lugar para onde Noah havia ido.

Não demorou até encontrarmos os outros. As garotas estavam muito bonitas, é claro, e os rapazes estavam bem elegantes também. Lee havia escolhido uma gravata que combinava perfeitamente com o vestido de Rachel, mas os outros rapazes tinham simplesmente preferido o preto. Cam, entretanto, havia se esforçado para tentar encontrar uma peça de um tom parecido com o vestido de Lisa — embora sua gravata fosse vermelho-escarlate, e o vestido dela vermelho-vinho.

Lee e Rachel formavam um casal muito fofo.

— Você não ficou chateada, não foi, Elle? Você sabe... por estar aqui no baile sozinha — disse Warren.

Não foi um comentário dos mais sensíveis, mas aquele era Warren, e por isso não cheguei a me sentir ofendida.

— Não. Estou bem.

— Juro que vi você chegar com alguém e tirar uma foto — disse Bridget, o par de Warren.

— Não, não era ela. Eu já perguntei — respondeu Cam por mim.

— Ah. Que esquisito. Bem, todo mundo está com essas máscaras estúpidas, e não consigo saber quem é quem no baile!

A conversa passou para assuntos mais agradáveis depois. Ficava olhando ao redor o tempo todo para tentar encontrar Noah, mas não conseguia vê-lo em lugar nenhum. Fui até a pista e dancei com as garotas por algum tempo, e dancei com Cam e Lee também. Logo em seguida, Cody chegou, tocando o ombro de Lee.

Eu só o reconheci pelo *piercing* na língua que refletiu as luzes do baile quando ele disse: — Posso interromper?

— Fique à vontade — disse Lee.

Ele fez uma saudação elaborada e exagerada, curvando-se, e depois foi até o lugar onde os outros estavam dançando. A música havia acabado de passar para algo mais lento — um cover acústico de alguma música conhecida.

— Oi, Cody.

— Oi, Elle — ele sorriu. — Espero que você não se importe de eu roubar esta dança.

Eu ri. — Não se preocupe com isso.

— Você está muito bonita. É uma pena que não ter conseguido um par para o baile.

Soltei um gemido dramático. — Todo mundo está sabendo?

Ele deu de ombros, rindo comigo. — Não se preocupe. É somente porque Flynn assustou todos os rapazes, não? Mas ninguém o viu por aqui. Você vai dançar a noite inteira, e vai roubar o par de alguma outra garota.

— Com quem você veio mesmo?

— Amy. Amy Johnson.

Concordei com um aceno de cabeça. — E ela não se importa por você dançar comigo?

— Ah, não se preocupe com isso. Como você está? Não conversamos muito fora das aulas de química.

— Estou bem, eu acho. E você?

— Sempre do mesmo jeito.

Nós rimos do silêncio desajeitado que veio em seguida, e depois conversamos tranquilamente sobre a banda e sobre a aparência geral do baile até o fim da música, quando recusei o convite de Jason para dançar para ir "encontrar Lee". O que eu realmente queria era encontrar Noah.

Eu podia até ter encontrado Noah se as pessoas não houvessem repentinamente começado a se sentar para o jantar. Fiquei na ponta dos pés, esticando o pescoço para tentar encontrá-lo.

— Elle! Elle! — Olhei ao redor. — Aqui! — Lee estava acenando, fazendo um gesto para que eu me juntasse a ele.

Sorri, embora o sorriso saísse mais como uma careta, e tive que me espremer por entre a multidão para chegar à minha cadeira.

A mesa ficou com um lugar vago, é claro. Era uma mesa para cinco casais, e estávamos com Warren, Dixon, Lee e Cam com seus pares, além de mim. E uma cadeira vazia ao meu lado.

Orei com bastante força para que Noah conseguisse me ver e viesse sentar ao meu lado.

— Flynn! Tem espaço aqui, cara... — ouvi o sotaque forte do Brooklyn da voz de Andy, um dos jogadores de futebol americano, acenando para que Noah fosse sentar na mesa deles. Havia uma mistura de rapazes e garotas ali; ninguém estava realmente sentado ao lado do seu par, e havia somente uma cadeira vaga.

Ele começou a ir na direção daquela mesa, e percebi que ele estava com a máscara na mão, agora. Abriu a boca para dizer alguma coisa, mas uma das garotas se levantou animadamente com um salto e começou a puxá-lo para lá. Seus olhos corriam pelo salão, e o seu olhar cruzou com o meu enquanto ele estava sendo puxado para aquela cadeira.

Trocamos uma espécie de olhar impotente; um olhar que dizia que estávamos presos às nossas respectivas mesas. Eu imaginei que aquilo poderia ser um sinal de sorte, de certa forma, já que eu ainda não havia contado a Lee... mas iria. Não deixaria que as coisas acontecessem como da última vez.

Se eu não tivesse sido chamada para ajudar com a crise da comida, ou se não houvessem me convidado para dançar... e agora Noah estava sendo forçado a se sentar, mas não ao meu lado. E eu ainda não havia contado a Lee.

As probabilidades estavam contra nós. Mas eu não ia deixar que isso me detivesse, não dessa vez.

Joguei todos aqueles pensamentos para a parte mais profunda da minha cabeça. Eu iria cuidar de tudo mais tarde. Naquele momento, iria simplesmente curtir a noite com os meus amigos.

Claro, era mais fácil falar do que fazer isso. Era difícil não me virar para trás e olhar para Noah, e fiquei distraída.

E isso não passou despercebido.

Dedos estalaram diante do meu rosto, fazendo com que eu me assustasse e largasse o garfo.

— Terra chamando Elle! O que está acontecendo com você?

— Nada — eu disse a Lee, com toda a inocência que consegui reunir. Forcei-me a abrir um sorriso, também. — Não há nada acontecendo comigo.

— Alguma coisa está acontecendo. Ah, isso me lembrou! O que é que você disse que queria me contar? Você sabe, antes que a puxassem para a cozinha?

Engoli em seco. — Ah, n-nada muito importante.

— Ah, está certo, entendi. Nos deem licença por um minuto, galera. — Lee se levantou e me puxou para ir com ele.

Meu coração começou a bater com força, como se quisesse arrebentar as costelas e fugir do peito, e minhas palmas começaram a suar.

— Elle, o que está acontecendo? — perguntou Rachel.

— N-nada... — respondi, hesitante, e ela me encarou com um olhar preocupado.

Lee me levou pela porta que ficava perto da nossa mesa, indo até o saguão do hotel.

— É sério — disse ele, cruzando os braços em uma postura severa. — O que está havendo?

Engoli em seco, mexendo na presilha da minha pulseira. — Bem... prometa que você vai me ouvir até o fim, está bem? Não faça um escândalo e não fique bravo. Apenas me ouça. Por favor.

— Certo... — disse ele, desconfiado, e parecendo estar se preparando para receber uma notícia ruim.

— Eu não tive problemas com a maquiagem antes do baile, Lee — comecei a explicar, e ele decidiu me interromper com uma risada aliviada.

— É isso? O que foi, você simplesmente não queria ser a única pessoa desacompanhada na limusine? Cara, por um minuto pensei que você ia me dizer que estava ficando com Noah outra vez.

Mordi o lábio. — Ele veio. Quando eu terminei de me arrumar para o baile, ele estava na porta de casa. Foi por isso que eu lhe disse que tive problemas com a maquiagem.

Lee fechou a cara.

— O que ele queria?

— Ele... — ouvi passos chegando por trás de mim, e me virei. Noah olhou bem nos meus olhos. Segurei o cotovelo de Lee. Não queria que ele se virasse e começasse a fazer um escândalo a troco de nada. — Não fique bravo, Lee. Prometa que não vai ficar. Mas ele... ele disse que estava tentando consertar as coisas comigo, e... e...

— Ei, pessoal. Como estão?

Eu podia ter matado Noah naquele momento. Será que ele não podia ter me deixado contar sem interferir? Agora, com certeza, Lee teria uma reação mais violenta, ou Noah iria manipular os eventos apenas para irritá-lo, e...

— O que você queria quando apareceu na casa de Elle esta noite? — exigiu saber Lee. — Você não acha que já aprontou o bastante?

— Foi exatamente por isso que fui até lá — disse ele, com aqueles olhos azuis fuzilando os meus. — Estava tentando consertar as coisas.

— Lee, acredite, ele até me trouxe uma pulseira florida e tudo mais — acrescentei.

— Não quero saber — disse ele, virando-se para mim. — Elle, ele agiu como um idiota em relação a você. Largou você sozinha quando eu descobri, e não lhe deu o mínimo apoio.

— Não foi bem assim — interveio Noah, com uma expressão fechada. — E você sabe disso. Eu tentei ligar e...

— Não faz diferença, Noah — cortou Lee. — O fato é que você não estava por perto quando ela mais precisava de você. Não tentou conversar nem fazer as coisas do jeito certo. Deixou-a sozinha para enfrentar tudo que você causou, simplesmente montou naquela sua maldita moto e fugiu. Você a fez mentir para mim, mentir para o pai dela, e para quê? Só para se divertir? Só porque queria um pouco de ação?

— Lee...

— Por que não perguntamos a ela, hein? Que tal perguntar diretamente para sabermos o que Elle quer? — disse Noah, com o músculo do seu queixo latejando.

Eles olharam para mim. Esperando.

Olhei para Noah. Tudo que tive que fazer foi olhar para ele, e Lee suspirou, percebendo que estava derrotado.

— Elle, fale sério... você realmente acha é a melhor coisa a...

— Noah — eu disse, interrompendo. — Será que você pode nos dar um minuto?

Ele deu de ombros. — É claro. — Ele se afastou alguns metros, encostando-se na parede.

Virei de frente para Lee outra vez, baixando a voz até praticamente sussurrar.

— Eu sei que você acha que isso é estúpido e imprudente, mas... quero ficar com ele. *Sinto* que é a coisa certa a fazer.

A boca de Lee se retorceu para os lados conforme ele pensava. Eu praticamente podia ver as engrenagens girando em sua mente. — Se vocês estiverem somente ficando... olhe, sempre achei que você fosse o tipo de garota que queria um compromisso a longo prazo em vez de um rolo mais casual. Eu me preocupo com você, Shelly.

Sorri, calmamente, buscando a mão dele e apertando-a. — Eu sei. E vamos fazer as coisas do jeito certo desta vez — falei, ecoando as palavras que o próprio Noah havia me dito anteriormente.

— E isso significa...

— Ela quer dizer que estamos namorando — disse Noah, e sua voz se projetou de modo que pudéssemos ouvi-la. Enrubesci, olhando para os dedos dos pés antes de voltar a encarar Lee, que estava com as sobrancelhas erguidas até o ponto mais alto onde podiam ficar.

— Com a sua aprovação — emendei. — Só se você disser que aceita.

— Espere, vocês estão falando sério? Isso é verdade?

Acenei com a cabeça. Noah, que havia voltado para junto de nós, disse: — Sim. Por quê? Algum problema com isso, irmãozinho?

Lee não estava olhando para ele. Seus olhos apontavam diretamente para mim, e se enrugaram nos cantos com os indícios de um sorriso em formação. — Se havia uma garota capaz de mudá-lo... — Sua voz parecia um pouco estrangulada. Lee não estava feliz com isso. Mas estava aceitando.

— Vou voltar para o baile antes que as pessoas comecem a desconfiar que alguma coisa está acontecendo. Até mais tarde, Elle. — Noah se despediu com um meneio de cabeça antes de voltar ao salão. Respirei fundo, sem saber o que Lee iria dizer agora que o irmão não estava por perto para ouvir.

— E você disse que ele nunca iria mudar — falei, tentando fazer graça, empurrando ligeiramente seu braço.

Ele não riu. Em vez disso, soltou um suspiro pesado e apertou o ponto onde o nariz se junta à testa por um segundo antes de falar. Ele sempre fazia isso quando estava incomodado — como no funeral do seu avô, e quando o seu cachorro, Patches, morreu quando tínhamos dez anos.

— Mas você está realmente feliz, Shelly? Eu sei como Noah é. Tem certeza de que ele não falou simplesmente o que você queria ouvir para convencê-la disso? Você também o conhece. Está *realmente* feliz com ele?

— Estou, sim. E sei que você vai dizer que sou boba, ingênua e brega por dizer isso, mas ele faz com que eu me sinta bem por dentro. É como se... não importa o que está acontecendo na minha vida, porque, quando estou com ele, consigo me esquecer de tudo. Posso simplesmente curtir estar com ele, e isso me deixa feliz. Estou feliz, Lee. E sei que é uma idiotice, porque provavelmente vamos dar um fim nisso quando ele for para a faculdade, mas...

Deixei a frase morrer no ar, sem saber o que dizer a seguir. Não conseguia encontrar palavras para explicar o que sentia por Noah; esperava somente que Lee fizesse um esforço para tentar entender, pelo menos.

Bem, o coração quer aquilo que quer.

Exceto pelo fato de que isso não era uma questão do coração. Porque eu não o amava. É claro que não. *Isso* seria completamente ridículo. Não. Eu definitivamente não o amava.

— Então... o que foi, você está tentando me dizer que está apaixonada por ele?

— Não! Não... nada disso — insisti. Eu devia saber que ele ia chegar a essa conclusão. Se estivesse apaixonada por Noah, essa seria uma explicação razoável para voltar a ficar com ele, mas eu não estava. Definitivamente, não.

— Ah. — Houve uma espécie de olhar de pena em seu rosto que eu não entendi direito. Como se ele soubesse de alguma coisa que eu não sabia.

— Lee, o que...?

— Olhe, você sabe que não concordo com isso, Shelly. Ele machucou você de verdade, e não acho que isso vá terminar bem. Simplesmente não é a coisa certa para você. Mas se isso é o que você realmente quer... eu vou estar por perto para juntar os pedaços depois, está bem?

Sorri. Não muito largo, mas genuíno, refletindo perfeitamente o sorriso de Lee. — Está falando sério? Você não está bravo comigo?

— Não, Shelly... — disse ele, sorrindo. — Se é isso que você quer, estarei ao seu lado até o fim. Sempre vou estar ao seu lado.

Abracei o meu melhor amigo com força e sussurrei: — Obrigada, Lee.

Ele retribuiu o abraço. — Eu disse que você iria começar a me fazer falar como uma garota.

Eu ri e disse em voz baixa. — Amo você.

— Sim, amo você também. — Ele recuou um passo e deu outro sorriso. — Vamos lá. Não podemos perder a sobremesa. Quero o meu *cheesecake*. E se eu não estiver lá, sei que Dixon vai roubá-lo.

Rindo, eu o segui conforme ele marchava de volta para nossa mesa.

— Está tudo bem com vocês, galera? — Cam estava me olhando com uma expressão preocupada.

— Tem certeza de que você está bem, Elle? — perguntou Dixon.

Percebi que Rachel sussurrava para Lee: — Era o seu irmão? — E ele assentiu em resposta, encarando-a com uma expressão resignada. A compreensão se formou em seu rosto, e ela me abriu um sorriso encorajador.

Virei-me e olhei para a mesa de Noah. Ele ria de alguma coisa que um dos garotos havia dito, mas estava olhando para mim. Nossos olhares se cruzaram e ele piscou o olho antes de voltar a dar atenção ao pessoal da sua mesa.

— Sim — eu disse, com um sorriso. — Tudo está ótimo.

E, naquele momento, tudo realmente estava.

24

— **AH... SERÁ QUE EU PODERIA PEDIR A ATENÇÃO DE TODOS, POR** favor?

O silêncio se formou instantaneamente naquela mistura de corpos dançantes. Eu estava dançando com as outras meninas há vinte minutos; não importava quantas vezes tentasse pedir licença para sair dali, não conseguia me libertar. Elas continuavam querendo dançar um pouco mais ou começavam a discutir algum assunto interessante. Na única vez em que consegui sair para "pegar uma bebida", não vi Noah em lugar nenhum.

E agora ele havia subido na plataforma, diante do microfone, no lugar do vocalista da banda.

E todos estavam em silêncio.

Todos os olhos apontados para ele.

— Será que eu poderia pedir a atenção de todos, por favor?

Não conseguia explicar por que, mas meu coração começou a bater aceleradamente, e eu mal conseguia respirar. Não fazia a menor ideia do que Noah estava fazendo ali, diante de todo mundo, mas meu corpo reagiu com ansiedade, como se soubesse exatamente o que estava para acontecer antes de mim.

Ele tirou a máscara que lhe cobria o rosto, de modo que não houvesse dúvida sobre quem estava ali.

Engoli em seco. Que diabos ele estava fazendo?

— Bem, a única razão pela qual estou aqui em cima esta noite é porque quero tentar mostrar a alguém que estou arrependido. Sabem, há uma garota... uma garota que não consigo tirar da cabeça. Fiz algumas coisas bem ruins com ela, e agora quero tentar compensar. Por isso... Elle? Onde você está?

Todas as pessoas se viraram, como se fossem uma só, para me olhar. Mesmo com a minha máscara, todos sabiam onde me encontrar. Comecei a mexer com as dobras do tecido do meu vestido, olhando feio para Noah por trás da máscara.

— Podemos dirigir um refletor para aquele lugar? — pediu ele, apontando, e ouvi o tom de provocação em sua voz.

De algum modo, alguém encontrou um refletor para me evidenciar. Apertei os olhos, cobrindo-os com uma mão.

— Ótimo, obrigado. Então, ah... Elle. Estou aqui para pedir desculpas. Rapazes? — Com aquela última palavra, ele se virou e fez um gesto para a banda, que começou a tocar. Não era uma música lenta, era bem animada, na verdade. Eu a reconheci imediatamente

I Really Want You, dos Plain White T's. Uma das minhas músicas favoritas. Dificilmente um jeito de Noah confessar seu amor por mim... diabos, ele nem mesmo cantou a música; a banda cuidou disso.

Ele saltou de cima do palco com o microfone na mão e atravessou a multidão, que abriu espaço para ele passar, até estar bem diante de mim.

— Lá se vai sua reputação — eu disse, com a voz baixa, rindo.

— Você acha que eu me importo?

Mordi o lábio. — Mas...

Antes que eu pudesse perguntar por que, ele me interrompeu, falando no microfone enquanto a banda tocava um trecho instrumental.

— Quer namorar comigo, Elle?

Enrubesci por baixo da máscara.

Até aquele momento, eu nem havia percebido as outras pessoas no salão. Não havia ouvido os sussurros enquanto Noah estava no palco. Mas, naquele momento, suas vozes me atingiram como se fossem um canhão de confetes em algum evento da escola.

— Diga sim!

— Ah, meu Deus! Isso é tão fofo!

— Não acredito que *Flynn* está fazendo isso...

— Que sorte ela tem!

— Olhe só para ele. Isso é tão lindo!

— Diga sim, Elle!

Todos estavam torcendo por mim.

Meus olhos voltaram a se concentrar em Noah, que simplesmente me olhava de uma maneira bem calma, com um toque daquele sorriso malandro, sabendo o quanto estava me constrangendo ali.

— E então? Quer ser minha namorada, Elle Evans?

Mordi o lábio, mas não havia a menor possibilidade de conseguir reprimir o sorriso enorme que se formou em meu rosto.

— Ah, é claro que eu quero!

Ele riu baixinho, mas esse foi o único som que ouvi; nada dos aplausos, dos gritos entusiasmados, assobios ou gente dizendo "Ahhh". Somente a risada de Noah.

Noah atirou o microfone para alguém, que o fez passar de volta pela multidão até chegar ao palco, mas eu não estava prestando atenção. A banda havia passado a tocar uma música lenta, e os casais logo começaram a dançar outra vez.

A pessoa que comandava o holofote o desligou.

Noah me puxou para os seus braços e enlacei as mãos ao redor do seu pescoço.

— Isso foi uma fofura — eu disse, sabendo que ele detestava ser associado à palavra "fofura".

Ele fez uma careta na hora. — Argh. Por favor, não diga isso.

— Desculpe. Eu quis dizer sexy. Muito másculo.

Ele abriu seu sorriso malandro ao ouvir isso. — Acabei de fazer papel de idiota por você, Shelly. Espero que tenha noção disso.

— Ah, é claro que tenho — eu disse, rindo. — Mas você não precisava ter feito isso.

— Sei disso, mas quis fazer. Eu lhe disse que vou fazer as coisas do jeito certo desta vez. E tenho muitas coisas para consertar. — Ele me fez girar, fazendo-me rir com vontade e, em seguida, me puxou para ainda mais perto do que antes. Minha pele formigava nos pontos onde nos tocávamos, e eu poderia passar horas assim nos braços dele.

— E, de qualquer maneira, agora que estamos... você sabe, oficialmente juntos, eu posso lhe dizer uma coisa sem parecer um completo idiota.

— Hã?

Meu coração disparou, e ele se aproximou de mim para sussurrar no meu ouvido.

Não diga aquilo, não diga aquilo, não diga aquilo...

Diga, diga, diga, diga.

Não diga aquilo, não diga aquilo, não diga...

— Eu gosto muito, muito mesmo de você, Shelly.

Senti uma onda de alguma coisa passar por mim. Alívio, com certeza. Não era decepção. Definitivamente, não era decepção.

Sorri para ele. — Eu também gosto de você.

Ele inclinou a cabeça para frente lentamente para me beijar. Não foi o beijo ardente que geralmente trocávamos. Nem perto. Mas, mesmo sendo um beijo suave e íntimo, ainda fazia explodir todos aqueles fogos de artifício dentro de mim com a mesma intensidade.

Eu fui a primeira a me afastar. — Noah... todo mundo está olhando para nós — balbuciei, com o rosto ardendo.

— E daí?

Mordi as bochechas. — Isso é... esquisito. Além disso, algumas dessas garotas estão me olhando com tanta raiva que acho que minha cabeça vai explodir.

— Nem me fale. Alguns dos garotos parecem estar prontos para arrancar minha cabeça.

— O quê?

Ele me encarou como se eu fosse idiota.

— Eu estou aqui com a garota mais maravilhosa que existe. Você não acha que eles estão sentindo pelo menos um pouco de inveja?

Fiquei toda vermelha. — Não sei...

— É sério, Elle. Acredite no que estou dizendo. Você é bonita.

Um sorriso se espalhou por meu rosto, junto com o rubor. Eu nunca, nunca iria imaginar que Noah Flynn usaria a palavra "bonita" para descrever uma garota. Era muito estranho quando aquela palavra saía da sua boca, mas de uma maneira muito boa; a melhor das maneiras.

— Fiz você corar — provocou ele, roçando os lábios na minha bochecha.

Dei um tapa em suas costas. — Cale a boca. Pelo menos não uso cuecas com o desenho do Superman.

— Ha-ha — disse ele, sarcasticamente. — Venha comigo.

Ele segurou no meu braço, me tirou do salão de baile e me levou até o saguão, e dali para uma pequena sala onde havia uma enorme samambaia em um vaso. Ele me puxou para trás da samambaia e me prensou contra a parede, com uma mão de cada lado da minha cabeça.

— Passei a noite inteira esperando para fazer isso — sussurrou, e seus lábios se encontraram com os meus.

QUANDO FINALMENTE VOLTAMOS AO SALÃO, NOAH FOI IMEDIATAMENTE LEVADO PARA LONGE POR ALGUNS DOS ATLETAS PARA PEGAR bebidas com ele — e as garotas me cercaram.

— Meu Deus, Elle! Por que você não nos contou nada?

— Há quanto tempo isso está acontecendo? Você devia ter dito alguma coisa!

— Ahhh, você tem muita sorte, Elle! Não consigo acreditar. Flynn realmente está namorando?

— Você tem que nos contar *tu-do*, Elle! — gritou Jaime, segurando nos meus dois pulsos e fazendo-me sentar diante de uma das mesas. — Quando foi que isso começou?

— Ah... é meio complicado...

— Como assim? Você estava namorando com alguém antes ou coisa do tipo?

— Não, mas...

— Você é a garota mais sortuda do mundo, sabia? Você sabe quanta inveja estamos sentindo de você? Você sabe... é *Flynn!*

— Ei... então, Elle — disse Dixon, aparecendo de repente e colocando a mão no meu ombro. — Os rapazes estão querendo saber... há quanto tempo você estava fora do mercado?

Eu ri, enrubescendo. — Por quê?

— Eles querem saber o quanto podem acabar apanhando de Flynn por falarem sobre você.

Eu ri outra vez. — Ah... desde hoje. — *Oficialmente*, acrescentei silenciosamente.

— Entendo... bem, então ninguém está correndo o risco de acabar com um braço quebrado — riu ele. — Sabe de uma coisa... parabéns, então. Acho que isso é apropriado. Quem pensaria que isso fosse acontecer?

— Nem me fale...

— Ei, Elle! — Olhei para o lugar de onde a voz vinha e vi Rachel abrindo caminho para chegar até mim. Sorri, suspirando aliviada. Levantei-me, ignorando brutalmente as garotas que queriam conversar comigo sobre Noah, segurei em seu braço e a puxei para longe dali.

— E então, vocês conseguiram se acertar? — perguntou ela.

Fiz que sim com a cabeça. — Parece que sim. Mas...

— Oh não, oh não, não, não, não — disse Rachel, freneticamente. — Tem um "mas" na história. Isso não parece ser um bom pressentimento.

— Não é um "mas" ruim! É somente um "mas" do tipo... "não sei como isso vai acabar".

Ela assentiu devagar. — Ah, entendi...

— O quê? — perguntei. — O que foi?

— É que... bem, você tem certeza mesmo de que essa é a coisa certa a fazer? Eu sei que você gosta dele e tudo mais, mas mesmo assim... todo mundo sabe como ele é.

Dei de ombros. — Eu sei, mas... realmente não me importo mais.

Ela me olhou por um longo momento e, em seguida, algo pareceu se encaixar, e ela assentiu como se compreendesse.

Quando a banda anunciou que iriam começar a tocar músicas mais lentas, o rosto de Rachel perdeu a concentração. — Bem, se você realmente tem certeza, Elle... eu entendo, de verdade. Olhe, tenho que ir agora...

— Lee?

— Sim — ela riu, admitindo a culpa. — Sim. Desculpe.

— Vá em frente, Rach. Tenho que ir procurar Noah também.

— Certo. Vá encontrar Noah. — Ela piscou o olho exageradamente antes de se afastar.

Alguém segurou meu braço com uma pegada forte que reconheci instantaneamente, e me puxou até a pista de dança antes que eu pudesse protestar.

— Você não me concedeu a primeira dança — disse Noah, com o sorriso mais doce do mundo. — Mas, com certeza, vou querer a última.

ELE HAVIA RESERVADO UM QUARTO NO ROYALE PARA PASSARMOS A noite, também. Quando vi o quarto, percebi por que ele havia desaparecido mais cedo.

Soltei uma risadinha quando ele me puxou para fora do elevador. — Você não precisava ter...

— Eu sei, eu sei, mas já lhe disse um bilhão de vezes hoje. Estou tentando consertar as coisas com você e, por isso, resolvi ser um namorado estupidamente perfeito e sem noção da realidade, somente para lhe mostrar o quanto estou levando isso a sério.

— Ah, então é assim que você leva as coisas a sério? — eu disse, cética.

— Ei, seja gentil comigo. Estou me esforçando!

Eu ri.

— Certo, certo, desculpe-me. Vou ficar de bico fechado.

Ele também riu quando paramos diante de um quarto no sétimo andar. Tirou um cartão magnético do bolso e o passou para abrir a porta.

— Depois de você — disse ele, e fez um gesto formal para que eu entrasse primeiro.

Vou ser sincera: temi entrar e ver o piso coberto por pétalas de rosa e velas por todo lugar, e talvez até mesmo uma música de fundo piegas — o tipo de cena que aparece nos filmes, no Dia dos Namorados, ou quando o rapaz está loucamente apaixonado e prestes a pedir a garota em casamento.

Porque, quando Noah disse que estava sendo um namorado "estupidamente perfeito e sem noção da realidade", esperei até mesmo que ele tivesse superado todos os limites — e criado um cenário enorme para tentar me impressionar.

Assim, quando ele abriu a porta e me levou para dentro, fiquei aliviada ao ver que não havia velas, nada de música nem meia-luz. Nada piegas, cafona ou romântico. Era somente uma suíte normal, com uma saleta branca e confortável, carpetes brancos e macios e um pórtico aberto que levava ao que devia ser o quarto principal e ao banheiro do apartamento.

Seria muito artificial se ele houvesse feito mais do que isso. Esse era Noah Flynn — violento, tosco e nem um pouco romântico. Até mesmo seu "gesto romântico" no baile não era exatamente uma proclamação de seu amor por mim. Era algo típico de Noah, e eu havia adorado.

— Você disse mesmo que ia ser um namorado estupidamente perfeito e sem noção da realidade — eu disse, em tom de brincadeira, virando-me para sorrir enquanto ele fechava a porta atrás de nós.

— Ah, acredite em mim, você ainda não viu nada. Venha comigo.

Ele pegou na minha mão e me puxou para o quarto.

Bem, *isso*... isso era estupidamente perfeito e sem noção da realidade. Bem, quase. Considerando como Noah geralmente agia, chegava bem perto.

— Agora você sabe por que desapareci da festa por algum tempo. Você faz ideia de quanto tempo demora para conseguir escrever palavras com pétalas? É impossível. Eu acabei desistindo. Ia escrever "desculpe", mas...

— Estou percebendo — eu disse, rindo.

Pétalas de flores vermelho-escuras estavam espalhadas por sobre a cama e o piso.

Fiquei na ponta dos pés para beijá-lo no rosto. — Você não precisava ter feito isso.

— Sim, eu sei. Mas estou me esforçando, não é? Disse que ia tentar. E sei o quanto você é romântica.

Eu sorri, timidamente.

— Mas fiquei surpreso por você ter me dado outra chance tão facilmente — disse ele, me puxando para a cama e me tomando em seus braços. — Esperava que você fosse resistir mais.

— Está querendo arrumar outra briga, Noah?

Ele puxou meu cabelo carinhosamente. — Não. Estou só dizendo. Não reclamando. Há uma diferença aí.

— Bem pequena.

Ele riu, e senti a risada reverberar por seu corpo. Então, me beijou com suavidade. Eu estava prestes a retribuir o gesto, mas naquele momento o meu celular decidiu tocar.

Senti, mais do que ouvi, Noah suspirar, e ele relutantemente afastou os braços de mim enquanto me levantava para ir procurar a minha bolsa.

Suspirei quando olhei para o identificador de chamadas, entrando no banheiro com a bolsa e o celular já encostado na orelha. *Posso aproveitar para retocar a maquiagem, já que tenho que me afastar por um momento*, pensei.

— Oi, pai — eu disse, esperando não aparentar demais minha irritação pela interrupção. Aproximei-me do espelho para limpar um pouco do delineador que estava borrado.

— Como estava o baile?

— Legal.

Ele limpou a garganta. — Já decidiu o que vai fazer em relação a ele?

Mordi a bochecha antes de responder. — Sim, resolvi.

Meu pai suspirou. — Você vai ficar com ele, não é mesmo... — Era mais uma afirmação do que uma pergunta. Ele já sabia.

— Sim — admiti. — Olhe, preciso ir agora. Nos vemos amanhã, está bem?

— Tudo bem.

Respirei algumas vezes para me acalmar. Desliguei o celular para que não tivéssemos mais interrupções. Em seguida, apliquei um pouco de bálsamo para os lábios e agitei os cabelos antes de voltar ao quarto.

Noah estava deitado na cama, com os braços atrás da cabeça e uma perna ligeiramente flexionada. Não chegava a ser uma pose, na verdade, mas naquele momento ele parecia um modelo fotográfico. Estava com os olhos fechados, totalmente relaxado. Acho que ele nem percebeu que eu havia voltado.

O olhei da cabeça aos pés. Noah estava muito bonito, com os cabelos escuros desalinhados e o *smoking*... até mesmo o nariz torto. Era alto o bastante para fazer com que eu me sentisse frágil. E eu adorava seus olhos, tão brilhantes, azuis e penetrantes — e agora eles estavam totalmente abertos, olhando para mim de uma maneira que me fez corar.

— Por mais que você esteja linda nesse vestido esta noite, Elle, tenho que dizer que prefiro vê-la sem ele.

— Ah, é mesmo? E o que faz você pensar que isso vá acontecer?

Ele abriu seu sorriso malandro de sempre. — Acho que não vai ser um problema.

Sorri sugestivamente enquanto ele se levantou da cama e veio até mim. Ergui uma sobrancelha, imaginando exatamente qual era o seu plano.

Mas, de repente, ele parou diante de mim. — Venha aqui — disse com a voz surpreendentemente suave, e andou para trás até estar sentado na cama, puxando-me para sentar em seu colo. Quando seus braços se fecharam ao redor do meu corpo com força, fiz com que os meus serpenteassem ao redor de seus ombros. Foi um momento bem carinhoso e íntimo.

— Não precisamos fazer nada, você sabe. Se quiser que as coisas aconteçam devagar agora, é só dizer. Não reservei o quarto somente para isso. Só queria ficar sozinho com você, mesmo que decida ir para casa mais tarde.

Fiquei atordoada. Ali estava eu, convicta de que a única razão pela qual ele alugara aquela suíte era para que pudéssemos transar, e agora ele estava dizendo que não ia me pressionar, se eu não quisesse. Flynn, abrindo mão de sexo por mim.

Meu Deus.

Primeiro, ele se ajoelhou para me convidar para o baile. Em seguida, dedicou a música para mim bem no meio do salão, depois as pétalas na cama... e agora isso?

Cara... ele *realmente* havia mudado.

— Ouvi você dizer a Lee que achava que tínhamos ido rápido demais no começo — disse ele. — Estamos fazendo as coisas do jeito certo desta vez, e por isso pensei...

Eu realmente havia dito aquilo para Lee, porque sempre podia ser brutalmente honesta com ele sem me sentir julgada. Mas nem imaginava que Noah estaria por perto para ouvir aquilo... ultimamente, eu estava preocupada com a possibilidade de termos ido rápido demais com isso, ou que eu não estivesse pensando direito, envolvida demais na adrenalina de fazer as coisas escondida.

Era assim que minha primeira vez *deveria* ter acontecido, pensei, olhando para a suíte e para as pétalas de flores. Noah...

Fiz um sinal negativo com a cabeça, ainda encostada contra a dele.

— Não. Eu quero.

Se este fosse um daqueles livros cafonas de romance, agora seria a hora em que diríamos *eu amo você*.

Entretanto, ele murmurou algo que eu não consegui ouvir direito e me beijou com força, fazendo-me derreter em seus braços. Ele me ajudou a tirar seu paletó, e enquanto eu me ocupava com os botões da camisa, ele puxou a gravata, saindo de perto de mim apenas por tempo bastante para retirá-la por cima da cabeça.

Eu não consegui me conter quando, em meio à pressa, ele conseguiu fazer com que a gravata ficasse presa em sua boca.

— Nem se atreva — ameaçou ele, com um pedaço da gravata abafando as palavras. Eu ri até mais, mas ele logo me calou com um beijo. Naquele momento, parei de pensar completamente. Não havia qualquer pensamento racional por trás das minhas ações. Esta noite seria nossa... somente *nossa*.

PISCANDO OS OLHOS PARA ENXERGAR, BOCEJEI E ROLEI PARA O LADO, percebendo que meu nariz estava praticamente tocando o de Noah. Seus lábios estavam entreabertos e os cílios pareciam bem mais longos do que o habitual, pousados sobre as maçãs do rosto daquele jeito. Parecia tão tranquilo, tão inocente...

Eu me aproximei ainda mais dele e o observei enquanto dormia. Sempre me perguntei por que as pessoas faziam isso em seus relacionamentos — por que ficavam simplesmente olhando alguém que não estava fazendo nada. Mas agora eu entendia. Era para vê-los em seu estado mais vulnerável.

Depois de algum tempo, entretanto, quando ele ainda não havia se movido e eu estava acordada demais para pensar em voltar a dormir, decidi que ia acordá-lo.

— Noah — eu disse, suavemente, perto da sua orelha. — Noah... acorde...

Ele resmungou alguma coisa incoerente, colocou um braço ao meu redor e me puxou para si, mas não abriu os olhos.

— Noah — eu disse outra vez.

Sem resposta.

Eu me inclinei para frente e pressionei meus lábios gentilmente contra os dele, e então Noah esfregou os olhos e passou as mãos pelos cabelos.

— Se é assim que você vai me acordar, eu não me importaria de passar a noite com você mais vezes — disse Noah com um brilho nos olhos.

— Ha-ha — respondi, com sarcasmo, mas estava sorrindo. Afastei um pouco dos cabelos que estavam diante do meu rosto. — Bom dia.

Ele beijou a ponta do meu nariz. — Bom dia para você também. — Ele se espreguiçou e me puxou de volta para junto de si. Nossas pernas se entrelaçaram.

Imediatamente afastei a minha perna para longe da dele com um movimento brusco.

— O que foi?

— Seus pés estão gelados — expliquei, e ele riu, revirando os olhos. Bem devagar, voltei a colocar a minha perna onde ela estava antes, evitando os pés de Noah.

Levou pelo menos mais uma hora até que nos levantássemos; ficamos enroscados na cama, um ao redor do outro, conversando em voz baixa e trocando beijos.

Eu não podia estar mais feliz.

PEDI A NOAH PARA ME DEIXAR EM CASA. MAIS TARDE, CONVERSARIA com Lee. Estava desesperada para saber se ele finalmente havia dito "eu amo você" para Rachel (porque, mesmo *ele* não percebendo ainda, eu sabia que estava apaixonado).

Mas ele ainda não se sentia confortável com o fato de que o seu irmão mais velho e eu estávamos namorando. E aparecer com os restos da maquiagem da noite passada e o vestido amarrotado seria o equivalente a esfregar o fato na cara dele. Eu preferia bem mais ter que encarar o suspiro de desaprovação do meu pai em relação a como passei minha noite do que encarar Lee vestida daquele jeito.

— Elle? — meu pai chamou, quando fechei a porta tão silenciosamente quanto possível atrás de mim.

Suspirei. Eu não tinha o menor talento para a filha rebelde. Não era nem capaz de entrar ou sair de casa escondida, mesmo que minha vida dependesse disso. Assim, respondi: — Sim, sou eu!

— Como foi o baile? — perguntou ele.

Com um suspiro, alisei o vestido e fui até a sala de estar. Brad estava de cabeça para baixo, com os pés sobre o encosto do sofá e a cabeça quase encostando no chão. Ele tirou os olhos do Nintendo por um momento para olhar para mim, mas logo voltou a se ocupar com seu jogo.

— O baile foi ótimo — respondi. — Exceto pelo fato de que houve um pouco de drama por causa das nozes no prato vegetariano; um dos garotos é alérgico a nozes...

— Que *cha-ti-ce...* — disse Brad, ruidosamente, cantarolando as sílabas, irritando-me como somente um irmão mais novo era capaz de fazer.

— Você foi para a festa após o baile? — perguntou meu pai.

— Não... — eu disse, cautelosamente. — Nós... bem, Noah reservou um quarto para passarmos a noite... — minha voz se dissolveu em um murmúrio antes de sumir completamente.

— Ah, é mesmo? — As palavras do meu pai estavam crivadas pela desaprovação.

— Mas nada aconteceu — eu disse, rapidamente, sem conseguir impedir que minhas bochechas começassem a queimar. A situação já estava bem constrangedora sem que eu tivesse que me confessar.

Foi Brad quem falou: — *Noah e Elle, os dois namoradinhos, saem por aí se beijando escondidinhos...* — cantarolou, zombando de mim.

— E você é um pentelhinho — foi minha resposta, irreverente, imitando seu tom de voz. Ele fez uma careta por cima do seu Nintendo, e eu lhe mostrei a língua.

— Será que é tarde demais para eu voltar atrás no que disse ontem à noite, sobre minha garotinha já ter crescido tanto, Elle? — meu pai riu, olhando para nós dois e balançando a cabeça. Abri um sorriso tímido. — Quer dizer, então, que você se divertiu no baile.

— Ah, sim. E você sabe o que Noah fez? Ele conseguiu fazer com que a banda me dedicasse uma música para que pudesse me pedir para ser sua namorada na frente de todo mundo. Acho que isso mostra o quanto ele está falando sério em relação a tudo isso. A mim — completei.

— Ah, quer dizer que a minha irmãzinha Elle-Belle está *apaixona-aaaaada?* — disse Brad em uma voz bastante zombeteira, fazendo sons de beijos e retorcendo o rosto em caretas.

— Não! — eu disse, rapidamente. — Definitivamente, não. Nada a ver.

Meu pai só conseguiu olhar para mim como se estivesse dividido entre a aceitação e a decepção. Eu estava começando a ignorar aquela sensação quando a campainha tocou.

— Deixe que atendo — falei, rapidamente, apressando-me para abrir a porta.

— Ouvi dizer que você havia voltado — disse Lee, encostado na cerca da varanda e sorrindo para mim. O sorriso desapareceu de seus olhos por um momento quando ele me viu; ficou totalmente claro o que passei a noite fazendo, mas ele se recuperou rapidamente.

— Além disso, eu tinha que sair de casa — prosseguiu. — Meus pais estão soltando os cachorros em cima de Noah.

— Por quê?

— Bem, para começar, ele esteve, abro aspas... "Sabe lá Deus onde você esteve e sabe lá Deus o que você andou fazendo nesta última semana", e ele, novamente abro aspas, "vai ser expulso da faculdade antes mesmo de começar as aulas se continuar agindo dessa maneira tão estúpida e imprudente".

Suspirei, passando a mão pelos cabelos. Lee acrescentou, ainda: — A raiva deles vai passar. Mas prefiro não estar por perto.

— Como foi a festa após o baile?

— Olhe, você perdeu umas coisas memoráveis — disse ele, em tom grave, abrindo outro sorriso gigantesco. — Foi realmente hilário. Warren ficou bêbado e começou a cantar no karaokê, e chegou até mesmo a dançar e a dizer que amava todos nós. Foi a coisa mais engraçada do *mundo*. E não houve nenhuma briga nem nada.

— Porque Noah não estava lá.

Ele riu. — É verdade, é verdade... — E aproveitou para limpar a garganta. — Bem, eu perguntaria como foi sua noite e iria também lhe zoar um pouco, pedindo que você "me contasse todos os detalhes sórdidos, *namorada*" — ele falou aquilo com um falsete e fingiu que jogava os cabelos para trás. — Mas eu não quero realmente saber sobre tudo o que você fez com o meu irmão.

Eu sorri. — Não imaginei que você iria querer saber, para ser honesta. Mas, já que tocamos no assunto, você e Rachel...?

— Não, ainda não — disse ele, de maneira até um pouco orgulhosa, empinando o queixo.

— Sério? Achava que vocês já teriam chegado lá, agora.

— Eu também... mas ela disse que não estava preparada, por isso... não sei. Vamos esperar até que esteja. — disse Lee, dando de ombros.

— Ahhh! — exclamei. E belisquei seu nariz. — Você está perdidamente apaixonado, meu amigo.

Lee nem discutiu. Simplesmente revirou os olhos. E corou por baixo de todas aquelas sardas. Eu ri, mas não de forma zombeteira.

— Rachel sabe o quanto você está apaixonado?

— Bem... eu...

— Ah, meu Deus! Você disse a ela, não foi? Você disse! *Você disse que a ama!* Quando foi que disse isso? Quando estavam dançando de rostinho colado? Quando estavam olhando as estrelas na festa depois do baile?

Lee soltou uma risada alta, colocando as mãos firmemente sobre meus ombros. — Calma aí, Senhorita Romântica. Se me der a oportunidade, eu lhe digo como aconteceu.

Fiz um gesto de fechar os lábios com um zíper.

— Na hora das músicas mais lentas, eu meio que disse isso bem discretamente. Ela não ouviu e perguntou, "o quê?", e eu tive que dizer mais alto, mas ela ainda não havia entendido, então tive que dizer bem alto... e algumas pessoas olharam para nós, e ela ficou toda vermelha. — Ele riu. — Foi uma coisa bem fofa, na verdade, porque quando ela disse o mesmo, toda ruborizada... falando sério, ela parecia uma beterraba, e...

Dei um tapa em seu braço. — Que comentário mais cruel!

— Não é cruel. Foi fofo, eu *disse* que foi fofo! E pare de me interromper. Bem, ela disse o mesmo para mim, e parecia uma beterraba *muito* fofa — disse ele, enfatizando a palavra. — E eu disse, "o quê? Não estou ouvindo", e ela teve que dizer aquilo bem alto também.

Sorri. — Ah, isso, sim, é muito fofo.

— Estou pegando essa mania de tanto andar com você — falou ele, empurrando o meu ombro. — Estou ficando todo piegas por andar em sua companhia durante todos esses anos.

— E você a beijou? Depois que vocês se declararam?

— Aff.

— Ahhh...

— Você vai ficar aí, gemendo e suspirando o dia todo ou vamos assistir o episódio de hoje de *Judge Judy*? Depois que você tomar um banho, é claro. O seu delineador está todo borrado — ele me cutucou embaixo dos olhos e passou por mim para entrar em casa.

A única coisa que consegui fazer foi rir e balançar a cabeça enquanto Lee ficava à vontade, conversando com Brad e o meu pai me esperando subir as escadas para tomar banho e me trocar.

Havia uma coisa que não saía da minha cabeça, entretanto: meu irmão menor me irritando sobre... sobre estar... apaixonada por Noah. Eu não podia estar.

Afinal, eu sabia desde o começo que não era... bem, que não seria nada sério até ontem à noite, oficialmente. E mesmo antes da noite passada, eu não poderia estar... eu não estava...

Estava?

26

LEE E EU ESTÁVAMOS DEITADOS NO JARDIM QUE FICAVA NOS FUNDOS da minha casa; o sol estava brilhando e o tempo estava agradável demais para ficar dentro de casa. Geralmente, passávamos dias como este relaxando ao redor da piscina de Lee. O jardim dele era mais legal que o meu, também; nós tínhamos um daqueles balanços com um toldo por cima, mas ele rangia sempre que balançava. E metade do gramado havia morrido — meu pai andava ocupado demais para dar um jeito naquilo, e era teimoso demais para chamar um jardineiro.

Sugeri que fôssemos para a casa de Lee, dizendo que a piscina seria ótima agora. Mas Lee queria esperar mais um pouco.

— Shelly, meu pai disse que me mandaria uma mensagem quando fosse seguro voltar. Ou seja, isso só vai acontecer quando Noah sair pisando duro ou quando terminarem de discutir e de lhe darem todas as broncas que estão guardando desde que ele saiu de casa. Ainda não recebi nenhuma notícia.

— Foi realmente tão ruim assim?

— Pode acreditar no que digo, você não vai querer saber.

Bem naquele momento, o telefone de Lee tocou e ele o tirou do bolso. Ele encarou o aparelho e não atendeu imediatamente.

— Quem é? — eu perguntei, levantando-me para olhar a tela.

— Noah — murmurou ele quando avistei o identificador de chamadas. — Que diabos ele quer?

— Ei, tenho uma ideia: atenda e descubra.

Ele olhou para mim, fingindo raiva, e apertou o botão para atender.

— O que você quer?

Ouvi a voz igualmente irritada de Noah do outro lado, mas não consegui discernir o que ele estava dizendo.

— Claro — disse Lee, entregando o telefone para mim. — O seu celular ainda está desligado. Ele quer falar com você.

— Ah. — Peguei o telefone e descobri que estava sorrindo, mesmo com a simples ideia de conversar com ele ao telefone. E ele não havia nem dito nada ainda. O que estava acontecendo comigo? — Oi.

Mas eu sabia exatamente por que estava assim. Era a mesma razão pela qual eu havia dito que iria ao baile com ele, por mais que tentasse encontrar um motivo para fazer o contrário.

— Estou tentando falar com você há um tempão.

— "Um tempão" significa quanto, exatamente?

— Hmmm, os últimos quatro minutos? Já liguei *duas vezes*.

Tive que rir. — Ah, sim, isso é mesmo "um tempão", Senhor Impaciente. O que você quer, então?

— Escute, Elle... — Noah estava falando de um jeito estranho, como se estivesse com dificuldade para conversar. Eu podia imaginá-lo puxando os cabelos, passando a mão pela bochecha. Franzi um pouco a testa, imaginando o que poderia haver de errado.

E foi então que ele disse. Aquelas palavras fatais.

Eu sabia que devia ter dado um fim no que tinha com Noah há muito tempo. Diabos, nem deveria ter começado. Mas agora era tarde demais. Eu sabia que estava atolada até o pescoço, porque as palavras que ele disse a seguir me fizeram parar de respirar por um momento.

Ele suspirou ao telefone. — Precisamos conversar.

COMBINAMOS DE NOS ENCONTRAR NO STARBUCKS QUE FICAVA NA saída da cidade. Foi tudo que consegui assimilar da conversa. Não pude fazer nada além de gaguejar um "tudo bem".

— O que houve? — perguntou Lee, me olhando com uma expressão preocupada. — Parece que você viu um fantasma.

— Eu... ele... nós... no Starbucks...

— O quê? Shelly, respire fundo e me conte o que ele disse. Mas primeiro de tudo, você está bem?

Concordei com a cabeça, e logo em seguida neguei. — Bom... eu não sei. Ele... nós... — Respirei fundo. — Ele disse que *precisamos conversar.*

Lee gemeu, aspirando o ar. — Ai. Mas... espere. Você está falando sério?

Acenei, afirmativamente. — Nós vamos nos encontrar no Starbucks às oito da noite.

— Isso é daqui a uma hora.

Assenti. — Tenho que ir me arrumar... — Entorpecida, mal sentindo as pernas, subi até o meu quarto, naquele estado estonteado, como se estivesse em um sonho. Meu pai estava trabalhando na sala de estar e Brad havia ido a um parque nas redondezas com alguns amigos. Lee subiu as escadas a passos largos, vindo atrás de mim.

— Espere aí. O que você acha que está acontecendo?

— Ele vai terminar o namoro, não é? Ei, nós acabamos de começar o relacionamento oficialmente... e agora ele vai dar um fim em tudo, não é mesmo? É isso que as pessoas dizem quando querem terminar o namoro. Elas dizem "precisamos conversar", e depois dizem "o problema não é você, sou eu", e...

Lee estalou os dedos diante do meu rosto, fazendo-me saltar de susto, já que eu não esperava aquilo. — Calma.

— Desculpe.

— Olhe, talvez ele só... queira conversar. Talvez ele não queira terminar o namoro com você. Não vejo motivo para ele fazer isso.

— Mas... mas se fosse assim, ele iria me dizer, não é? Ele teria dito, "não se preocupe, não vamos terminar o namoro". Ah, Deus, o que é que a gente veste para encontrar alguém que vai terminar o relacionamento?

Comecei a revirar meu armário e as gavetas, procurando por alguma coisa para vestir. Eu estava seriamente considerando as opções — será que devia vestir algo bem fofo para fazer com que ele pensasse duas vezes sobre me largar? Será que devia ir usando o que já estava vestindo

— meu short jeans velho e a blusinha roxa —, para dar a impressão de que não me importava de ele estar terminando comigo?

Decidi não me trocar; iria simplesmente aplicar um pouco de maquiagem.

— Elle, relaxe. Ele provavelmente não quer terminar com você. Se quiser, é um maluco.

— Obrigada, Lee. Isso é bem reconfortante. — Peguei o delineador, mas minha mão tremia tanto que, em vez disso, me joguei na cama, cobri o rosto com as mãos e soltei um grito de frustração.

Eu sabia que havia me aproximado demais de Noah e simplesmente não quis acreditar. Achei que, se dissesse a mim mesma que aquilo não era possível, iria se transformar em verdade. Que, se dissesse a mim mesma que não estava me envolvendo profundamente, isso iria significar que eu não teria... que não teria me apaixonado por...

Comecei a me perguntar há quanto tempo sentia aquilo por Noah. Agora, bem, agora, quando eu finalmente havia me dado conta, ele estava prestes a acabar com tudo.

Até mesmo Brad já sabia antes que eu tivesse percebido. E Lee... ele sabia. Era por isso que ele me olhava daquele jeito esquisito, às vezes. Meu pai e Rachel também já tinham adivinhado; a expressão em seus rostos fazia sentido, agora. Será que fui realmente a última pessoa a me dar conta do que sentia?

Mesmo assim, lá no fundo, eu já sabia; estava simplesmente assustada demais para admitir.

A lógica me dizia que os sentimentos de Noah definitivamente não eram recíprocos; ele ia dar um fim em nosso namoro. *Precisamos conversar*... Comecei a morder meu lábio.

Senti a mão de Lee no meu joelho; quando abri os olhos, ele estava debruçado sobre mim, com o nariz a poucos centímetros do meu, e aqueles olhos grandes e azuis me olhando fixamente. Eu o encarei com a mesma intensidade.

— Lee..

— Hmmm?

— Estamos com um problema.

— Hmmm?

— Acho que... — engoli em seco, olhando profundamente em seus olhos. — Acho que estou apaixonada por ele.

— *Finalmente.* Pensei que isso já fosse óbvio quando você aceitou ir ao baile com ele. Ninguém que estivesse com a cabeça no lugar teria aceitado. Eu estava esperando que você me dissesse isso, quando me contou quem era o seu par no baile.

— Espere aí... você sabia e não me contou?

— Achei que seria melhor se descobrisse sozinha. — Eu o encarei com um olhar cético. — Certo, admito. Achei que você nunca iria admitir uma coisa dessas — confessou Lee.

— Como você sabia antes que eu mesma soubesse? — falei, de maneira bem idiota.

— Eu sou a sua outra metade. A Ashley da sua Mary Kate, o B1 do seu B2 — acrescentou com um sorriso torto.

— Lee, o que vou fazer? Ele vai terminar o namoro comigo!

Lee deu de ombros. — Não sei o que posso lhe dizer, Shelly. Exceto que vai ficar tudo bem. E sabe por quê? Porque você tem a mim. Eu lhe disse: aconteça o que acontecer, estarei ao seu lado. Mesmo que você fique com o coração partido, ou grávida, ou qualquer outra coisa.

Eu sorri. — Bem, desde que eu tenha você...

Ele riu. — Que belo prêmio de consolação, hein?

— Não seja bobo. Você não é um prêmio de consolação. É o meu melhor amigo.

Ele abriu um sorriso triste. — Mas eu não sou tão importante para você quanto ele. Não posso competir com o cara pelo qual você está apaixonada. E não importa se ele é o meu irmão ou não.

— Lee, não seja idiota. Você sempre, sempre, sempre será o maior homem na minha vida. Com exceção do meu pai. Mas você chega bem perto. — Sorri. — Com Noah ou sem Noah. Nenhum outro homem vai nos separar. Jamais. Entendeu?

— E nenhuma garota, também — disse ele. — Melhores amigos.

— Vamos envelhecer juntos e tudo mais.

— Não consigo imaginar a gente brincando de tocar a campainha das casas e sair correndo sem você na sua cadeira de rodas ao meu lado, tentando fugir em alta velocidade.

Eu ri e o abracei com força. Ele me apertou de volta, forte o bastante para arrancar todo o ar dos meus pulmões.

— Você se preocupa bastante com a possibilidade de me perder, hein? — provoquei.

— É tão óbvio assim?

— Eu também não quero perder você.

Ele sorriu e piscou para mim.

— Ei, você já pensou como as coisas seriam se nós... você sabe. Se tivéssemos ficado juntos?

Ergui as sobrancelhas ligeiramente.

— Não estou dizendo que devíamos ter tentado! — acrescentou ele, rapidamente. — Estou só imaginando como teria sido.

— Todo mundo achava ficaríamos juntos.

— Só Deus sabe o porquê. Muitas comédias românticas e livros cafonas, acho.

Eu ri. — Seríamos um desastre como casal.

— Com certeza. Seria o nosso fim.

Eu ri, concordando. Não sei como iria lidar com a situação se Lee dissesse que me amava romanticamente. Seríamos os melhores dos amigos para sempre, apenas. — Além disso, você está todo apaixonado por Rachel.

— E você por Noah.

— Por enquanto, pelo menos... obrigada por me lembrar.

— Droga. Eu estava indo tão bem, tentando manter sua cabeça longe do fato...

— Estava mesmo, com o seu momento cafona. Agora, saia daí; você está atrapalhando a luz, e eu preciso cuidar da minha maquiagem.

Ele riu, afastando-se para deixar que eu chegasse até a penteadeira. Pelo menos minha mão não estava mais tremendo, e eu conseguia passar o delineador sem furar os olhos.

— Quer uma carona? Você vai precisar sair logo, se quiser evitar o trânsito.

— Sim, por favor — eu disse, enfiando algumas notas de cinco dólares no bolso. Lee conseguiu encontrar as chaves do carro no bolso depois de procurar por entre as embalagens de chicletes e moedas.

— Certo, vamos lá providenciar um coração partido — falei, com um sorriso forçado.

Ele deu um tapa nas minhas costas — meio forte demais. Quase como se quisesse enfiar uma dose de bom senso em mim. Tropecei e tive que segurar no corrimão para não cair e rolar pelas escadas.

— Fique calma. Tudo vai ficar bem.

Foi engraçado perceber que eu não acreditava nele.

CHEGAMOS AO STARBUCKS LOGO DEPOIS DAS OITO HORAS, JÁ QUE havia um pouco de trânsito. Vi a moto de Noah parada diante da cafeteria. Teria que me lembrar de ligar para Lee vir me buscar antes de aceitar que Noah me desse uma carona para casa — isso se ele chegasse a oferecer.

— É só me mandar uma mensagem se quiser que eu venha buscá-la, certo? — disse Lee, em voz baixa, enquanto me acompanhava até a porta. Acenei com a cabeça e entrei; meus olhos esquadrinharam o salão nervosamente. Vi uma mão se erguer; Noah estava em uma mesa mais ao fundo, ao lado de uma das janelas.

Lee apertou meu braço. — Você vai ficar bem, Shelly. Além de tudo... ele não merece você.

Eu ri, mas o som saiu forçado. — Nos falamos mais tarde, Lee.

Ele bateu continência e eu me virei para encarar Noah, indo até a mesa com o queixo erguido.

Ele parecia ainda mais bonito do que o habitual. Talvez porque eu havia finalmente me dado conta do que sentia por ele, ou talvez porque ele estivesse prestes a me dispensar. Seus cabelos estavam penteados para trás e ele estava vestindo um jeans escuro e uma camiseta branca simples, com a jaqueta surrada de couro por cima. Ele chegou até mesmo a se levantar quando cheguei perto da mesa, o que me surpreendeu.

Quase consegui ouvir Lee dizer "ahhh, olhe só quem conseguiu transformar Noah em um cavalheiro!" enquanto me cutucava nas costelas.

— Oi — disse Noah, parecendo um pouco agitado e sem fôlego. — Ah... sente-se.

Eu me sentei. Começamos a falar ao mesmo tempo. Quando percebemos, paramos, e depois começamos outra vez.

— Pode falar primeiro — dissemos ao mesmo tempo. Ele abriu um sorriso que era metade malandro e metade sincero, e ri enquanto soltava a respiração.

Naquele momento, um garçom se aproximou, um cara já com seus vinte e tantos anos que parecia ter tomado uma overdose de cafeína para conseguir cumprir mais um turno de trabalho. — O que vão querer hoje, pessoal?

— Bem... — Será que iríamos realmente ficar ali por muito tempo? Ou Noah iria simplesmente me largar e montar naquela armadilha mortífera de duas rodas que ele chamava de moto?

— Vou querer um café normal — disse ele ao rapaz. Em seguida, apontou o dedo para mim e disse: — E ela vai querer um *latte* com leite semidesnatado e *chantilly*.

O rapaz anotou os pedidos em sua caderneta e disse: — Ótimo. Já vou trazer para vocês.

Quando ele se afastou, a única coisa que consegui dizer foi: — Como você sabe o café que eu peço?

— Você já pediu um desses antes. Era um pedido estranho; acho que foi por isso que lembrei.

— Ah. — Eu estava chocada, mas de um jeito bom. O cara bem na minha frente não estava realmente prestes a terminar o namoro comigo, não é?

Eu queria muito, muito mesmo, poder acreditar que Lee estava certo; que o seu irmão realmente estava apaixonado. Mas...

Mas.

Sempre havia um "mas".

Eu não disse nada, e Noah também não. Ficamos simplesmente esperando em silêncio até nossos cafés chegarem. Logo após, ele tomou um gole e recostou em sua cadeira, com uma perna cruzada por cima do joelho e o braço apoiado no encosto.

Eu nem tentei provar o meu *latte*; iria somente escaldar a minha língua. Não estava disposta a queimar todas as minhas papilas gustativas, mesmo se houvesse um silêncio constrangedor entre nós.

Até que, finalmente, ele decidiu falar. — Olhe... precisamos conversar.

— Você vai terminar o namoro? — Despejei a frase, sem conseguir segurar aquela pergunta dentro de mim por mais tempo.

Ele suspirou, e meu coração afundou no peito. Senti que estava murchando quando vi a expressão em seu rosto.

— Escute, Elle. Eu quero que você ouça o que vou dizer, está bem?

Balancei a cabeça. O que eu poderia fazer?

— Eu recebi uma oferta de Harvard. Uma vaga no curso de Ciência da Computação.

— Harvard... Aquela Harvard, a faculdade em Massachusetts?

Ele balançou a cabeça. — Isso mesmo.

— Isso é ótimo. Meus parabéns. — Mas minha voz não tinha a dose certa de entusiasmo. Tentei outra vez. — Isso é fantástico, Noah.

— Eu sei. Mas...

E lá estava ela outra vez. Aquela palavra horrível, horrível.

Mas, desta vez, uma parte de mim gostou de ouvi-la.

— Ei, espere aí. Você não pode *nem pensar* em não ir para Harvard.

— A faculdade fica em Massachusetts. Do outro lado do país, Elle. Eu consegui uma vaga também na Universidade da Califórnia em San Diego. Não fica tão longe, e eles têm até mesmo um bom curso de engenharia...

— Noah, por que você pensaria em desistir de Harvard? Você não pode fazer isso.

— Não sei... — disse ele, suspirando. Parecia totalmente confuso e perdido. — Meus pais querem que eu vá, mas não sei se isso é somente porque querem se livrar de mim para não terem mais que me aguentar. Aceitei a vaga, mas não sei se isso é a coisa certa a fazer.

— Tenho certeza de que seus pais estão muito felizes por você. É maravilhoso. É uma ótima oportunidade. É claro que eles querem que você vá para lá.

— Eles estavam tão irritados comigo... — disse ele, com uma risada curta e sem humor, observando o dedo girar em torno da borda da xícara. — Especialmente por causa de tudo que aconteceu com você... eles simplesmente querem que eu desapareça.

— Eles não querem que você desapareça... Só estão preocupados.

— Se você diz... — respondeu ele, falando com um ar tão derrotado que nem tentei discutir.

Deslizei a ponta do dedo indicador pela lateral da minha caneca, olhando para o vapor que subia do *latte*, e disse: — Estou feliz por você.

Ele estendeu o braço e tocou meu rosto, deslizando gentilmente o polegar pela minha bochecha. Senti meu coração parar por um instante. — E há toda essa coisa com você, também, e não sei o que quero fazer.

Engoli em seco. Ele não iria dizer aquilo. Lee estava errado. Eu estava somente me enganando. Era ridículo pensar que algum dia ele iria me dizer aquilo.

Ele olhou nos meus olhos por um longo momento, e se aproximou para me beijar com um carinho incrível, fazendo com que calafrios corressem pela minha espinha.

Os lábios de Noah ficaram sobre os meus por um tempo enorme; depois ele voltou a se recostar na cadeira. Eu não consegui decifrar sua expressão, mas ele tinha uma linha de expressão profunda marcando a testa.

— Elle, eu sei que... que fui um cuzão completo, e que disse que iria tentar consertar as coisas entre nós, mas... a questão é que... eu... — Noah suspirou e passou as mãos pelos cabelos, de um lado para outro, fazendo com que ele se desgrenhasse e erguesse as pontas para todos os lados. — Elle, vou para a faculdade no outono, não sei como as coisas vão acontecer e não quero perder você. Eu não quero terminar, mas...

— Noah... — tentei interromper.

E logo depois ele disse: — Não, esqueça. Isso pode esperar. Olhe, termine o seu café e nós vamos embora daqui. Quero levá-la a um lugar.

— Onde?

— Não posso dizer, vai estragar a surpresa. Mas você vai gostar, confie em mim. Não fica longe, mas precisamos ir logo se quisermos chegar a tempo.

Eu queria perguntar "chegar a tempo onde?", mas sabia que ele não iria me dizer. Por isso, fiquei em silêncio, bebendo o meu café. Noah praticamente engoliu o seu, e fiquei me perguntando como ele foi capaz de fazer isso sem queimar a garganta.

Quando coloquei a minha caneca de volta na mesa, Noah riu.

— O que foi?

Ele estendeu a mão e passou o dedo na ponta do meu nariz antes de limpá-lo no guardanapo. — Tinha *chantilly* aí. — Minhas bochechas arderam, mas ele riu. — Ficou bem fofo. Agora, vamos lá...

— Tudo bem! — eu ri. — Por que você está tão impaciente hoje?

E foi aí que me lembrei de uma coisa. — Ah, meu Deus, não. Eu não vou a lugar *nenhum* com você.

— O quê? Por que não?

— Você veio até aqui de moto. Eu a vi do lado de fora. Não vou montar naquela coisa nunca mais. Uma única vez já foi o bastante.

— Ah, deixe disso. Todo mundo merece uma segunda chance. Você até *me* deu uma segunda chance. Não odeie a moto.

Eu ri, esquecendo-me momentaneamente da náusea e da preocupação de estar potencialmente perdendo Noah. Além disso, naquele exato momento, eu me sentia bem mais autoconfiante. Honestamente, não achava que ele estava terminando o namoro comigo; ele disse até mesmo que não queria me perder.

— Desculpe, não posso fazer isso. Não posso montar naquela coisa. É horrível.

— Mas você pode ficar abraçada comigo — disse ele, com um toque de provocação. — Vamos lá, não tão ruim quanto você lembra.

— É horrível — eu disse, com a voz séria. — Desculpe. Não vou conseguir. Não posso montar naquela moto com você.

— Bem, você não tem escolha. Vou levar você até esse lugar, mesmo que tenha que amarrá-la.

Franzi a testa.

— Estou brincando. Mas vai valer a pena, eu prometo.

— Não.

Ele se aproximou e me deu um rápido selinho nos lábios. — Por favor. Eu juro, vai valer totalmente a pena. Prometo que serei seu escravo pelo resto da vida se você não gostar.

Como eu podia dizer não para aquele rosto?

Então, perguntei, com uma expressão desconfiada: — Pelo resto da vida?

— Sim.

— Certo, certo. Mas só desta vez. E você vai ficar me devendo uma. De verdade. Mesmo se eu gostar do que você tem em mente.

— Tudo que você quiser, Shelly. Mas você vai adorar. E a moto não vai ser tão ruim assim.

— Duvido muito. Às vezes, eu odeio você, Noah Flynn.

ELE COLOCOU O CAPACETE NA MINHA CABEÇA, PRENDENDO AS PRESILHAS. TIVE UMA SENSAÇÃO DE DÉJÀ VU EM RELAÇÃO À PRIMEIRA VEZ em que havia montado ali, e a lembrança me fez sorrir. Em seguida, ele passou a perna por cima do assento da moto, que parecia ainda mais monstruosa e ameaçadora do que eu me lembrava, e me deu a mão. Coloquei os braços cautelosamente ao redor da sua cintura. Minhas palmas estavam suando. Eu conseguia ouvir as batidas do meu coração ecoando nas orelhas.

Onde quer que ele estivesse indo, era melhor aquilo valer a pena.

Será que era tarde demais para recuar? Dizer que seria melhor irmos outro dia?

— Noah, mudei de ideia. Acho que não quero...

Ele deu a partida no motor, e a moto ganhou vida subitamente. Eu me assustei, soltando um gritinho, e me segurei com toda a força que consegui reunir. Senti seu corpo vibrar com uma risada, e antes que pudesse dizer mais uma vez que havia mudado de ideia, ele saiu em disparada pela rua.

Eu nem abri os olhos.

O vento golpeava os meus braços e as minhas pernas; eu sabia que iria estar coberta de brotoejas quando parássemos. Pelo menos meu cabelo estava totalmente enfiado dentro do capacete, e não estaria um desastre quando eu o tirasse.

Mas eu não queria olhar para tudo que passava em alta velocidade diante dos meus olhos. Ouvi uma buzina berrar, provavelmente por nossa causa, então continuei apertando os olhos com força e me segurando em Noah.

Odeio essa moto, odeio essa moto, odeio essa moto.

Eu amo Noah, eu amo Noah, eu amo Noah.

Quase não percebi quando paramos. Tudo ficou subitamente em silêncio, e foi somente quando Noah afastou meus braços de seu corpo é que me atrevi a abrir os olhos.

Nós estávamos na entrada de uma colina que ficava perto de um parque fora da cidade. Eu costumava ir àquele parque com Lee no verão, porque havia uma piscina que ficava aberta ao público durante as férias; era uma oportunidade de variar o cenário do quintal dele.

Noah desceu da moto primeiro e depois tirou meu capacete gentilmente. Eu simplesmente o olhei com a cara fechada, e ele sorriu.

— Não foi tão ruim assim. Vamos lá, admita — disse ele, alisando os meus cabelos que estavam desalinhados.

— Acho que vou vomitar. — Eu não estava exagerando. Não muito.

Ele riu outra vez, amparando-me enquanto descia daquela moto desgraçada. Minhas pernas pareciam feitas de gelatina, e quase cederam sob o meu corpo. Entrelaçando os dedos com os meus, Noah abriu o compartimento que ficava sob o banco da moto e pegou um cobertor enorme, do tipo que se usa para um piquenique. Ele o colocou sobre o ombro e falou, antes que eu pudesse perguntar por que ele havia trazido aquele cobertor.

Com certeza... com certeza, pensei, nós não estávamos a poucos instantes de uma separação. Aquilo não fazia sentido.

— Vamos lá. Não queremos nos atrasar.

— Para onde vamos? — perguntei.

Ele já estava subindo a colina e me puxando para ir junto com ele.

— Noah! Aonde estamos indo?

— Ora, quem é a impaciente agora? — riu, apertando minha mão.

Não demoramos muito tempo para chegar ao topo da colina. E, quando chegamos, ele soltou a minha mão e abriu o cobertor sobre a grama, embaixo de um enorme carvalho que crescia com o tronco inclinado, com os galhos tão baixos que as folhas tocavam o alto da minha cabeça.

Ele se sentou sobre o cobertor, dando palmadinhas no espaço logo ao lado. — Venha, então.

Franzindo a testa e um pouco confusa, lentamente me sentei ao lado dele.

E foi então que vi a razão pela qual fôramos até ali.

Naquele lugar era possível avistar metade da cidade, e também as praias e o mar. A vista da cidade em si já era impressionante, com suas luzes piscantes. Mas, com o pôr do sol, o céu estava manchado de vermelho, e as camadas finas de nuvens eram rosadas e prateadas. Muito bonito. O sol também se refletia no mar, transformando a água azul-escura em vermelho, amarelo e cor-de-rosa. Era de tirar o fôlego; o sol parecia estar enorme, mergulhando atrás dos contornos dos prédios da cidade. E o silêncio era enorme, também; não se ouvia os ruídos da cidade nem da arrebentação das ondas no mar. Somente a brisa fazendo farfalhar as folhas sobre nossas cabeças.

— Uau — sussurrei. Realmente, não havia outra palavra capaz de expressar o que eu sentia. Somente *uau*.

— Eu sei. Eu disse que você ia gostar. — Noah cutucou meu ombro, e quando tirei os olhos da paisagem para olhar para ele, percebi que estava sorrindo para mim. Um daqueles sorrisos sinceros que mostrava a covinha no rosto e que iluminava ainda mais seus olhos.

— É incrível — eu disse, baixinho.

— Sim, você é mesmo — murmurou Noah.

Fiquei em silêncio por um segundo antes de rir. — Você é tão brega...

— E você adora isso — provocou ele, cutucando meu ombro oura vez.

— Não acredito que você me trouxe até aqui para olhar o pôr do sol. Isso é tão... tão romântico...

— Eu lhe disse, Elle. Vou fazer as coisas do jeito certo desta vez. E sabia que você ia gostar. Você é esse tipo de garota. E ainda não acabou. Espere mais uns quinze ou vinte minutos — disse ele, depois de olhar para o relógio.

— O que vai acontecer?

Ele riu, evitando responder, e com a mão ainda livre girou meu rosto para me beijar. Começou como outro beijo suave que fez o meu coração derreter, mas logo eu estava com os dedos entrelaçados em seus cabelos, e as mãos de Noah estavam nas minhas costas, abraçando-me com força.

Não sei por quanto tempo ficamos daquele jeito, mas, em algum momento, ele me fez deitar sobre o cobertor e estava com metade do corpo sobre o meu, ainda me beijando. Havia faíscas dançando como loucas dentro de mim, e minha cabeça parecia prestes a explodir. Eu o beijava como se fosse uma pessoa se afogando, como se ele fosse o meu ar; e ele me beijava exatamente da mesma forma. Era como se o que havia entre nós devesse estar em um conto de fadas, mas não estava. Era real, e tudo estava acontecendo comigo.

Diabos, até mesmo os fogos de artifício que surgiam entre nós quando nos beijávamos pareciam ser reais. Como se estivessem explodindo bem sobre minha cabeça...

Eu me afastei um pouco e Noah ergueu ligeiramente o corpo, e ficamos olhando a paisagem. O céu estava mais escuro agora — ainda não estava negro nem com aquele tom profundo de azul, mas já estava suficientemente escuro. Os arcos cintilantes dos fogos de artifício estavam desaparecendo, dissipando-se no ar.

Mais alguns subiram ao céu, explodindo e assobiando, e em seguida explodindo em ondas verdes, douradas, azuis e rosadas.

— Ah, meu Deus — sussurrei.

— Estão soltando fogos na praia. Não lembro direito do que se trata, mas havia algum evento, e... pois é.

— Uau. Primeiro o pôr do sol, e agora isso? — Mais algumas explosões de fogos de artifício ocorreram em seguida, riscando o céu com rajadas hipnóticas de cor. — Qual é a ocasião? Para todos esses gestos tão fofos...

— Elle. Não diga que sou fofo. Por favor.

Revirei os olhos. — Apenas responda à pergunta.

Ele deu de ombros. — Não sei. Eu só... bem... levar você ao baile e as outras coisas foram uma maneira de pedir desculpas. Mas, às vezes, pedir desculpas não significa muito. E você merece algo muito melhor do que isso; muito melhor do que eu. E... cara, eu odeio toda essa merda sentimental, mas vou dizer tudo até o fim, porque você realmente merece.

Ele engoliu em seco, e afastei a cabeça apoiada no ombro dele para olhar em seus olhos.

— Noah... — sussurrei, mas acho que ele nem chegou a me escutar.

— Não, deixe que eu diga o que preciso dizer, Elle. — Então, ele mordeu o lábio inferior, parecendo-se mais com um garotinho assustado do que com o *bad boy* Flynn. No segundo seguinte, seus lábios bateram contra os meus tão repentinamente e com tanta força que aquilo arrancou meu fôlego. Eu estava surpresa demais para poder retribuir o beijo, e só me recuperei quando ele decidiu se afastar.

Os fogos de artifício continuavam espocando ao fundo, jogando lampejos coloridos no rosto dele.

— Eu amo você, Elle — disse Noah, afastando uma mecha de cabelo do meu rosto.

A única coisa que eu conseguia fazer era respirar. Não era capaz de dizer nada, e minha mente ficou completamente vazia por um instante. Meu coração se alternava entre parar de bater e fazer piruetas. *Respire*, eu disse a mim mesma. *Respire*.

Noah olhou para mim, piscando os olhos. — Diga alguma coisa, Elle. Eu acabei de abrir meu coração para você, de colocar minha dignidade em risco, e você não diz nada.

Eu ri e praticamente me joguei sobre ele, passando os braços ao redor de seu pescoço e beijando-o. Ele me abraçou, com os lábios reagindo aos meus beijos e a língua entrando dentro da minha boca.

Quando nos afastamos, mais ou menos um minuto depois, ele deixou a testa encostada na minha, com aqueles olhos cativantes penetrando nos meus. Um dos fogos de artifício roxos explodiu atrás dele, rasgando o céu.

— Eu amo você — sussurrei.

Ele riu e eu ouvi o alívio em sua voz.

— Ah, graças a Deus. Por um minuto, achei que havia assustado você.

Eu ri, balançando a cabeça, sem me afastar dele. — Nada disso. Ainda estou aqui.

— Ótimo. — Ele me deu um ligeiro selinho nos lábios.

Em seguida, ele me envolveu com os braços e apoiei a cabeça em seu ombro outra vez. O show de fogos de artifício da praia prosseguiu, iluminando o céu que se escurecia, enquanto eu me sentia feliz no alto de uma colina, nos braços de Noah.

Ele disse que me ama. Ele me ama. Estou apaixonada pelo irmão mais velho do meu melhor amigo... e ele também me ama.

Ele me ama.

– NOAH?

— Sim?

— O que vamos fazer? Quando você tiver que ir para a faculdade...

Ele suspirou e apoiou a cabeça sobre a minha. Seus dedos estavam brincando com as pontas do meu cabelo.

— Não sei, Elle. Eu não quero deixar você. Mas... é Harvard, sabe? *Harvard.*

— Eu sei.

— Eu amo você — murmurou ele. — Não sei o que fazer.

— Seus pais já sabem que nós...? — perguntei, curiosa.

Ele assentiu. — Sim. Contei quando percebi que eles haviam se acalmado. — Ele suspirou outra vez. — Você devia ter visto o quanto eles estavam bravos comigo. Lee até saiu de casa. Lembra-se de como eles ficaram quando vocês aprontaram aquela guerra de comida na oitava série? Imagine a mesma raiva, só que mil vezes pior.

— Hmmm. — Eu não sabia exatamente o que dizer.

Nunca imaginei que Noah me contaria todas essas coisas. Ei, eu nunca imaginaria que Noah chegaria a *pensar* nesse tipo de coisa.

Não me entenda mal, sei que Noah ama sua família. Ele e Lee sempre foram bastante próximos, também; nas ocasiões em que foi preciso, os dois sempre se apoiaram.

Mas eu nunca pensaria que ele seria tão sensível a metade dessas coisas.

— A minha mãe se acalmou bastante quando lhe contei tudo que havia feito para reconquistar seu coração. — Ele abriu aquele sorriso torto de novo, mas esfregou o rosto com as mãos, e por isso deixei passar. Noah não queria mais falar sobre aquilo, então mudei de assunto.

— Estou imaginando que você vai se fantasiar de Superman para nossa festa da semana que vem... afinal, você já tem a cueca, pelo menos. — Mordi o lábio quando vi o jeito que ele me olhou, mas Noah estava claramente constrangido.

Abri a boca e ele a cobriu com a mão. — Não se atreva.

— O que foi? — tentei dizer, mas sua mão abafou o som.

— Você ia dizer que isso é uma fofura. Eu sei que ia.

Eu ri, um pouco envergonhada. Eu *realmente* estava prestes a dizer isso... — Está bem, está bem. Então qual fantasia você *vai* usar?

— Acho que James Bond é meio exagerado, não? — Ele deu um peteleco no meu nariz. — Você vai ter que aguardar e confiar, Shelly. Não... espere aí, acabei de ter uma ideia genial. Já que "shell" significa concha em inglês... acho que você devia ir fantasiada como uma concha marinha gigante.

— Ah, é claro. Seria uma fantasia fantástica. Superfácil de construir.

Ele abriu um sorriso sincero em vez daquela expressão malandra. Eu não conseguia mais manter a expressão irônica e severa no rosto; retribuí o sorriso e nós dois rimos juntos, até cairmos no silêncio outra vez.

Ficamos sentados ali, sem falar nada, por alguns momentos, com os pensamentos distantes, antes que eu recomeçasse a falar.

Eu queria dizer que ele não podia ir para Harvard, e percebi que ele estava quase esperando ouvir isso. Mas eu não podia.

— Você realmente quer ir, não é? — eu disse, com a voz baixa. Não sei por que falei aquilo; eu já sabia qual seria sua resposta.

Ele se inclinou para frente e passou os braços ao redor dos joelhos, olhando para o céu noturno e os últimos fogos de artifício.

Endireitei o corpo e me sentei também, cruzando as pernas por baixo do corpo e olhando para ele. O semblante de Noah estava totalmente indecifrável, a face coberta de sombras.

E então, após alguns momentos, ele balançou a cabeça. — Sim. Sim, eu quero ir. Mas não quero deixar você — disse ele, com a voz suave, ainda olhando para frente. — Depois de tudo que aconteceu entre nós, e... eu simplesmente não quero deixar você, Elle.

— Eu também não quero que você me deixe — admiti, aproximando-me dele e segurando naquele antebraço forte e de músculos definidos, apoiando a minha cabeça em seu ombro outra vez. — Mas você iria se arrepender muito se deixasse passar essa oportunidade, e nós dois sabemos disso.

— Sim... eu sei. — Ele passou o braço ao redor do meu corpo. Sua mão traçava círculos nas minhas costas, um pouco acima da minha cintura, e eu senti o corpo inteiro relaxar sob aquele toque.

— Você tem que ir — sussurrei para ele.

Depois de uma pausa, ele beijou minha têmpora, e manteve os lábios encostados na minha cabeça enquanto dizia: — Eu amo você.

— Eu amo você, também. — Subitamente, comecei a rir. — Ei, o que aconteceu com o "Rei dos Joguinhos"?

— Ele se apaixonou — disse ele, com simplicidade, dando um beijo na minha bochecha. — É ou não é um clichê?

28

NO DIA SEGUINTE, LEE E EU FOMOS AO SHOPPING PARA COMPRAR presentes de aniversário mútuos, e também para pegar as fantasias que havíamos reservado para nossa festa. Depois do almoço, revirei aquele shopping inteiro em busca de presentes para ele. No fim das contas, comprei uma nova carteira, um CD que ele disse que queria e a camiseta mais legal que consegui encontrar. Ele iria *amar* aquilo.

— Eu disse! — comentou Lee, pela bilionésima vez naquele dia, quando nos encontramos diante do seu carro. — Não lhe falei que ele estava apaixonado? Hein? Não falei?

Eu ri.

— Sim, já entendi, já entendi! Você estava certo.

Ele suspirou, contente, e colocou as sacolas de compras no porta-malas.

— Nunca vou me cansar de ouvir você dizendo isso, Elle.

Revirei os olhos e entrei no carro. Quando sentou no banco do motorista ao meu lado, ele disse mais uma vez: — Ainda não acredito que você aceitou que ele fosse para Harvard.

Meu sorriso se desfez.

— Eu não aceitei, Lee. Nem de longe. Não quero que ele vá. Mas não posso forçá-lo a ficar aqui, nem mandar que ele vá para San Diego. Não posso fazer isso. Ele tem que ir. É o que ele *quer*.

— Vocês vão tentar um namoro à distância, então?

— Sim. Pelo menos achamos que sim. Por enquanto. Não sei, Lee... nós dois podemos acabar mudando de ideia no fim do verão. Mas concordamos que iríamos tentar.

— Mas lembre-se do que eu lhe falei, está bem? Se não der certo, eu estarei aqui para juntar os pedaços.

Estendi o braço e apertei sua mão, e ele retribuiu.

Eu estava feliz pelas férias de verão. Isso significava que não teria que lidar constantemente com perguntas sobre Noah e eu. Mesmo assim, é claro, as garotas ligavam e eu conversava com elas; e falava sobre todos os detalhes que elas queriam saber. Imaginei que iria acabar enjoando daquilo, mas não foi isso que ocorreu; ficava feliz em falar sobre Noah. Feliz porque o amava.

Ainda assim, havia outra questão bastante urgente sobre a qual todo mundo estava falando: nossa festa à fantasia.

Eu estava em uma chamada em grupo, discutindo a festa com Karen e Olívia.

— Se vocês precisarem, é só usar um vestidinho e dizerem que são Bond girls — eu disse a elas, rindo.

— Talvez eu tenha que fazer isso — disse Olívia. — Comprei a minha fantasia pela internet há uns dias e ela ainda não foi enviada.

— Qual é a fantasia que você e Lee vão usar? — perguntou Karen. — Eu sei que você chegou a nos contar em algum momento, mas não consigo lembrar. A minha internet está ruim desde o começo da semana.

— Robin — eu disse a ela, sorrindo.

— Robin? O do Batman?

— Sim. Lee vai ser o Batman.

— Imaginei — riu Karen.

Meu celular começou a vibrar na minha mão, e o afastei da orelha para olhar para o aparelho. — Desculpem, garotas, tenho que atender outra ligação.

— Qual deles? — perguntou Olívia.

— Como é?

— Qual dos irmãos Flynn? — esclareceu Karen. — Só pode ser um deles.

Eu ri. — É Noah.

As duas entoaram um "Aaahhh!" em coro no telefone, e ri antes de me despedir delas. Em seguida, aconcheguei-me nos travesseiros que estavam sobre a minha cama e abri um sorriso quando ouvi a voz de Noah. Não falamos sobre nada em particular, mas isso não importava; desde que eu estivesse falando com ele, isso bastava para me deixar feliz.

Então é isso que o amor faz com as pessoas, pensei, enquanto Noah me contava sobre as atividades que envolviam o futebol americano em Harvard. *Ele realmente transforma as pessoas em criaturas piegas.*

Porque, se eu fosse totalmente honesta, não estava nem aí para qualquer coisa relacionada ao futebol americano. Mas Noah falava de um jeito tão empolgado que eu percebia que me apegava a cada palavra, querendo que ele me contasse mais.

O amor havia me transformado em uma garota mais boba do que eu já era.

Mas quer saber de uma coisa? pensei, enquanto um sorriso tomava conta do meu rosto. *Eu nem me importo.*

— UAU — FALEI, LEVANTANDO-ME DA MINHA CADEIRA. — NÃO consigo acreditar que as aulas tenham terminado de verdade.

— Nem me fale. Mas tem uma coisa ainda mais complicada — disse Lee, cutucando-me com o cotovelo e indicando a plataforma com a cabeça, onde os professores estavam recolhendo as cadeiras. — No ano que vem, nós é que vamos nos formar.

— Bem, *isso* é estranho.

— Parece que ainda ontem éramos crianças, hein? Indo para as colônias de férias para jogar futebol, beisebol...

Eu ri. — Sim, é verdade. Por dentro, ainda somos crianças. — Olhei ao redor, tentando enxergar por entre todas aquelas becas azuis, procurando os cabelos escuros e o nariz torto tão familiares. Os pais de Lee e Noah já haviam ido procurar o filho mais velho para cumprimentá-lo pela formatura.

— Estou feliz que ele tenha conseguido chegar até aqui — foi o que a mãe disse com um suspiro quando nos sentamos. — Achei que acabaria expulso da escola antes de conseguir se formar. E ele vai para Harvard no ano que vem... — Era impossível negar o orgulho em sua voz quando disse aquilo.

E eu estava feliz por ele. Feliz de verdade.

Mas meu estômago se retorcia um pouco quando pensava que ele iria embora. Eu não queria vê-lo partir. *Não é justo.*

Por mais que aquela fosse uma atitude infantilizada, eu não conseguia evitar. Por que Harvard tinha que ficar do outro lado do país? Por que eu tinha que me apaixonar *justo agora* por ele?

— E vocês, garotos, estão fazendo dezessete anos — ela ainda estava dizendo. — Meu Deus... Dezessete! Pensem nisso. No ano que vem vocês vão para a faculdade e...

— Mãe — disse Lee, antes que seu pai interviesse. — Não comece a chorar.

— Não vou chorar — protestou June, mas sua voz vacilou um pouco.

Agora estávamos em pé no meio de adolescentes sorridentes vestidos com suas becas da formatura e famílias orgulhosas. Estiquei o pescoço, tentando encontrar Noah. Pelo canto do olho, vi Lee olhar para trás de mim, e comecei a virar a cabeça para olhar por cima do ombro e...

— Buuu!

Levei um susto enorme, saltando praticamente meio metro acima da cadeira, e soltei até mesmo um gritinho, o que atraiu vários olhares estranhos da multidão ao redor. Lee simplesmente riu outra vez, e seu irmão também estava se divertindo às minhas custas, exibindo um daqueles raros sorrisos sinceros.

Dei um tabefe no peito dele, com uma expressão irritada no rosto e o coração ainda aos pulos. — Você é tão infantil, Noah Flynn, só Deus sabe o quanto! — gritei.

Ele me encarou com aquele sorriso vergonhoso de sempre. — Você devia ter visto a sua cara.

— Fique quieto.

Isso só serviu para fazê-lo rir ainda mais alto.

— Ei, meus parabéns — disse Lee. — Você conseguiu.

Noah riu. — Pois é... não foi fácil. Mas você vai ter que honrar o legado dos Flynn, sabia? Envolva-se no máximo de encrencas que conseguir e evite ser suspenso por pouco.

Lee riu também. — Claro, já estou até vendo isso acontecer.

Noah deu de ombros. — A escolha é sua. — Ele colocou o braço ao redor dos meus ombros. — Não é mesmo, Elle?

Fiz uma careta quando olhei para ele, mas aquele sorriso que exibia a covinha em seu rosto tornava impossível até mesmo fingir que eu estava irritada. Suspirei.

— Não tem nada a dizer a meu respeito por ter conseguido me formar no ensino médio, então? — perguntou Noah, empurrando meu quadril com o seu. — Nada de parabéns? Nem mesmo um bem pequenininho?

— Depende — eu disse, provocando-o.

— Está guardando para esta noite, hein? — Ele mexeu as sobrancelhas enquanto olhava para mim, e meu rosto ardeu com aquelas palavras; a expressão em seu rosto também não ajudou a melhorar a situação. Por um momento, fiquei preocupada com a possibilidade de Lee ficar constrangido com o que Noah havia acabado de dizer. Mas ele estava fazendo uma careta melodramática, e completava o teatro fingindo estar engasgando.

— Argh, por favor, parem com isso! — exclamou, balançando a cabeça.

Assim, sorri e disse a Noah. — Parabéns.

— Obrigado.

— E agora, a faculdade.

— Pois é...

O silêncio preencheu rapidamente o lapso na conversa, e não era nem de longe um silêncio confortável. Lee se apressou em perguntar: — Já conseguiu a fantasia para a festa desta noite, mano?

Noah estalou a língua, erguendo o dedo para apontar para Lee. — Bem lembrado... não.

— Você não...? Noah! — eu gritei, exasperada.

— Ei, quase me esqueci de colocar gasolina para conseguir chegar à escola a tempo para a formatura — defendeu-se. — Você acha que ia conseguir me lembrar de comprar roupas para uma festa?

— Flynn! Vamos lá, estão tirando fotos! — gritou alguém um pouco mais distante, antes mesmo que eu tivesse a chance de revirar os olhos.

— Já vou! — gritou em resposta. Ele me beijou rapidamente. — Vejo você hoje à noite, Elle. Tchau — disse a Lee, saindo para fazer as fotos com o resto dos alunos do último ano se formavam.

— Eca — Comentou Lee. — Vai pegar sapinho.

Eu ri. — Fique quieto...

— Vamos para o Batmóvel, Robin? — disse ele, com uma voz grave e teatral.

— Vamos — respondi, enlaçando meu braço com o dele. Trocamos um sorriso antes de irmos até o carro, e eu não podia me sentir mais feliz. Depois de todo o drama que se seguira ao meu relacionamento com Noah, eu ainda tinha o meu melhor amigo.

29

— ELLE, É VOCÊ? — OUVI JUNE DIZER QUANDO ENTREI NA CASA DE Lee.

— Sou!

Ela saiu do escritório e sorriu para mim. — Estou só guardando alguns dos enfeites — explicou ela. — Para que ninguém os destrua.

Eu ri daquilo. — Ótima ideia. Vou subir e me arrumar.

— Claro, meu bem.

Ela e Matthew iriam a um espetáculo de teatro com meu pai esta noite; eles estavam com a noite livre, e decidiram que não queriam atrapalhar a festa também. Brad iria participar de um campeonato de futebol no dia seguinte e dormiria na casa de um amigo, então meu pai decidiu ir junto com os pais de Lee.

— Lee disse que os garotos chegarão mais cedo para ajudar a afastar a mobília, também.

— Ah, é mesmo? Que legal.

— Quer beber alguma coisa?

— Vou pegar alguma coisa na geladeira, obrigada. — Sorri outra vez, enquanto ela voltava para a sala de estar para recolher o resto dos enfeites, e peguei duas latas de refrigerante de laranja da geladeira para levar para cima.

A porta do quarto de Lee estava aberta, e ele estava pendurado de cabeça para baixo sobre a beirada da cama com os fones.

— Há quanto tempo não nos vemos?

— Cheguei trazendo bebidas.

— Maravilha. — Ele rolou para fora da cama e desabou no chão antes de se levantar para pegar a lata.

— Cam e Dixon vão chegar às sete horas para ajudar a mover os sofás e o resto dos móveis, e para montar as caixas de som.

— Sim, sua mãe me disse.

Coloquei a lata de refrigerante na escrivaninha de Lee tirei a minha fantasia da sacola. Fiquei em pé, colocando o vestido diante do corpo, e comecei a fazer caras e bocas. — Talvez fique melhor quando eu o vestir... — pensei, em voz alta.

Havia uma fenda na saia que subia demais para meu gosto, e o top parecia pequeno demais nos lugares errados. O vestido era feito com um tecido fino em tons metálicos: a saia e a capa eram verde-esmeralda e o top vermelho-rubi. Havia também um cinto cor de mostarda ao redor dos meus quadris.

— Experimente — disse Lee, com uma voz meio oca.

Eu olhei para ele, franzindo a testa curiosamente por causa daquela voz, e comecei a rir da máscara de Batman que ele estava usando. Ele jogou a capa por cima da cabeça como se fosse um véu.

— Juro que não estou olhando.

Eu ri. — Você está parecendo um idiota.

— Tem certeza de que você não está se olhando no espelho, Shelly?

— Ha-ha — retruquei, bem sarcástica, revirando os olhos. Tirei o short e a blusinha que estava usando e entrei no vestido. Lee se aproximou para fechar meu zíper, mas não foi muito fácil. A roupa estava justa demais ao redor dos meus peitos, e ouvi o barulho de um ou dois pontos de costura se rasgando quando Lee puxou o zíper até o final. Afivelei o cinto ao redor do corpo.

— Ei, eu não fazia ideia que essa coisa já vinha com sutiã de enchimento.

— Não vem — eu disse, um pouco ofegante. Estava difícil respirar. Mas a fenda no vestido não era tão alta quanto eu imaginava, e a saia tinha um comprimento decente.

— Não ficou ruim.

— Tem certeza?

— Absoluta. Além disso, algumas garotas vão aparecer quase sem roupas. Vai dar tudo certo.

— Tem certeza?

Ele riu. — Não, eu estava mentindo. Mas, falando sério... não há nada que você possa fazer, agora. A menos que queira aparecer somente de calcinha e sutiã e dizer que é uma das modelos da Playboy.

— Não, obrigada. Acho que vou preferir ficar com essa fantasia mesmo.

— Vai ficar tudo bem, Shelly. Você vai ser a rainha do baile.

QUASE UMA HORA DEPOIS, MEU CABELO ESTAVA PRESO PARA TRÁS E cascateava em cachos escuros por cima do ombro esquerdo, e eu estava pronta. Lee havia se transformado em um Batman perfeito, e apesar da dificuldade para respirar, eu estava gostando da fantasia de Robin.

Os pais de Lee saíram quando meu pai chegou, e menos de dois minutos depois a campainha tocou.

Cam e Dixon deviam ter combinado entre si; as fantasias que eles estavam usando não eram coincidência.

Cam estava com uma peruca branca e antiquada e um chapéu de marinheiro com três pontas que combinava com seu uniforme. Dixon, por sua vez, chegou com o traje completo do Capitão Jack Sparrow, incluindo uma tatuagem removível, o chapéu de pirata e uma espada e uma pistola de plástico.

— Comodoro Norrington às suas ordens, senhora — disse Cam, fazendo uma mesura bastante elaborada com o chapéu e curvando-se para beijar o dorso da minha mão.

Sufoquei uma risada quando ele se endireitou e colocou o chapéu na cabeça outra vez.

— Gostei das fantasias — eu disse.

— Bem autênticas — comentou Lee.

— Obrigado — disseram os dois, ao mesmo tempo, e riram.

Dixon disse: — Meu irmão conseguiu um desconto para nós. Ele conhece um cara que tem um depósito de fantasias.

Eu me aproximei para passar o dedo na bochecha de Dixon e disse:

— Isso é um bronzeado artificial?

— Não encoste! — disse ele, afastando minha mão com um tapa. — Você faz ideia do quanto é difícil passar dez quilos de cacau em pó na cara para ficar deste jeito?

— Isso aí é cacau em pó? — disse Lee, torcendo o nariz. — O mesmo que se usa para preparar chocolate quente?

— Minha irmã usa como bronzeador quando o dela acaba. Ela disse que ia funcionar.

Nós três começamos a rir dele. Não de maneira maldosa, mas pelo fato de Dixon pedir conselhos de beleza à irmã de quatorze anos.

— Ah, calem a boca — disse ele, encarando-nos com uma expressão enraivecida que não era muito convincente.

— Certo, certo, desculpe — riu Lee. — Mas ficou legal.

— Espero que sim — resmungou ele. — Enfim... e a mobília?

— Eu vou instalar o sistema de som — disse Cam.

— Eu ajudo — me ofereci.

— Claro. Não ficaria bem se você quebrasse uma unha logo agora, não é, Shelly? — cutucou Lee.

— Eu estava pensando mais em não estragar o penteado.

— Cara... — disse Dixon a Lee. — Sua parceira é inútil.

Revirei os olhos com aquele comentário e fui ajudar Cam. Lee e Noah haviam comprado vários conjuntos de alto-falantes que podíamos conectar ao sistema de som na sala de estar, mas eles estavam guardados em um armário em meio a um emaranhado enorme de fios e cabos.

Não demoramos muito para montar tudo, entretanto. Dixon e Lee empurraram todos os móveis até as paredes da sala de estar e da sala de jogos; aproveitaram também para tirar o que era possível da cozinha. Havia bastante espaço para uma festa bem louca, agora — a única coisa que ainda faltava eram os convidados.

E eles começaram a chegar aos montes, bem na hora.

Em pouco tempo, a música alta ecoava pela residência da família Flynn, juntamente com uma quantidade enorme de adolescentes; não, não adolescentes: era mais parecido como uma reunião enorme de personagens de filmes.

Havia princesas da Disney, fadas e Candice havia criado uma versão zumbi incrível de Alice no País das Maravilhas. Seu namorado veio vestido como o Chapeleiro Maluco, ao estilo Johnny Depp (por que será que todo mundo estava vestido como ele? Acho que havia um Edward Mãos de Tesoura por ali, também).

Karen exibia orgulhosamente seus cabelos ruivos e vestiu-se como a Gina de *Harry Potter*.

Havia versões masculinas e femininas de super-heróis, do Homem-Aranha à Mulher-Maravilha e o Capitão América. Warren veio fantasiado como Dumbledore, com uma barba falsa que estava se descolando dos lugares onde ele não a havia colado direito. Os personagens de *Harry Potter* pareciam ser maioria naquela festa; achei que estaríamos praticamente nadando por entre diferentes versões de 007, em vez de metade dos alunos de Hogwarts.

Os meus preferidos, com certeza, eram Tyrone e Jason.

Lee e eu abrimos a porta para Tyrone. Ele estava ali, sem camisa, com uma calça retalhada que parecia ter sido um jeans antes que ele a atacasse com uma tesoura. Deduzi imediatamente qual era aquela fantasia; e ele também tinha os cabelos escuros e a pele morena para conseguir retratar o personagem.

— Feliz aniversário para vocês, galera — disse ele, sorrindo.

— Obrigado. Mas... que fantasia é essa? Algum modelo da Calvin Klein? — perguntou Lee.

— É o lobisomem de *Crepúsculo* — respondi por ele, em tom de "é óbvio".

Pegando a deixa, Tyrone se virou para mostrar o rabo que havia colado com *silvertape* à parte de trás do seu jeans. — Eu o cortei de um cachorro de pelúcia velho da minha irmã.

— Certo...

Em seguida ouvimos: — Ei, pessoal! Feliz aniversário! — e Jason veio até a varanda, vestindo uma camisa azul-claro desabotoada para mostrar seu abdômen de tanquinho; seus cabelos castanhos claros estavam arrepiados e ele estava com o corpo coberto de glitter.

— E quem é você? O Monstro do Glitter? — zombou Tyrone quando ele se aproximou.

— Olhe quem está falando — retrucou Jason. — Por falar nisso, o que diabos é você?

— Eu sou um lobisomem.

— É mesmo? — disse ele, com o nariz empinado. — Bem, eu sou um vampiro. *O* vampiro.

— Cara... essa fantasia está tão ruim quanto o filme — debochou Lee, fazendo com que nós dois caíssemos na gargalhada.

Tyrone e Jason tinham vindo fantasiados como Edward e Jacob de *Crepúsculo*. As fantasias que haviam construído combinavam bem, exceto pelo fato de que Jason não era pálido feito um cadáver — embora estivesse usando um par de presas pontiagudas de plástico.

Era surreal observar a festa. Ninjas e marinheiros jogavam sinuca com o Conde Drácula e Rocky Balboa. Sereias e fadas beijavam bombeiros e personagens dos *Comandos em Ação*.

Mas eu ainda não havia visto Noah. E pode acreditar no que digo: se ele estivesse por ali, eu saberia.

Estava me sentindo um pouco deslocada, na verdade; todos os casais estavam se pegando pelos cantos, e havia também pessoas se juntando aleatoriamente, totalmente imersas no espírito da festa.

Mas, apesar disso, eu estava bem. Conversava, ria e me divertia. Algumas das garotas me perguntavam onde Noah estava, mas todo mundo estava ocupado demais conversando sobre as fantasias para se importar com o casal mais recente a cair nas graças da cena social.

Eu realmente queria saber onde ele estava... mas, sinceramente? Estava me divertindo tanto que nem perdi muito tempo me perguntando por que ele não estava ali comigo.

— Faith não está linda com aquele vestido grego? Ouvi dizer que era da avó dela.

— Ah, meu Deus! Você viu aquela coisa que Tammy está usando? Que fantasia é aquela? Alguma modelo da Victoria's Secret?

— Joel ficou uma delícia com aquela fantasia de marinheiro, não acha? Meu Deus, acho que ele acabou de olhar para cá. Ele está olhando? Ah, meu Deus, não olhe agora! Vai acabar dando bandeira. Ah, meu Deus, ele me viu! Rápido, finja que está dizendo alguma coisa superengraçada!

Isso mantinha a maioria das garotas ocupadas, se não estivessem beijando ou flertando com os rapazes.

E os garotos, por falar nisso? Com certeza eles não iriam querer que eu contasse os detalhes do meu relacionamento com Noah ou sobre como ele beija superbem. Fui até o quintal e encontrei Dixon junto com alguns dos rapazes ao lado da piscina. Ele já estava bem bêbado, cantando "Yo-ho, yo-ho, e uma garrafa de rum!" a plenos pulmões.

Eu ri. — Ah, agora descobri o que aconteceu com todo aquele rum.

E então, subitamente, dois braços se fecharam ao redor do meu corpo, vindos de trás de mim, e eu senti o hálito morno na minha orelha. — Olá, aniversariante.

Eu me virei e ergui o chapéu para que não lhe cobrisse o rosto. Não que eu precisasse ver aquele rosto para saber quem era. — Ah, então você finalmente resolveu aparecer, hein?

Ele riu. — Sim, senhora.

Noah estava vestindo um terno risca-de-giz cinza escuro com ombreiras, uma camisa branca e uma gravata preta; sapatos engraxados com tanto zelo que provavelmente refletiriam o rosto de quem olhasse, e um daqueles chapéus cor de marfim da década de 1920 com uma fita preta costurada ao redor.

— Al Capone? — eu sorri. — Você está uma...

Ele me interrompeu antes que eu pudesse terminar, colando os lábios aos meus com força, mesmo que somente por um segundo. — Não-diga-aquela-palavra.

Dei uma risadinha. Não havia nem percebido que todo mundo estava olhando para nós. Além do que havia acontecido no fim do Baile de Verão, quase ninguém havia realmente visto nós dois juntos. Mas nem me dei conta de que quase todas as pessoas que conhecíamos estavam ali, na nossa festa, olhando para mim e para Noah.

— Mas é verdade.

— Não se atreva.

— Por que você odeia tanto essa palavra?

— Eu sou o maior *bad boy* da escola. Tenho uma moto, me meto em brigas. E você fica me chamando *daquilo*? De todos os adjetivos possíveis, você tinha que escolher logo esse?

— Desculpe. Mas ele se encaixa tão bem!

Ele riu e torceu o meu nariz, carinhosamente. Fiz uma careta, que só serviu para fazer com que ele risse mais.

— Está se divertindo, então, garota aniversariante?

— Hmmmm, nem tanto, ainda.

Ele ergueu uma sobrancelha, inclinando a cabeça para o lado como um cachorro curioso. Eu sorri em resposta à pergunta implícita antes de ficar na ponta dos pés e sussurrar em seu ouvido: — Ainda não recebi o meu beijo de aniversário.

Ele ficou apenas me olhando por um longo momento. Senti minha pulsação acelerar; talvez eu não fosse realmente capaz de agir de maneira sexy ou sedutora. Era uma coisa meio idiota a fazer...

Ele se inclinou um pouco para frente e seus lábios mal chegaram a roçar nos meus, menos ainda me beijar.

Com os lábios assim, ele disse: — O que aconteceu com a doce, ingênua e inocente Elle Evans que eu achava que tinha que proteger de uma horda de rapazes adolescentes cheios de hormônios?

— Aconteceu a barraca do beijo?

Ele riu outra vez. Senti o som reverberar em seu peito onde minha mão estava encostada.

— Acho que sim.

— E então, vou ganhar meu beijo agora? — perguntei, afastando-me dele para fazer um beicinho emburrado. Eu não sabia se fazer cara de cachorro sem dono funcionava somente com Lee e com meu pai, mas valia a pena tentar.

— Você sabe que ainda não é seu aniversário, não é?

— E daí? O que isso tem a ver?

Ele revirou os olhos, mas me deu um beijo rápido na bochecha antes de se desvencilhar dos meus braços e começar a ir embora. Eu não movi, nem mesmo pisquei os olhos; estava atordoada demais. Um beijo na bochecha? Só isso?

— Ei — falei por trás dele. Por algum motivo, eu queria rir, provavelmente porque nós dois sabíamos que ele estava brincando comigo, mas mantive a minha expressão serena, controlada. — Você acha que vou deixar você sair impune só com isso?

— Eu sou Al Capone — respondeu ele, frio como um bloco de gelo. — Posso sair impune com qualquer coisa que faça.

— Muito engraçado.

— Eu também achei — disse ele. Sua boca se curvou naquele sorriso torto que era sua marca registrada, mas seus olhos brilhavam, mostrando o quanto ele estava se divertindo.

Eu não consegui evitar o que veio a seguir.

Fiz uma careta para ele, chegando até mesmo a mostrar a língua, como se fosse uma criança.

Aquilo só serviu para fazê-lo rir. Uma gargalhada sincera, genuína; o tipo de risada onde os olhos lacrimejam, a boca se estende em um arco tão amplo que chega a dar cãibras nas bochechas e faz a barriga doer depois de trinta segundos.

— Meu Deus, eu amo você, Shelly — disse ele, em voz baixa, com o riso ainda na voz, nos olhos e no rosto.

Talvez fosse a maneira pela qual ele me abraçava, ou a expressão em seu rosto, ou a risada, não sei... mas, qualquer que fosse o motivo, eu praticamente desmaiei. Não é brincadeira; sabia o que todos aqueles romances cafonas queriam dizer quando falavam sobre quando os joelhos começam a fraquejar e as pessoas acham que vão simplesmente derreter. Se Noah não estivesse segurando meus ombros, tenho certeza de que as minhas pernas iriam ceder sob o meu corpo.

Senti minha própria boca refletir seu sorriso, e ele disse: — Eu volto para você daqui a pouco. Vá curtir sua festa, aniversariante.

— Uau. Quem diria que chegaria o dia em que o irmão do meu melhor amigo, aquele cara superprotetor e viciado em violência, me diria para ir "curtir a festa"? — provoquei. — Em vez de me dizer para tomar cuidado com o que eu bebo ou com quem converso, ou fazer comentários sobre o que estou vestindo.

Esperava que ele fosse revirar os olhos, ou rir de mim, ou retrucar com algum comentário irônico. Mas, na verdade, ele abriu um sorriso um pouco encabulado, com uma aparência... culpada.

— Não quis ofender — eu disse a ele.

— Eu sei. Não se preocupe. Realmente me arrependo disso, porém. Você sabe, por ser tão...

— Superprotetor? Controlador? Cafajeste?

Ele riu. — Sim. Por tudo isso. Mas, só para registrar... você está muito gostosa esta noite.

Sorri e fiquei toda ruborizada, fazendo com que ele sorrisse daquele jeito malandro.

— Agora, vá curtir a festa, Elle. Eu já volto.

— Tudo bem — falei, sorridente, dando-lhe um beijo na bochecha. E subitamente consegui sentir que havia dezenas de pares de olhos apontando para nós.

Assim, me preparei para o que estava por vir e peguei uma lata de Coca-Cola da geladeira, virando-me para encarar aquela multidão de garotas que comentava sobre o quanto éramos um casal fofo e toda a inveja que sentiam; dizendo que Flynn estava bem atraente aquela noite e que eu tinha muita sorte; e, em seguida, repetindo que éramos um casal muito fofo.

— Eu adoraria ter o que você conseguiu — disse Tamara, com um sorriso triste.

— O quê? Um *bad boy* gostosão? — franzi a testa, confusa.

Ela riu. — Não. Um final digno de um conto de fadas.

30

QUERIA QUE O FINAL REALMENTE FOSSE DIGNO DE UM CONTO DE fadas. A festa acabou cedo demais. As horas voaram como um borrão até a uma da manhã, quando a casa estava vazia — exceto por mim e Noah, Lee e Rachel. A casa não estava muito bagunçada, porque não houve tanta bebedeira. Nós ensacamos um pouco do lixo espalhado e o deixamos na calçada, e às duas da manhã, Rachel, já estava dormindo nos braços de Lee no sofá, e sua cabeça começou a pender para o lado também. Eu estava deitada no outro sofá, com a cabeça no colo de Noah. Queria ficar acordada, passar mais tempo com ele. Acho que conseguiria ficar com os olhos abertos se ele não ficasse passando os dedos pelos meus cabelos. Aquele cafuné era mais relaxante do que qualquer canção de ninar.

— Noah... — eu disse, mas o nome dele saiu como um murmúrio sonolento.

— Hmmm. — Ele parecia meio adormecido, exatamente como eu. Talvez estivesse. Meus olhos estavam fechados e eu já havia passado daquele estágio onde teria força de vontade para abri-los outra vez.

— No que você está pensando?

Ele hesitou antes de responder. — Em nós. Na faculdade. — Esperei pacientemente, querendo que ele elaborasse a resposta. — Eu não... — ele se deixou interromper por um bocejo, e teve que recomeçar a frase. — Não quero que você fique isolada em casa, esperando que eu volte nos feriados e deixando sua vida passar. Sei que é estranho você ouvir isso de mim, especialmente depois de eu ter passado todo esse tempo tentando protegê-la, mas... não sei. Não parece muito... justo com você — disse ele, bocejando outra vez. — Tendo que passar seus dias esperando por mim... ah, estou cansado. Não sou muito bom nisso, de qualquer maneira.

Dei uma risada sonolenta, com um meio sorriso nos lábios. — Toda essa "porcaria sentimental", você diz?

— Sim. Não sei. Vamos dar o melhor de nós e esperar pelo melhor. É tudo que podemos fazer, não é?

— Vou sentir saudades — eu disse, dando de ombros e ainda pensando. Ele apertou meu braço com carinho.

Ficamos em silêncio por alguns momentos. Eu sabia que ele não estava dormindo, porque continuava passando os dedos pelos meus cabelos. Ouvi um ronco abrupto que quebrou o silêncio antes de se transformar no barulho normal de uma respiração outra vez. Lee. Ele estava dormindo, então.

Noah se moveu, agitando-me de um lado para outro. Fechei os olhos com força, soltando um resmungo em protesto, mas então ele ficou imóvel, deitado no sofá ao meu lado e me mantendo junto de si. Eu queria virar para ficar de frente para ele, mas demorei um momento para conseguir isso, de tão sonolenta.

— Elle — disse Noah, com aquele tom de voz grave que indicava que ele queria falar sobre alguma coisa séria. Eu estava cansada demais para conversar agora.

— O que foi? — sussurrei em resposta, tomada pelo sono, em meio à escuridão.

— Eu amo você. — Ele beijou minha testa. Eu me aproximei ainda mais dele para me aconchegar, colocando a cabeça na curva do seu pescoço enquanto seus braços se apertavam ao meu redor.

NENHUM DE NÓS ACORDOU QUANDO OS PAIS DE LEE CHEGARAM. Nenhum de nós acordou quando eles estavam trabalhando na cozinha, preparando o café da manhã ou limpando o resto da casa.

Já eram quase duas horas da tarde quando finalmente consegui abrir os olhos.

Eu havia dormido durante a maior parte do dia, e passei a tarde jogando videogame com Lee. Noah foi para um ferro velho que ficava em outro lugar para buscar peças para a sua moto. A mensagem que ele me mandou não era muito clara, porque eu não entendia a linguagem dos mecânicos; tive que adivinhar o que ele estava fazendo.

E então meu aniversário chegou.

Foi assim que completei dezessete anos. Havia ficado acordada até a meia-noite para mandar uma mensagem para Lee, mas houve uma coisa que só fui perceber quando estava totalmente desperta, olhando para o teto do meu quarto e as formas que o sol da manhã desenhava nele.

Sentia que havia crescido subitamente no ano que passara.

De maneira geral, isso se devia ao fato de que crescer significa tomar as decisões importantes. Como a faculdade no ano que vem. Teria que pensar sobre a faculdade. Diabos, eu nem fazia ideia da carreira que queria seguir! Simplesmente seguia o fluxo. Nem pensava tanto nesse tipo de coisa. Eu simplesmente *não sabia*.

Claro, crescer envolvia todas as boas coisas, como ter um namorado, poder dirigir, descobrir quem realmente somos, blá-blá-blá.

Mas será que era tão ruim uma pequena parte de mim desejar que as coisas pudessem se manter iguais para sempre? Que eu pudesse voltar correndo para casa e pedir para meu pai colocar um *band-aid* no meu joelho quando tropeçasse ou pular na piscina de Lee sem me importar com nada além de conseguir espalhar mais água do que ele?

E então minha porta se abriu de surpresa.

— Feliz aniversário, ogra!

Ergui o corpo, jogando um travesseiro em Brad, mas ele fechou a porta antes que eu o acertasse bem no rosto. Ele voltou a abrir a porta e disse: — Acorde logo!

— Por quê? São oito da manhã!

— Se eu já estou acordado, você vai acordar também! — Foi então que eu percebi que ele já estava vestido e revirei os olhos. O que ele tinha dito não deixava de ser verdade; Brad tinha a necessidade de fazer com que todas as pessoas da casa acordassem quando ele estava de pé. Imaginei que ele já houvesse arrastado o meu pai para fora da cama, pedindo-lhe para pegar uma tigela de cereal da parte mais alta do armário da cozinha para poder tomar o café da manhã.

— Estou acordada, estou acordada. Caramba!

— Mas eu lhe disse feliz aniversário, não foi?

Suspirei. — Sim. Obrigada, Brad.

— Ande logo com isso, está bem?

Eu não entendia o motivo para toda aquela pressa, mas ele jogou o travesseiro de volta para a minha cama e fechou a porta antes de descer correndo as escadas com a graça e a elegância de um furacão. Revirei os olhos mas sorri assim mesmo, antes de abrir o armário e pegar algo para vestir.

Iríamos sair para almoçar, mas eu decidi que iria me arrumar mais tarde. Vesti um short jeans e uma camiseta, por enquanto. Nós sempre saíamos, todos os anos, e era sempre um evento familiar. Lee e eu, os pais dele e o meu pai — minha mãe também, quando era viva — e Brad e Noah. Em algumas ocasiões, se nossos avós estivessem na cidade, eles iriam conosco também.

Não me importei muito com o meu cabelo por enquanto, prendendo-o em um rabo de cavalo simples, e desci as escadas.

— Finalmente — disse Brad, quando me ouviu entrar na cozinha.

— Feliz aniversário, querida! — disse o meu pai, com um sorriso imenso. Ele estava atrás da mesa da cozinha, e sobre a mesa havia um bolo gigantesco. Era de chocolate, com cobertura de morango e glacê branco que dizia *Feliz 17 anos* com uma caligrafia bem irregular.

— Esse aí é o meu café da manhã? — eu disse, fazendo graça.

— Não exatamente. Mas Brad e eu acordamos bem cedo para prepará-lo. Vou fazer panquecas.

— Sim, e o papai não faria as panquecas até nós dois chegarmos — reclamou Brad. Seu estômago roncou em resposta, como um tigre enjaulado diante de um pedaço de carne. Meu pai e eu rimos. — Ele disse que era besteira fazer duas vezes.

— Ah, então era por isso que você estava querendo que eu acordasse, seu resmungão — falei, passando a mão em seus cabelos para bagunçá-los enquanto ia até o outro lado da mesa para dar um abraço no meu pai.

— Como foi a festa? Você nem teve chance de me contar sobre o que houve ontem.

— Desculpe.

— Não tem problema. Você passou o dia inteiro na casa de Lee; achei que talvez você estivesse com uma ressaca daquelas e não quisesse encarar seu pai.

Eu ri daquilo. — Não exatamente. E ninguém bebeu tanto, também. Estava tão divertido que nem precisamos fazer isso, acho. — Era uma piada, claro, mas ele assumiu aquela postura típica de pai, com uma expressão no rosto que dizia *Você não precisa ficar bêbada para se divertir.*

O restante da manhã passou bem rápido. Por volta do meio-dia e meia nós estávamos chegando ao estacionamento de um restaurante elegante cujo nome eu nem era capaz de pronunciar. Havia trocado de roupa e escolhido um vestido folgado e bem fofo, azul-escuro com flores amarelas estampadas. Havia completado o *look* com um par de sandálias e bijuterias, deixando meu cabelo como estava.

Entramos logo depois que a família Flynn chegou. O garçom disse: — Ah, vocês estão todos aqui. Vou levá-los até sua mesa.

Ouvi June perguntar ao meu irmão como estavam indo os treinos de futebol, e meu pai conversava com o pai de Lee.

Meus olhos encontraram Noah instantaneamente e ele sorriu para mim, mas, antes que eu tivesse a oportunidade de responder, Lee veio até mim. Desviei o olhar de Noah para dar toda atenção ao meu melhor amigo.

— Feliz aniversário! — dissemos ao mesmo tempo, com sorrisos idênticos em nossos rostos. Lee riu e segurou no meu rabo de cavalo, girando-o para fazê-lo rodar como se fosse uma hélice. Bati o meu ombro contra o dele e lhe dei um abraço apertado. Ele me abraçou com força, inclinando o corpo para trás e me erguendo por um segundo.

— Como está indo seu dia? — perguntou ele, antes de irmos atrás das nossas famílias.

— Do mesmo jeito que estava quando conversamos antes: bem. E o seu?

— Será que preciso repetir sua resposta?

— Não — eu disse, rindo.

— Bem, na verdade, consegui ver Rachel. Somente por uma hora, mais ou menos, antes de virmos para cá.

— Ah. Ela lhe deu um belo beijo de feliz aniversário? — fiz uma careta e comecei a mandar beijos bem alto.

— Bem...

— Vocês dois são uma fofura juntos. É como se fossem... como se fossem o Homem-Aranha e Mary Jane. Eu diria que são como Batman e outra pessoa, mas não me lembro quem era a namorada do Batman.

Lee apenas riu. — E qual seria sua história romântica, então? A Bela e a Fera? Sendo que você seria a Fera, é claro. Noah e eu temos a mesma genética, e eu definitivamente não tenho genes de Fera. É só olhar para mim.

Fiz outra careta. — Que nojo.

Ele riu outra vez e nos sentamos um ao lado do outro, no centro da mesa. Noah estava diante de mim, pelo menos uma vez. Era uma mudança muito bem-vinda, pois Brad sempre ficava esperneando e reclamando que não tinha espaço suficiente para as pernas por causa das minhas "coxas e batatas da perna gigantes".

— Feliz aniversário, Elle — disse Noah, com um sorriso agradável.

Retribuí o sorriso. — Obrigada.

— E então, Lee? O que você ganhou de presente?

— Ainda não sei. Estava esperando por Shelly.

— E você, Elle? — perguntou Matthew.

— Eu estava esperando Lee — eu disse, sorrindo tímida.

O garçom veio anotar as bebidas que queríamos e entregou os cardápios. Noah colocou seu cardápio em pé e debruçou-o um pouco sobre a mesa, de modo que eu não conseguia ver nada além dos seus cotovelos e o alto da sua cabeça. Eu passava os olhos pelo cardápio que via pelo menos uma vez por ano naquele lugar, imaginando se devia ser mais ousada e pedir algo diferente, ou se ia simplesmente pedir o peito de frango com queijo parmesão e molho *barbecue*, legumes assados e batatas fritas. Sem que eu esperasse, meu celular apitou ligeiramente, indicando que eu tinha uma nova mensagem de texto. Pensei que pudesse ser Warren ou alguma outra pessoa mandando uma mensagem para me dar os parabéns.

Não era Warren.

Você está linda.

Ergui os olhos, mas ele estava entretido com o seu cardápio, aparentemente não me dando atenção. Pisquei os olhos algumas vezes antes de olhar para o celular e apertar o botão para responder.

Obrigada. Eu não sabia o que dizer, e terminei a resposta por ali. Curta e doce.

O que você vai fazer depois?

Não sei. Depois de quê?

Depois do bolo. Tenho uma ideia legal para a aniversariante.

Havia um emoticon piscando o olho no fim da frase. Olhei para a mensagem por um instante, imaginando se haveria algum significado oculto. Conhecendo-o como conhecia, provavelmente Noah havia planejado algo bem cafona que ele sabia que eu iria adorar.

— Elle, pare de ficar mexendo nesse celular enquanto está na mesa — disse meu pai, me repreendendo.

— Desculpe.

Vi Noah olhando para o seu cardápio com um sorriso torto, ainda sem olhar para mim. Pensei em mandar outra mensagem perguntando o que ele tinha em mente, mas provavelmente ele estava só esperando que eu fizesse a pergunta para pode continuar a brincar comigo, dizendo que era uma surpresa apenas para me irritar. Assim, decidi não lhe dar aquele prazer. Simplesmente guardei o celular na bolsa.

— Obrigado — disse o meu pai, ainda com a voz séria. — Querem fazer seus pedidos?

VOLTAMOS PARA A CASA DA FAMÍLIA FLYNN APÓS O ALMOÇO, COMO sempre, para abrirmos os presentes e nos empanturrarmos com o bolo gigante que meu pai e meu irmão haviam feito naquela manhã.

Os pais de Lee lhe compraram alguns CDs e roupas. Noah lhe deu um novo aparelho de som para o carro; disse que essa era a razão pela qual ele havia ido ao ferro velho para comprar algumas peças a mais. Lee já havia conseguido adivinhar qual era o CD que eu havia comprado para presenteá-lo; nada muito difícil, especialmente depois de eu ter dito que ele estava proibido de baixá-lo em seu computador e recusando-me a dizer o motivo.

Ele gostou da carteira, também, e abriu o pacote com a camiseta. Ela era azul e tinha a frase "ESTOU COM O IDIOTA" e uma seta apontando para baixo. Ele explodiu em uma gargalhada, e, em seguida, pegou um dos meus presentes e jogou o pacote para mim. — Obrigado, Elle. Abra esse aí agora.

— Foi você que comprou?

— Dããã. Abra logo!

Abri. E demorei um minuto inteiro para conseguir parar de rir. Ele havia me comprado uma camiseta amarela — da mesma loja, também — que dizia "ESTOU COM O IDIOTA", e uma seta que apontava para cima. Era a versão feminina da camiseta que eu tinha comprado.

Uma daquelas coincidências inacreditáveis.

— Ei, vocês haviam combinado? — riu o pai dele quando a estendi diante do corpo.

— Não! — dissemos em coro, rindo.

Lee disse: — Nós somos telepatas assim mesmo.

Ele também me deu alguns livros sobre vampiros, pois sabia que eu tinha um fraco por eles; e havia também um pacote pequeno, embrulhado com tanto cuidado e coberto com tanta fita adesiva que tive que rasgar a embalagem com os dentes.

— O que é? — perguntou Brad, impacientemente, enquanto eu ainda estava mordendo a fita.

— Não sei, ainda está embrulhado!

— Não vou contar! — provocou Lee.

Havia um toque de maldade em seu olhar. Algo que me deixou um pouco assustada enquanto abria...

Finalmente a fita adesiva se rasgou e eu consegui rasgar o papel de embrulho. Era como se houvesse vários embrulhos, um dentro do outro; seja lá o que fosse, o presente estava enrolado em uma longa fita de papel, que parecia dar um bilhão de voltas ao redor dele.

— O que é? — perguntou Brad, tentando enxergar.

Quando eu vi o que era, minhas bochechas arderam em brasa instantaneamente, e eu o soltei como se fosse uma bomba com o pavio aceso. — Lee!

— O que foi? Sou jovem demais para ser tio.

— Você não podia ter me dado isso quando não houvesse pessoas por perto? — Ele sabia o que eu queria dizer. Por que logo na frente do meu *pai?* E dos pais *dele?*

— E o seu namorado, não vamos esquecer.

Tentei fazer com que minhas bochechas esfriassem, mas era simplesmente impossível. Meu pai já havia começado a conversar apressadamente com June e Matthew, todos bem determinados a ignorar o pacote de camisinhas que eu havia acabado de receber.

No sofá, Noah estendeu a mão do lugar onde estava, arrancando-o das minhas mãos. — Obrigado, Lee. Vou guardar para usar mais tarde.

Eu não achava que seria possível, mas fiquei ainda mais corada. Escondi o rosto com as mãos. June tossiu, e tive certeza de que os nossos pais não haviam ignorado aquele comentário.

Lee não parecia nem um pouco incomodado. Ele simplesmente estendeu o braço para dar palmadinhas na minha mão, dizendo: — Eu só quero que você tenha cuidado, Shelly. Estou preocupado com você.

— Não consigo ver — disse meu irmão mais novo, com toda semi-inocência dos seus dez anos de idade. — O que ela ganhou?

— Coisa de adulto — eu disse.

— Absorventes — disse Lee.

Dei um tapa na cabeça dele dessa vez — mas não com muita força. — Você, meu amigo, é simplesmente insuportável.

— Eu sei — disse ele, e tive que rir. Simplesmente *tive* que rir.

Os pais pareceram perceber que as camisinhas não estavam mais sob os holofotes, e meu pai disse: — Feliz aniversário, Elle. — Ele me entregou uma caixa. Era um estojo longo de veludo preto, parecido com uma caixa para guardar joias.

Peguei o estojo com certa hesitação. — O que é?

— Bem, na verdade... era da sua mãe. Mas ela sempre disse que queria que você ficasse com isso. E eu devia ter lhe dado esse presente no ano passado, mas me esqueci completamente. Sei que dezessete anos não é uma idade muito habitual para isso, mas... não queria me arriscar a esquecer no ano que vem outra vez. — Ele deu uma risada culpada e abriu um sorriso triste.

Nós guardamos todas as joias da minha mãe, é claro. Não era o tipo de coisa que se joga fora. Eu tinha alguns pares de brincos dela que sempre achei bonitos quando era criança, e havia também uma corrente de ouro que eu usava de vez em quando. Mas, seja lá o que fosse, era óbvio que aquele presente não era simplesmente uma joia para o dia a dia. Destravei a presilha dourada na parte da frente do estojo e o abri.

Achei que talvez fosse um colar, uma peça elegante com pérolas ou algo assim. Mas não era. Era um relógio, prateado e com pequenas gemas de topázio ao redor do mostrador. O ponteiro dos segundos girava devagar, uma linha prateada e delgada sobre o fundo preto. Peguei o relógio com bastante cuidado. As pedras azuis pareciam autênticas, e tive certeza de que devia ser incrivelmente caro.

— As pedras são preciosas de verdade — disse meu pai, como se estivesse lendo meus pensamentos.

— É lindo — comentou June, com um sorriso maternal.

Achei que iria chorar. Isso era o que todos estavam esperando. Praticamente já conseguia ver todos eles esperando eu me desfazer em lágrimas, chorando e dizendo que sentia saudades da minha mãe.

E eu *realmente* sentia falta dela. De verdade. Queria que ela ainda estivesse entre nós; que estivesse na nossa casa, preparando alguma coisa na cozinha, ou sentada na sala para assistir a alguma novela ruim na TV, ou se preparando para sair para trabalhar.

Mas não havia nada que eu pudesse fazer em relação ao fato de que ela havia morrido; já fazia alguns anos que havia aceitado aquilo. Eu podia sentir saudades dela e querê-la de volta com tanta força que chegava a doer, mas não era realmente capaz de fazer nada a respeito. E eu entendia. Não havia razão para chorar por ela, já que isso não iria trazê-la de volta.

Mas tenho certeza de que eles ficaram chocados quando sorri ao prender o relógio ao redor do pulso esquerdo. Era frio e pesado, e estava até mesmo um pouco frouxo, mas eu o adorei.

— Obrigada, pai.

Ele sorriu, e seu rosto exibia uma mistura de emoções: a tristeza nos olhos, a alegria no sorriso, o alívio fazendo com que as sobrancelhas parassem de se franzir. Mas, em seguida, ele tirou outra coisa do bolso — outra caixa de veludo preto. Era diferente daquela onde o relógio estava; não havia um fecho de ouro, e também não se viam as dobradiças.

— São os brincos que completam o conjunto com o relógio? — brinquei.

— Não; é o presente deste ano. Tecnicamente, devia ter lhe dado o relógio antes... — ele riu, balançando a cabeça como se estivesse tentando afastar a tristeza. Sorri e peguei a caixa.

E, na verdade, eu até esperava que fosse um par de brincos que iriam combinar com o relógio.

A caixa tinha o formato certo para guardar um par de brincos, de qualquer maneira.

Mas não eram brincos. Não era nenhum tipo de joia.

— Uma... chave? — eu a peguei, segurando o chaveiro com a ponta dos dedos e encarando-a com a testa franzida. E foi então que percebi. — Ah, meu Deus! É um carro!

Todos começaram a rir, pois obviamente já sabiam de tudo, ou, no caso de Lee, percebendo antes de mim. Eu me levantei com um salto e pulei em cima do meu pai, abraçando-o com força.

— Obrigada, obrigada, obrigada, obrigada!

Ele riu. — Ei, você ainda nem viu o carro.

— É verdade. Pode ser uma sucata velha, cujo motor morre toda vez que você para em um farol vermelho — brincou Noah.

— Ele está na garagem — disse June. — Tivemos que escondê-lo para que você não o visse.

Corri para fora da casa, abrindo a porta da garagem com um grunhido. Atrás de mim, ouvi todos eles saindo da casa. A garagem estava um pouco escura; o piso estava manchado com óleo, e as ferramentas de Noah estavam espalhadas por toda parte. A bicicleta de Lee estava encostada na parede. Havia bolas de futebol e também de futebol americano e pedaços de móveis velhos ou quebrados.

E bem no meio de tudo aquilo estava o meu presente.

Era um Ford Escort usado, de um tom bem escuro de azul, e havia até mesmo um par de dados felpudos rosa neon pendurados no retrovisor.

— Os dados foram ideia minha — disse o pai de Lee. — Só para constar.

Eu ri, empolgada, debruçando-me pela janela aberta do lado do motorista. O interior cheirava a pinho e couro antigo. Não parecia o tipo de carro capaz de rasgar as estradas com um motor potente e silencioso, e eu não ficaria surpresa se me flagrasse à beira da estrada esperando um mecânico algum dia.

Mas eu amei instantaneamente aquele carro.

Eu não esperava que meu pai fosse me dar um carro zero quilômetro, recém-tirado da concessionária. E também não queria um. Queria um carro que eu não tivesse medo de pilotar. Nunca fui uma motorista muito boa. Mas finalmente tinha o meu próprio carro!

— Não vou mais ter que torrar a sua paciência para me dar carona o tempo todo agora, Lee — disse a ele.

— Bem, não vou pegar carona com você — zombou ele, com a voz séria. — Tenho amor à minha vida, pode ter certeza.

Eu ri e fui dar outro abraço no meu pai. — Obrigada. Adorei!

— Eu sei que não é o melhor carro, mas você pode começar com esse garotão aí. Ele vai aguentar algumas batidas e amassados, não se preocupe.

— Será que *ninguém* por aqui confia em mim no volante?

Todos começaram a rir ao ouvir aquilo, e então Brad falou: — Certo, certo! Já é hora do bolo?

Como se estivéssemos pegando a deixa, o meu estômago e o de Lee roncaram juntos, e dissemos “Com certeza!” antes de sairmos correndo para dentro da casa.

— ENTÃO... NO QUE EXATAMENTE VOCÊ ESTÁ PENSANDO? — PERGUNTEI a Noah.

Ele estava colocando os pratos na máquina de lavar louça enquanto eu trazia alguns copos vazios.

Lee estava fora da casa, no carro, mexendo em seu novo aparelho de som. Brad assistia TV e os pais estavam todos falando sobre... bem, sobre os assuntos que eles costumam conversar. Eu estava esperando pela oportunidade de falar com Noah a sós.

Ele olhou para mim, virando o pescoço para olhar por baixo do braço, que estava apoiado no balcão enquanto ele se abaixava para colocar os pratos na lava-louça.

— No restaurante — expliquei. — As mensagens de texto que você mandou, dizendo que tinha uma ideia legal para mim.

— Ah, isso.

— Sim, isso. E então, você vai me contar o que é?

— Contar iria acabar com a surpresa, você sabe.

— Eu tinha a sensação de que você ia dizer isso — reclamei, passando-lhe os copos. Ele os colocou na máquina e, em seguida, levantou-se e fechou-a com o pé.

Puxando-me para os seus braços, ele sussurrou na minha orelha: — Se eu lhe dissesse que envolvia o presente de Lee... — seus lábios roçaram no meu queixo.

Eu não fazia ideia de como devia responder àquilo, mas nem tinha condições; de repente, havia ficado sem voz.

Noah riu, discretamente. — Mas não era exatamente isso que eu estava planejando — disse, afastando-se para me olhar com aquele sorriso torto diabólico. — Eu quero levar você a um lugar. Sei que vai adorar. Mas tem que ser surpresa.

— Certo... — Comecei a revirar meu cérebro. Sabia que não ia ver o pôr do sol ou fogos de artifício outra vez; tinha que ser algo diferente. Mas Noah era tão cheio de surpresas que poderia ser qualquer coisa.

— Mesmo assim... — disse ele, pensativamente. — Se você quiser usar o presente de Lee mais tarde...

Corei, encostando o rosto em seu ombro para que ele não me visse toda vermelha. Mas ele riu e beijou o alto da minha cabeça, segurando-me contra o corpo em um abraço apertado.

Ignorando o comentário, eu o abracei também. — Amo você. — A frase escapou da minha boca como um reflexo, deslizando pela língua como se fossem as duas palavras mais naturais do mundo para dizer ao irmão mais velho do meu melhor amigo.

Ele me beijou no alto da cabeça outra vez e disse: — Eu te amo mais. — Balancei a cabeça, encostada no ombro dele.

Não dissemos mais nada. Simplesmente ficamos abraçados ali, em nossa pequena bolha.

— Ah! Desculpem. Não se importem comigo, só vim pegar algo para beber.

Nós nos afastamos um pouco e vi June pegando um copo de água. Quando virou para trás, ela sorriu para nós — mas não era um daqueles sorrisos do tipo "peguei vocês no flagra"; era algo mais próximo de "vocês são adoráveis, crianças".

Pelo menos nós não estávamos nos beijando. Isso seria bem constrangedor.

A mãe de Noah voltou para a sala de estar e eu olhei em seus olhos. — E então, quando é que vamos ver essa surpresa?

— Agora, se você quiser. Não vai levar muito tempo.

— Agora? É sério?

Ele deu de ombros. — Se quiser ir agora, então nós vamos.

Eu sorri, repentinamente. — Posso ir dirigindo?

— Ir dirigindo até um lugar que você nem faz ideia onde seja... é uma ideia excelente, não é mesmo, Elle?

— Bem... você pode me dizer para onde eu tenho que ir, não é? Ah, diga que sim, por favor! — Abri meu melhor sorriso, bastante animada com a possibilidade de sair para passear com meu carro novo.

— Certo, tudo bem! Mas você não vai poder me culpar se adivinhar para onde vamos e estragar a surpresa, está bem?

Dei uma risadinha. — Por que você é tão cheio de surpresas?

Ele simplesmente deu de ombros. — Achei que seria mais romântico do que dizer, "Ei, Elle, vou levar você para... para ver o pôr do sol e um show de fogos de artifício". E você sempre adorou aqueles romances bregas.

— Bem... — Mordi o lábio, um pouco envergonhada. — Certo, certo, entendi. Então, vamos!

— Impaciente, será?

— OLHE, ENTRE À ESQUERDA AQUI... E DEPOIS NA SEGUNDA À DIREITA. Deve haver alguma vaga para estacionar por ali.

Segui as instruções de Noah, desejando não ter pedido para vir dirigindo até ali. Eu estava tão concentrada em não arranhar o carro que tinha que me esforçar para manter os olhos na via. Não podia deixar meus olhos se distraírem com a paisagem e tentar adivinhar para onde estávamos indo. Não reconhecia nenhuma daquelas avenidas e não tinha a menor noção do lugar para onde ele estava me levando, e também não fazia a menor ideia de qual seria a surpresa.

Encontrei uma vaga para estacionar e saí do carro, ouvindo a porta de Noah bater.

— Bem, então... — eu disse, sem conseguir conter um largo sorriso. — Mostre o caminho.

Ele abriu seu sorriso malandro e pegou minha mão quando pisou na calçada ao meu lado, entrelaçando os dedos com os meus. Nossos braços balançavam como um pêndulo enquanto caminhávamos na direção oposta àquela por onde viéramos.

Olhando ao redor, eu percebi que não estávamos mais na cidade nem em um dos bairros mais afastados. Algumas das casas pareciam convertidas — com o térreo agora ocupado por uma floricultura ou confeitaria.

Eu ainda não fazia a menor ideia de onde estávamos, mas era bonito. Havia algumas árvores plantadas em canteiros quadrados com grama e flores nos beirais das janelas. E também, algumas pessoas caminhando por ali, uma ou duas com seus cachorros, e um ou outro carro que passava ocasionalmente.

Era um vilarejo pequeno e bem pitoresco. Ouvi sinos de igreja tocarem em algum lugar ao longe, como se estivessem ecoando meus pensamentos.

Virei de frente para Noah, que me encarou com aquele sorriso metade sincero e metade malandro, como se ele achasse que era engraçado fazer todas aquelas coisas sem que eu soubesse exatamente o que estava acontecendo.

Retribuí o sorriso, apertando sua mão.

— Chegamos. — Ele parou e dei um passo para trás, deixando que ele me puxasse para dentro da loja diante da qual havíamos parado. Havia um toldo verde que cobriu o rosto de Noah com sombras quando ele abriu a porta. Um sino tocou; um som fofo e agradável, que me lembrou da fadinha de *Peter Pan*.

E foi então que senti.

O cheiro.

Era um aroma delicioso: baunilha doce, chocolate quente intenso, o vapor doce de açúcar derretido e um cheiro penetrante de chocolate que fazia o meu estômago roncar e enchia minha boca de água. O aroma saiu da loja no instante em que Noah abriu a porta, atingindo-me com toda a força e me obrigando a aspirar o ar com vontade.

Entrei antes de Noah, que segurava a porta aberta para mim. Há poucos meses, eu me lembrava de entrar atrás dele em sua casa para ver Lee. Ele sabia que eu estava ali, mas nem pensou em segurar a porta aberta — simplesmente soltou-a para que eu tivesse que segurá-la se quisesse entrar. Ele não fez isso por maldade; era somente Noah Flynn agindo como Noah Flynn.

Mas eu não deixei de perceber como tinha segurado a porta aberta agora. Parecia algo muito trivial e sem importância, mas sorri para ele mesmo assim.

E, em seguida, deixei o cheiro de chocolate me envolver mais uma vez. As luzes no interior da loja vinham de luminárias aconchegantes em tons amarelados. No piso havia um carpete escuro, cor de mogno, e as paredes eram de um tom creme suave. Havia um balcão com uma caixa registradora — e uma parte infantil de mim ficou feliz em ver que era realmente uma caixa registradora antiga, do tipo que tinha botões como os de uma velha máquina de escrever e uma sineta que tocava alto quando a gaveta era aberta.

A loja tinha uma aparência tão doce quanto o seu aroma, e quando me virei lentamente para o outro lado, com a boca formando um O e os olhos se arregalando pela empolgação, vi todos os chocolates.

Eu não sabia o que fazer; não sabia para onde devia olhar primeiro nem o que dizer a Noah.

— Olá, meus amores! — melodiou uma voz. Era o tipo de voz que, sem qualquer dúvida, pertencia a uma pessoa idosa; e quando ergui os olhos dos bombons alinhados atrás do vidro do balcão, vi uma senhora já com seus sessenta ou setenta anos. Era exatamente o tipo de pessoa que alguém imaginaria ser a dona de uma loja de doces.

Era gorducha com bochechas bastante rosadas e cabelos grisalhos escuros presos, com algumas mechas escapando e emoldurando seu rosto. Estava vestida com uma calça jeans e uma blusa branca de algodão, com um avental cor-de-rosa de tom intenso e manchado com chocolate, açúcar e creme, coberturas, xarope e caldas. Algumas das manchas pareciam já estar ali há décadas, como se fizessem parte do próprio avental, mas outras haviam claramente sido feitas naquela manhã.

— Oi — disse Noah, passando por mim. — Liguei hoje cedo. Meu nome é Flynn.

— Ah, claro, claro! Eu me lembro. Estou com o seu pedido pronto, querido. Me dê apenas dois segundos! — Aquela senhora abriu um sorriso materno antes de dar alguns passos desajeitados para trás, derrubando uma pilha de caixas de papelão que estava por ali. Por sorte, pareciam todas vazias.

— Opa! — ela as empurrou de volta para o lugar, rindo de si mesma por ser estabanada. Quando foi para o fundo da loja, eu a ouvi cantarolar alguma música para si mesma.

— Você ligou antes? — perguntei, e Noah se virou para olhar para mim. Senti um sorriso começando a erguer os cantos da minha boca. — Como é que você conhece este lugar, por falar nisso?

— Eu... bem... — ele limpou a garganta e coçou a nuca. — Lembra-se de quando... não, provavelmente você não lembra. Mas, quando éramos pequenos, eu li aquele livro, *A Fantástica Fábrica de Chocolate*, e enfiei na cabeça que queria ir à fábrica de chocolates de Willy Wonka, e a minha mãe, lembro que a sua também, me trouxe aqui, porque disse que era bem parecida. Lembrei deste lugar há uns dois ou três anos e peguei um ônibus para encontrá-lo outra vez.

Precisei de um minuto para absorver aquilo. Em primeiro lugar, revelar uma memória pessoal como aquela era algo que não tinha nada a ver com Flynn; em segundo, pensar nele como um garotinho fofo que queria visitar Willy Wonka me fez querer rir. Mas não para tirar um sarro da cara dele, e sim porque aquilo era uma fofura.

Embora eu achasse que ele não ia gostar se mencionasse a palavra.

Assim, resolvi dizer: — Eu lembro. Queria o livro para fazer um trabalho da escola. Não havia mais nenhum exemplar na biblioteca, e Lee me disse que você tinha um e que não precisaria comprá-lo, mas você não deixou que eu o pegasse.

— Ah, é verdade — disse ele, rindo e mordendo o lábio, parecendo até um pouco constrangido. — Qual foi a minha justificativa mesmo?

— Nenhuma. Não havia motivo — eu disse, após um momento. — Simplesmente não queria me deixar pegar o livro.

Ele acenou com a cabeça. — É o que eu faria.

— Você realmente queria ir à fábrica de chocolates de Willy Wonka? — Uma pontada de provocação tomava conta da minha voz.

— Ei, eu tinha oito anos. Pare de ficar pegando no meu pé.

Nós dois rimos, bem quando a senhora voltou trazendo uma caixa grande e de aparência achatada com uma fita roxa ao redor. — Aqui está!

Noah colocou as mãos para trás, balançando ligeiramente o corpo sobre os pés, para frente e para trás.

Eu entendi o recado e praticamente saltei. — São para mim?

— O que foi, você achou que eu tinha esquecido de comprar um presente de aniversário para a minha namorada? — Ele me encarou com um sorriso diabolicamente bonito, e a senhora atrás do balcão deu uma risada.

— Bem, eu... isso não tinha me ocorrido antes.

— Shelly. Eu *sempre* lhe dou um presente de aniversário.

— Você me deu uma daquelas almofadas que fazem som de peido quando alguém senta nelas.

— Ainda assim, foi um presente. E eu tinha doze anos, se lembro bem. Você esperava que eu fosse lhe comprar algo legal ou bonito?

Eu tive que rir. — Bem, não.

— E você realmente achou que eu havia me esquecido de você, especialmente este ano?

Dei de ombros, um pouco constrangida. Quando estávamos na casa dele e Noah não me deu nada, eu não cheguei exatamente a perguntar onde estava o meu presente. Primeiro, porque isso seria uma grosseria imperdoável. Mas, quando ele disse por mensagem de texto que tinha "uma ideia legal para a aniversariante", achei que talvez ele fosse me levar para algum lugar, mesmo que fosse somente para a gente ficar se beijando.

Peguei a caixinha que a dona da loja estendeu para mim. — Obrigada.

— Tem um de cada tipo aí dentro — disse ela. — Bem, o máximo que consegui colocar em duas camadas. Mas cuidei para colocar só os melhores. Você não é alérgica a nozes, não é mesmo, meu bem?

— N-não. — Eu só gaguejei porque ela estava falando rápido demais, com uma empolgação que parecia ser parte da sua personalidade carinhosa.

Ela sorriu. — Que bom, que bom! Bem, fiquem à vontade para dar uma olhada na loja. A menos que não estejam pensando em ficar. Caso contrário, passo esse pedido no caixa para vocês agora mesmo.

— Ah... — Olhei para Noah. Não fazia ideia se estávamos ali somente para pegar aquela caixa ou se ele tinha outros planos. Afinal de contas, ele andava cheio de surpresas nos últimos dias.

Ele ergueu as mãos e fez um gesto negativo com a cabeça, olhando para mim com um sorriso discreto. — É você quem está com a chave do carro.

Dei alguns pulinhos enquanto abria um sorriso enorme. — É mesmo!

— Vou lhe mostrar o que é bom — disse a senhora, indo em direção a outro armário. Ela abriu uma gaveta e tirou uma bandeja de dentro; fui atrás dela, e Noah me seguiu.

Era uma bandeja com quadradinhos de chocolate, cada um rotulado com uma etiqueta escrita à mão, com uma caligrafia tão cheia de floreios que era praticamente ilegível. Pareciam ser cortes pequenos de pedaços maiores, e o aroma que invadia minhas narinas e encostava em minhas papilas era o bastante para me fazer salivar.

— Este aqui tem aqueles doces que estouram na boca como ingrediente — disse ela, apontando. — A sensação mais estranha do mundo! E este aqui tem sabor de manga. Tenho alguns à base de frutas como esse.

— Que tal um de laranja? — perguntou Noah, e senti seu corpo se encostar nas minhas costas, com uma das mãos pousadas no meu antebraço enquanto ele se inclinava por cima de mim para examinar a bandeja.

— A-rá, é este aqui! — Ela pegou um dos quadradinhos e o entregou a Noah. Ele o enfiou na boca.

— Esta é a minha bandeja de amostras — disse ela, aparentemente lendo minha mente. — Vá em frente, querida. Sirva-se!

Dizendo isso, ela colocou a bandeja nas minhas mãos e deixou que eu a examinasse por conta própria.

A sineta da porta tocou outra vez. Olhei por cima do ombro e vi uma mulher que entrava.

— Oi, Mabel — disse a cliente para a dona da loja. Voltei a me concentrar na bandeja.

Noah passou a mão por cima de mim e pegou outro quadradinho a esmo. Ele fez um ruído como se estivesse engasgado. Olhei para ele e seu rosto estava retorcido pelo asco, mas ele se forçou a engolir. — É de coco.

Eu ri. — Ah, é verdade. Bem, você devia ter lido a etiqueta, idiota.

— Tentei — murmurou ele em minha orelha.

Sufoquei uma risada e vacilei, com os dedos tamborilando pelo ar enquanto tentava decidir qual chocolate iria experimentar. Branco? Meio-amargo? Aquele com granulados? Um de café, um frutado, um de chocolate sólido?

O traço volteado de *favo de mel* atraiu meu olhar e escolhi esse. Até que não era ruim o fato de a caligrafia daquela senhora ser tão difícil de ler. Se soubesse quais eram todos aqueles sabores, iria querer experimentar todos.

Provamos mais uns dois ou três sabores e fomos até a caixa registradora.

— E então, há quanto tempo vocês estão juntos, crianças? — Mabel, a senhora da loja de chocolates, perguntou.

— Ah...

— Uns dois meses — respondeu Noah. — Mas nos conhecemos praticamente desde sempre.

— Ah, isso é uma coisa tão doce quanto torta de maçã! Eu sempre recebo casais jovens aqui na loja, vocês sabem. Mas vou lhes dizer uma coisa: se eu tivesse um mural da fama com fotos de todos eles, vocês dois estariam bem no topo.

Eu ri. — Somos um casal tão fofo assim?

Percebi a careta Noah ao ouvir isso, mas ele não disse nada. Apenas pegou sua carteira e entregou o dinheiro. Enquanto estávamos colocando as coisas que compramos em uma sacola, a mulher nos deu também uma caixa de *fudge* de chocolate.

— Podem levar este aqui também. Por conta da casa — disse ela, sorrindo.

— Ah, não, não é...

— Hoje é o seu aniversário, não é? — Confirmei com um aceno de cabeça. — Bem, feliz aniversário, então!

Sorri com aquele gesto. — Obrigada.

Um dos braços de Noah serpenteou ao redor da minha cintura. Eu automaticamente inclinei o corpo para trás, encaixando a cabeça naquele ponto entre o seu pescoço e o ombro. Novamente, a romântica incorrigível que havia dentro de mim perguntou-se como era possível que nos encaixássemos tão perfeitamente, como duas peças de um quebra-cabeças, mesmo com personalidades tão diferentes e antagônicas. Noah deu um beijo ao lado da minha testa, e naquele momento eu não me importava com o quanto éramos ruins um para o outro ou com ele ter que partir para a faculdade dali a pouco tempo; só queria saber que estava apaixonada por ele.

32

OS DIAS PASSARAM VOANDO. COMECEI A LEVAR ALGUNS DOS cachorros dos vizinhos para passear — não por causa do dinheiro, mas para fazer alguma coisa e ocupar a cabeça. Às vezes Noah vinha comigo.

Como meu pai estava trabalhando, ele me subornou para que eu me transformasse em taxista, levando Brad e seus amigos de um lado para outro no meu novo carro: para o parque, para o campo de futebol, para o cinema ou para tomar milk-shake.

Eu teria recusado, mas meu pai disse: — Meu bem, você quer que eu seja aquele pai que impõe um horário limite quando você sai com o seu namorado ou que seja bem exigente com ele? Porque é isso que vou começar a fazer.

— Você só vai me deixar ver Noah se eu levar Brad aos lugares em que ele precisa ir?

Ele concordou com a cabeça. — Ainda não estou totalmente feliz com vocês dois, Elle. Acho que você não se deu conta do quanto tenho sido tolerante aqui.

Por isso, acabei cedendo.

Além disso, eu realmente estava voltando para casa muito tarde — passando o dia largada ao redor da piscina da casa da família Flynn, geralmente com os rapazes; assistindo algum filme com Noah à noite, com Lee e Rachel no outro sofá; e, mais tarde, perdendo completamente a noção do tempo junto de Noah.

Certo dia, na segunda-feira antes de irmos para a casa de praia, estávamos curtindo o sol ao redor da piscina. Algumas das garotas estavam por lá também; Lisa, que ainda estava saindo com Cam, e também Rachel e May. Noah havia saído com alguns dos garotos do time de futebol americano.

O pai de Lee estava fazendo um churrasco para nós enquanto sua mãe estava sentada no deck, lendo um livro. O cheiro defumado do verão na casa enchia minhas narinas.

— Amanhã é o dia das meninas saírem juntas — anunciou Lisa em sua espreguiçadeira. Eu estava prestes a entrar na piscina, puxando a camiseta por cima da cabeça, e parei por um instante.

— Legal — disse Rachel.

Terminei de tirar a camiseta e a soltei na espreguiçadeira, tirando os óculos de sol também.

— Elle, você vem com a gente?

— Ah, venha sim! Vai ser divertido! — disse Lisa, sorrindo.

— O que vai ser divertido? — perguntou Cam, saindo subitamente da piscina. Ele balançou os cabelos como um cachorro, e, todo molhado, deu um beijo no rosto de Lisa antes de se levantar outra vez. — Ah, Elle, não vá me dizer que você está com outra ideia maluca na cabeça.

Comecei a rir.

— Não.

— Vamos sair para fazer compras — May disse a ele.

— Sem Lee! — emendou Lisa.

— O que vai acontecer sem que eu esteja junto? Shelly? Rachel? Por que vocês estão me dispensando desta vez?

— Compras — Rachel e eu respondemos, e rimos.

— É sério? Você vai fazer compras? E não vai me levar? Logo eu, seu estilista pessoal? — Lee parecia horrorizado. — Será que você ainda vai me pagar um milk-shake?

Eu ri daquilo. — Está bem, está bem.

— Isso é um sim, então? — disse Lisa.

— Claro.

Eu estava até mesmo me sentindo lisonjeada por ser incluída em algo que não envolvia Lee. Mas estava um pouco preocupada com a possibilidade de me sentir deslocada, porque eu geralmente não fazia esse tipo de programa só com as meninas.

— Ah, Elle, não vai ser tão ruim — disse Dixon, erguendo-se e apoiando o corpo sobre os cotovelos na beira da piscina. — Você pode comprar uma *lingerie sexy* para usar com Flynn.

Eu não sabia como reagir àquilo; se devia rir ou corar. Fiz os dois.

Em seguida Lee jogou água bem no rosto dele. Dixon deve ter engolido um litro inteiro de água, e caiu de volta na piscina enquanto nós ríamos.

— Cara, você está falando da minha Shelly! — protestou Lee, dramaticamente. Ele disse "minha Shelly" como algum outro cara diria "minha irmã mais nova". Mesmo assim, emendou logo em seguida: — Que nojo. — E estremeceu.

— Ah, é mesmo? — eu o desafiei.

— Sim, é mesmo!

Eu me levantei, pisquei inocentemente para ele e gritei: — *Olha a bomba!*

NO FINAL, O PASSEIO FOI DIVERTIDO. ERA UM POUCO ESTRANHO IR às compras com "as meninas" em vez de com meu melhor amigo, mas, mesmo assim, gostei.

Passei o dia seguinte fazendo e refazendo a mala, e esvaziando-a outra vez para começar tudo de novo depois.

Eu sempre tinha dificuldade para fazer as malas quando ia à casa de praia. Ainda assim, terminei levando as mesmas coisas que sempre levava. Já havia alguns anos que íamos para a casa de praia da família Flynn no verão.

Queria que as coisas fossem exatamente como sempre foram, mas sabia que isso não ia acontecer. Noah e seu pai viajaram dois dias antes de nós para conhecer o *campus* de Harvard. Rachel iria para ficar dois dias também. Não que isso fosse ruim: eu até gostava de ter uma companhia feminina além de June, para variar.

E mesmo que a casa de praia parecesse ser a mesma de sempre — o piso coberto de areia, um pouco apertada para abrigar todos nós, a tinta descascando, os pisos que rangiam e a mobília composta por peças que não combinavam entre si e que amávamos, o lugar estava diferente. No início, pensei que tudo continuava como sempre havia sido.

Na primeira noite em que Rachel estava conosco, saímos para jantar, e Noah e eu agimos como um verdadeiro casal; certa vez ele preparou o jantar para mim quando todas as outras pessoas haviam saído, e saímos para caminhar juntos pela praia. Nesses momentos, eu me lembrava exatamente do quanto as coisas haviam mudado, e como nada iria permanecer igual.

Nem mesmo meu relacionamento com Noah.

Eu não sabia como as coisas iriam funcionar quando ele finalmente partisse. Não queria pensar naquilo. Não queria encobrir o tempo que ainda tínhamos juntos com uma nuvem negra. Vivia dizendo a mim mesma que não adiantava sofrer por antecipação, mas...

Eu não sabia nem se chegaríamos tão longe.

Era estranho tentar dividir o meu tempo entre o meu melhor amigo e o meu namorado. Fiquei grata por Lee estar com Rachel; isso me ajudava a não me sentir tão mal por passar tanto tempo com Noah naqueles dias.

Ele me levava ao cinema e era muito bom podermos agir como um casal normal depois de todo o tempo que passamos saindo escondidos. Eu ainda não conseguia acreditar no quanto ele havia mudado durante os últimos meses.

Mesmo assim, houve uma vez, quando levei Brad ao parque para jogar bola com os amigos, em que vi Noah se envolver em uma briga com um rapaz com quem estava jogando futebol americano, enquanto o resto do time vibrava e estimulava a confusão.

Mesmo com todas as mudanças que eu havia conseguido fazer, ele ainda era o *bad boy* com quem eu havia crescido. Mesmo assim, eu até meio que gostava disso.

Era reconfortante, de certa maneira, saber que ele não havia perdido a rebeldia e os tons mais grosseiros pelos quais acabei me apaixonando.

A moto, por outro lado... ele continuava tentando fazer com que eu andasse nela, dizia que era mais fácil de estacionar do que o carro, e mais rápida. Queria até mesmo me ensinar a pilotá-la. Mas bati o pé; eu odiava aquela moto.

E, ENTÃO, ESTÁVAMOS NO AEROPORTO, COM O SISTEMA DE ALTO-FALANTES ANUNCIANDO QUE O EMBARQUE PARA O VOO oito-zero-cinco rumo a Boston estava começando no portão cinco, e todos os passageiros deveriam se dirigir ao portão...

Levantei-me com Noah e senti sua mão se apertar ao redor da minha. Ele colocou a mochila sobre o ombro com a mão livre.

— Acho que chegou a hora, então — disse Lee. Soltei a mão de Noah enquanto os dois irmãos se despediam com um daqueles abraços brutos entre homens, dando tapas nas costas um do outro. — Boa sorte.

— Tente não arrumar tantas brigas, filho — disse Matthew, dando alguns tapas em suas costas, mas com autoridade na voz. Noah simplesmente acenou com a cabeça, mas todos sabiam que ele não estava prestando atenção.

— Ligue quando chegar lá — disse June, abraçando-o. Ela estava com um sorriso largo e orgulhoso no rosto, mas seus olhos estavam tristes por ver seu garotinho crescer e se mudar para o outro lado do país para ir à faculdade, deixando o ninho. Ela engoliu em seco, como se estivesse tentando não chorar.

E ela não era a única, diabos.

Eu não queria perdê-lo. Também não queria que ele fosse embora, mas aquela era uma escolha que não cabia a mim. Sabia que havia a possibilidade de que as coisas pudessem não dar certo entre nós.

E, sabe de uma coisa?

Eu aceitava isso numa boa.

Nem todo relacionamento vai durar para sempre, não fora dos contos de fadas. Posso me apaixonar cem vezes antes de encontrar a pessoa com quem vou passar o resto da minha vida, e talvez essa pessoa seja Noah — talvez não. Sabia que tudo podia terminar, e não queria que isso acontecesse. Mas, se fosse o caso, eu teria de lidar com a situação.

Talvez eu tivesse meu coração despedaçado, esperando que outro rapaz chegasse para juntar os pedaços; mas, até que isso acontecesse, eu estava feliz em continuar apaixonada por Noah, mesmo ele estando tão longe, em Boston. Estávamos vivendo no presente.

Mas eu *queria* que as coisas durassem para sempre; a romântica incorrigível dentro de mim continuava lá.

Acompanhei Noah até o portão.

Uma pequena fila de pessoas passava pela mulher que verificava os documentos de embarque. Ele apertou a minha mão e se virou para olhar para mim.

— Vai dar certo — ele me disse. — De algum modo.

— Hmmm... Quem está agindo como um bobo romântico agora? — provoquei.

— Venho ver você daqui a algumas semanas — ele disse. Depois de uma pausa, ele acrescentou: — Vou sentir saudades.

— Vou sentir falta de você também. — Fiquei na ponta dos pés para dar um beijo nele. — Estamos tentando, pelo menos. Ninguém vai poder dizer que não tentamos.

— Você sempre é a pessimista, não é mesmo, Shelly? — brincou ele, torcendo meu nariz. — Eu te ligo quando chegar lá.

— É melhor você ligar para sua mãe primeiro. Ela vai ficar louca da vida se você não lhe disser que chegou a salvo.

— Acho que você tem razão — riu ele, e colocou os braços ao redor da minha cintura.

— *Última chamada para todos os passageiros do voo oito-zero-cinco com destino a Boston...* — Os alto-falantes anunciaram novamente.

Suspirei e o abracei com força, inalando seu aroma. Eu já conhecia muito bem aquele cheiro, mas agora estava tentando fixá-lo definitivamente nos meus sentidos. Ele retribuiu o abraço e tentei memorizar aquela sensação também: os braços ao redor do meu corpo, o rosto nos meus cabelos.

— Eu amo você — sussurrou ele na minha orelha.

— Eu amo você — respondi, subitamente tentando conter as lágrimas que pipocavam dos meus olhos. — Muito.

— Vamos tentar — ele me disse, beijando-me naquele momento, com os lábios doces e macios nos meus. Tinha gosto de algodão-doce, exatamente como na primeira vez em que nos beijamos; ele havia comprado um pouco em um quiosque no aeroporto. — Para lembrar dos velhos tempos.

Meus dedos brincaram com os cabelos da sua nuca, e as faíscas familiares dançaram dentro de mim enquanto nos beijávamos. Era como se toda a felicidade, toda a tristeza, todas as esperanças, todos os medos e tudo que tínhamos tivesse sido colocado naquele beijo. Depois do que pareceram décadas, nos afastamos, e a testa ainda continuou encostada na minha.

— Tenho que ir — murmurou ele.

— Conversamos mais tarde. Boa sorte.

Ele abriu aquele famoso sorriso torto conforme andava de costas rumo ao portão de embarque.

— Sorte? Shelly, você se esqueceu... é com Flynn que você está falando. Eu não preciso de sorte.

Ri quando ele disse aquilo, e não fiquei inteiramente chocada quando uma lágrima escorreu pela minha bochecha; senti o gosto salgado no canto da boca, onde a lembrança dos beijos de Noah continuava existindo. — Seu idiota viciado em violência.

Ele piscou, rindo, e desapareceu pelo portão, sumindo de vista.

Alguns minutos depois, eu estava diante da janela, observando o avião taxiar pela pista, e senti que alguém chegou ao meu lado, colocando um braço ao meu redor. Encostei a cabeça no ombro de Lee. Ele não disse nada, e nem precisava. Estava ao meu lado para me dar apoio, como sempre estaria.

Conforme o avião de Noah ganhou velocidade, ergueu o nariz e as rodas deixaram o chão, senti que estava sorrindo um pouco; um sorriso triste.

Talvez as coisas entre Noah e eu realmente pudessem dar certo. Esperava que dessem. Estava com os dedos cruzados com força ao lado do corpo. Ou talvez as coisas não funcionassem muito bem — conheceríamos outras pessoas, ou acabaríamos nos afastando, ou um relacionamento à distância simplesmente não combinaria conosco. Mas, independentemente do que acontecesse, eu sabia que havia uma parte de mim que sempre pertenceria a Noah Flynn, o *bad boy* da escola; um pequeno pedaço do meu coração sempre seria dele.

Aconteça o que acontecer, disse a mim mesma, acompanhando o avião de Noah com os olhos, *vai ficar tudo bem*.

— Imagine só — disse Lee naquele momento. — Tudo isso por causa da barraca do beijo.

Eu ri, empurrando-o sem muita força, e ele riu também, abraçando--me forte por um segundo antes de virarmos as costas para a pista vazia do aeroporto, onde o avião havia se perdido em algum lugar do céu nublado.

AGRADECIMENTOS

EM PRIMEIRO LUGAR, QUERO AGRADECER MUITO À EQUIPE DA RANDOM House — especialmente Lauren, minha editora fantástica, que foi brilhante. Além disso, um grande obrigada à equipe do Wattpad e a todas as pessoas que me seguiram. Todos vocês me ajudaram a me descobrir como escritora e, por isso, tenho uma gratidão enorme. Eu não chegaria tão longe se não fosse por vocês.

Obrigada aos meus professores das matérias avançadas e ao meu coordenador de curso por me permitir a indulgência de deixar que esse projeto enorme me distraísse. O apoio e o estímulo constante de vocês foram incríveis.

Para todas as pessoas no Aquário (o lugar que alguns chamam de "sala de convívio" da escola), tenho muita sorte por poder contar com vocês, pessoal, mesmo que talvez não saibam. Amy, Caroline, Kate, Abi... não sei onde eu estaria se não fosse por vocês. Obrigada, James, por me encorajar a nunca desistir. E Aimee J., obrigada pelas risadas infinitas que você trouxe para a minha vida.

Obrigada também à minha família. Vocês deram um apoio incrível ao meu hobby que engolia praticamente todo o meu tempo, e também àquela que (espero!) seja a minha nova carreira.

E, finalmente, mas nem por isso menos importante, um grande obrigada ao meu professor de inglês, o Sr. Maughan. Suas aulas animadas e o interesse pelo que eu escrevia foram um grande fator motivador.

Beth mora na região sul do País de Gales. É uma leitora voraz e bebedora inveterada de chá. Apesar dos livros, Beth é uma garota de exatas, formada em Física pela Exeter University.

A BARRACA DO BEIJO é sucesso no Wattpad e já acumula mais de 19 milhões de acessos e 40 mil comentários, além de vencer o PRÊMIO WATTY DE FICÇÃO ADOLESCENTE MAIS POPULAR.

Acompanhe Beth pelo
Twitter: @REEKLES

Papel de Capa Cartão Triplex 250g
Papel de Miolo Offset 63g
Tipografias Arnhem e Futura Std
Gráfica LIS